Retour à la montagne

Du même auteur
aux Éditions J'ai lu

LA PEAU DE BISON
N° 715

LA VALLÉE SANS HOMMES
N° 775

PREMIER DE CORDÉE
N° 936

LA GRANDE CREVASSE
N° 951

LA PISTE OUBLIÉE
N° 1054

LA MONTAGNE AUX ÉCRITURES
N° 1064

LES MONTAGNARDS DE LA NUIT
N° 1442

Roger
FRISON-ROCHE

Retour à la montagne

ROMAN

J'AI LU

Première partie

ZIAN

1

Armand à la Bolla Nera descendait allègrement le chemin des Pellerins. C'était par une belle matinée de septembre et jamais la vallée de Chamonix ne lui avait paru aussi belle ; le vieux guide n'aurait su dire pour quelles raisons. Alors que tout, aujourd'hui, aurait dû être triste et grave à l'unisson de l'événement qui se préparait, il ressentait comme une jouissance l'enveloppement léger de tout son être par la brise soyeuse descendue des glaciers.

Il marchait à grands pas souples, les genoux pliés à chaque foulée sur ses mollets gainés de laine grise tricotée à la main, retenant sa vieille bicyclette par le milieu du guidon, les yeux fixés par routine sur les embûches du sentier et il réfléchissait à des tas de choses qui le contrariaient. Pourquoi était-il si heureux de vivre ? Un jour pareil, il aurait dû avoir honte.

Devait-il son euphorie à cette satisfaction rare de disposer, au seuil de la vieillesse, d'un corps en parfait état ? Pour ça, Armand pouvait être fier de sa santé ; dans deux ans, il « sortirait » de la Compagnie, et pourtant, à cinquante-huit ans, il avait encore cet été traversé les Drus en premier. Combien de jeunes pouvaient en dire autant ? Mais cela aussi était comme une injure à la jeunesse, à la mémoire de Zian ; les vieux restaient, ils conduiraient encore des caravanes en montagne et demain ils allaient enterrer le plus jeune et peut-être le meilleur d'entre eux tous !

Le poids du vélo l'entraînait sur la pente et parfois ses semelles raclaient les cailloux et faisaient jaillir de leur ferrure de courtes étincelles ; il pensait alors, repris par le métier : « Un sacré acier, ces tricounis, trop dur, trop trempé ! » Il préférait les ailes de mouche en fer doux de chez Simond, ça mordait mieux dans le grain du granit.

Il longeait à sa droite les sombres épicéas de la forêt des Pellerins, dont les fûts argentés soutenaient comme un vélum mystérieux, formé de branches entrelacées, si serré que le soleil n'y perçait plus. À sa gauche, descendaient en gradins réguliers les toits du village étagé entre la forêt et les « biens ». Presque toutes les maisons étaient des fermes basses, et ne portaient au-dessus de leur rez-de-chaussée de maçonnerie apparente qu'un fenil en poutres, charpentées à l'équerre, laissant entrer l'air par toutes les fentes. Armand passa devant la maison de Balmat transformée en crémerie – une bonne affaire d'être les descendants de Jacques Balmat, ça laissait des sous sans beaucoup d'efforts. Il eut un soupir d'envie, qui ne dura pas. Même propriétaire de la crémerie, il n'aurait pu s'empêcher de partir en course et de tout laisser aux femmes !

Oui, il était heureux de vivre, Armand à la Bolla Nera ! Il aspirait à pleins poumons l'air vif, grisant de ce matin d'automne qu'il rejetait de ses lèvres en fine buée transparente ; ça n'était pas du bonheur à proprement parler qu'il ressentait – le bonheur est une chose qui se gagne lentement, durement. C'était une joie née de tout et de rien. La joie est un état et Armand était joyeux d'être, simplement, et d'aimer ce qu'il aimait : la pureté du matin, le paysage invariable et sibyllin de la vallée dont la haute bordure montagneuse ne s'abaissait légèrement qu'à l'ouest, où la molle courbure du col de Voza étalait ses alpages, et au nord-est où la faucille de gazons doux et gelés du col de Balme s'ouvrait sur la lumière du levant. S'il réfléchissait, c'était pour se donner une raison, mais quelle raison ? Comment se justifier ? Non, il n'aurait pas dû être joyeux : Zian était mort, Zian était son ami, il l'avait recherché pendant des jours et des jours et sa mort dramatique, imméritée, ne rentrait pas dans l'ordre commun des choses : un guide meurt en montagne, soit, mais il ne se tue pas pour une femme, et Zian, s'il ne s'était pas tué, était mort à cause d'une femme pour avoir voulu transgresser la règle établie dans la vallée – la règle sage qui veut qu'on ne se marie qu'entre montagnards ! Du moins le croyait-il. Tant de choses lui paraissaient inexplicables dans cette mort !

La pensée de Zian s'associait si intensément à celle de la montagne qu'il leva la tête, comme pour chercher là-haut l'explication qui ne venait pas. Le soleil ne passait pas encore par-dessus les aiguilles, et la langue blême du glacier des Nantillons pointait entre ses deux moraines : là-haut s'était déroulé le drame. Pauvre Zian ! Il avait été lui-même si étroitement, si intimement mêlé au drame, il avait tant espéré et tant cherché, au risque de se faire écraser par l'avalanche de la Thendia, que maintenant que tout était fini il éprouvait comme une espèce de soulagement.

Après tout cela, ça valait peut-être mieux pour Zian : était-il vraiment heureux ?

Le village tout entier défilait sous les yeux du guide sans qu'il eût à tourner la tête. Il connaissait et reconstituait de mémoire les moindres détails des maisons, les pots de fleurs vives qui ornaient les petites fenêtres croisillonnées, et qu'on « mettait en serre », amoureusement, durant les longs mois d'hiver entre les doubles fenêtres. Il aurait pu relater tout ce qui se passait à cette heure matinale, derrière chaque mur, sa pensée traversait les bâtiments trapus, les toits de bardeaux solidement tassés sur les charpentes par de grosses pierres ; Armand devinait à l'autre bout du village la trouée claire des champs de pommes de terre, des pièces de terre minuscules, jalonnées par les bornes, protégées par des barrières de bois ou de pierres contre le vagabondage du bétail. Il avait souvent pensé que s'il devenait aveugle il pourrait se rendre facilement des Pellerins à Chamonix, sans faire un faux pas.

Comme il arrivait devant chez Benoît, il ralentit : Benoît était son classard, et le président des guides depuis quatre ans. Ils avaient dans le temps couru les filles ensemble, puis la guerre les avait réunis plus intimement et par miracle les deux chasseurs étaient sortis de l'effroyable hécatombe de l'Hartmannswillerkopf... La guerre terminée, ils s'étaient mariés, sans oser s'avouer mutuellement que cinq ans de séparation avaient prématurément vieilli leurs fiancées d'enfance, puis, repris par leur métier de guide, ils avaient brillamment mené leurs affaires ; Benoît surtout, qui connaissait l'anglais, avait eu pas mal de *monchus* britanniques à l'engagement ; il avait beaucoup voyagé, et sa notoriété dans les milieux alpins européens l'avait fait porter à la présidence de la Compagnie.

La maison de Benoît était un peu en dessous du village. Armand accota sa bicyclette contre la barrière et appela.

La ferme s'ouvrait sur le chemin par l'*outa* traditionnelle, boisée de planches de mélèze, qui laissait voir au fond l'escalier de dix marches menant à la grange, à droite la porte basse de l'étable, à gauche l'entrée de la cuisine.

Il y eut du côté de l'étable un remue-ménage fait de heurts sourds, du bruit mêlé des clarines et des chaînes que secouaient les lourdes masses des bêtes. Armand se pencha par la porte ouverte, huma l'odeur familière des vaches, ce relent un peu douceâtre et chaud de leurs respirations. Dans la pénombre pointaient les cornes blanches et de gros yeux ronds inquiets se tournaient vers lui, pleins de reflets phosphorescents.

« C'est toi, Armand ? fit Benoît sans se lever de son tabouret de traite. Bon sang, quelle heure est-il ?

— Passé 6 heures !

— Tu t'es levé bien tôt ! je parierais que c'est la Thérèse qui a *donné* aux bêtes !

— Juste ! reconnut l'autre en souriant.

— J'ai encore la jeune à traire, ça sera vite fait, c'est une du premier veau... »

Armand changea tranquillement de posture, s'appuya d'une épaule contre le chambranle de la porte. Le chant métallique des jets de lait dans le ciselin de fer-blanc, d'abord lent et irrégulier, devenait de plus en plus rapide, puis, à mesure que s'accélérait le va-et-vient des poignets, alla *decrescendo*, pour s'assourdir bientôt en une sorte de rumeur bouillonnante. Enfin tout s'arrêta. Dans l'ombre, Benoît se levait, le tabouret fixé au cul par de larges sangles de cuir.

« Ça y est, elle est encore bonne pour la saison... Et les tiennes ?

— Juste de quoi mouiller les pommes de terre... »

Benoît franchit le seuil de l'étable, les bras tendus le long du corps par le poids des seaux de lait fumant. Le fait d'être resté de longs moments courbé en deux dans l'étable, basse de plafond, lui conférait une attitude penchée, le dos légèrement voûté – celle qu'ont tous les travailleurs de la terre. Il souleva les deux récipients et les posa sur la table fixée par une charnière à la paroi de l'outa et qui reposait sur une béquille de bois dur, puis, s'essuyant les moustaches d'un geste familier, il ressortit faire un tour d'horizon. Il avait retrouvé d'un coup le regard lointain et perçant du guide ; il posa un instant ses yeux bleus sur le versant des aiguilles encore privé de soleil, sur la grande forêt si proche que l'ombre de ses sapins menaçait sa ferme.

« Le soleil vient déjà derrière les Charmoz, fit-il ; ça passe vite une saison, hein, Armand ! (Et, tandis que l'autre approuvait :) Oh ! Lucie, dit-il à voix haute, viens chercher le lait, va falloir me changer. »

La femme apparut par la porte opposée.

« J'ai tout mis sur le lit.

— Et le papier ?...

— Il est dans la poche du veston, avec tes lunettes.

— C'est le discours, fit-il en se retournant vers Armand. Faut que je le montre à Servettaz.

— Bonjour, Lucie ! fit Armand. Vous êtes pas matinaux, on dirait des jeunes mariés ! (Il se reprit :) C'est pourtant pas le jour à rire.

— Pour ça non, c'est pas le jour à rire », fit-elle en secouant la tête.

C'était une femme sans âge et qui avait pu être belle.

Qui donc au village se souvenait encore de la fraîche bergère aux joues roses à laquelle le jeune porteur Benoît, retour de course, venait tenir compagnie « en champs » ? La Lucie avait abdiqué très tôt : les maternités, le travail des champs, les bêtes à soigner durant le long hivernage, tout cela n'incitait pas à la coquetterie. Pourquoi d'ailleurs aurait-elle été coquette, et pour qui ? S'ils sortaient rarement ensemble, Benoît et elle, ce n'était pas qu'ils s'entendissent mal. L'homme fréquentait de riches clients et elle avait tenu à rester dans l'ombre. « Vas-y seul, disait-elle à son mari, même quand elle était invitée par un monchu à prendre part aux agapes. C'est pas de mon monde. » Les femmes de la montagne, si elles sont jalouses, le montrent rarement. Il n'y a pas si longtemps encore, elles mangeaient debout le long de la cheminée, tandis que les hommes assis prenaient leur repas. C'est du passé, bien sûr, mais des siècles de soumission ne s'effacent pas comme ça. Nul regret, nulle tentation : une fois consacrée, l'union, bonne ou mauvaise, liait les époux pour la vie entière. Le divorce, c'était pour les riches, pour celles aussi qui avaient trop de nerfs. Allez ! ceux de la Lucie étaient bien calmés depuis trente ans : travailler de l'aube à la nuit tombante ne laisse guère le temps de s'ennuyer ni d'avoir de mauvaises pensées. D'ailleurs, elle s'estimait bien mariée. Elle avait épousé un guide, et elle était fière de ses prouesses, de son passé de montagnard ; mais elle l'aimait surtout, comme il se présentait à elle ce matin, en paysan vêtu d'un gilet de velours à manches de coton noir tombant sur un pantalon de futaine, chaussé de galoches montantes à semelles de bois et coiffé d'un béret râpé et crasseux qui, à force d'être appuyé sur le flanc chaud des bêtes, avait pris la patine du cuir.

« Pauvre Zian ! fit Benoît. On dirait que c'est hier que j'ai ouvert le bureau, installé le guide-chef, paraphé le cahier des masses et établi le tour de rôle !

— La saison a passé vite, dit Armand philosophiquement, et maintenant on en a pour neuf mois à traîner derrière les vaches.

— Faut pas se plaindre ! Le temps a été pour nous, si seulement y avait pas cette histoire de Zian ! Ça termine mal, oui, ça termine mal, pourtant on a peine à croire que c'est vrai, que c'est demain qu'on l'enterre. Vois-tu, c'est pas un temps pour une sépulture, fait trop beau ; ça va pas ensemble, le beau temps et la mort ! Foutue montagne, va, foutu pays ! Et puis ce métier, à la fin, veux-tu que je te dise...

— Qu'est-ce qui te prend, Benoît ? » fit la Lucie interloquée.

Elle prit Armand à témoin :

« Vous le voulez tous, ce métier de guide, pas vrai ? (L'autre approuva d'un geste vague, soucieux de ne pas provoquer la Lucie)... Quand il est revenu de la guerre et que l'oncle Joseph, celui qui avait des biens dans la plaine, près de La Roche-sur-Foron, nous en a proposé le fermage, il a fait une telle vie pour rester que j'ai cédé... "Tu nous vois dans la plaine, avec un brouillard tout l'hiver, à retourner les champs de betteraves avec des tracteurs..." Dis que tu te serais passé de faire des courses, hein ! » Il haussa les épaules.

« Le père était guide, le grand-père était guide...

— Et les garçons sont devenus guides après toi, et sans te demander ton avis... ni le mien... Alors, dites que vous n'en voulez pas, de votre métier ! »

Les seaux de lait bourru dégageaient une vapeur fade et son parfum douceâtre chassa les relents de foin sec et de bouse séchée qui emplissaient l'outa.

Les deux guides, qui s'étaient détournés, suivaient machinalement la lente descente du soleil dans la vallée ; chaque jour reculait un peu plus la limite extrême où atteignaient les rayons de l'astre. Tous deux avaient leurs repères secrets – l'un ce mélèze solitaire et roux dans la verdure foncée des sapins, l'autre ce bloc de moraine isolé dans un pré qui, aujourd'hui éclairé, ne le serait plus demain – et ils voyaient venir le long hiver avec l'angoisse héritée des sombres nuits d'autrefois, avant les « saisons », quand la neige les ensevelissait sous son linceul pour six mois.

Benoît Ravanat se secoua le premier.

« Beau temps, pour aujourd'hui en tout cas ! conclut-il. Dommage, oui, dommage que tout ça finisse ainsi. Qui sait ? ajouta-t-il encore, la montagne n'est peut-être pas la première responsable de la mort de Zian… Tu ne m'enlèveras pas de l'idée que cette femme…

— Laisse, fit Armand, pourquoi chercher à qui la faute ?

— Va t'habiller, fit la Lucie, à force de traînailler vous serez en retard, et t'as de grosses responsabilités dans l'organisation. Dis-moi seulement à quelle heure faut mettre en champs les vaches ?

— Pas avant 9 heures, il y a eu de la rosée blanche ; tu battras l'herbe, ça casse le froid. Faudra également jeter du sel rouge, le champ a été labouré l'an passé et les vaches n'aiment pas l'odeur de fumure… »

Mais déjà elle s'était éloignée, emportant les ciselins de lait :

« Je les porte à la bouta. »

C'était une sorte de petite cave à lait, un chalet en miniature, construit à cheval sur le torrent, en bordure de la forêt. Les grands chaudrons de cuivre y baignaient dans la fraîcheur de l'eau descendue tout droit du glacier.

Ils la regardèrent s'enfoncer dans le bois. Puis, tandis qu'Armand allumait sa pipe, Benoît entra dans la cuisine.

C'était une haute pièce sans plafond, dont les parois en forme de pyramide tronquée, boisées de mélèze et noircies par la fumée, allaient se rapprochant jusqu'au toit, où elles encadraient une ouverture qui tenait lieu de cheminée et dont on pouvait à volonté rabattre et orienter l'auvent de planches. Il s'ébroua torse nu sous le robinet de l'évier, découvrant une musculature encore puissante pour un homme de son âge, après quoi il entreprit le délicat travail de se raser. Le jour ne parvenait en effet que par la trappe du toit et l'étroite meurtrière de la fenêtre déjà petite et qui paraissait plus minuscule encore en raison de l'épaisseur anormale des murs.

Quand il eut terminé, Benoît passa dans le *pèle*. Aux quatre coins de la vaste salle, de hauts lits soigneusement rangés étaient recouverts d'épaisses couettes de duvet sur lesquelles on avait jeté les couvre-lits en dentelle de laine, faite au crochet. La Lucie avait tout préparé : le costume des dimanches en drap de Séez très clair, le feutre hérité d'un monchu anglais, le petit nœud de cravate noir, les brodequins cirés. Avant de sortir, il épingla avec minutie son insigne de président des Guides sur le revers de son veston.

« On y va ? fit Armand à la Bolla Nera qui commençait à s'impatienter.

— On y va ! » répondit le président des guides.

Ils enfourchèrent leurs vieux vélos et, tous freins bloqués, dévalèrent le chemin pierreux qui mène à la route nationale. Comme ils passaient devant chez Jules à la Barlette, ils se hélèrent et l'autre accourut, tout prêt dans ses beaux habits, comme s'il n'attendait que ce signal.

« On y va, Jules ?

— On y va ! »

Vers les Gaillands, d'autres groupes les rejoignirent.

« Fait le même temps que lorsqu'on a enterré Jean Servettaz, fit Jules, qui pédalait lentement à leurs côtés.

— L'automne, c'est tout bon ou tout mauvais ! Ça ne prévient pas, surtout ! À midi, du soleil ; le soir, tout couvert ; le lendemain, la neige est en bas et ne s'en va plus… »

Ils rattrapèrent des piétons qui les interpellèrent au passage.

« Salut, Benoît ! T'as fait prévenir ceux de Saint-Gervais ?

— Ils seront là demain et aussi les guides-skieurs de Megève ; j'ai même envoyé un télégramme à Courmayeur ! »

Il était fier de son activité, le président, mais il tiqua un peu lorsque Michel Dupraz lui lança :

« Va falloir que tu parles au cimetière ? »

C'était sa manie, à Benoît, de sortir un discours à toutes les occasions. C'était à ses yeux la tâche la plus importante, la justification de son titre. Et chacun en profitait pour le taquiner, sachant que Pierre Servettaz les lui composait en cachette.

« Bien sûr, va falloir que je parle : une vraie corvée ! Vois-tu, à cinquante-huit ans, j'aime encore mieux faire le Grépon en tête, mais que veux-tu, c'est le devoir : ce pauvre Zian !… (Il mit pied à terre.) Puisqu'on est là quelques-uns, si on discutait un peu de la chose, avant d'aller voir la famille ? »

Ils entrèrent chez Roux, à la pension du Lac.

« Une chopine, quatre verres, commanda le président. »

Jules à la Barlette prononça la phrase que tous avaient sur les lèvres, mais que personne n'osait dire :

« On a prévenu sa femme. »

Benoît accusa le coup.

« Pas par le bureau des guides, c'est Pierre Servettaz qui a télégraphié à Paris.

— Alors elle sera là demain, pour la sépulture ? »

Ils étaient consternés. Ils auraient aimé enterrer Zian entre eux ; pourquoi viendrait-elle ? Il était bien temps, à présent !

Armand exprima l'opinion générale :

« Bien sûr, on peut pas dire que Zian s'est tué à cause d'elle ! Moi qui ai entendu ses dernières paroles, je peux en témoigner ; seulement, si elle avait été là, il ne serait peut-être pas allé tout seul aux Grands Charmoz, ça n'était pas dans ses habitudes !

— Il était tout drôle depuis un mois, souligna Jules.

— Tout ça ne nous regarde pas, fit Dupraz. Nous, on enterre un guide de la Compagnie : il y aura le drapeau, les camarades, ceux de Saint-Gervais et de Courmayeur. Le reste, on s'en fout, on ne peut pas empêcher sa femme d'être à l'enterrement, hein ! De quel droit ?...

— Tu as raison, on n'a pas le droit. Mais ça révolte un peu, qu'elle l'ait oublié et puis tout à coup qu'elle revienne comme ça se mêler à nous... », observa Benoît en vidant lentement son verre.

2

À la villa de Zian, où la chambre funéraire avait été organisée dans le salon, les guides se plaçaient maintenant autour du cercueil recouvert du drapeau de leur Compagnie et qui disparaissait sous les perles et les couronnes.

Ceux qui n'étaient pas de garde s'étaient rassemblés dans le grand living-room, où se tenait également la famille d'Argentière : Camille Mappaz, cousin germain de Zian, les Claveyroz, et la Marie à la Faiblesse. Les guides allaient et venaient tout décontenancés dans ce cadre inhabituel pour une maison de guide ; certains soulevaient un bibelot pour mieux l'examiner, détaillaient un meuble, n'osant ni s'asseoir sur les sièges qu'ils estimaient trop précieux pour le drap rugueux de leurs vêtements, ni marcher dans ce salon confortable où le panorama de la chaîne entrait de plain-pied avec ses forêts, ses glaciers, ses aiguilles. Ce qu'ils ne trouvaient pas dans la maison, ils allaient le chercher à l'extérieur, sur le balcon, où rendus à eux-mêmes ils pouvaient librement parler de la montagne, des courses, des travaux des champs, du bétail, de tout enfin ! sauf du sujet qui leur tenait au cœur et que le président leur avait interdit d'aborder : la vie privée de Zian.

« Des guides ! On n'est rien que des guides ! Pas des juges ! avait-il dit sévèrement.

— C'est au Bon Dieu de juger les bons et les mauvais, rien qu'à lui..., » ajouta Armand à la Bolla Nera.

Certains haussèrent les épaules, mais tous respectèrent la trêve.

Le maire arriva au milieu de leur assemblée, rouge à en piquer une congestion, et malgré la gravité de l'heure ils ne purent s'empêcher de le taquiner :

« Pas encore à point pour les Drus, Paul ! fit Benoît qui, étant son aîné, pouvait se permettre une telle familiarité.

— Quarante ans d'hôtellerie, ça donne plus de ventre que de souffle ! répliqua le maire. Mais c'est pas tout : arrive ici, Benoît ! Cette sépulture, ça prend des proportions ! Je n'y comprends plus rien : le ministre se fait représenter par son directeur de cabinet, le président du Club alpin arrive, et naturellement on aura le préfet, et le sous-préfet, et puisqu'il y a le préfet, le général ! Pauvre Zian ! J'aurais jamais cru qu'on lui prêterait pareille importance... Et vous autres ?

— On n'en demandait pas tant ! fit Fernand Lourtier. Si Zian avait marié la Nanette au lieu de... y aurait pas eu tout ce monde. »

Les autres se turent, gênés.

« Du côté de sa femme, ils ont le bras long ! fit Benoît. Jacques Faret me l'avait dit, lui qui connaît tout ce monde.

— Faut donc prendre des dispositions ! dit le maire, je suis monté pour ça ! Ah ! j'oubliais, les Collonges annoncent leur arrivée pour demain matin au premier train et demandent qu'on en prévienne Brigitte... Je ne comprends plus !

— Donne, fit Pierre Servettaz, elle est là. »

La veille, Pierre avait longuement hésité. Après avoir plusieurs fois retourné dans ses mains la formule d'envoi du télégramme, il avait reposé le porte-plume et s'était enfin décidé à appeler Brigitte au téléphone. Et brièvement, sans écouter la voix qui tremblait puis avait fini par s'éteindre au bout du fil, il avait fait d'une traite le récit des derniers moments de Zian. Puis il avait raccroché sans attendre la réponse, à la fois soulagé et terrifié.

Il l'avait retrouvée ce matin même à la porte de la villa, pâle et défaite, après une longue nuit de fatigue et de cauchemar. Elle avait quitté ses parents sans un mot, persuadée qu'ils savaient, qu'ils lui avaient caché la disparition de Zian. Désemparée, elle avait erré autour de la gare, traversant et retraversant la place vide. Elle n'avait pas eu le courage d'aborder la ville. Et c'était Mino, le sourd-muet, qui l'avait conduite, portant sa valise sur son épaule, et la tirant, la soutenant de ses longs bras noueux de pousseur de carriole, dans des chemins de traverse jusque derrière l'église, puis le long du parc du Savoy jusqu'aux champs de la Mollard. Arrivé au pied de la villa, Mino s'était arrêté, avait posé la valise, l'avait regardée tout à coup bien en face. De grosses larmes coulaient sur son visage, roulant au creux des rides de sa vieille figure mal rasée où s'était figé une fois pour toutes, il y a bien des années, son sourire éternel de clown. Et tandis qu'elle dévisageait, bouleversée, le visage tragique de l'innocent, celui-ci avait baragouiné en pleurant et soudain articulé dans un effort dramatique les deux syllabes : Zian. Elle avait détourné la tête, prise de panique. Au-dessus d'eux, les volets de la villa étaient fermés. Elle se sentit incapable de faire un pas de plus. Elle était si pâle que Mino prit peur. Il la fit asseoir sur l'herbe et se précipita vers la maison.

Quand le Dr Coutaz et Pierre l'eurent étendue sur son lit dans sa chambre, elle voulut se relever, leur parler. Mais déjà ils se retiraient, gênés. Elle comprit que toute explication serait inutile. À quoi bon expliquer ce qu'un seul eût pu comprendre, ce qu'un seul à part elle-même eût cru de toute son âme contre les apparences ? Elle ferma les yeux, les laissa s'éloigner.

Seule, elle était seule. Aujourd'hui, avec ceux de Chamonix, avec les amis de Zian, comme hier face à sa mère et à son père. Elle se sentit tout à coup la gorge serrée, la poitrine broyée par une angoisse insurmontable. Non, ce n'était pas possible ! Zian n'était pas mort. Elle était revenue et Zian reviendrait lui aussi. Elle se redressa, sauta à bas du lit, ouvrit la fenêtre. Elle était là, leur montagne, le mont Blanc ! La montagne de leur bonheur ! L'air frais des cimes entra dans la chambre et au même moment Brigitte eut la sensation, la conviction que son souffle balayait ses terreurs de la nuit. Elle avait été jusque-là prisonnière de son passé. Mais à présent tout allait renaître, tout revivrait. Il semblait à Brigitte qu'elle venait d'accomplir un geste décisif. Zian n'était pas mort, il ne pouvait pas être mort puisque la montagne existait. La vérité !... Elle était devant elle. Déjà dans le train, après des heures d'hallucinants débats, de cruelles heures de cauchemar en épouvante, elle avait éprouvé cet étrange, ce miraculeux répit d'une certitude étrangère à tout et à tous, la certitude que le destin ne pouvait finir son patient ouvrage contre une minute de hasard. Non ! ces quelques jours où elle avait attendu à Paris la réponse de Zian à sa dernière lettre ne pouvaient peser d'une manière irrévocable sur le balancier de sa destinée. Non, cela ne pouvait pas être.

Elle aspira avidement l'air frais qui descendait vers elle des hauteurs. Elle seule savait ce dont la montagne était capable, ce qu'elle avait été pour elle, pour Zian. Là-bas, au-dessus de sa tête, elle savait un nid d'aigle où avait commencé leur amour. Et elle cherchait sur l'aiguille du Goûter l'invisible cabane où ils avaient échangé leurs serments. Plus loin, cette corniche minuscule ? Celle de Bionnassay ! Comme elle avait eu peur, titubant entre les deux abîmes vertigineux de froide glace et de neige. Et ce petit point noir, à peine visible sur l'arête finale du mont Blanc, c'était le rocher foudroyé de la Tournette qui l'avait accueillie suffocante, épuisée mais radieuse à sa dernière halte avant le sommet.

La lumière tombait à flots, aveuglante, sur Brigitte...

Puis tout à coup elle eút froid : un courant d'air violent vint plaquer un des battants contre le mur. Elle se retourna. Tante Marie ! Les deux femmes se regardèrent silencieusement ; la Marie figée sur place contemplait Brigitte pâle comme une morte, qui guettait sur ses lèvres le mot miraculeux.

« Pourquoi avez-vous ouvert la fenêtre ? dit la vieille femme rudement.

— Pourquoi ? Je ne sais plus... », balbutia Brigitte.

Derrière la Marie, le Dr Coutaz refermait la porte. Alors elle se dressa d'un bond :

« Où est-il, docteur ? Je veux le voir... Où est-il ?

— Trop tard, Brigitte... Votre silence, votre absence... »

Elle baissa la tête.

« C'est donc vrai, dit-elle. Tout est contre moi... tout ! »

Le médecin reprit :

« Soyez courageuse, reprenez des forces. Il vous en faudra beaucoup, beaucoup... (Il ajouta, d'un ton de nouveau ferme et bref :) La sépulture aura lieu demain. »

Longtemps elle demeura prostrée. La Marie avait fermé les volets, tiré les rideaux, et Brigitte resta sur une chaise, pleurant cette fois doucement, interminablement, refusant les cachets que le médecin revenait de temps en temps lui proposer de prendre, inquiet, ne sachant plus que dire sinon les mêmes mots inutiles et banals.

Puis, comme il revenait encore :

« Je veux tout savoir, dit-elle, tout. Car je suis seule, mais je veux vivre, docteur, vivre !

— Certes !...

— Détrompez-vous, ajouta-t-elle vivement. Non pas de cette vie mondaine, superficielle, fausse, que mes parents m'ont offerte comme un piège. Cette vie-là, je l'ai quittée définitivement. Zian l'espérait, Zian l'attendait comme je l'attendais moi-même : voilà notre secret.

— Mais pourquoi avoir prolongé cette épreuve, Brigitte, cette épreuve si cruelle pour Zian ? Si vous la pensiez nécessaire, lui-même, dans son âme simple, comment pouvait-il y voir autre chose qu'une cruauté, un détachement ?... »

Elle eut un geste de lassitude :

« J'ai cru, j'ai espéré que mes parents comprendraient, qu'ils avaient le devoir de comprendre. Mes parents ont été odieux. (Elle s'arrêta, esquissa de nouveau un geste qui semblait dire : "À quoi bon ?" Puis elle reprit au bout d'un moment :) Après tout, pourquoi aurais-je cette pudeur ? Oui, ils ont été odieux ! Jusqu'au dernier moment, ils ont tout fait pour rompre ce mariage et ils ont réussi : Zian est mort ! Mais ils ne peuvent rien contre ce lien qui nous unit désormais, qui nous unit par-delà nos propres vies...

— Que voulez-vous dire ?... (Elle se taisait.) Un enfant ?

— Oui, un enfant. C'est atroce, n'est-ce pas, d'être passés si près du bonheur ! Comme il aurait été heureux, pauvre Zian !

— Mais alors, pourquoi, fit le docteur avec épouvante, pourquoi n'avoir pas écrit plus tôt, n'être pas revenue ?

— Je ne sais pas. Je n'avais pas la certitude, je ne voulais pas décevoir Zian par une fausse nouvelle... Je lui avais écrit et j'attendais sa réponse, jour après jour. Et puis je désirais, oui, je désirais le lui apprendre ici. Non pas même ici, mais à la vieille maison des Praz où nous serions revenus. Car je voulais lui faire aussi cette surprise... (Elle sourit amèrement :) Maintenant, ce petit qui va naître, qui donc en voudra ? Il sera toujours pour les autres, pour la tante Marie elle-même, le fils de l'étrangère. Ils ne m'aiment plus, docteur, ils ne m'aiment plus…

— Que voulez-vous ? Tout est contre vous. Votre départ inexpliqué, votre absence prolongée. Et qui donc leur fera admettre que vous ignoriez l'accident, que vous n'êtes revenue qu'à l'ultime moment, trop tard, par obligation, que… »

Il s'arrêtait, gêné.

« Terminez votre phrase, je peux tout entendre !

— Eh bien, ils ont toutes les excuses, pauvre amie. Tout vous condamne. Mais nous les détromperons, Brigitte, nous y parviendrons. Vous êtes innocente. »

Elle se leva d'un bond.

« Non ! je ne puis pas être innocente, et ce que vous n'osez pas dire, je vais le crier, je veux que tout le monde le sache : j'ai tué Zian ! »

Elle haussait tout à coup la voix comme si elle avait voulu que cet aveu parvînt jusqu'aux autres, par-delà les parois de la chambre.

« Oui, j'ai tué Zian ! et ils ont raison de me maudire. Il est mort par ma faute et lui aussi sans doute m'a maudite. Mon Dieu ! je n'en peux plus, je n'en peux plus… »

Elle n'était plus qu'un paquet de nerfs et de larmes.

« Brigitte, vous ne dites pas la vérité ! dit calmement Coutaz. (Elle secouait la tête. Il s'approcha, lui prit le bras, la fit se rasseoir.) Puisque vous voulez tout savoir, eh bien, écoutez-moi, ajouta-t-il quand elle fut un peu calmée. Seuls ceux qui ont assisté aux derniers instants de Zian savent la vérité, et j'en suis !… Vous sentez-vous la force de m'écouter sans m'interrompre ?… Il est des choses qu'il faut que vous sachiez : non, vous n'avez pas tué Zian ! (Il se leva, marcha de long en large.) Zian ne cherchait pas à mourir. Il est parti pour une chasse solitaire, comme il en avait l'habitude. Il avait le cœur gros de ne pas vous savoir à la maison et il s'est dirigé d'instinct vers la montagne qui pouvait lui procurer les plus réels apaisements : vers la montagne qu'il aimait d'une passion farouche, exceptionnelle... Tout est précis dans son comportement, sa partie de chasse manquée, le retour du beau temps qui l'incite à grimper une fois encore avant l'hiver !... Aucun souhait morbide dans tout cela ! Zian agit en alpiniste éprouvé, il ne commet aucune imprudence, il choisit l'aiguille la plus facile de la chaîne. Je vous affirme, comme si j'avais été avec lui, qu'il a pris toutes les précautions ; imaginez-le solitaire, grimpant les granits mordorés de l'automne en pleine lumière ! Quel apaisement dans tout son être ! Pourquoi ne pas croire que ce jour-là il a déjà compris qu'il avait gagné, que vous lui reviendriez ? Oui, c'est cela ! Il redescend joyeux, il ne néglige pas le plus petit détail, pose un rappel pour franchir la rimaye pourtant peu large, taille des marches où c'est nécessaire et le voici sur ce facile glacier des Nantillons. Il doit chanter... il chante, Brigitte ! Car il revient vers vous lui aussi, et tout à coup, comme il pose le pied sur cette mince fissure couverte de neige pourrie, il plonge à la verticale, dans l'abîme, ne laissant qu'un faible trou à la surface du glacier. Et là, dans ce gouffre, malgré l'orage, malgré la neige fraîche, sans piolet, sans nourriture, il lutte pendant huit jours, vous m'entendez, Brigitte, huit jours !... avec une énergie indomptable. Est-ce l'attitude d'un homme qui se suicide ?... N'est-ce pas au contraire la preuve éclatante qu'il voulait vivre à tout prix pour vous, Brigitte, dont par une secrète prémonition il avait deviné le retour ? Et cela se passait au moment exact où vous lui écriviez dans ce sens. Enfin... (le docteur baissa la voix, hésita) enfin... il est mort en prononçant votre nom ! »

Elle l'écoutait avec une profonde attention, et le médecin pouvait lire dans son regard la petite flamme lointaine de l'espérance vacillante encore au bord du doute.

« Il a prononcé mon nom ?

— Oui. Quand nous l'avons retiré de la crevasse et que nous nous sommes penchés sur lui pour les premiers soins, il délirait un peu, il a cru reconnaître votre silhouette qui se penchait sur lui… "Brigitte ! Brigitte !" disait-il. Les autres voulurent le détromper non par méchanceté, plutôt par honnêteté ; mais la jeune fille les a arrêtés…

— La jeune fille ?

— Je vais vous faire souffrir, reprit le médecin. Mais il le faut… Nanette a été l'âme des recherches, qu'elle a dirigées avec opiniâtreté et bon sens – il aurait voulu dire amour, mais il se contint – depuis l'Hôtel du Montenvers où elle terminait la saison. Sans elle, les guides eux-mêmes auraient abandonné la partie. Pouvait-on imaginer qu'un être humain pût vivre huit jours sans nourriture au fond d'une crevasse ?… Bref, Nanette était avec nous lorsqu'on l'a retrouvé… Brigitte, je m'en veux de réveiller aujourd'hui son souvenir. Mais pourquoi aurais-je à mon tour cette pudeur ? Entre elle et Zian, qui peut dire d'ailleurs quelle justice ou quelle injustice vous avait interposée ? Qu'aucune injustice du moins ne subsiste dans votre esprit concernant le comportement de Nanette en ces derniers instants. Elle a fait pour le bonheur de Zian la plus atroce des concessions. Lorsqu'elle se pencha sur lui pour m'aider à le soigner, Zian crut vous reconnaître ; il l'appelait : "Brigitte, Brigitte !" et elle se taisait, le laissant volontairement sur cette illusion cruelle pour elle. Il répétait : "Brigitte, c'est toi Brigitte ? Tu es revenue, je le savais, nous serons heureux maintenant." Il n'a plus rien dit, conclut le docteur, mais il avait alors un visage détendu. Je vous assure, Brigitte, qu'il est mort heureux, sans s'en apercevoir, certain que vous étiez près de lui à cet instant. »

Le Dr Coutaz s'arrêta de parler. Brigitte rompit la première le silence ; elle semblait s'être tout à coup apaisée, détachée de son malheur.

« C'était donc une journée comme celle-ci, dit-elle en s'animant, aussi transparente, aussi pure, avec le poudroiement glorieux des premières neiges sur les ors des mélèzes, et de loin en loin, dans la forêt, la grappe rouge des sorbiers surpris par le gel !... Cette heure merveilleuse ! Zian avait donc pardonné ! Je pourrai parler de lui sans rougir à notre fils ! Je veux vivre, maintenant ! Oui, je resterai dans la vallée et j'y accomplirai ma peine en élevant mon fils dans l'amour de ces gens qui me détestent. Qu'importe si je reste seule à subir les affronts quotidiens, le mépris caché, n'est-ce pas, docteur ? Qu'importe ?... Je leur rapporte l'un des leurs. »

Mathel-Tharin, le menuisier-charpentier, commença de visser le couvercle du cercueil ; il avait commandé d'éloigner les femmes, car depuis le temps qu'il habillait les morts et les clouait entre quatre planches, il redoutait toujours cet instant où les traits de l'être aimé vont définitivement disparaître aux regards et perdre leur aspect charnel. Il n'aimait pas la tragédie, Mathel, et il ne tolérait auprès de lui en ces instants douloureux que ceux qui étaient assez forts pour lui passer les planches sans trembler. Peut-être comprenait-il, malgré son âme rustique et l'habitude prise, qu'il coupait ainsi tout lien effectif entre le défunt et ceux qui le pleuraient ; désormais, à peine recouvert, le visage cesserait d'être présent, et bientôt se formerait une figure imaginative à laquelle chacun prêterait les traits qu'il affectionnait, et qui ne seraient jamais les mêmes selon qu'il s'agirait de la mère, de la femme, des enfants ou de l'ami.

Le salon de la Varappe, que l'on avait transformé en chambre mortuaire, donnait par une porte-fenêtre sur le versant du mont Blanc et malgré la nuit on distinguait la masse sombre du massif se profilant sur un ciel criblé d'étoiles. Comme la pièce était trop éclairée, la Marie à la Faiblesse, aidée d'Aline Servettaz, avait voilé les ampoules avec des foulards trouvés dans l'armoire. On avait tiré les meubles et les chaises sur les côtés, et ils étaient encombrés de fleurs coupées et de couronnes qui répandaient une odeur entêtante ; au chevet du lit, sur une petite table, il y avait un crucifix de bronze prêté par le curé, deux bougies allumées, une petite veilleuse à huile tremblotant dans un verre à moutarde, un bénitier et sa branche de buis jaunie, datant de la dernière fête des Rameaux. Il ne restait plus à cette heure tardive que Pierre Servettaz, Boule, Paul Mouny et Dayot. Les guides avaient aidé Mathel à porter le corps, à bras, du lit jusque dans le cercueil, et maintenant ils attendaient gauchement, les mains jointes, impressionnés. Pour eux qui avaient l'habitude de regarder la mort en face, elle leur apparaissait en cette minute suprême chargée de mystère, et Dayot, le libre penseur, ne pouvait se défendre de ressentir, pour la première fois de sa vie, la crainte obscure de l'au-delà.

Mathel venait à peine de bloquer à la chignole la première des longues vis à bois, lorsqu'ils entendirent frapper. À la porte-fenêtre, une ombre se profila, qu'ils reconnurent.

« C'est vous, docteur ! firent-ils sans étonnement.

— On peut encore le voir ? » interrogea le Dr Coutaz.

Il parlait à voix basse, mais Mathel avait entendu. Il se retourna, l'outil en main, son visage anguleux paraphé de longues moustaches rousses sur un menton mal rasé tout à coup éclairé par le plafonnier.

« Pour vous, docteur, on peut encore. J'ai juste placé une vis ! »

Il se mit posément à défaire l'ouvrage commencé.

Quand ce fut fait, les autres se rapprochèrent et ôtèrent le couvercle, mais aucun n'osa soulever le linceul. Alors le Dr Coutaz alla rapidement vers la porte, fit entrer une forme mince, tout encapuchonnée dans un fichu de laine noire, qui se faufila silencieusement dans la chambre, s'approcha. Les guides restaient plantés, bras ballants, interloqués...

« Soyez courageuse, Brigitte, c'est promis ? » fit Coutaz.

Elle acquiesça du menton, mais ses lèvres tremblaient. Le docteur dégagea le visage du mort. Zian reposait, les yeux fermés, les traits détendus, intact, avec un tel sentiment de bonheur sur sa figure de cire qu'on eût cru qu'il faisait un rêve merveilleux.

3

Le lendemain, Paul Dechosalet accueillit à la descente du train les parents de Brigitte, un peu inquiet et se demandant quelle attitude il devrait adopter en leur présence. Il connaissait la réprobation dont les Collonges avaient entouré le mariage de Zian et de Brigitte. Dans ces conditions, pourquoi venaient-ils à Chamonix ? Cela ne pourrait que faire jaser davantage, importuner les guides, nuire à leur fille ! Néanmoins, en tant que maire de Chamonix il se devait de recevoir avec déférence le puissant baron Collonges, allié ou ami d'importantes personnalités politiques.

Celui-ci ne lui laissa pas le temps de composer son attitude. En personnage habitué à être reçu, il avait repéré sur le quai le groupe formé par le maire et ses deux conseillers. À peine avait-il donné la main à sa femme pour l'aider à sauter sur le quai, qu'il se présentait, devançait les questions :

« Monsieur le maire, je présume ? Ma femme et moi nous vous sommes très reconnaissants de vous être dérangé. Quelle chose affreuse, quel drame ! Comment va notre pauvre fille ? »

Ils paraissaient sincèrement bouleversés.

« Elle a été très courageuse.

— Si vous le permettez, dit Paul Dechosalet, nous monterons directement à la villa. Je dois y attendre le préfet qui a pris dans sa voiture, à Annecy, le représentant du ministre.

— Partons, monsieur le maire ! Il ne faut jamais faire attendre. Vous dites bien le représentant du ministre… J'ai pensé un instant que le ministre viendrait, enfin son directeur de cabinet a rang de préfet… »

Paul Dechosalet examinait le bonhomme avec curiosité. Il admirait l'aisance avec laquelle il s'imposait, questionnant, décidant, se retournant de temps à autre vers sa femme qui, les traits tirés par les fatigues du voyage et par l'émotion, gardait le silence, indifférente à tout.

« Venez, ma pauvre amie, lui dit-il enfin. Brigitte doit nous attendre et il faut absolument que je sois là-haut lorsque les autorités arriveront ! »

La journée était merveilleuse ! Jamais la chaîne du Mont-Blanc ne s'était découpée avec tant de netteté dans un ciel aussi pur. Une lumière dorée frôlait les grands glaciers et leur conférait mieux que la beauté, la vie ; leurs crevasses, leurs parois bleutées s'allumaient et s'éteignaient comme des miroirs, le firmament était passé du gris perle de l'aube au bleu le plus ardent, et sur les flancs sud les forêts semblaient flamber au contact du soleil.

Mais de ce spectacle majestueux, les Collonges ne virent rien. Ils s'étaient plongés dans une rêverie silencieuse que le maire se garda bien de troubler. La voiture grimpait en première la côte de la Mollard, et dépassait lentement la foule des gens vêtus de noir qui montaient sur les lieux du rassemblement. Il y en avait tant et tant qu'à la fin le baron s'étonna :

« Toute cette foule ! Nos enfants étaient donc si connus !

— Zian était très aimé, monsieur, répondit le maire. Toute la vallée sera présente à l'enterrement. Les guides sont venus de Courmayeur, de Saint-Gervais et de Zermatt. »

Le baron approuva d'un signe de tête.

Plus haut, au carrefour de la Mollard, le cortège s'organisait : en tête la musique municipale, puis les skieurs du Club, un détachement de l'École de haute montagne où avait servi Zian, les guides…

« Un bel enterrement ! ne put s'empêcher d'observer tout haut Dechosalet.

— Vous avez raison d'honorer vos héros, monsieur le maire.

— Nous ne les honorons pas, nous les aimons, c'est tout, répliqua celui-ci non sans humeur. Aucun guide ne se prend pour un héros.

— Héroïques jusque dans l'anonymat ! des gens sublimes ! »

Dechosalet ne répondit pas. Il pensait à Fernand Lourtier, à Paul Mouny, à Boule, aux autres, qui mâchaient leur colère.

Comme ils étaient arrivés, il n'eut pas à se poser d'autres questions. Le baron et sa femme descendaient de voiture, jaugeaient la villa d'un coup d'œil.

« Bien construit, coquet, notre gendre était un homme de goût.

— Qui sait ? fit le maire. Il préférait peut-être sa maison des Praz, le pauvre Zian ! On est attaché aux vieilles demeures dans la vallée… »

La Marie à la Faiblesse apparut timidement sur le seuil. Le maire la présenta :

« Voici la tante de Zian, Mme Marie Mappaz, pour ainsi dire sa mère. »

Mme Collonges se précipitait, embrassait la bonne vieille suffoquée par la surprise :

« C'est vous, tante Marie ? Mon Dieu ! quel malheur ! Comme nous sommes malheureuses ! Encore maintenant nous avons peine à croire, à réaliser… »

Mais la Marie à la Faiblesse reprenait ses esprits, coupait court aux effusions :

« Brigitte est dans la chambre du premier étage. »

Le baron acquiesçait, se retournait :

« Quand les officiels arriveront, monsieur le maire, faites-moi prévenir, c'est important, je tiens à les remercier moi-même. Je compte sur vous ? »

Ils traversèrent le vestibule où allaient et venaient quelques guides, mais, pressant le pas, la Marie les fit monter à l'étage, ouvrit la porte d'une chambre.

Déjà, la baronne s'élançait, larmoyante.

Brigitte l'arrêta d'un geste.

« Ne vous donnez pas cette peine, maman. Qui vous a demandé de venir ? qui vous a priés d'entrer ici ? Votre présence est une insulte à la mémoire de mon mari, à ses camarades...

— Comment oses-tu... ! haleta la baronne.

— Laissez-la, mon amie, intervint Collonges, la douleur la rend folle. Brigitte, ton vieux père t'excuse, il te conjure d'être raisonnable, au moins le temps de la cérémonie, après nous aurons un entretien sérieux, nous pourrons longuement parler de l'avenir dans le train qui nous ramènera à Paris.

— C'est inutile, je ne partirai pas. »

Il faisait un geste d'approbation désinvolte, comme si tout cela n'était que le fait de l'énervement, une crise passagère :

« Nous aviserons, nous verrons, ne faisons pas de projets. Nous te laissons, à tout à l'heure. »

Ils redescendirent en proie à une vive agitation. Mme Collonges suivait à quelques marches de distance son mari, dont le visage déjà rouge était devenu cramoisi.

« C'est un comble ! nous interdire à nous, à moi... ! Mais, sans moi, personne ne se serait dérangé, ni représentant de ministre ni préfet, et ce ne sont pas ces campagnards...

— Êtes-vous fou ? coupa la baronne... »

Ils s'engouffrèrent au hasard dans une des pièces. La Marie les aperçut, crut qu'ils s'égaraient. Elle voulut les rattraper. Mais Coutaz, qui l'avait devancée, lui saisit le bras au passage.

« Ils sont furieux, lui dit-il à voix basse. Brigitte vient de les éconduire.

— Les éconduire ? » s'étonna la vieille femme.

Le médecin l'entraîna doucement à l'écart. Il eut une hésitation : devait-il lui rapporter ce que lui avait confié Brigitte ?

Il lui avait, dans un geste affectueux, posé les mains sur les épaules et la dévisageait.

« Marie Mappaz, lui dit-il soudain, avez-vous confiance en moi ? (Et sans attendre la réponse :) Écoutez bien, la Marie, Brigitte est une bonne fille, vous ne savez pas tout !

— Bien sûr, fit-elle vivement. Mais, que voulez-vous, elle n'était pas de notre monde. Je le lui avais bien dit à mon pauvre Zian. S'il m'avait écoutée, il n'aurait pas refusé la Nanette ! Enfin, c'est peut-être ma faute à moi aussi, j'aurais jamais dû m'en aller au moment de leur mariage. Mais, voilà, j'avais peur de gêner. Et ensuite, quand elle l'a quitté, je me suis dit : "C'est une petite crise, ça se tassera." "Ils s'aiment chacun à leur manière..." Je ne me doutais pas que ça finirait comme ça...

— Je vais vous apprendre un secret », se hâta Coutaz.

Et il lui révéla ce que Brigitte, désespérant de voir la tante lui rendre sa tendresse, n'avait pas encore osé lui dire.

La foudre serait tombée aux pieds de la Marie à la Faiblesse, qu'elle n'eût pas été plus surprise. Brigitte attendait un enfant, un enfant de Zian ! Elle en était toute pantelante, sans voix ! Elle regardait le médecin toute désemparée, se rapprochait, quêtant une confirmation, s'éloignait de nouveau.

« Un enfant, c'est pas possible, mon Dieu ! répétait-elle bêtement, les yeux pleins de larmes, Zian, mon petit, mon enfant... »

Tout à coup elle n'y tint plus. Elle avait envie d'être seule, de laisser là tout ce monde. Alors, sans même prendre le temps de dire à Coutaz les mots qu'il attendait – bien sûr, bien sûr elle avait pardonné ! –, elle courut s'enfermer dans sa cuisine et là, dans ce lieu plus familier pour elle, essaya de remettre de l'ordre dans ses pensées.

Le bruit des cloches s'élevait du fond de la vallée jusqu'à sa douleur. M. le curé allait arriver, il faudrait partir, elle mettait son chapeau noir et son long crêpe, cherchait longtemps son missel, enfilait ses gants, puis s'asseyait, vaincue, sur une chaise.

Alors, du fond de son désespoir, du fond de sa nuit, elle vit tout à coup poindre une petite lumière, encore lointaine et indécise, comme si la flamme de la veilleuse que les porteurs venaient de souffler au chevet du défunt, s'était réfugiée dans son cœur, et là grandissait, grandissait...

« Faut venir, tante, fit une voix rude et triste. On va partir. »

Camille Mappaz était devant elle, qui la regardait tendrement. Il avait passé son complet de guide en gros drap de Bonneval gris clair et sur le revers du veston, en dessous de l'insigne de sa profession, il avait fait coudre un ruban de crêpe large de trois doigts.

« Faut venir, la tante, on est déjà tous dehors. »

L'ordonnateur pénétra dans la villa et s'inclina devant Brigitte, immobile dans un angle de la pièce.

« Veuillez prendre place, madame ! »

Les Collonges s'avancèrent vers leur fille, sévères et angoissés.

Elle comprit, ils l'encadraient. Ils se placèrent immédiatement derrière le corbillard, et ils avaient à ses côtés une attitude si digne qu'elle frissonna de honte et de désespoir.

L'homme en noir consultait une liste, cherchait des visages parmi la foule qui s'était formée devant lui en hémicycle.

« Les autres membres de la famille ! disait-il. Ensuite, M. le représentant du ministre, MM. les officiels ! »

Personne ne bougeait.

Il y eut une minute dramatique, puis Camille Mappaz donna le signal, entraîna la Marie à la Faiblesse, puis Claveyroz et sa femme et Ravanat le notaire et tous les proches germains et issus de germains suivirent, se regroupèrent derrière les Collonges. Ils étaient furieux et humiliés. C'était comme si les étrangers leur avaient volé Zian ; ils en pleuraient de rage, mais tous ces officiels, tous ces uniformes leur en imposaient et ils firent taire leur indignation, se serrèrent et s'épaulèrent les uns les autres.

La Marie à la Faiblesse, affolée à la vue de tout ce monde et de ce cérémonial inusité, pleurait à présent sans retenue.

« Calmez-vous, tante, calmez-vous », faisait Camille.

Il lui parlait patois, lui disait son écœurement, l'engageait à se montrer courageuse, mais la pauvre vieille n'entendait plus rien, ne voyait plus rien, ne savait si elle devait avancer ou rester immobile dans cette lenteur que mettait le long cortège à s'ébranler.

Brigitte, dès les premiers pas, s'était retournée vers elle.

« Tante Marie, je vous veux près de moi. Venez ! Pauvre tante Marie ! »

Elle essaya de se dégager, mais son père la retint, l'obligea à marcher, parlant à mi-voix, lèvres serrées sans tourner la tête.

« De la dignité, malheureuse, de la dignité ! »

Il la sentit qui pesait plus lourd sur son bras, et il fut rassuré. Elle s'était résignée, elle suivait et, comme la Marie, s'abandonnait au flot grandissant qui descendait maintenant en direction de l'église.

À chaque carrefour, devant chaque maison, des gens s'étaient massés, attendant que le début du cortège les eût dépassés pour y prendre place. Mais Brigitte ne vit rien, ne reconnut personne, elle gardait le regard fixé sur le corbillard, sur les fleurs ; parfois elle rejetait la tête en arrière et son père, croyant qu'elle allait tomber, la serrait plus fermement. Elle paraissait absente, perdue dans une sorte de rêve intérieur.

Un cauchemar la hantait qui l'avait terrorisée dans le train l'avant-veille. Son père lui criait :

« Trop tard, trop tard, tu ne le rattraperas plus. » Mais elle courait, courait jusqu'à la maison qu'elle trouvait vide, jusqu'à l'église vide aussi, comme étaient vides encore les rues. Alors, courant toujours, elle avait enfin aperçu le cortège, un cortège immense qui emplissait toute la vallée jusqu'aux draperies des glaciers, jusqu'aux aiguilles ancrées dans le ciel. Et, se précipitant comme une folle, elle pénétrait dans le cortège, écartait les gens, il fallait cette fois qu'elle rattrape le convoi et elle disait :

« Pardon, madame ! Pardon, monsieur ! Laissez-moi passer ! Laissez-moi, voyons, je suis sa femme, pourquoi me rejetez-vous ? Puisque je vous dis que je suis sa femme, sa femme ! »

La cérémonie religieuse fut très longue, puis le convoi se reforma, traversa une nouvelle fois la petite ville, pénétra dans le cimetière du Biollay et, quand les derniers arrivants purent se faufiler entre les dalles et les grilles, les discours étaient déjà commencés.

Le soleil perçait à peine entre Blaitière et l'aiguille du Plan. Les rayons, qui tombaient presque verticaux, doraient au passage la végétation de coudriers, d'aulnes verts, de trembles, de biolles qui forment, de part et d'autre de la gorge, comme un maquis impénétrable.

Les jeunes du Club des sports finissaient de ranger les couronnes, et des centaines de bouquets de fleurs vives formaient un tertre parfumé devant le monument aux guides morts en montagne.

Le maire parla ; il le fit avec émotion et simplicité ; il n'était pas très éloquent, mais il sut dire son affection, sa peine, tout comme Benoît Ravanat qui vint après, et parla au nom des guides..., mais lui ne put terminer son discours pourtant préparé avec tant de soin. Il avait sorti son papier tapé à la machine, mis ses lunettes, mais il n'avait pu prononcer une seule phrase correcte. Il bredouillait et l'émotion le gagnait tellement qu'il plia rageusement son discours, le fourra dans sa poche, remisa ses lunettes, se moucha, puis, prenant une poignée de terre, il la jeta sur le cercueil, en disant d'une voix enrouée :

« Adieu, Zian, tu méritais mieux. Adieu ! On ne t'oubliera pas. »

Et tous interprétèrent ses paroles comme ils le voulurent, si bien que plus tard, quand on parlait de Zian entre guides, il y en avait toujours un qui disait à Benoît :

« T'as dit ce qu'il fallait, pas plus ! Le reste, on savait bien ce que tu pensais ! »

Après qu'eut parlé le président du Club alpin, la parole fut donnée au représentant du ministre. C'était un jeune directeur de cabinet, lettré, érudit, visiblement peu affecté par l'événement. Il exalta les vertus montagnardes qu'il ne pratiquait pas et trop habilement traça un portrait de Zian qui fit se regarder entre eux les guides ; il y était question de pur héros, d'exemple, de perte nationale ; et les montagnards ne retrouvaient pas dans cette description les traits simples et francs de leur compagnon.

« Ils en font une affaire d'État ! fit sourdement Fernand Lourtier.

— Pauvre Zian, ils peuvent même pas le laisser en paix… »

Le haut fonctionnaire parlait, parlait, puis s'adressait à la famille, rappelait d'une phrase la grandeur d'âme du baron Collonges « qui avait su discerner sous la rude écorce du guide les qualités de cœur de l'homme et qui n'avait pas hésité à lui donner sa fille ».

Il y eut un remous dans la foule. Les guides grondèrent, mais les officiels ne s'en aperçurent pas. Préfet, général, présidents formaient un cercle recueilli et attentif, et en face d'eux, devant la petite tribune dressée pour les discours, Collonges, soutenant sa fille crispée et hagarde, semblait recevoir tout seul le poids de ces louanges.

La Marie, épuisée par l'interminable attente, s'était affaissée, soutenue par Armand à la Bolla Nera, qui fit signe à Camille Mappaz et tous deux l'entraînèrent hors du cimetière.

« On reviendra, la Marie, on reviendra plus tard, quand ces salauds seront partis ! » répétait Armand.

Le baron Collonges reçut les condoléances, mais à l'exception du maire et du président des Guides retenus par leurs fonctions, tous les autres s'étaient éclipsés. Tandis que les personnalités officielles s'inclinaient devant Brigitte Mappaz, son père et sa mère, la foule sortait maintenant du cimetière en débandade, passant devant eux sans tourner la tête.

Il se fit bientôt, sans qu'elle s'en rendît compte, un grand vide autour de Brigitte, et elle se retrouva toute seule avec ses parents et quelques personnalités.

« Montons à la villa », décida le baron.

Benoît Ravanat prit congé, maladroitement :

« Je dois vous quitter, nous nous réunirons bientôt pour les questions qui relèvent de la caisse de secours, nous ferons prévenir Mme Mappaz.

— Ma fille rentre à Paris ce soir avec nous », décida Collonges.

Benoît s'en alla déchargé. Le maire fut plus bref.

« Je laisse voiture et chauffeur à votre disposition, excusez-moi, mes obligations... »

Il rejoignit Benoît, un peu plus loin.

Ils étaient tous deux silencieux, presque honteux :

« On n'a pas eu le beau rôle, Benoît. On aurait dû avoir le courage de leur dire ce qu'on pense.

— On ne pouvait pas, dans notre position. Nous aussi on était des officiels... Mais tu as vu les autres, pas un qui est resté ! »

Le baron Collonges allait de long en large, faisant preuve de la plus grande agitation. De temps à autre il consultait sa montre, se tournait vers Brigitte :

« Encore une fois, je t'ordonne de venir avec nous. Ton entêtement est ridicule ; je veux bien le mettre sur le compte de la douleur qui t'enlève toute possibilité de raisonnement. Tu n'as plus rien à faire dans ce pays, plus rien, m'as-tu compris ? Crois-tu que je n'ai pas senti la haine qui couvait autour de nous, et qui demain se reportera sur toi, pauvre enfant ! Je te plaindrais de rester au milieu de ces gens qui te détestent ! (Elle gardait le silence, les yeux fixes, absente ; il s'énerva :) On dirait que je parle à un mur, Solange, aide-moi, le temps passe, il faut partir pour la gare...

— Brigitte, où es-tu ? tu m'inquiètes... », fit alors doucement la baronne.

Ce silence devenait trop cruel, il fallait le rompre, Brigitte en avait conscience, mais elle n'osait pas.

« Eh bien, dit-elle enfin, en se levant, j'ai une grande nouvelle à vous annoncer... »

Elle s'était dressée devant son père et paraissait le défier.

« Parle, mon petit.

— J'attends un enfant !

— Mon Dieu ! s'écria la baronne, ça n'est pas vrai ? »

Elle s'était levée à son tour, pâle et bouleversée.

« Un enfant, tu n'y songes pas ! s'exclama ridiculement Collonges. Mais il ne faut pas ! Tu es libre maintenant, tu dois refaire ta vie...

— Oui, dit calmement Brigitte, je referai ma vie, mais ici ! »

Ils la regardèrent alors tous deux avec inquiétude.

« Partons, partons tout de suite », décida soudain la baronne.

Quand ils montèrent dans la voiture du maire, quelques instants plus tard, ils avaient repris leur physionomie habituelle.

4

Benoît Ravanat déboucha sur la place vers 10 heures du matin. Elle était déserte, mais par un froid pareil le vieux guide ne fut pas étonné ; les autres devaient l'attendre chez Gros-Bibi, bien au chaud devant une chopine. Il rangea sa bicyclette dans le couloir de la vieille mairie, puis traversa la rue pour les rejoindre.

Le soleil venait d'arriver aux biens de la Mollard et il faisait briller les paillettes de givre pendues aux brindilles d'herbe sèche et gelée. On abordait la période des jours courts, il aurait fallu de la neige ; elle ne tarderait pas, on était bientôt fin octobre. Ravanat leva la tête vers le massif du Mont-Blanc par habitude, puis cligna des yeux ; une sorte de gloire s'était formée sur le mont Maudit, le soleil débouchait lentement sur les crêtes et ses premiers rayons vinrent frapper le montagnard en pleine face. Il resta un instant immobile, sa haute stature dressée, comme s'il se laissait caresser par la chaude lumière.

« Salut, Benoît ! Tu prends le soleil ? »

Il se retourna. Henri Dechosalet, délégué d'Argentière, virait à son tour sur la place dans un crissement de freins rouilles, et restait planté un pied par terre, l'autre sur la pédale, les deux mains au guidon.

« C'est bon, à c't'époque de l'année !

— Ça sent la neige !

— Faudrait bien qu'elle vienne. C'est déjà trop gelé. »

Ils étaient d'accord, le froid était trop vif et il manquait à la terre son manteau protecteur.

Sans se concerter, ils se dirigèrent vers le café.

Les autres y étaient, et discutaient déjà âprement. Gros-Bibi leur servait du vin chaud et se mêlait à la conversation. Un tort qu'il avait, Gros-Bibi : quand on est dans le commerce, motus, bouche cousue !

« Voilà le président et celui d'Argentière, on est au complet !

— Laisse-nous boire un coup, on a besoin de se réchauffer », dit Fernand.

Pierre Servettaz fit signe à Benoît : Fernand Lourtier commençait à se monter.

« Vaut mieux discuter pendant qu'on est encore de sang-froid ! »

Mais Fernand Lourtier attrapait le président par la manche, l'obligeait à s'asseoir à son côté.

« Buvez un coup, Benoît ! Pour ce qu'on a à décider, ça sera vite fait ! (Il s'animait, tapait du poing sur la table :) Rien, rien de rien ! On lui donnera pas un sou, manquerait plus que ça... ! »

Gros-Bibi s'approchait, intéressé.

« Tu discuteras au bureau. Ici, c'est pas l'endroit », fit durement Servettaz.

Les autres le suivirent.

Fernand sortit le dernier, colère et ronchonneur.

Le haut clocher bulbeux de l'église brillait comme un joyau sous le soleil, mais l'ombre ne lâchait point la ville, et la chaîne était saupoudrée de neige.

« Ferait bon se trouver au Grépon ! » ironisa Paul Mouny.

Les aiguilles étaient caparaçonnées de glace, leurs surplombs luisaient comme des miroirs, et, des fissures comblées de neige, s'écoulaient des avalanches dont le lumineux panache s'éparpillait au vent.

« On a autre chose à faire ! Y en a qui doivent rentrer chez eux pour midi ! »

Ils pénétrèrent dans le bureau des guides et passèrent dans l'arrière-salle, dont les murs nus étaient tout garnis de cordes, de piolets dépareillés et de crampons. Comme il n'y avait pas suffisamment de chaises pour tout le monde, Dechosalet s'assit sur la caisse en bois des premiers secours, et Fernand sur le brancard.

Pierre Servettaz, en sa qualité de président de la caisse de secours, fit l'appel : ils étaient tous là sauf Guichardaz, le père de Nanette, et ils furent soulagés de son absence. Benoît Ravanat et Armand à la Bolla Nera représentaient le bureau, Fernand Lourtier Les Bossons, Paul Mouny Le Tour, et Dechosalet Argentière.

« On va commencer ! fit Pierre. On est réunis pour discuter du secours à allouer à la famille de Zian.

— Pourquoi t'as pas fait la proposition à l'assemblée générale ? dit Fernand Lourtier.

— Pas si fou ! » lança Paul Mouny.

Ils étaient tous deux très montés contre la femme de Zian. Tout ce qu'on avait pu leur dire ou rien, c'était pareil.

« Pierre n'avait rien à demander à l'assemblée générale, fit sévèrement Benoît Ravanat. L'assemblée, c'est un, et la caisse de secours, c'est autre chose ! On est indépendants, même le bureau n'a rien à voir là-dedans !

— Parce que si vous aviez posé la question, vous auriez entendu la réponse, hein ! reprit Lourtier. Tous contre ! On aurait tous été contre ! »

Pierre Servettaz montrait des signes d'impatience, Benoît crut bon de calmer la réunion.

« À quoi bon t'énerver, Fernand, puisque n'importe comment on ne sortira pas d'ici sans avoir pris une décision, et que si c'est la tienne qui prévaut, on s'inclinera ?

— On n'aurait même pas dû tenir une réunion, c'est une honte ! Accorder un secours à la femme de Zian ? Ses parents n'ont qu'à l'aider, ils ont fait assez du volume, le jour de la sépulture. Il n'y en avait que pour eux, rien que pour eux ; vous vous êtes laissé retourner comme des crêpes, toi, Benoît, Armand ! Moi je le dis tout haut, s'il y a un secours à verser, c'est à Nanette Guichardaz qu'on devrait le donner – je dis pas ça parce que c'est ma cousine, mais je peux bien la défendre, puisque son père n'est pas présent…

— Tu as de bons sentiments ! fit Pierre conciliant, mais il y a un fait et un règlement, et à ça nous n'y pouvons rien. Le fait, c'est la mort de Zian ; le règlement veut que la veuve ou les enfants ou les ascendants d'un guide mort en montagne reçoivent un secours. »

Armand à la Bolla Nera se leva. Il parlait lentement et pesait ses mots.

« On ne va pas s'engueuler pour une question aussi simple. Il y a un article du règlement qui précise que le secours doit être attribué d'urgence en cas de besoin. Si Pierre avait voulu, il n'avait même pas à nous consulter, il pouvait tout de suite verser le minimum. Mais je suis d'accord avec toi pour dire que la femme de Zian n'a besoin de rien. Elle n'a d'ailleurs rien demandé, faut être juste…

— Manquerait plus que ça !…

— … il reste que la Marie à la Faiblesse perd comme qui dirait son fils, et celui sur lequel elle comptait le plus pour assurer ses vieux jours. Moi, je propose de verser à la Marie…

— C'est sûr, et j'y ai pensé, dit Pierre, mais cela ne résout pas la question pour Brigitte.

— Si tu continues à en discuter, je sors, fit Fernand Lourtier en se levant, c'est une honte de parler au nom des guides et de s'occuper d'une femme pareille. Sans elle, je te dis que Zian serait encore vivant.

— Calme-toi ; nous n'avons pas à nous mêler de la vie intime de Zian, pas plus maintenant qu'avant. Et toi, qui as vu mourir ton copain là-haut vers les Nantillons, tu ne devrais pas parler comme ça, en offensant sa femme, tu le sais bien.

— Vous êtes trop têtus, je m'en vais…

— Arrête, Fernand : il y a une chose que tu ignores. La femme de Zian attend un enfant. »

Ils se tournèrent tous vers Pierre, interloqués.

« Ça par exemple ! fit Lourtier. Et comment le sais-tu ?

— Par la Marie ! M'est avis que c'est pour ça qu'elle est restée avec Brigitte.

— Un enfant… un enfant ! Faudrait encore prouver qui est le père. »

Benoît se leva. Il était indigné.

« Fernand, tu n'as pas le droit de dire des choses comme ça. Assieds-toi et écoute. (L'ascendant de Benoît était si grand que Fernand Lourtier se rassit.) Continue, Pierre ! fit le président.

— Voilà. Pour la Marie, je propose une rente de deux mille francs ; quant à Brigitte, il faudrait lui proposer la même somme (il tendit la main pour prévenir une interruption), je suis certain qu'elle refusera, j'en suis persuadé. Cette femme a plus de cœur que vous l'imaginez : elle a rompu avec sa famille, définitivement, elle reste au pays…

— On la forcera bien à partir ! répliqua Fernand. Compte sur moi.

— Tu te fais plus mauvais que t'es, dit Dechosalet qui était resté muet et hochait la tête. Le mieux qu'on a à faire, c'est de ne pas s'en inquiéter.

— Êtes-vous d'accord, deux mille à la Marie, deux mille à la femme ? On verra ce qu'on fera à la naissance.

— Votons, fit Armand à la Bolla Nera. D'abord pour la Marie. »

Ils mirent gravement des bulletins dans le chapeau de Benoît.

« Six voix pour, dit Pierre Servettaz. Maintenant, pour Brigitte Mappaz. »

Ils étaient gênés. Ils auraient voulu se cacher pour écrire.

Pierre Servettaz tendit le chapeau, recueillit les bulletins, mais avant même de les déplier, il connaissait le résultat.

« Deux oui, quatre non ! »

Il y eut un silence étonnant. Ils restaient tête basse, seul Fernand Lourtier triomphait.

« Tu pourras lui porter la réponse, Pierre.

— Il n'y a pas de réponse, fit tristement Servettaz, puisqu'il n'y avait pas de demande. Je pensais que vous auriez pu dire oui, elle aurait refusé. Vous ne la connaissez pas : elle aurait refusé !

— Comme ça, elle n'aura pas à se donner cette peine, fit Paul Mouny. Vaut mieux qu'elle sache ce qu'on pense. »

Benoît revint à la charge.

« On a mal agi. Je propose d'atténuer la réponse : en ce qui concerne Brigitte, le comité de la caisse de secours se réunira à la naissance. D'accord ? »

Personne ne répondit.

« Qui ne dit pas mot consent ! Inscris au procès-verbal, Pierre. (Mais déjà Servettaz fermait le cahier des délibérations.) C'est entendu, vous avez gagné, je vais donc me charger de la commission. Après, vous recevrez ma démission. C'est naturel, hein ? »

Il les regardait d'un air de défi.

« Viens avec moi, fit Benoît, on parlera plus longuement. (Dehors, Pierre refusa d'aller boire chez Gros-Bibi. Il voulait se retirer, mais Benoît le décida :) Allons au café Breton ! On verra Armand, toi et moi, comment on peut adoucir la chose. En tout cas, moi je la refuse, ta démission. (Puis, comme l'autre hésitait :) Allons, viens ! Faut plus discuter avec Fernand, il était un peu chaud ; aussi, ça l'a bouleversé, la mort de Zian. »

Les autres étaient rentrés chez Gros-Bibi et, comme il y avait une forte buée sur les vitres, on ne les voyait plus.

5

Pierre Servettaz monta à la Varappe quelques jours plus tard. Il *couçait* depuis le matin et, devant la rigueur du blizzard, les deux femmes n'étaient pas sorties de la journée.

Brigitte avait passé de longues heures à contempler, à travers les larges baies de la villa, les effets de la tourmente. Le vent soufflait avec tant de violence qu'il soulevait la neige en tourbillons au-dessus des aiguilles. On eût dit qu'un feu souterrain consumait toute la montagne, les volutes de fumée blanche sortaient des crevasses, montaient les couloirs, s'effilochaient aux arêtes, ou bien les nuées chassées par le vent se rabattaient le long des versants glaciaires, atteignaient les forêts, secouant les arbres avec furie et sur leur parcours ceux-ci se déneigeaient brusquement, formant de grandes plaques sombres dans le paysage.

Plus près, sous les fenêtres de la Varappe, le vent soufflant au ras du sol amincissait peu à peu la couche de neige jusqu'à la faire par endroits disparaître. Une longue plainte emplissait la vallée, plus sensible encore autour du chalet, car il s'y mêlait la grande voix de la forêt toute proche. Cependant, contraste incroyable, le ciel était bleu et un soleil éclatant inondait la haute chaîne. Dérision ! Ses rayons ne parvenaient pas à réchauffer l'air qu'ils traversaient, et malgré le ciel clair, à peine barré très haut par quelques fines lamelles de condensation, la journée avait été terrible, l'une des plus froides de l'hiver.

Pierre Servettaz frappa, ouvrit la double porte, s'annonça à haute voix, referma rapidement le tambour derrière lui. La Marie vint à sa rencontre. Il s'ébroua, secouant la neige poudreuse qui le recouvrait, ôta son serre-tête et son anorak, ponctuant chacun de ses gestes d'une phrase brève.

« Quel temps, la Marie ! Moins vingt-cinq degrés sur la place ! Il n'y a pourtant pas bien loin jusqu'à chez vous, j'ai cru ne pas y arriver, fallait que je m'arrête toutes les minutes, que je tourne le dos au vent pour respirer. C'est comme si on avalait des glaçons ! (Puis il s'enquit, redevenu grave :) Brigitte est là ?

— Où veux-tu qu'elle soit un jour pareil ?

— C'est sûr ! »

La Marie le fit entrer dans la grande pièce où se trouvait Brigitte. Une rafale de vent claquait contre les vitres, mais par les doubles fenêtres soigneusement jointes seul passait le soleil, et il entrait largement, diffusant lumière et chaleur.

« Fait bon chez vous ! dit Pierre, un peu gêné de se retrouver en présence de la jeune femme.

— N'est-ce pas ! Vous vouliez me parler ? (Elle le faisait asseoir. La Marie s'éloignait, discrètement, Brigitte la retint.) Restez, tante.

— Certainement, fit Pierre soulagé, ce que j'ai à dire, la Marie peut l'entendre. Il s'agit de Zian. Je suis président de la caisse de secours des guides, on a eu notre réunion l'autre jour, on y a discuté des secours à vous accorder selon l'usage…

— Mais je n'ai rien demandé, fit Brigitte, rouge de confusion.

— Vous n'aviez rien à demander, c'est le règlement : un guide meurt, il y a tant pour la femme, tant pour les gosses !… À vrai dire, ça n'est pas un règlement, c'est laissé au soin et au jugement de la commission, tous les cas ne sont pas les mêmes ! Ça dépend aussi de l'état des finances. Vous savez qu'on n'alimente la caisse de secours qu'avec les recettes de la fête des Guides... Bref, on a discuté votre cas... »

Il s'arrêtait, embarrassé.

« Et alors ? Continue ! fit la Marie avec une rudesse inhabituelle.

— Ça m'ennuie un peu de dire ça tout brusquement... Vous devez bien penser qu'il n'y a pas que des gens qui vous sont favorables, à la commission, et puis le fait (il s'embrouillait, n'osait regarder Brigitte)... le fait que vous n'étiez pas là quand il est mort... »

Brigitte, très digne, gardait le silence.

Servettaz, qui s'attendait sans doute à de la colère, à des pleurs, à un éclat qui lui aurait dicté sa réponse, se sentit tout à coup incapable de poursuivre. Il laissa s'écouler quelques secondes, puis, se tournant vers la Marie à la Faiblesse :

« On a discuté des statuts... Ceux-ci spécifient qu'il faut venir en aide d'abord aux personnes à charge, alors la commission a été unanime à vous voter un secours, la Marie, vu que vous viviez auparavant avec Zian, que vous étiez comme sa mère. Oh ! pas grand-chose, une rente de deux mille francs. Quant à Brigitte...

— Je vous écoute, Pierre, fit doucement la jeune femme.

— Je ne sais pas comment vous dire ça, avoua-t-il. J'ai bien discuté, j'étais tout seul ou presque avec le président des guides à voter pour, mais ceux d'Argentière étaient contre, et aussi ceux des Bossons... Enfin... !

— Ce n'est plus la peine de continuer, Pierre ! J'ai très bien compris. Je vous remercie, fit-elle en lui tendant la main ; votre tâche était délicate, cette démarche encore plus pénible. Merci de tout cœur d'avoir accepté de la remplir, dites à vos camarades que je n'accepte aucun secours venant d'eux. J'ai une petite rente, je travaillerai pour élever mon enfant. »

Il crut bon de mentir.

« Ils n'ont pas refusé directement, ils ont biaisé, ça ne vaut pas mieux ; ils ont trouvé un prétexte, votre famille est riche, disaient-ils, il fallait garder l'argent pour un cas plus urgent... J'ai protesté, il n'y a qu'une justice : quand mon père est mort aux Drus, nous étions dans l'aisance, eh bien, nous avons accepté la somme qu'a versée la caisse de secours, car c'est un peu une tradition, et cette fois-ci, ils voulaient faire une entorse. J'ai protesté, je leur ai proposé de voter une somme, de vous la faire tenir et je leur ai même dit – j'ai pris ça sur moi – que certainement, puisque vos parents étaient riches, vous la refuseriez... Ils n'ont pas voulu, ils sont butés !

— Vous avez bien agi, Pierre ! Comment vous remercier ? J'aurais refusé, en effet, bien que je ne sois plus riche maintenant, mais je suis jeune et, je vous l'ai dit, je travaillerai...

— Et l'enfant, Pierre ? éclata la Marie. Y avez-vous songé ? »

Elle s'était dressée comme une poule qui défend sa couvée, ses yeux brillaient de colère.

« Oui, j'y ai songé. Marie, mais je voudrais pouvoir me dispenser de vous raconter la discussion, ça serait trop pénible pour Brigitte ; il y a des gens qui ne comprennent pas... Enfin, qui ont de mauvaises pensées...

— Tais-toi ! fit durement la Marie, et dis-moi ce qu'ils ont décidé pour *mon* petit-fils. Peut-être est-ce un bâtard, n'est-ce pas ? ajouta-t-elle, haussant la voix jusqu'à crier. C'est cela ? »

Pierre se tut. On entendait au-dehors le vent gémir et tourner sans répit autour de la villa.

« Tout cela est très pénible, en effet, fit Brigitte. Je préfère que nous n'en parlions plus ! Vous rassurerez vos camarades, Pierre : je refuse tout, et pour moi et pour mon fils !

— Vous n'avez pas le droit, Brigitte ! dit la Marie fermement. Et j'irai leur faire entendre raison. Ils m'écouteront, moi, et Pierre me soutiendra, sinon... je vous jure ! »

Servettaz posa sa main sur l'épaule de la vieille femme.

« Vous avez mon appui, Marie. D'ailleurs, rien de définitif n'a été fait ; on a tout simplement décidé que le bureau attendrait la naissance pour se prononcer. »

Il se levait, désireux d'écourter la visite.

Brigitte l'accompagna jusqu'au pas de la porte.

« Je vous suis très reconnaissante, si ! je sais ! Il faut du courage pour être de mon côté, surtout quand on était comme vous un ami de Zian ! (Et comme il allait partir :) Au revoir Pierre ! Embrassez Aline. Si cela ne l'ennuie pas, un jour, j'aurai le courage d'aller la voir.

— C'est cela ! venez, Brigitte, la maison vous est ouverte. »

Il disait cela sans chaleur, et elle comprit que dans la maison Servettaz, Aline n'était plus pour elle une alliée.

Elle revint vers son observatoire, suivit des yeux la silhouette sombre de Pierre luttant contre la tourmente, et qui par moments disparaissait derrière un tourbillon de neige. Il avait voulu couper court à travers les champs, par une vieille trace qui rejoignait les maisons des Moussoux, mais tous les dix mètres le vent l'obligeait à se retourner. On pouvait le voir, courbé en deux, s'arrêtant, repartant. Elle fut tentée de sortir, de lui crier de revenir. Mais il abandonna son idée de raccourci et se dirigea, en faisant de grands sauts dans la neige, vers le village de la Mollard.

« Quelle *couce* ! Hier, on appelait la neige et maintenant qu'elle est là on s'aperçoit qu'elle va rester tout l'hiver et on regrette la terre sèche.

— On se croirait à la maison des Praz ! dit Brigitte. (La Marie à la Faiblesse ne répondit pas.) Vous la regrettez, la vieille maison, tante Marie ? (Comme l'autre gardait le silence, Brigitte reprit :) Moi aussi, je la regrette. Je n'aurais jamais dû accepter le sacrifice de Zian : c'est pour moi, uniquement pour moi qu'il a fait cela. Il n'a jamais été heureux dans cette villa, il n'y était pas à sa place. Quand il n'était pas en course, il était tout le temps en bas, dans le garage ; c'était son atelier, quand il y travaillait je l'entendais chanter… J'aurais dû comprendre, et moi non plus je n'étais pas heureuse dans cette villa. Sans cela je ne serais pas partie pour Paris. Ici, ça n'était ni Paris ni la montagne : cette maison, on peut la bâtir où on veut, elle n'a pas d'âme…

— Les guides ont été durs ! fit la Marie, poursuivant une idée qui ne la lâchait pas depuis le départ de Pierre. Ils ont été injustes ! Il faut que vous protestiez.

— Non, tante Marie.

— Faudra le faire pour l'enfant.

— Tante Marie !

— Si vous ne le faites pas, j'irai, moi, les trouver au bureau.

— Il ne s'agit pas de cela. Je voudrais vous demander, je voudrais savoir…

— Parlez.

— Cette vieille maison des Praz, si on la rachetait ? »

La Marie la regardait, surprise.

« La racheter ? À la famille Mappaz ? Pour quoi faire ? Avec quel argent ?

— Pour mon fils, tante Marie. Son père est né dans cette maison et je voudrais qu'elle soit aussi la mienne, qu'il y grandisse en vrai Chamoniard.

— Bien sûr, ça serait mieux, mais je n'ai pas assez d'argent et vous, après ce qui s'est passé, vos parents ne vous aideront pas.

— Vendons la villa !

— Asseyons-nous, on sera mieux pour causer, je me sens toute patraque ; aussi, cette idée… Faut bien réfléchir, Brigitte ! La villa vaut plus que la ferme : il y a la situation, il y a le mobilier, il y a le rapport. Ici, on pourrait facilement louer deux appartements pendant l'été… Et puis ! Pas dit que la famille accepte : du côté de Camille, peut-être ! Mais il y a les Ravanat et surtout il y a Claveyroz, il est pas commode, le Piémontais, et c'est lui qui loue Les Praz.

— Il pourrait rester, la maison est grande... »

La Marie à la Faiblesse regardait sa nièce en face.

« Pour leur faire comprendre qu'on veut changer un cheval borgne pour un aveugle, ça sera difficile ! Ils comprendront pas...

— Tante Marie, vous ne voulez pas essayer ? Si c'est vous qui leur expliquez la chose, ils comprendront, vous leur direz que c'est pour l'enfant... que ce sera un vrai Mappaz... »

La Marie à la Faiblesse réfléchissait.

« C'est bon, fit-elle au bout d'un long moment. Je vais essayer. Moi aussi, j'aimerais mieux vivre aux Praz. Puisque j'ai décidé de rester, autant que ça soit chez moi ! »

6

La Marie à la Faiblesse avait commencé le lendemain ses démarches dans la vallée. Gilbert Ravanat, le notaire, fut tout surpris par cette décision. Il fulmina :

« Zian m'a supplié de vendre la ferme pour acheter la villa, je me suis décarcassé pour lui donner satisfaction sans que la maison et le bien des Praz sortent de la famille, et maintenant c'est sa femme qui veut racheter !

— On n'aurait jamais dû vendre. Brigitte s'en aperçoit maintenant.

— Elle n'est pas faite pour vivre dans une ferme !

— Qui sait, notaire ? Autrefois, j'aurais dit comme toi ; maintenant j'en suis beaucoup moins sûre. D'attendre un enfant, ça l'a toute changée.

— Et toi, Marie, après avoir vécu là-haut comme une grande dame, tu ne pourras plus te faire aux bruits de l'étable.

— Ne plaisante pas, notaire.

— Si on ne peut plus taquiner une vieille cousine… Allons ! c'est dit, je m'en occupe, je vais monter à Argentière, préparer la famille. De mon côté, je suis d'accord, et puis n'importe comment c'est ceux qui auront la villa qui feront la bonne affaire, et en tant que notaire et parent, ça me gêne un peu, ça me crée des scrupules.

— C'est bien réfléchi. »

Il s'était écoulé plus d'un mois depuis cette visite, puis un jour il avait fait dire à la Marie de passer à l'étude.

« Je crois qu'on est d'accord, Marie. J'ai pris rendez-vous pour dans deux jours à Argentière. Ces sortes d'arrangements, vaut mieux que ça se passe dans la maison de famille ; c'est une affaire entre Mappaz, un échange somme toute, et ça n'intéresse qu'eux.

— Ils ont dit oui ? Même la Julie ?

— La mère de Camille n'est pas la plus mauvaise, ni lui non plus ! Il se rendra à mes raisons ; mais il y a la Ludivine, et Claveyroz. Faudra encore bien discuter, j'ai peur. Aussi je vais te donner un pouvoir, tu le feras signer à Brigitte : vaut mieux qu'elle n'apparaisse pas pour le moment, sa présence ne ferait que compliquer les choses.

— Eh bien, c'est entendu, fit-elle avec humeur. Elle restera à la villa, j'en fais mon affaire ! »

Et deux jours plus tard, la Marie était allée au rendez-vous d'Argentière. Elle avait fait à pied le trajet de huit kilomètres. La vieille femme, qui n'avait pu s'habituer au train, aimait à cheminer des heures durant à travers la vallée. Elle allait, le buste penché en avant, son éternel petit sac tyrolien accroché aux épaules, les cheveux serrés sous un fichu et, suivant le temps, un gros parapluie bleu à la main ou une canne ferrée, quand elle ne tricotait point. On la reconnaissait de loin et personne ne s'étonnait de la voir passer, toute seule, à des heures tardives, même en plein mauvais temps, faisant la navette entre la maison des Praz et celle d'Argentière, et parfois poussant très loin, jusqu'aux Chavants et à Servoz, où elle avait de vagues cousinages.

Elle qui ne connaissait la montagne que par les récits de Zian, qui n'était jamais montée plus haut que l'alpage de Balme, n'ignorait rien en revanche de tout ce qui constituait la vie de la vallée. Rien ne lui échappait, ni des gens, ni des bêtes, ni des plantes. Elle allait tantôt ici et tantôt là, toujours observant, enregistrant dans sa mémoire les moindres faits, dénombrant les champs emblavés, évaluant les récoltes, comptant les vaches des troupeaux, s'arrêtant parfois pour examiner minutieusement un animal, l'état d'un verger ou la construction d'une villa nouvelle. Non, rien ne lui échappait, et sa tête était un véritable cadastre vivant que chacun pouvait consulter à tout moment.

Ainsi marchait-elle ce jour-là, maigre silhouette aux jambes grêles, infatigables, montant la Poya des Tines à longues foulées, écoutant crisser le cuir de ses semelles sur la neige tassée, se rangeant parfois pour laisser passer un traîneau chargé de foin, tiré par des chevaux mouillés et fumants, dont le conducteur la saluait sans tourner la tête.

Le village semblait assoupi. D'épais amas de neige recouvraient les toits, et la rue principale elle-même n'était plus qu'une étroite tranchée pratiquée par le chasse-neige dont les déblais masquaient jusqu'au premier étage les façades des maisons.

À part chez Nathale et devant la gare, les hôtels étaient fermés. Tout semblait en sommeil, mais dès qu'on avait franchi le grand pont qui sépare la station touristique du vieil Argentière, la vie se manifestait : des gosses lugeaient dans les ruelles, des hommes coiffés du béret, le pantalon serré dans les molletières, conduisaient de lourds traîneaux chargés de rondins ou de sacs ; les vieux regardaient le bois que les enfants rangeaient en tas réguliers le long des maisons. Des femmes sortaient des étables les troupeaux qu'elles menaient boire au béchal ; les vaches n'avaient plus leurs pesantes clarines, elles agitaient les petites sonnettes d'hiver qu'on leur laissait pour ne pas les déshabituer ; les veaux et les génisses, affolés par la lumière, caracolaient dans la neige, et ce spectacle familier enchantait la Marie.

Le paysage d'Argentière est comme inondé par le glacier. Celui-ci semble issu du ciel, qu'il barre d'un trait horizontal très au-dessus du village, avant de sauter dans la vallée d'un seul bond gigantesque. On dirait qu'il naît brusquement de l'azur entre les deux formidables piliers de la Verte et du Chardonnet. L'importance de ces deux masses montagneuses, l'étroitesse de la vallée, enserrée au nord par le versant à pic des aiguilles Rouges, confèrent à la combe d'Argentière une originalité bien marquée. Tout y semble plus clair, plus ensoleillé que dans le reste de la vallée. Tout y est moins vaste en effet – et le village intimement confondu aux blocs, aux forêts, aux eaux torrentielles, apparaît les jours d'été, devant l'horizon plus paisible des alpages de Balme et de Charamillon, blotti sous une lumière divine. Au-delà c'est la Suisse, le Valais !

Tel était le pays de la Marie à la Faiblesse !

Elle arriva la dernière, traversa l'étroit couloir aux parois boisées qui coupait la maison en deux ; il était tout imprégné d'odeurs d'étable, de lait caillé, de foin séché et de fumée. Puis, ayant détaché les sabots de neige de ses souliers, elle entra directement dans le pèle.

Les autres étaient assis en cercle à l'attendre. Le jour ne parvenait dans la grande chambre que par une étroite fenêtre croisillonnée de fer, à travers laquelle on pouvait voir les pentes éclatantes de blancheur de la montagne de Lognan. Mais l'ombre était tout empreinte de la chaleur douce et égale du fourneau de pierre.

La fumée des pipes et des cigarettes montait vers les hauts lits à rideaux qui garnissaient les angles, et l'odeur du tabac se mêlait au parfum douceâtre du thé que Julie Mappaz servait en abondance.

« Salut à tous ! » fit la Marie.

Elle clignait des yeux, cherchant à dévisager dans la pénombre chacun de ceux qui étaient présents et qui, l'un après l'autre, l'accueillaient par quelque affectueuse plaisanterie. Ils connaissaient sa marotte d'aller toujours à pied ; le notaire et Claveyroz, qui étaient arrivés par le train à peine une heure avant, l'avaient aperçue de loin arpentant la route enneigée.

« Tu montais la Poya avec tant d'ardeur, dit le notaire, que j'ai bien cru un moment que tu allais dépasser le train !

— Parle toujours, notaire ! C'est pas avec ton gros ventre que tu pourrais me suivre.

— Bien répondu ! » fit Camille, le plus expansif de tous.

Quand elle se fut reposée un peu et sans attendre qu'on l'en priât, le notaire se cala dans son fauteuil, ouvrit sa serviette et disposa sur le tapis de drap qui recouvrait la table centrale des papiers et des actes qui semblaient tout préparés d'avance.

Il prit son temps, bourra sa pipe, secoua d'une chiquenaude les brins de tabac blond qui s'étaient éparpillés sur son gilet, puis détacha sa grosse montre en or de la chaîne double qui barrait son ventre et la posa sur la table. Tous ces préparatifs impressionnaient l'assistance, et, bien qu'il fût leur proche parent, les autres s'étaient tus, vaguement intrigués, et le regardaient faire. On n'entendait plus que le bruit lent et régulier du balancier de la grande horloge à coffre, comme un cœur géant battant au-dedans des murs.

Gilbert Ravanat, frère du président des guides, cousin issu de germain des Mappaz, appartenait à une vieille famille d'Argentière qui avait donné deux prêtres à l'Église et il s'en était fallu de peu qu'il ne devînt lui aussi curé dans quelque paroisse de montagne ; il avait longtemps travaillé dans des études de Lyon avant de revenir au pays parmi les siens, heureux et fiers que leur notaire fût un enfant de la vallée. Il mettait à traiter ses affaires la finesse et la prudence du paysan qu'il était resté sous ses dehors de monchu et il avait conservé l'usage du patois dont il savait se servir à certains moments délicats. Bref, il inspirait confiance à tous et, pour tout dire, le méritait bien.

Mais, ce jour-là, il allait avoir à défendre une cause difficile, une cause inexplicable, il le savait, pour ces gens qu'il connaissait particulièrement bien, et il attendait leurs réactions avec un rien d'inquiétude. En soi, l'affaire qu'il allait leur proposer était belle, trop belle même ! Il attendait pourtant leurs objections ; il ne s'agissait pas d'une vente à proprement parler – les Mappaz se seraient refusés à vendre de nouveau la maison des Praz qu'ils avaient si péniblement rachetée lorsque Zian s'en était défait brusquement, il y avait à peine un an –, mais d'un échange. Une vieille ferme contre une belle villa !

Comme les autres attendaient, le notaire commença.

« Vous savez pourquoi on est réunis. Je vous l'ai exposé, à chacun en particulier, après la visite que m'avait faite la Marie. Maintenant, il s'agit de traiter...

— Doucement, notaire ! C'est pas encore signé ; j'ai un mot à dire en tant que locataire. Le propriétaire a dit oui, mais le locataire dit non !

— Laisse continuer le notaire, Ange », fit Camille.

Ange Claveyroz, Piémontais d'origine, avait été placé dès quinze ans comme berger à La Balme, puis la Julie Mappaz l'avait embauché à la ferme, à la mort du père. Et, pour finir, il avait épousé, un peu contre le gré de la famille, la sœur aînée de Camille, la Ludivine. Sobre, travailleur acharné comme seul peut l'être un Valdôtain, il s'était vite fait estimer dans toute la vallée. C'était un garçon bâti en hercule, habitué aux tâches rudes qui sont les mêmes des deux côtés des Alpes ; parlant indifféremment le français et le patois, il s'était si bien acclimaté que les Chamoniards avaient dû reconnaître qu'il eût été injuste de le tenir à l'écart. Mais il était Valdôtain, et le seul fait qu'il se fût cru autorisé à dire « non » avant les autres fit sourire imperceptiblement le notaire. Du moment que Claveyroz était contre, les autres seraient pour. Il fallait donc cristalliser sur lui toute l'attention, le pousser même à faire des objections s'il capitulait trop vite.

« Laisse-moi parler, Ange, tu auras tout le temps de t'expliquer, reprit plus doucement le notaire. (Et l'autre se calma, impressionné comme tous les gens simples par l'assurance de l'homme de loi.) Je résume la situation. Marie est venue l'autre jour me trouver. La veuve de Zian désire racheter la ferme des Praz ; elle y attache une importance sentimentale, elle attend un enfant et elle voudrait qu'il naquît dans la maison de son père...

— Est-on bien sûr du père ? fit Claveyroz méchamment. Sa tenue n'a pas toujours été favorable, elle est partie bien longtemps...

— Tais-toi, Ange ! fit la Marie. Je réponds de Brigitte, ça suffit. »

Les autres approuvèrent ; ils n'osaient attaquer de face la redoutable vieille, elle avait pris le parti de l'étrangère, elle ne s'en cachait plus et ils en étaient ébranlés. Elle qui aurait dû être la première à renier Brigitte ! Il n'empêchait, du moment que la Marie affirmait que l'enfant était de Zian, il fallait la croire.

« Laisse parler le notaire, Ange, insista Camille ; tes intérêts seront défendus.

— Pour que la veuve de Zian puisse racheter la ferme, il faut deux choses. D'abord, votre consentement à tous ici présents, ensuite, de l'argent. Votre consentement, je vais essayer de l'obtenir ; l'argent, elle n'en a pas. Il fit une pause.

— Comment ? fit la Julie, on la disait très riche.

— Sa famille est très riche, mais elle a renoncé à ses droits pour rester au pays.

— Elle a eu tort ! répliqua durement Claveyroz.

— Donc, elle n'a pas d'argent, continua le notaire sans relever le propos. Mais elle possède une belle villa : deux étages, deux appartements possibles, peut-être trois, en aménageant le rez-de-chaussée. Elle offre de l'échanger contre la ferme. »

Ils se regardaient tous, chacun cherchant à lire dans le regard de l'autre.

Gilbert Ravanat s'était arrêté de parler, il feuilletait les actes d'un air indifférent et on entendait chuinter sa pipe presque entièrement consumée ; la nuit venait et quelqu'un fit de la lumière. Ils sursautaient, comme gênés de n'être plus dans l'obscurité.

Ils évaluaient la villa, ce qu'elle pouvait rapporter. Trois appartements ! Bien sûr, on pouvait les faire à peu de frais ; ils l'avaient tous visitée de fond en comble le jour de l'enterrement. Et bien située ! Ça se louerait cher, beaucoup plus de rapport que la ferme des Praz qu'ils louaient pour une bouchée de pain à Claveyroz : ça payait tout juste les contributions et l'entretien de la toiture... Cependant, il fallait trouver des objections, il était impossible d'accepter comme ça, tout de suite. Julie jeta un regard de biais vers sa belle-sœur.

« On dit qu'elle est bien menacée par l'avalanche, cette maison, des fois qu'elle revienne comme autrefois, tu te souviens, la Marie, l'année où elle est descendue jusqu'à l'Arve ? »

Mais l'autre avait sa réponse toute prête.

« Tu sais bien que depuis il y a eu des travaux dans la Roumna Blanche, et que le passage des skieurs tasse la neige. Non ! Ça ne risque rien. C'est d'ailleurs ce qui avait décidé Zian à acheter, n'est-ce pas, notaire ?

— Oui, c'est moi qui l'ai conseillé ; les touristes s'effrayaient, mais les gens du pays étaient au courant.

— Ça ne fait rien, il y a quand même un risque, reprit Camille. Une avalanche, c'est imprévisible, ça ne descend pas pendant des années, et puis brusquement ça enlève tout : vous ne vous rappelez pas l'hôtel des Montets et le moulin des Praz ?...

— En dix ans, la maison sera payée, nette d'impôts, amortie par les locations : c'est un beau placement ! répéta le notaire.

— Sûr ! c'est un beau placement, renchérit la Marie.

— Alors, pourquoi veut-elle vendre, l'étrangère, questionna la Ludivine avec méfiance, si c'est de rapport et puisqu'elle n'a plus d'argent ? »

Le notaire haussa les bras d'impuissance. À quoi bon leur expliquer ? Il chercha un instant le moyen de leur faire comprendre qu'au fond peu importait les raisons de Brigitte, que l'essentiel était leur propre intérêt. Mais il jugea cette logique trop subtile. Ah ! si c'eût été le contraire, Zian vivant et l'autre morte, ils auraient tous compris ce retour à la maison natale, mais quel intérêt poussait donc cette fille ? Elle n'était pas de leur monde, elle ne pourrait jamais travailler la terre, faire fructifier le bien ; alors, comment leur faire comprendre ?...

« Tu oublies que son fils s'appellera Mappaz, Ludivine », fit-il enfin doucement.

Ils se regardèrent. C'était vrai, ils n'avaient pas songé à cela, l'enfant porterait leur nom. Et un Mappaz, c'était d'accord, ne pouvait naître que dans le vieux pèle des Praz. D'accord.

Ils allaient céder, le notaire se frotta les mains par habitude.

Alors Camille, pourtant si bon enfant, et toujours disposé à arrondir les angles, objecta en grommelant :

« Faudra pas qu'elle s'imagine, si on cède, qu'on l'a admise dans la famille ; elle n'a pas bien agi avec Zian, faut pas l'oublier ! Faut pas l'oublier ! »

Les autres approuvèrent de la tête, sans trop oser affronter le regard brûlant de la Marie, puis quêtèrent l'avis du notaire. Mais celui-ci, distrait ou faisant semblant de l'être, s'enveloppait dans les brouillards de sa pipe.

« Elle peut s'appeler Mappaz, elle ne sera jamais une Mappaz ! soutint la Ludivine Claveyroz.

— Pour sûr ! » opina le Piémontais, sans se rendre compte qu'il manquait cette fois la plus belle occasion de se taire.

C'était justement ce qu'attendait Ravanat. Il sentit la cause gagnée. Mais il fallait faire vite.

« Ainsi, vous êtes d'accord. (Et comme personne ne disait rien, il continua :) La villa contre la ferme des Praz, il faut donc répartir les parts. Nous avons acheté la maison tous ensemble. La Marie possède quatre parts, Camille deux, sa mère une, la Ludivine une, et moi j'avais complété. On est bien d'accord ? »

Claveyroz s'était levé.

« Pas moi. Que voulez-vous que j'en fasse, de la villa, si je n'ai plus rien pour me loger ! Et les quatre reines que j'ai à l'écurie ? Et la jument, et les moutons ? Vous voulez que je les vende ? Je suis locataire, moi, on ne peut pas me mettre à la porte ! Je suis votre fermier, je connais mes droits...

— Crois-tu que nous n'y avons pas songé, Ange ? fit le notaire. La Marie te propose une solution. Parle, Marie. »

Ils l'écoutèrent attentivement.

« La vieille maison est immense, on coupera une partie de la grange et on t'y fera une chambre et une cuisine. Ma nièce vous louera cette partie et vous continuerez à exploiter la propriété, il n'y aura rien de changé.

— Nous ! Habiter sous le même toit que... ! commença la Ludivine.

— Que ma nièce ! acheva durement la Marie, et sous le même toit que le fils de Zian, ça ne vous suffit pas, peut-être ? Alors, t'as qu'à retourner au Val d'Aoste !

— Allons, la Marie, fit le notaire qui avait du mal à cacher sa jubilation, jusqu'à présent on ne s'est pas emballé. Tâchons de continuer. »

Ce fut au tour de la Julie de parler.

« Et qui nous prouve que ta Brigitte ne se remariera pas ? Et qu'en ce cas des gens d'ailleurs ne viendront pas s'installer dans la maison et que le fils de Zian ne sera pas volé comme dans un bois ! Y avez-vous pensé à ça, vous le notaire, et toi, la Marie ? »

Non ! elle n'y avait pas songé. La chose lui paraissait impossible. Quand on avait tout sacrifié, comme l'avait fait Brigitte, famille, situation, fortune, à une mémoire chère, ce n'était pas pour la trahir plus tard ! Mais après tout, c'était humain, cela pouvait arriver, Brigitte pouvait se remarier ; la Marie en tremblait d'effroi. Et du coup, elle sentit s'évanouir sa belle confiance, son assurance.

« Hein ! Tu vois, tu n'es plus si affirmative !

— Taisez-vous. Bien sûr que vous avez le droit de penser cela. Moi, non, je n'y crois pas.

— Eh bien, tant pis ! conclut Camille, nous, on ne vend pas à Mme veuve Mappaz, née Collonges, on vend à la famille, ou plutôt on rend aux Mappaz des Praz ce qui est leur maison, leur chez-eux depuis toujours... »

Tout était à recommencer.

La Marie était atterrée.

« Voyons, fit le notaire, tout peut s'arranger. Vous ne voulez pas vendre à la veuve de Zian, mais vous pouvez réserver tous les droits de l'enfant ; elle sera tutrice légale, il y aura conseil de famille et vous en ferez partie, moi aussi ; c'est une garantie, on pourra faire l'acte au nom de l'enfant.

— D'accord ! Mais il n'est pas né..., observa finement Camille.

— Écoutez, dit la Marie, faut en finir, tout ça n'est pas très beau. Voilà : on signe un compromis, comme quoi l'acte de vente ou d'échange, comme vous voudrez, sera effectif dès la naissance de l'enfant, garçon ou fille... (elle les regardait bien en face) et ça sera un fils. En attendant, vous nous autoriserez, Brigitte et moi, à venir habiter aux Praz. C'est là que doit naître le petit... Toi, Claveyroz, et ta femme, vous vous contenterez de la petite chambre d'été qui donne sur la grange, en attendant les réparations. »

Ils étaient acculés.

« Pas d'objections ? interrogea le notaire. On est bien d'accord : Claveyroz reste locataire aux mêmes conditions de fermage. Je mettrai en location la villa dès que l'acte sera signé. Croyez-moi, vous faites une bonne affaire, une très bonne affaire, la maison des Praz ne vous coûtera plus rien et nous aurons trois locations à nous partager... En vérité, une très bonne affaire, reprit le notaire en se frottant les mains. Et puisque ça arrange tout le monde !... Hein ! Qu'en pensez-vous ?

— T'as pt'être ben raison, fit la Ludivine, nous, ce qu'on disait, c'était plutôt par sentiment !

— Tiens, Julie, fit le notaire, apporte mon sac, là-bas sur la chaise. J'ai mis dedans une bouteille de crepy, on va arroser l'acte. »

La Ludivine alla chercher les verres à fleurs et Camille déboucha la bouteille à long col.

« Attendez, fit la Julie qui apportait les gâteaux secs dans leur boîte de métal.

— Va falloir tous signer le compromis, fit le notaire quand ils eurent trinqué. Je l'ai préparé.

— Tu avais tout prévu ? fit Claveyroz, soudain méfiant.

— Ça ne pouvait pas se terminer autrement, fit le notaire. T'as déjà vu un Chamoniard aller contre son intérêt ?

— Un Chamoniard, peut-être, un argentéro, jamais ! » fit Camille, en riant.

Et, comme son rire avait gardé la fraîcheur et le pétillement de la jeunesse, tous se sentirent soulagés.

Le notaire étala ses papiers.

« J'ai le pouvoir de Mme veuve Zian Mappaz », dit-il.

Ils se penchèrent tour à tour sur la table et signèrent gravement.

Un grondement saccadé, grandissant dans le lointain, pénétrait dans la maison. C'était le train de Vallorcine qui descendait la rampe du Planet.

« On a juste le temps de l'attraper, fit le notaire.

— Tu viens avec nous, la Marie ? demanda Claveyroz.

— Un autre jour, je serais redescendue à pied ; aujourd'hui, je peux bien faire une exception ! »

Ce qu'elle ne leur dit pas, c'est qu'elle avait hâte d'être en bas, d'annoncer la nouvelle à Brigitte. Elle savait qu'elles avaient conclu un marché de dupes, mais qu'importait ? Ce qu'elles avaient obtenu n'avait pas de prix. Là était leur secret, et c'était leur victoire.

7

L'hiver, l'hiver tant attendu était enfin venu.

Tout était blanc !

La grosse chute de neige datait de deux jours, mais comme le vent n'avait pas soufflé, les sapins restaient encapuchonnés et poudrés.

Tout était blanc. Les prés, les toits des maisons, les routes, l'Arve elle-même entièrement gelée ; il fallait pour reposer les yeux de toute cette blancheur chercher les rares endroits où la neige n'avait pu tenir : la face ouest des Drus, éternellement sèche été comme hiver, la grande dalle grise sous l'aiguille du Fou, la paroi des Nantillons du Grépon, ou, plus haut, sous les larges barres de séracs du dôme du Goûter ou du Grand Plateau, des bandes grisâtres de rochers dénudés par le vent des quatre mille.

Brigitte, assise dans une chaise longue sur le balcon de la villa, se laissait pénétrer par les éblouissantes radiations du soleil d'altitude. Une langueur l'envahissait qui, peu à peu, évoluait vers un détachement intemporel, une sorte de dédoublement mystérieux et bienfaisant.

La lumière était si violente qu'elle avait dû fermer les yeux sous les lunettes de neige, mais elle n'avait pas besoin de regarder pour voir : le paysage qui l'entourait, elle s'y intégrait complètement, et maintenant, immobile, le corps enfoui, dissous dans la chaleur uniforme des choses, il lui semblait n'être plus qu'un songe heureux parmi les songes. Et pourtant !

Comme la pierre sur la moraine, longtemps immobile et scellée par la glace dans le silence absolu des hauteurs, glisse et croule dans la vallée ; comme le panache de neige poudreuse chargeant la branche ployée d'un épicéa se détache et se pulvérise sans bruit au souffle local d'un tourbillon ; comme la corniche casse brusquement sur la falaise de schistes rouges, rassemble sa neige lourde en un filet compact et lent, trace son lit dans les pentes immaculées du bas avant de retourner enfin à l'immobilité, tout à l'heure Brigitte réintégrera ce corps dont présentement elle s'évade, se lèvera, redescendra dans la vallée…

Ainsi finissent les rêves.

Mais en ces minutes de détente absolue il lui semble plus rêver que vivre, du monde qui l'entoure elle ne perçoit la vie que par de rares bruits.

Les uns familiers : un éclat de voix de la Marie qui parle toute seule dans sa cuisine, un chien qui aboie, là-bas du côté des Moussoux, et le piaillement des choucas qui se battent sous les sapins.

Les autres appartiennent au domaine du merveilleux : c'est le craquement lointain d'un sérac, le sourd grondement d'une avalanche. C'est parfois plus près, mystérieux et familier à la fois, le bruissement soyeux d'un skieur sur la neige ; il descend du Brévent, elle l'entend venir de loin, mesure la vitesse au crissement des carres sur la neige durcie, le bruit grandit, puis diminue, se tait !

Mais voici qu'une voix toute proche la réveille.

« Faut rentrer, Brigitte ! Le soleil tourne !

— Oui, tante ! »

Elle obéit, se lève péniblement, alourdie par son précieux fardeau.

Les bagages sont empilés au centre de la grande pièce à travers laquelle la Marie va et vient, prise d'impatience. Le son lointain d'une grelottière arrive jusqu'à elles. Le traîneau est exact. La Marie met un fichu.

« Tu ne regrettes vraiment rien, Brigitte ?

— Rien ! Soyez rassurée, absolument rien. »

Elle est sincère. Elle a hâte de quitter la Varappe, de retrouver la vieille maison des Praz ; toute saisie d'angoisse qu'elle soit, elle sait que rien, absolument rien ni personne ne pourrait l'empêcher désormais de vivre au village. Elle y sera certainement malheureuse, les gens s'acharneront contre elle, elle le prévoit, plus encore qu'autrefois. Qu'importe ! le souvenir de Zian apaisera ses tourments. Elle veut revenir à ces lieux qu'il affectionnait, au milieu des gens qui l'avaient aimé et qui pour cela même la détesteront.

On frappe à la porte. C'est Mino. Il entre avec l'assurance de l'innocent à qui tout est permis. Il gesticule, essaie de parler.

« C'est bon, Mino, on a compris, le traîneau est là. »

Dehors, Botasson, le cocher, battait la semelle, car il faisait très froid, et les deux chevaux qui avaient transpiré pour monter la côte de La Mollard s'ébrouaient, piaffaient et, chaque fois qu'ils secouaient l'encolure, il s'en échappait un tintinnabulement joyeux, léger, fait de mille notes aériennes.

Mino rangea les bagages, puis monta sur le siège à côté du cocher, les deux femmes s'emmitouflèrent dans les couvertures et les peaux de bique, se blottirent l'une contre l'autre, les pieds bien au chaud dans la chancelière de fourrure, et de sentir contre elle les jupons rêches de la Marie, Brigitte en retira comme une impression de sécurité.

Marie Mappaz était de taille à affronter les femmes des Praz. Elle était presque joyeuse ce soir, à cette pensée.

« Fouette, Botasson, qu'on arrive avant la nuit ! » Quand le traîneau déboucha sur la place, le cocher, se doutant que ses voyageuses ne tenaient pas à s'attarder en ville, mit les chevaux au grand trot et ne ralentit l'allure qu'après avoir dépassé la vieille poste.

Il laissa alors ses chevaux trottiner sur la route gelée et lisse entre les talus laissés de chaque côté par le chasse-neige. La campagne était calme et, en l'absence de vent, les vernes et les fayards courbaient leurs branches alourdies de neige vers l'Arve endormie. Une brume montait du lit du torrent et parfois, lorsque la route longeait de trop près son cours, ils plongeaient tout à coup dans cette vapeur glaciale qui les obligeait à relever leurs écharpes sur leurs visages. Le soleil, dont la lueur s'accrochait encore sur les aiguilles, venait de s'éteindre au fond de la vallée, derrière le col de Balme, et, la nuit venant, tout sombra dans une solitude angoissante.

Ils croisèrent peu de monde : le facteur qui revenait à skis de sa tournée, quelques piétons engoncés dans leurs lourds vêtements d'hiver et qui marchaient tête basse et oreilles rentrées sous les bonnets de drap, puis un attelage d'Argentière.

« Le docteur ! » fit la Marie.

Coutaz aperçut les deux femmes serrées l'une contre l'autre, les bagages, Mino auprès de Botasson.

« C'est donc ce soir que vous vous installez aux Praz ? cria-t-il. Je croyais que le logement des Claveyroz n'était pas terminé.

— On se tassera un peu. La villa était louée, il fallait partir. »

Il leur fit un grand signe tandis que les chevaux, un instant ralentis, repartaient en secouant leurs grelottières. La nuit cette fois était tombée tout à fait, une vraie nuit d'hiver, lumineuse et froide, sans une brise.

Et c'est dans ce silence et dans cette pénombre que le traîneau, ayant franchi le pont de l'Arve et traversé le village, s'arrêta devant la maison des Mappaz.

8

Claveyroz fit claquer ses socques contre le mur du corridor, poussa d'un coup de genou la porte qui donnait sur l'outa et traversa la salle commune courbé sur une brassée de bois qu'il vint déposer le long de la cheminée.

« Tu as bien chauffé, Ludivine, constata la Marie en entrant, fallait ça !

— J'ai installé le poêle dans la chambre de Zian, fit Claveyroz. Quand vous voudrez, on l'allumera : faut cinq minutes pour la chauffer, cette pièce boisée !...

— Merci, Ange. Bien sûr, au début on va se gêner un peu, mais Brigitte et moi on ne sera pas encombrantes. En attendant que vous ayez votre logement, on mangera ensemble, et moi je coucherai au pèle avec vous.

— C'est que... pour la cuisine..., fit Ludivine, pleine de réticences.

— C'est moi qui la ferai », coupa la Marie.

Dès la première minute, elle avait pris le dessus. C'était elle la maîtresse de l'outa, la Ludivine le savait : il était inutile de l'affronter désormais. Et pourtant, quelques instants avant, elle s'était promis de faire et de dire bien des choses : vexer Brigitte, l'humilier, la dédaigner, lui rendre la vie impossible ! Mais elle avait compté sans la Marie.

Celle-ci, après avoir promptement rangé ses affaires, vint rejoindre sa nièce, restée toute droite et désemparée sur la chaise de paille que Claveyroz lui avait avancée près de la haute cheminée flambante. Elle n'avait pas encore dit une parole, elle rivait son regard à la flamme, et les souvenirs montaient et dansaient devant ses yeux, la saisissaient, hypnotisée, de leurs doigts d'ombre et de lumière.

« Tu devrais te dévêtir, Brigitte... », dit doucement la Marie.

Elle lui débarrassait les épaules, s'agenouillait, se préparait à lui ôter ses bottillons...

Elle sortit de son rêve.

« Non ! Ne vous donnez pas cette peine, tante, je suis encore valide... (Elle n'osait bouger encore, semblait hésiter à prendre possession de la pièce. Elle eut l'impression que la Marie l'observait.) Rien n'est changé, tante, ne put-elle s'empêcher de dire, et pourtant tout a changé ! »

L'autre ne répondit pas, s'affaira.

Oui ! Il y avait quelque chose de changé dans l'outa, mais cela, Brigitte pouvait-elle, devait-elle le dire ? La grande maison habitée par les Claveyroz était redevenue vivante, et chaque pan de la cheminée, chaque recoin, chaque chaise avait repris son utilité, l'usage pour quoi il avait été construit. Il y avait un tas de bûches contre un des bords de l'âtre, et sur les tablettes de bois noirci du buffet les écuelles et les bols alignés avaient repris leur place, et elle savait que, si elle franchissait la porte du pèle, les lits qui en garnissaient les angles ne seraient plus des cadres vides, mais des couches vivantes, gardant l'empreinte des corps sous les couvertures de laine tricotées au crochet. Ce n'était plus une vieille ferme occupée par des touristes, mais une maison paysanne rendue à sa destination première.

La Ludivine allait et venait, disposait les bols sur la table nue, la grosse miche de pain, la tomme, un peu de viande séchée, la toupine de lait.

« Pour ce soir, est-ce que ça vous ira ? Nous, on dîne avec du café au lait... »

Elle s'adressait à la Marie, mais ce fut Brigitte cette fois qui répondit.

« Merci, Ludivine, ce sera très bien ! Et d'ailleurs, je n'ai pas très faim, je suis surtout lasse : le froid du traîneau, la chaleur de la maison, le changement…

— Tu vas manger et ensuite tu iras te coucher », commanda la Marie.

Elle obéissait, avalait son bol de café au lait, refusait le pain, le beurre et la tomme… Non, elle ne faisait pas de manières, elle n'avait pas faim, rien ne pouvait passer. Et puis, à côté d'elle, les autres se gênaient pour dîner, elle le voyait bien. Claveyroz se coupait gauchement du pain et mangeait sur le pouce, et, debout contre le buffet, la Ludivine, le bol à la main, trempait dedans des quignons de pain dur qu'elle suçait ensuite de ses lèvres minces, refermées sur une bouche précocement édentée.

Brigitte se leva.

« Bonsoir ! Excusez-moi, je vais…

— Bien sûr ! » fit Claveyroz.

La Ludivine ne broncha pas.

« Je t'accompagne », dit la Marie.

Elles ouvrirent la porte de la chambre de Zian. Un feu joyeux ronflait derrière le mica doré du poêle.

« Oh ! qu'il fait bon ici ! » s'exclama Brigitte avec une joie enfantine.

La petite chambre boisée était chaude et accueillante avec ses parois de mélèze, ses petites étagères garnies de livres et de souvenirs sportifs, son guéridon à trois pièces couvert d'un vieux tapis à frange, son abat-jour en fausse opaline et surtout, dans un angle, ce poêle de fonte, rond et ronflant, qui semblait si heureux de faire pétiller ses bûches.

« Tu vas cuire, Brigitte, dit la Marie qui s'était précipitée pour régler le tirage. (Puis elle se tourna vers sa nièce.) Tu la reconnais ?

— Tante Marie, tante Marie… ! C'est vous, n'est-ce pas, qui avez tout remis en place ? »

Tout était resté comme avant.

Elle allait et venait dans la petite chambre de Zian, émue, bouleversée ! Oui, tout était comme autrefois, comme en ce jour lointain où le jeune montagnard, encore timide, lui avait fait visiter sa chambre, lui avait montré ses trésors. Et ce soir, c'était elle qui se sentait prise tout à coup de timidité, hésitait, prenait une photo puis une autre, examinant une coupe de métal argenté, en déchiffrant l'inscription gravée. Puis, elle revenait aux portraits, contemplait ce visage jeune, maigre, aux yeux ardents, qui réapparaissait partout dans les photos, prises sur le vif en montagne ou sur la piste, et c'était l'image d'un Zian qu'elle n'avait pas connu, qu'elle avait cru connaître...

Quand elle eut fini de tout voir, elle s'assit au bord du lit, paisible malgré son exaltation.

« Comme c'est étrange ! Je devrais ce soir être désemparée, dépaysée, et pourtant – je ne sais pas comment vous expliquer – c'est comme si j'arrivais au terme d'un long, d'un très long voyage ! Comme si j'étais enfin chez moi. »

La Marie ne répondit pas ; elle tirait la couverture, glissait une bouillotte sous les draps...

« Tu crois que tu pourras vivre ici ?

— Je ne comprends pas comment j'ai pu vivre ailleurs...

— Alors, déshabille-toi et dors, tu as besoin de repos. »

La Marie était redevenue sévère, et Brigitte n'osa la contrarier. Elle aurait tant voulu rester encore à regarder, à s'emplir les yeux de tant de souvenirs chers et secrets qui peuplaient cette chambre. Par eux, elle remonterait le cours de la vie de Zian jusqu'à ce petit être en jupe, qui pouvait avoir deux ou trois ans, et qui, la tête rasée, souriait à l'« oiseau » du photographe, debout et bien sage sur un prie-Dieu de velours.

« Celle-ci, tante, je la mets sur ma table de chevet...

— Comme tu voudras, maintenant dors, l'agitation, ça ne vaut rien pour l'enfant qui va naître. Bonsoir ! »

Elle tourna le commutateur, mais la lueur du poêle illuminait encore une partie de la chambre.

« Bonsoir ! » fit Brigitte.

La porte se referma. Elle était seule. Aucun bruit du dehors ne parvenait à travers les murs épais, mais du sein même du silence émergeaient peu à peu ces bruissements infimes qui bercent le sommeil des vieilles maisons : travail des boiseries ou des poutres écartelées par le froid ou par la chaleur, tintement des clochettes à l'étable mêlé au bruit des chaînes frottant les mangeoires ou encore le claquement sec d'une bûche qui s'enflamme, suivi du « plouf », des braises qui s'écroulent en cendres au fond du poêle, faisant jaillir une étincelle à travers la grille.

Elle mit très longtemps à s'endormir. La Marie avait raison, toute cette agitation ne valait rien. Alors, pour se calmer, elle souriait à l'image de Zian bébé qui ornait son chevet et qu'elle entrevoyait quand une lueur plus vive échappée du poêle venait se poser, comme un éclat de phare, sur la petite table qui bordait le lit.

Et déjà, tout naturellement, elle donnait en imagination à l'enfant le visage rond, ébouriffé et grave de la vieille photo jaunie.

Quand elle s'endormit, très tard, le visage de Zian et celui de son futur enfant étaient si intimement confondus dans sa pensée que dans les rêves qui l'envahirent il n'y avait plus qu'un seul être et elle ne savait pas lequel.

9

Le guide-chef hissa lentement le drapeau à carreaux noirs et blancs sur le balcon de la vieille mairie.

Le Dr Coutaz le regardait faire d'en bas, bien planté sur ses skis, faisant le dos rond au vent et aux giboulées de neige.

« Pour ce que ça sert ! fit, désabusé, le guide-chef.

— Ça servira toujours à couvrir la Compagnie, s'il y a des fous pour s'aventurer en montagne par un temps pareil ! Tout à l'heure, l'avalanche du Plan des aiguilles est arrivée aux Barats juste au même moment que moi ! Tiens, regarde, j'ai reçu son "souffle" : il a traversé la route. »

Il était comme transformé en glaçon ; la poussière de neige s'était plaquée sur ses vêtements et avait regelé.

« Vaut mieux pas sortir, docteur ! Croyez-moi, ça n'est pas fini ; ça me rappelle l'hiver des Olympiades. Tenez, depuis qu'on est là à causer, la couche a monté de près de cinq doigts…

— C'est vrai, elle recouvre mes skis ! s'exclama Coutaz. À cette cadence… ! Tu as raison, je rentre », fit-il soudain.

Le médecin s'éloigna dans un lent et souple glissement. Les bras précédant le mouvement des skis, se déployant à fond, dans un harmonieux mouvement d'épaules, il jetait les bâtons très loin en avant, puis les ramenait lentement le long du corps jusqu'à la fin de la poussée. La neige était si douce et si fraîche qu'elle étouffait tous les bruits, sauf celui du vent là-haut dans la montagne, et ce bruit seul suffisait à meubler l'imagination.

On était le 2 mars. La chute de neige avait commencé vers 8 heures du matin, mais le mauvais temps s'était annoncé longtemps d'avance. Il avait encapuchonné le mont Blanc et le dôme du Goûter dans de lourds nuages gris que le vent charriait de l'ouest. Durant la matinée, la montagne s'était lentement prise, le plafond s'était abaissé, voilant successivement les aiguilles de Chamonix, traînant ses franges à hauteur de Planpraz et du Plan de l'aiguille. Puis la neige s'était mise à tomber par intermittence, drue et légère.

Peu à peu, à mesure que le brouillard descendait, ne laissant plus apercevoir des montagnes que la base des forêts et des couloirs, le mauvais temps s'était transformé en ouragan. La neige ne tombait pas verticalement, mais en oblique, presque à l'horizontale, chassée par une couce violente. Vers midi, tout avait encore changé, un souffle plus chaud avait subitement transformé la neige en une sorte de pluie gelée désagréable ; le redoux sévissait et les vieux du pays reconnurent un grand coup de fœhn passé par-dessus le col du Géant. D'ordinaire, cela ne se produit pas pendant une chute de neige, mais il semblait cette fois que les courants venus de l'ouest s'étaient heurtés sur le mont Blanc aux vents du sud, et cela ne présageait rien de bon. Enfin stabilisée par les vents contraires, la neige s'était mise à tomber à gros flocons très denses, chargés d'eau, et l'épaisseur de la couche avait augmenté avec une rapidité terrifiante.

Le soir, il neigeait toujours.

De toutes parts dans la vallée on entendait, mêlé à la rumeur continue du vent, le grondement des avalanches, et dans toutes les localités les guides avaient fait hisser le drapeau sinistre à carreaux noirs et blancs. Les pistes étaient interdites, les téléphériques également.

Le train venant de Servoz avait été arrêté au-dessus des montées Pélissier par une coulée qui avait obstrué la voie. Les trains allant vers Vallorcine étaient bloqués, quelque part entre Argentière et Montroc ; on disait qu'un convoi était immobilisé sous la galerie du Planet et enfin, dans la plaine des Tines, les congères s'étaient accumulées à tel point que tout trafic y était interrompu.

Le Dr Coutaz qui, à vrai dire, n'avait guère interrompu ses tournées, rentra en fin d'après-midi après avoir renoncé à voir quelques malades peu gravement atteints dans les villages environnants.

Exténué, trempé, il s'était secoué comme un barbet dans le couloir de l'entrée, avait changé de vêtements, chaussé ses après-skis. Mais le repos, le confort, la chaleur douce de son appartement ne l'empêchaient pas de s'inquiéter ; déjà, il regrettait d'avoir fait demi-tour.

« Vois-tu, Lisbeth, dit-il à sa femme, je m'en veux de n'avoir pas poursuivi jusqu'aux Pellerins. J'avais à surveiller le vieux père Benoni – une mauvaise grippe, rien de grave, ils ont les médicaments, mais avec les vieillards, on ne sait jamais ; ça peut empirer très vite ! Je n'ai pas poussé plus loin que le nant des Tissourds. Aux Barats, les coulées descendaient sans interruption. Et après, il aurait fallu *châler* dans un mètre de neige fraîche ! Pourtant, dix ans plus tôt, je crois que j'aurais continué… On se fait vieux ! »

Il riait, mais il était triste et mécontent. Oui, dix ans plus tôt, ça n'est pas un mètre de neige fraîche qui l'aurait arrêté !

« Comme tu te tourmentes ! fit Lisbeth d'un ton de reproche. Tu sais bien que tu aurais continué s'il s'était agi d'une urgence ! Ça n'est pas le cas ! Demain la couche sera tassée, ça passera ! »

Il hocha la tête.

« Les vieux du pays sont pessimistes. Certains disent que l'avalanche de la Verte a coupé la route d'Argentière, les gens des Moussoux craignent la Roumna

Blanche, ceux des Montquarts la grande coulée de Taconnaz !... »

Elle fit mine de ne pas l'entendre.

« Ne laisse pas refroidir ton thé. »

Et tandis qu'il soulevait la tasse, elle le surveillait, maternelle et déjà apaisée, heureuse de le savoir au chaud et en sécurité, quand la tempête soufflait autour de la maison.

Le téléphone sonna. Elle pâlit légèrement. Puis, comme elle essayait de le devancer :

« Laisse-moi répondre, dit-il. (Il décrocha le récepteur, lui fit signe de se taire. La communication était mauvaise : un grésillement continu sur le fil, une voix lointaine, mal assurée. Il s'impatienta :) Moins fort ! parlez plus lentement. Oui, c'est le Dr Coutaz. Coutaz lui-même. Bon ! »

Lisbeth lisait à livre ouvert sur son visage. À l'étonnement avait succédé l'inquiétude, puis la gravité ; il se faisait répéter des phrases, et Lisbeth essayait de deviner, croyait comprendre : une chose en tout cas était certaine, il allait repartir.

Maintenant le dialogue s'établissait plus nettement. Coutaz questionnait, réfléchissait, donnait des instructions.

« Je pars à l'instant ! dit-il enfin, s'adressant à sa femme aussi bien qu'à son correspondant lointain.

— Paul ! Il fait trop mauvais. C'est impossible !

— Il y a un instant, je ne savais pas que Brigitte avait choisi ce jour pour accoucher ! »

C'était bien ce qu'elle redoutait !

Elle tenta encore une fois de le dissuader, dans un soudain mouvement de révolte.

« Ne crois-tu pas que demain matin... »

Elle regretta aussitôt cette phrase stupide, elle savait bien que « ça » n'attendait pas, qu'il fallait qu'il parte.

« Prépare soigneusement ma trousse, Lisbeth, dit-il doucement, ce sera difficile, je le crains.

— Si au moins je pouvais t'accompagner ! »

Il s'habilla et se chaussa avec minutie, serrant ses chevilles de guêtres en drap, enfilant sa cagoule du mont Blanc. Tandis qu'il fartait ses skis avec le même soin, elle l'interrogeait par curiosité, pour dire quelque chose, pour faire durer un peu ces quelques instants.

« Pourquoi fartes-tu ?

— Sans cela, je traînerais des sabots de neige fraîche sous mes skis. "Bilgeri-Mittel" et paraffine, rien de meilleur, avec ça la neige paraîtra plus légère...

— Tu téléphoneras dès que tu seras arrivé ?

— Oui, oui ! (Il répondait distraitement, tandis qu'elle quêtait un regard. Puis il s'aperçut de son air affolé :) On dirait que je pars pour le pôle Nord ! »

Il éclata de rire, tout à coup très jeune.

Elle secouait la tête, peu convaincue.

« Pour le Pôle ou pour Les Praz, la tourmente dans la montagne, c'est pareil !

— À demain, mon petit ! »

10

Aux Praz, la tempête sévissait avec plus de rigueur, si la chose était possible, qu'à Chamonix.

Par la large trouée de la mer de Glace, le vent rabattait la neige en rafales ; durant la journée, la voie ferrée avait été bloquée, le village était pratiquement isolé.

Brigitte avait ressenti les premières douleurs vers la fin de l'après-midi ; elle aurait voulu attendre encore avant de déranger le médecin, mais la Marie avait insisté ; sa vieille expérience lui dictait de le faire venir dès maintenant, s'il était encore temps ! Elle s'était rendue chez Jean Guerre ; il habitait durant l'hiver – son hôtel étant fermé – une vieille maison située au centre du village et où il disposait du téléphone. La Marie n'avait eu que quelques dizaines de mètres à faire, dans la neige où elle enfonçait jusqu'au-dessus des genoux ; Coutaz avait promis de venir, et depuis les deux femmes se sentaient quelque peu rassurées.

La Marie avait allumé un grand feu dans l'outa, et tenait tout prêt un grand chaudron d'eau bouillie.

Il n'y avait plus qu'à attendre.

Brigitte était à la fois angoissée et heureuse, impatiente et débordante d'espoir. Elle allait et venait à travers la grande maison, passant et repassant devant la vieille femme qui tricotait au coin de l'âtre, calme et précise, comptant ses mailles. Puis dès que les douleurs la reprenaient, elle marchait au hasard à travers les pièces, ouvrant une porte, une autre, prête à crier, se mordant les lèvres.

Quand ses douleurs étaient trop vives pour qu'elle pût les cacher – car elle redoutait de paraître faible aux yeux de la vieille femme –, elle se réfugiait dans le couloir qui coupait en deux la ferme. Il y faisait une température glaciale et la Marie, qui la suivait, lui jetait sans rien dire un châle sur les épaules, s'en retournait auprès du feu et reprenait son tricot.

Restée seule, Brigitte entrebâillait alors timidement la porte extérieure, évaluait l'épaisseur de la couche de neige qui montait comme le flot d'une inondation, obstruait déjà tout le rez-de-chaussée, dépassait le rebord des fenêtres. Elle était prise de panique : il lui semblait que la neige ne s'arrêterait jamais.

Deux heures s'étaient écoulées depuis que la Marie avait téléphoné et le médecin n'était toujours pas là.

Brigitte, épuisée, le front couvert de sueur, s'était étendue sur son lit. Elle avait peur tout à coup d'accoucher seule dans cette maison isolée. Elle se bouchait les oreilles pour ne plus entendre mugir la tourmente, cherchait à se rassurer, réfléchissait. La trace devait être pénible, pendant trois kilomètres le médecin avait dû brasser la neige. Tout de même, il ne fallait pas deux heures pour parcourir trois kilomètres !

Puis, reprise par ses douleurs, elle se relevait, marchait jusqu'à la cuisine, interrogeait la Marie :

« Qu'a-t-il bien pu lui arriver ?

— Rien ! disait la vieille, il faut du temps pour venir avec un vent pareil ! » Mais la Marie mentait mal, elle aussi était anxieuse.

La vieille la prenait par le bras, la menait vers la chambre.

« Je vais envoyer Claveyroz à sa rencontre... Recouche-toi, pour l'amour de Dieu, recouche-toi ! »

Elle appela la Ludivine, et celle-ci fit lever son mari qui était déjà au lit. Ange n'émit aucune objection, il s'habilla rapidement, chaussa les aucales de feutre et, comme il ne savait pas skier, il prépara des raquettes.

Quand il ouvrit la porte, il fut surpris par le silence anormal qui régnait au-dehors ; le bruit du fœhn dans les aiguilles s'était arrêté, la neige tombait toujours aussi compacte et il fut, sans bien savoir pourquoi, très inquiet. Le temps était doux, trop doux, il songea aux amas de neige qui s'amoncelaient en corniche, là-haut, au sommet des couloirs. Il hésita un moment, sondant la nuit. Puis tout à coup, résolu, commença de châler la neige.

Ange Claveyroz savait qu'il risquait sa vie, mais c'était normal. Deux vies étaient en danger ! Celle de Brigitte et celle du médecin. « J'y vais », avait-il dit laconiquement, et maintenant il s'enfonçait de tout son poids dans la neige, la repoussant à plein corps, sondant devant lui avec un grand bâton.

Il était à peine parti qu'un roulement sourd couvrit le village, grandit, emplit la nuit de longues détonations dont le vacarme se prolongea, assourdissant, répercuté par de lointains échos. Les vitres tremblèrent : la Marie et la Ludivine bondirent vers la porte et reçurent en l'ouvrant le souffle glacial d'un furieux coup de vent tout chargé de poussière de neige.

« Ange ! » appelèrent-elles.

Mais le Piémontais était déjà trop loin pour les entendre.

« Crois-tu que c'est "celle" du Moulin ? demanda anxieusement la Ludivine.

— Non ! On n'aurait pas senti le souffle, dit l'autre, c'est la Floriaz qui est descendue, écoute ! (Maintenant on entendait, nettement mêlé au grondement et au chuintement de la neige, le fracas intermittent des sapins arrachés qui se heurtaient entre eux.) C'est la Floriaz qui descend, fit encore la Marie. Dieu soit béni ! il n'y a pas de maisons sur son passage. »

Comme elles allaient rentrer, Jean Guerre arriva, pareil à un fantôme surgi de la nuit.

« Oui, c'est la Floriaz ! confirma-t-il, ceux du Moulin devraient bien se retirer de ce côté-ci d'Arve, mais que faire ? (Ils étaient entêtés. Voilà cent cinquante ans, le petit hameau à l'entrée des Praz avait été complètement rasé ; depuis, la forêt avait repoussé et les hommes oublieux avaient rebâti.) Que faire ? répéta Jean Guerre. Ils ont des hommes capables, à eux de décider ! (Puis il s'inquiéta :) Et chez vous, comment ça va ?

— Je crois que ça se rapproche ! dit la Marie. Et le docteur qui n'est pas là ! Ça doit faire trois heures qu'il est parti... On a envoyé Claveyroz à sa rencontre.

— Diable ! fit Jean Guerre, se retenant de formuler tout haut son anxiété. (Les dangers d'avalanche étaient grands tout au long de la route : couloir des Nants, couloir de l'usine électrique, couloir de la Charlanoz, tous menaçaient aujourd'hui ! Et puisque la Floriaz était déjà descendue, les autres suivraient, elles pouvaient couper la route !... Mais il se tut, ne voulant pas les inquiéter davantage.) Faut rentrer vous chauffer, fit-il. Attendre dehors, ça n'avance à rien. Ah ! j'avais oublié, le téléphone est coupé, si vous avez besoin d'aide, appelez-nous, la porte restera ouverte. »

Dans sa chambre, Brigitte de plus en plus agitée gémissait maintenant sans retenue.

« Mon Dieu ! Mon Dieu ! » fit la Marie.

Elle se précipita. Mais ce n'était qu'une fausse alerte. Brigitte, étendue sur son lit, claquait des dents, posait son regard avec humilité sur celui de la Marie, comme quêtant un conseil. Elle s'étonnait de tant souffrir, bien qu'elle s'y fût préparée. Elle ébaucha un sourire un peu crispé.

« J'ai peur que ça ne se passe pas facilement !

— Si tu voulais, dit avec hésitation la Marie, j'appellerais Mme Guichardaz, elle fait la matrone dans le village, elle a de l'expérience !

— Non, tante, pas elle ! (Toutes deux se souvenaient de ce jour où la vieille Guichardaz déchaînée, haineuse, avait naguère dirigé contre Brigitte les femmes du village.) Non, tante Marie. Je serai courageuse. »

Elle retint un cri, se retourna sur son lit, serrant ses mains de toutes ses forces, puis la crise passée, vaincue par la fatigue, sombra dans une sorte d'inconscience.

« Je vais rester avec toi, Marie, proposa la Ludivine. Ce n'est pas tenable toute seule. Et les hommes qui ne reviennent pas ! »

11

Le médecin ne se rendit compte de l'épaisseur de la neige qu'une fois sorti de Chamonix. Tant qu'il avait été dans la ville, il avait circulé normalement : le chasse-neige était passé à plusieurs reprises et s'il avait accumulé d'énormes talus de neige contre les trottoirs, jusqu'à masquer complètement les vitrines des boutiques, il avait en revanche dégagé le milieu de la chaussée qui était praticable aux piétons. C'est à peine si Coutaz croisa deux ou trois skieurs, trop occupés à pousser sur leurs bâtons pour lui adresser la parole. Puis les lampes de l'éclairage public s'espacèrent, et la dernière ne jetait plus qu'un faible halo. Au-delà, une trace subsistait encore ; laissée par un traîneau, mais elle disparaissait rapidement et l'on ne distinguait plus très vite du tracé de la route qu'une sorte de plan horizontal vaguement délimité par le talus de l'amont.

Le médecin eut alors pleinement conscience de l'aventure dans laquelle il se lançait. Elle aurait été inimaginable pour quiconque n'aurait pas quitté son logis depuis le matin. Elle l'était presque pour lui qui, deux heures plus tôt, avait rebroussé chemin sur le sentier des Pellerins. Pendant ce court laps de temps, avec la chute du vent la neige s'était mise à tomber en flocons énormes, mouillés, gros comme des pièces de cent sous, et la couche augmentait avec une rapidité déconcertante. En sondant avec son bâton, il ne rencontrait pas le fond ; il pouvait y avoir déjà près de deux mètres d'épaisseur et ça continuait encore !

Alors, tout de suite il pensa aux avalanches. Chaque couloir sur sa gauche, en allant aux Praz, pouvait se transformer brutalement en chenal de la mort. Il hésita, il était encore temps ; il se trouvait à la sortie du bourg, à hauteur du calvaire qui marque le début de la route de Flégère. Plus loin, c'était l'inconnu ! Comme si, tout à coup, ce coin riant de Chamonix se fût transformé en une plaine polaire.

Aucune habitation n'était plus visible, les arbres eux-mêmes semblaient enlisés, résorbés par la neige, et il régnait sur toute cette blancheur un calme étrange. Qu'étaient devenus les hommes ? Immobilisés, terrés comme des bêtes dans leurs chalets ensevelis.

Il se retourna, cherchant désespérément des lumières, comme on quémande un secours. Mais rien : la ville entière semblait être engloutie comme la lueur des étoiles, au fond du vide immense. Il se sentit pris d'angoisse. Et pourtant il était de ceux qu'on nomme courageux, qui savent résister aux vertiges et secouer leurs frayeurs. Mais ce soir, dans cette nuit morte, dans ce silence insolite au fond duquel il lui semblait percevoir l'approche de rumeurs lointaines, il avait peur et n'osait bouger. Il se laissait recouvrir bêtement par la neige, incapable de raisonner, de prendre une décision. « Deux kilomètres, deux petits kilomètres ! se répétait-il sans y croire, et tu seras aux Praz ! »

Enfin il se décida.

Comme il ne pouvait soulever ses skis, il les poussait dans la neige et parfois ils se croisaient, se bloquaient, collés au fond de la couche qui gelait sous leur poids, et il avait toutes les peines du monde à se libérer : la neige lui venait jusqu'à la poitrine, et il l'écartait avec ses bras, se maintenant à la surface à l'aide de ses bâtons posés horizontalement devant lui, comme des flotteurs. Il se souvenait de ces histoires que racontaient les vieux, ces histoires qui parfois l'avaient fait sourire !... Mais cette nuit, il comprenait que tout était vrai, même l'incroyable. Vraie l'histoire de l'avalanche du Brévent qui, autrefois, descendait jusqu'en Arve ! Vraie celle de l'avalanche de la Verte, dont le souffle arrachait les toits des maisons de la Joux, de l'autre côté de la vallée ! Oui, cette fois il y croyait et aussi à cette histoire du vieux Cachat qui prétendait avoir été tout givré à Merlet par le souffle de l'avalanche descendue de Taconnaz, qui, à l'entendre, aurait remonté sur cinq cents mètres le versant opposé.

Oui, en montagne, tout pouvait être vrai !

Le médecin avait peu à peu trouvé un rythme et progressait lentement, mais régulièrement. Il savait qu'il lui faudrait, à cette allure, une heure, peut-être deux, peut-être davantage pour arriver aux Praz, mais il se disait à présent que rien ne pourrait plus l'arrêter, qu'il continuerait jusqu'au matin, jusqu'au lendemain s'il le fallait, jusqu'à ce qu'on se mette à sa recherche !

Derrière lui sa trace à peine ouverte se refermait, et plus il allait plus il enfonçait.

La première coulée était descendue, il la rencontra peu avant le village des Nants.

Elle avait emprunté le couloir de Planpraz, coupé la route, et son cône de déjection amoncelait sur des dizaines de mètres de hauteur des sapins entremêlés, déracinés d'un bloc, des rochers, des boules de glace, et déjà la neige tombant dessus sans interruption arrondissait les angles, comblait les creux, recouvrait les bois charriés.

Il lui fallut près d'une demi-heure pour traverser l'avalanche ; ses skis s'emmêlaient dans les branches, se coinçaient entre les blocs. Enfin, il fut de l'autre côté. Il était épuisé mais heureux, heureux d'avoir surmonté sa peur, d'avoir osé franchir ce premier obstacle.

Car il y en avait d'autres.

Il avait maintenant devant lui trois cents mètres en ligne droite et sans danger. Il entrevit sur sa gauche, au-dessus de la route, un petit chapelet de lumière : le hameau des Nants !

S'il allait se reposer ? Une simple halte ! Mais quoi ? toute cette sécurité au milieu de tant d'incertitudes... S'il s'arrêtait, aurait-il le courage de recommencer ? Non, il fallait continuer. Il tendit ses muscles et repartit.

Il avançait maintenant en pleine tourmente. Un long frissonnement secouait par instants la forêt, mêlé aux chocs sourds des paquets de neige qui se décrochaient des branches et s'effondraient au pied des arbres. Il progressait d'un mouvement régulier, devenu mécanique, qui ménageait ses forces, et avec les ressources d'énergie qu'il gardait en réserve, il pouvait tenir longtemps. Car, à ce train, cela durerait peut-être jusqu'au matin. Mais cette fois, il en était sûr, il arriverait.

Chemin faisant, il calculait ses distances, essayait de trouver des repères. Mais tout était si déformé par la neige que parfois il se demandait s'il n'était pas égaré dans une vallée étrangère. Il se détourna, vit qu'il avait dépassé les Nants. De nouveau, l'envie de s'arrêter le prit : il était encore temps ! S'il voulait, il pourrait y passer la nuit, puis il repartirait au matin avec André Bourgeat, par exemple. À eux deux, il feraient une meilleure trace !

« C'est cela, se dit-il tout en continuant, il me faudrait un compagnon. » Pourtant il progressait, poussait de plus belle ses bâtons, s'acharnait malgré lui. Il avait gagné dix mètres, encore dix. Il en gagnait ! Bientôt il contournerait le nant de l'usine électrique. Il serait à mi-chemin, puis il n'y aurait plus de danger jusqu'au moulin des Praz.

Il ricana.

Était-ce possible qu'il fût sur une route nationale, bordée de maisons tous les quatre ou cinq cents mètres ? Mais oui ! il y avait des villas à droite et à gauche dans la vallée. Une jolie vallée, pleine de fleurs, de pâturages, de champs cultivés.

Tantôt il lui semblait s'enliser dans trois mètres de coton, tantôt c'était un mur de glace dure comme de la pierre sur lequel il butait, une congère qu'il fallait escalader, et, celle-là franchie, il tombait, s'engloutissait dans la neige molle, recommençait !

Où était-il ? Où s'était-il aventuré ? Tout seul ! Comme un touriste parti sur un canot un jour de tempête ! Encore et toujours cet orgueil, cet imbécile orgueil !

Brusquement il fut pris d'une angoisse déraisonnée, d'une sorte de prémonition.

Plus vite ! Plus vite !

Il fallait qu'il sorte du couloir ; il était en plein dans l'axe de celui qui descend des Vioz. Avec toute cette chute de neige, l'avalanche ne tarderait pas à se déclencher. Il l'imaginait déjà se détachant avec un froissement de soie délicat, qui se transformerait en un bruit sourd et moelleux, puis poussant devant elle son rouleau de neige sans cesse grossi, bientôt énorme et dévalant, précédée du souffle qui couchait sapins et mélèzes comme des allumettes.

Et voici qu'il lui sembla tout à coup entendre la rumeur lointaine. Elle se rapprochait, s'amplifiait. L'avalanche !

C'était elle, fidèle au rendez-vous.

Il cria, hurla, poussa désespérément sur ses skis, qui s'enlisaient. Puis il s'arrêta, figé, écoutant de toutes ses oreilles.

Le tumulte faisait trembler la terre. Il distinguait nettement le craquement des arbres, le choc massif des rochers, puis le bruit de l'avalanche elle-même alla s'amenuisant ; elle devait mourir quelque cent mètres plus haut, à bout de course, étirée en quatre ou cinq langues qui s'allongeraient au pas de l'homme vers le torrent.

Sauvé ! Soudain il se sentit plaqué brutalement sur la neige, le souffle coupé. Il y avait tant d'air autour de lui qu'il ne pouvait plus respirer. Instinctivement il se boucha le nez, ferma la bouche, se terra dans la neige, assourdi, asphyxié, mais lucide, nullement effrayé, attendant la lente venue de la coulée qui allait le recouvrir. Puis un réflexe salutaire joua. Il se baissa, fouilla la neige, chercha ses fixations, réussit à les atteindre, à les détacher. Sans même se souvenir, il obéissait aux conseils cent fois répétés : se défaire des skis, ne pas respirer... se mettre en boule. Il s'était tassé sur lui-même par la crainte, par le poids de la neige, par le souffle du vent... Quand tout se serait arrêté, il faudrait nager, nager pour se dégager. Beaucoup s'étaient sauvés comme ça ! mais ils avaient été emportés sur des pentes, tandis que lui allait être pris sous le culot de l'avalanche qui le recouvrirait lentement. Il gratta la neige autour de sa bouche pour se ménager une niche d'air. Qui sait ? s'il n'était pas écrasé, il s'en sortirait ! Sur sa tête, la neige coulait maintenant avec un bruissement de feuilles mortes. Il sentit qu'il était entraîné doucement, irrésistiblement ; la masse de neige dans laquelle il était pris se mettait en mouvement, un mouvement qui donnait le vertige comme celui d'un tremblement de terre.

Glissant, roulant avec l'avalanche ou plutôt en dedans, il basculait au ralenti, la tête en bas, le corps serré dans un étau.

Quand il reprit connaissance, il fut un long moment avant de comprendre ce qui lui arrivait.

Dans la nuit, la neige continuait de tomber, mais très haut dans le ciel, vers le nord, il aperçut une étoile. Cela signifiait la fin du mauvais temps ? Il ne bougea pas. Il était bien, un peu engourdi, il n'avait pas même froid. Puis la mémoire lui revint par bribes. L'avalanche des Vioz ?... Il lui avait échappé et il était vivant. Vivant ! oui, mais cette douleur qui fusait dans sa jambe ? Il fouilla la neige péniblement, glissant une main le long de son corps. Son mollet était coincé contre son sac, et un objet lui déchirait la peau. Il sentit sa trousse et, à travers le cuir, le forceps ! Il reprit brusquement conscience. Depuis combien d'heures était-il parti ? Arriverait-il à temps pour sauver Brigitte ?

Il essaya de s'arracher à cette gangue qui lui moulait le corps, mais il n'arrivait pas à déboîter ses genoux de leur loge. Il se raidit, chercha à faire pivoter ses pieds au fond du trou. Puis il tira doucement par petites secousses, les mains crispées sur la neige. Enfin, il dégagea lentement son torse et se hissa hors du trou. Il eut du mal à se reconnaître dans ce paysage bouleversé par l'avalanche, la coulée qui était venue mourir sur la route et l'avait englouti ne constituait qu'une faible, une ultime vague du grand déferlement. Par chance, la forêt dont il apercevait les arbres au-dessus de lui couchés et enchevêtrés avait arrêté l'énorme masse et les blocs de rochers, ne laissant passer que la queue de l'avalanche. Et c'était elle qui avait entraîné le médecin, tassé sur lui la couche de neige fraîche qu'elle poussait, à bout de souffle heureusement, vers le bas.

Il essaya de faire quelques pas, et faillit s'enliser cette fois tout de bon. Il lui fallait retrouver ses skis ! Mais comment les découvrir sous ce chaos ! Il fouilla la neige un moment, la sondant avec une branche, puis abandonna. Alors il appela, sans conviction d'abord, puis, tout surpris d'entendre que sa voix portait, il cria de toutes ses forces, hurla. Bientôt il lui sembla qu'on répondait. La voix inconnue arrivait vers lui mêlée aux bruits qui jaillissaient encore par intermittence des recoins de la montagne. Mais elle avait un son plus clair, une vibration à part qui ne trompait pas. Et comme il écoutait, souriant, ravi, il reconnut le puissant jodel d'un homme du pays.

On le cherchait !

Il n'eut pas longtemps à attendre. Il croyait l'autre à des lieues de distance et voici qu'une sorte de buste s'étirait à vingt mètres de lui, et cette moitié de corps humain qui dépassait la neige avait une voix traînante, chuintante, et l'homme lui disait avec calme :

« Quel cataclysme, docteur ! On se demandait ce qui vous était arrivé !

— Claveyroz ?... C'est toi ?

— C'est moi ! J'ai mis une heure pour venir à votre rencontre, et avec des raquettes ! C'est que ça presse, là-bas ! »

Ils parlaient maintenant tous deux, comme si de rien n'était. Et Coutaz posait des questions. Oui, la jeune femme criait de temps en temps, même que ça finissait par être insupportable de l'entendre ; mais la Marie et la Ludivine étaient auprès d'elle.

« On y sera vite, maintenant ; j'ai fait la trace. »

La neige tombait toujours, mais entre ses flocons plus rares, plus légers, un pan de ciel brillait.

« Le vent tourne, il fera bien froid demain. Quelle fin d'hiver ! reprit Claveyroz. Qu'est-ce qu'il doit y avoir comme épaisseur au Tour ! Nous, on a près de deux mètres. (Il se tournait vers le médecin.) On y va ? Donnez-moi votre sac. Où sont vos skis ?

— Sous l'avalanche.

— Hein ! »

Il comprenait tout à coup.

Il n'avait pas aperçu dans l'obscurité l'énorme amas de branches et de neige qui les dominait, ni les sapins couchés et emmêlés là-haut qui hérissaient la nuit.

« M... Alors ! (Il réfléchissait, tout abasourdi, regardait attentivement le docteur, remarquait ses traits tirés, son visage hagard, approchait son visage du sien, comme pour bien vérifier qu'il était vivant, qu'il n'avait pas affaire à un fantôme...) Madonna ! vous revenez de loin !

— Partons.

— Attendez, fit Claveyroz. Je marche devant avec les raquettes, je dame mieux la trace ; appuyez-vous sur mes épaules. »

Il obéit.

Ils avançaient lentement, le médecin collé derrière Claveyroz, marchant dans ses pas, les deux mains appuyées à son dos, et il était parfois si las qu'il se laissait aller de tout son poids, mais le Piémontais ne bronchait point.

« Allez-y seulement, docteur ! On arrivera, on tiendra jusqu'au bout ! »

Et il donnait un grand coup de reins qui secouait Coutaz, l'empêchait de dormir…

12

La Ludivine avait entendu les deux hommes s'ébrouer dans le couloir, et elle courait vers eux.

« Vite, docteur, vite, on ne sait plus quoi faire. Écoutez-la ! ajouta-t-elle. Elle est comme ça depuis une heure, sans soulagement, rien... vite ! Venez, l'eau est bouillie ! »

Elle parlait, elle les entraînait de force, sans remarquer leur épuisement ; ils se débarrassaient de leurs revêtements dans l'outa, mais le médecin restait là, affalé, sans réaction.

La Marie apparut à son tour, les cheveux défaits sous sa coiffe, le visage torturé d'inquiétude ; elle aussi s'impatientait.

« Vite ! docteur, vite ! (Mais comme l'autre ne répondait toujours pas, semblait de surcroît vaciller sur sa chaise, soutenu par Claveyroz qui l'encourageait :) On y est, toubib ! Je vous dis qu'on y est. »

Elle devina tout.

« Ce qu'il a dû s'en voir, Ange, fit-elle détachant enfin de lui son regard. Où l'as-tu trouvé ?

— Il pataugeait dans l'avalanche des Vioz... elle a coulé jusqu'en Arve. Je ne sais pas comment il est encore vivant.

— Jésus Marie ! (Mais elle ne perdit pas davantage de temps à s'apitoyer.) Ludivine, fais chauffer du vin, ça le remettra un peu. (Elle se courbait vers Coutaz, observait son visage qui était d'une pâleur de cire, le secouait.) Docteur, faut réagir ! J'ai peur… ça se passe mal, le travail s'est arrêté et les douleurs ne font qu'augmenter… »

Coutaz sembla reprendre ses esprits. Il leur fit signe de patienter un peu. Il accomplissait visiblement un énorme effort de volonté, et les autres le regardaient, ne sachant comment ils pouvaient lui venir en aide.

« Il est docteur, c'est lui qui sait, fit le Piémontais naïvement, faut laisser faire ! »

Enfin Coutaz parla, s'interrompant après chaque mot :

« La trousse… l'eau bouillie… la seringue… »

Il chercha maladroitement une aiguille, essaya de briser une ampoule d'huile camphrée, renonça, et ce fut la Marie qui d'un coup sec de l'ongle la cassa. Alors, ménageant ses forces, le visage crispé, il écouta un moment les plaintes qui leur parvenaient de la chambre voisine, puis, tout étant prêt, il défit son ceinturon et brusquement, devant les femmes sidérées, abaissa son caleçon et enfonça d'un coup sec l'aiguille dans ses muscles. Après quoi il poussa sur le piston, lentement, retira l'aiguille, aseptisa avec un coton imbibé d'alcool. « On eût dit, raconta plus tard Claveyroz, que ce n'était pas lui qu'il soignait : il prenait son poignet, surveillait son pouls… »

Enfin, il remit de l'ordre dans ses vêtements, se leva, fit quelques pas mal assurés.

« Ça va mieux, Ange ! dit-il au bout d'un moment. Sans toi, j'étais fini, tu as vu, je commençais à flancher… »

Bientôt il se sentit tout à fait d'aplomb.

Brigitte le regarda venir.

« Courage ! je suis là, fit-il doucement. (Il lui tapotait les joues.) Courage, courage ! répétait-il. (Il se tourna vers la Marie.) Il faut mettre les fers… je lui ferai une petite anesthésie. (Il alla prendre sa trousse, l'ouvrit, se pencha sur la jeune femme, lui parla affectueusement.) Brigitte, je vais être obligé de t'aider. Tu n'as plus assez de forces, mon petit, et tu ne peux pas faire le travail toute seule... N'aie pas peur, je vais t'anesthésier à petites doses, pas assez pour t'endormir, suffisamment pour que la douleur ne t'empêche pas de m'aider. »

Elle le vit sortir le forceps, préparer une seringue...

« Non, non, cria-t-elle, vous allez tuer l'enfant. (Il la calma, essaya de lui faire respirer un peu de chloroforme, mais elle se débattait.) Laissez-moi le mettre au monde toute seule !

— Allons, dit Coutaz, allons !... Il faut obéir. Sans quoi, je vais te faire du mal. (À intervalles réguliers, le médecin lui fit alors inhaler de l'anesthésiant. Elle se montrait plus docile. Puis il décida d'intervenir.) Venez m'aider, Marie, et vous aussi, Ludivine. (Les deux femmes s'approchèrent de la couche.) Il va falloir la maintenir solidement. Appelez Claveyroz, qu'il ne s'éloigne pas ! »

Tandis qu'il opérait, précis, attentif, elles le voyaient transpirer à grosses gouttes...

Il semblait à la Marie qu'il n'en finirait jamais.

Enfin, sur un gros effort, l'enfant vint au monde...

Et tous trois poussèrent le même cri :

« Un garçon ! »

Quand Brigitte fut délivrée, les femmes s'emparèrent du nouveau-né. Le médecin pouvait leur faire confiance.

« Ça nous regarde, à présent. Reposez-vous ! »

Elles n'eurent pas à le lui répéter. Maintenant que tout était terminé, la fatigue le terrassait.

« Voulez-vous manger un bout, docteur ? hasarda Claveyroz.

— Non, si tu le permets, je vais dormir... ça va passer. (Il s'étendit sur le vieux canapé Empire, dont la tapisserie fatiguée ornait une des cloisons du pèle.) Claveyroz, dit-il, trouve un homme dans le village qui puisse aller prévenir chez moi ; je repartirai dans la matinée, qu'on ne s'inquiète pas... »

Il s'endormit comme une brute.

Le jour s'était levé lorsque Ange Claveyroz ouvrit la porte. Les vieilles maisons des Praz, entièrement recouvertes par la neige, ne formaient plus que des amas sans forme au pied des grands hôtels. Les basses branches des arbres, surchargées et ployées, semblaient s'enfoncer dans le sol. La journée était froide mais radieuse. Claveyroz cherchait ce qui avait bien pu se passer cette nuit, il ne reconnaissait plus très bien le paysage familier qui entoure le village.

Il y avait quelque chose d'anormal là-bas dans la courbe des pentes. Mais quoi ? il n'arrivait pas à le définir. Puis, tout à coup, il tomba en arrêt.

« Ben alors ! disait-il, ben alors ! celle-là elle est forte ! »

L'avalanche de la Floriaz était descendue pendant la nuit, de l'autre côté de l'Arve, et là où s'étendait un bois de hauts sapins en bordure des marais, il y avait à présent un grand cône de débris, de blocs de glace, de terre hérissée de branchages enchevêtrés... La coulée avait rongé les bords du couloir depuis tout en haut, vers la Charlanoz, et couché les arbres qu'elle avait charriés jusqu'en bas, élargissant sans cesse son passage. À mi-pente, sur le chemin de la Flégère, le chalet de la Floriaz, qui la veille encore était presque invisible derrière un bosquet, apparaissait perché sur une falaise rocheuse, miraculeusement épargné alors qu'à quelques mètres tout avait été décapé, fouillé, rasé par la cataracte.

« Pour du dégât, c'est du dégât ! s'exclamait Claveyroz. Ça a dû toucher notre bois, faudra que j'aille constater... Mais dans tous les cas, ça nous en a apporté pour plusieurs hivers. »

Et il se frotta les mains, car chacun sait que le bois charrié par les avalanches appartient à celui qui possède le terrain sur lequel il s'arrête.

Claveyroz se frotta les mains, puis se dirigea vers la maison de Jean Guerre pour lui apprendre la nouvelle.

Il y avait une trace profonde au milieu de la rue principale que les villageois avaient la veille déblayée à la pelle et il s'y engouffra comme dans une tranchée.

À sa gauche et à sa droite, devant chaque maison, les habitants s'étaient remis à l'ouvrage et le vent emportait en poussière irisée la neige soulevée à chaque pelletée.

Jean Guerre travaillait comme les autres.

« Alors, ça y est, chez vous ?

— Un garçon, fit le Piémontais. Puis il montra l'avalanche de la Floriaz. »

Jean Guerre hocha la tête.

« On s'en souviendra de cette journée !

— Et de la nuit qui l'a précédée ! » compléta Claveyroz. Puis il entreprit de raconter en détail l'aventure du Dr Coutaz.

Jean Guerre avait arrêté son travail, et les gens du village s'étaient groupés autour de lui, la pelle ou la racle à la main ; ils restaient là plantés, la tête seule dépassant de la neige avec la buée qui s'échappait de leurs lèvres, et ils écoutaient en connaisseurs.

« Heureusement qu'il avait défait ses skis, oui ! c'était une chance, qu'il eût décroché ses fixations. »

Deuxième partie
L'ÉTRANGÈRE

1

Il avait tonné une partie de la nuit, puis l'averse drue qui martelait les ardoises du toit s'était brusquement arrêtée. Au bruit régulier et monotone de la pluie qui durait depuis plusieurs jours et auquel chacun avait fini par s'accoutumer, succéda un silence inhabituel.

Brigitte s'éveilla. Les chéneaux crachaient encore faiblement l'eau des gouttières, et elle perçut comme un murmure indéfinissable les derniers cheminements de la pluie dans les tuyaux de descente.

Une lueur indécise filtra à travers les persiennes. Le jour allait poindre. Le petit lit de Jean-Baptiste, garni de voile, formait une masse blanche contre la paroi boisée ; l'enfant dormait, et le bruit régulier de sa respiration se propageait à travers la chambre et l'emplissait tout entière.

Mais l'accalmie fut de courte durée. Déjà un nouveau tumulte se faisait entendre. « Un troupeau qui traverse le village », songea Brigitte.

Ne pouvant plus dormir, elle se leva, évitant de réveiller l'enfant, et, s'étant habillée, ouvrit doucement la porte de l'outa. Elle fut surprise de trouver la grande pièce éclairée en veilleuse. On était debout avant elle dans la vieille maison !

Accroupie devant l'âtre dans un enveloppement de gros jupons lourds, la Marie à la Faiblesse écartait des mains les cendres chaudes et réveillait d'un souffle léger les braises dormantes.

Cette fois, le feu était parti. La Marie le nourrit d'une brassée de bois sec et une grande flamme pétillante illumina la pièce.

Elle se releva tout engourdie par ses rhumatismes, aperçut brusquement Brigitte immobile sur le seuil de la chambre, qui lui souriait tout ébouriffée dans sa toilette de nuit.

« Tu m'as fait peur ! Je ne t'ai pas entendue entrer.

— Je ne vous croyais pas déjà levée !

— Dame ! à la campagne, c'est la vie : levés avant le jour, couchés avec le soleil. (Elle s'inquiéta :) Dis-moi, tu n'es pas malade ? Ni Jean-Baptiste ?

— Il dort à poings fermés. C'est de la chance, avec tous les troupeaux qui passent sans arrêt, les clarines, la pluie !

— On "emmontagne" à Balme. Demain, ce sera Charamillon… Faut pas compter dormir pendant deux nuits. Nous autres, on est tout heureux : la montée à l'alpage, c'est le signe de l'été. »

La vieille femme tendit l'oreille. Une rumeur grandissait, envahissait tout le village. On entendait maintenant le piétinement des bêtes le long des murs, mêlé aux sons discordants des sonnailles agitées en tous sens, et dont les vibrations emplissaient par moments l'outa.

« Le troupeau à Pandore ! dit Ange Claveyroz qui arrivait, la veste jetée sur l'épaule. Il a mis le numéro douze à la reine ! Elle a un beau son, cette clarine ! Devouassoud n'a jamais fait mieux. (Il aperçut Brigitte.) Vous venez nous aider à défaire les andains ? dit-il un peu moqueur.

— Oui, c'est une bonne idée, puisque je suis debout !

— Tu n'y penses pas ! fit la Marie.

— Je disais ça en riant, fit Claveyroz, ça n'est pas votre travail. Faut pas vous croire obligée.

— Bien sûr, approuva la Ludivine. Mais voilà : j'avais pensé que peut-être… Enfin, il y a cette vache, tante

Marie, qu'il faut conduire à la montagne. On n'y a plus songé.

— C'est vrai, dit la Marie. Eh bien, j'irai.

— À moins qu'on la monte seulement dans quelques jours... intervint Claveyroz. On aura besoin de vous, la tante, si Camille tarde... On ne sait jamais, un client qui serait arrivé... Il préfère les courses, faut le comprendre ! »

Brigitte se décida.

« C'est moi qui irai.

— En voilà une idée, dit Claveyroz. Il hésitait, regardait la Ludivine.

— Ça ne doit pas être sorcier, reprit Brigitte. Je connais la route. Et puis, ajouta-t-elle en riant, ça sera moins fatigant que de vous aider aux foins, Ange...

— Si tu crois..., fit la Marie, on peut essayer. T'as pas peur de la Rousse, au moins ? Elle est jeune, et une vache seule, ça ne se conduit pas si facilement qu'en troupeau... Mais, bien sûr, ça faciliterait le travail. Je pourrais vous donner la main, vous autres, et on ne perdrait pas un jour de beau temps. »

Claveyroz calculait.

« Si c'était d'accord, Brigitte, il vaudrait mieux partir tout de suite. D'ici à la montagne, faut compter pas loin de trois heures. Comme ça, vous serez en haut avant la grosse chaleur. »

Brigitte, après une rapide collation, suivit la Ludivine à l'étable. La Rousse, qui semblait agitée, secouait sa chaîne, piétinait la litière. Quand elle les vit s'approcher, elle meugla longuement. La Ludivine lui passa une corde autour des cornes.

« Ça nous rend bien service que vous la meniez à la montagne, bien que ce ne soit guère votre travail. » Brigitte ne dit rien. Ces paroles de la Ludivine lui faisaient du bien. Mais elle n'osait avouer qu'elle avait un peu peur. Ce serait ridicule.

« Je la sors, dit la Ludivine. J'ai mieux l'habitude. »

Dehors, il faisait à peine jour.

Claveyroz leva la tête.

« Il est temps, Brigitte, faut partir. D'ici aux Tines, c'est la route, ensuite le chemin de Beau-Séjour, puis celui de la Pendant. Quand vous aurez passé la bifurcation du Chapeau, vous serez tranquille, il n'y aura plus qu'à suivre. Tâchez d'arriver avant le soleil, à cause des taons ! »

Il lui mit la corde en main, lui passa un bâton, et elle s'éloigna tirant sur la longe, n'osant se retourner, intimidée par le tintement accéléré de clarine qui lui semblait réveiller tout le village. Quand les autres sortirent à leur tour pour les champs, l'aube pointait sur le mont Blanc. De lourds nuages marquaient encore par places les aiguilles, mais on devinait qu'ils disparaîtraient au premier rayon de soleil.

2

Cette fois, tout était changé, se dit Brigitte. Les bruits, les formes, les couleurs. C'était un autre monde. Le temps lui-même devenait autre. Comme si les jours passés glissant derrière ses pas vers le silence s'étaient tassés en bas de la vallée. Et les souvenirs de la veille avaient rejoint ceux des jours les plus anciens, des années écoulées, avaient reflué ensemble vers le grand vide de la mémoire, telles les maisons du village qui lui apparaissaient maintenant serrées au pied de la montagne. Comme si les présences à peine quittées avaient pris tout à coup cette distance qui nous sépare des choses.

La combe de la Pendant devait être proche, car les mélèzes s'espaçaient ; le sentier traversait des clairières pleines de rhododendrons et de myrtilles, la pente s'adoucissait. Le chant du grand troupeau apporté par le vent parvint jusqu'à Brigitte ; c'était comme une harmonie très pure composée par les sons légers des clarines d'acier de Chamonix auxquels se superposaient les voix plus graves des cloches de fabrication valaisanne, aux résonances assourdies dont les notes isolées dominaient toute la mélodie pastorale.

Et ce chant mêlé à la clameur des cascades, au murmure de la brise dans les feuillages, à la rumeur imprécise des torrents lointains, annonçait dans ce matin radieux de juillet le grand retour à la montagne des hommes et des troupeaux.

La Rousse, qui jusque-là avait suivi docilement Brigitte, s'arrêta brusquement, tirant sur sa corde, tête haute, cornes pointées vers le ciel, et lança avec force une série de meuglements rauques et précipités auxquels répondit dans le lointain l'appel impérieux d'un taureau. Alors, grattant le sol spongieux de l'alpage, arrachant les mottes de terre d'un sabot nerveux, la Rousse, faisant un écart, chercha à se libérer de la corde, renversa Brigitte qui avait voulu la retenir et partit au galop, traînant derrière elle la jeune femme.

« Lâchez la corde, lâchez la corde ! » hurlèrent les bergers.

Elle obéit, se releva, toute meurtrie, les mains brûlées, les coudes écorchés et courut à perdre haleine dans le vain espoir de rattraper la vache.

« Arrêtez-la ! Arrêtez-la ! »

Elle ne sentait pas ses contusions, elle n'avait qu'une crainte, que la Rousse ne prît envie de retourner à l'étable. Elle ignorait que les vaches, au printemps, ne redescendent jamais, qu'un instinct les pousse alors vers les hautes prairies, et elle imaginait déjà la bête échappée, traversant au galop de charge la plaine des Tines, le village des Praz, et tous les gens qui s'assemblaient, s'esclaffaient...

Elle fut vite rassurée. La Rousse, après quelques bonds désordonnés, repartait d'un long trot soutenu et sans cesser de beugler jusqu'au troupeau égaillé sur l'alpage.

« S'arrêtera ben toute seule ! » firent les bergers.

Ils dévisageaient Brigitte avec étonnement. Elle n'était pas celle qu'ils attendaient ; et pourtant, c'était bien la vache aux Claveyroz... Mais que diable venait faire ici cette femme de la ville ?

« Pas blessée, au moins ? » dit l'un d'eux.

Elle fit signe que non, trop essoufflée d'abord pour parler.

Ils la regardaient, et elle fut gênée de leur silence.

« Je suis la cousine des Claveyroz, expliqua-t-elle. Ils m'ont chargée de vous monter la Rousse !

— Non ! Pas possible ! (Ils éclatèrent de rire cette fois, sans contrainte et sans méchanceté.) Ben alors !... Ils ont du culot, vous charger de ça ! Pour sûr, ils ont du culot ! »

Ils riaient, riaient, et le plus jeune ajouta :

« On se demandait ce qui se passait ? On a vu sortir de la forêt un bolide qui vous traînait dans l'herbe ! »

Un vieil homme, tout bancal, arrivait au troupeau.

« Fallait lâcher la corde ! Faut jamais se faire tirer : plus on tire, plus la vache court, et quant à la force ! personne, non, personne peut dire qu'il en retiendrait une qui aurait envie de partir ! Allez, vous autres ! dit-il rudement. C'est l'heure d'abreuver. Aujourd'hui, les taons seront vite là. Venez vous reposer, suivez-moi à la Chavanne. Je suis Gay-Crosier, le maître berger. »

Il la précédait à travers le pâturage tout fleuri et, malgré sa jambe trop courte, il sautait allègrement les ruisseaux. La combe était remplie de l'harmonie des clarines, le soleil venait juste d'y arriver et soulevait sur son passage un bourdonnement d'insectes. Au-dessus de l'alpage, d'interminables champs de rosages couvraient les moraines et, beaucoup plus haut que la limite des forêts, rejoignaient les langues grises des glaciers ; la calotte de la Verte, tout écrasée par la perspective, barrait le ciel d'une frange de glace. Vers le nord, vers l'ouest, les Préalpes, les aiguilles Rouges étendaient leurs déserts de rocs et de gazons ras. Enfin, dominant la combe de Chamonix, le mont Blanc coulait de toutes ses glaces jusqu'aux champs cultivés.

La Chavanne était un chalet quatre fois centenaire adossé à la montagne, et comme l'hiver l'avalanche de la Verte balayait la combe de la Pendant dans toute sa largeur, il portait un toit à un seul pan incliné, qui prolongeait exactement la pente supérieure, s'y incorporait de telle sorte que les coulées les plus violentes passaient dessus sans l'atteindre, le recouvraient entièrement, et si souvent que, l'été venu, pour emmontagner, il était nécessaire de creuser un tunnel pour arriver jusqu'à la porte.

Brigitte suivit le berger dans la Chavanne : le sol en terre battue sentait le lait caillé ; le jour n'y entrait que par une petite lucarne, mais la lumière y parvenait aussi par les interstices des poutres. Deux bancs, une table, un dressoir en mélèze constituaient tout le mobilier. Au-dessus de l'aire de terre battue, dans une sorte de grenier à claire-voie, il y avait les lits de foin des bergers, dans un autre angle s'ouvrait la cave à lait et à fromage.

Le lait de la traite du matin cuisait dans le grand chaudron et le feu, alimenté par des brassées de varosses desséchées, pétillait avec éclat. Gay-Crosier jeta un coup d'œil à la flamme, puis revint vers sa visiteuse.

« Faut toujours avoir l'œil sur le thermomètre. Un degré de plus et ça tourne... Je fabrique un genre de frontine, c'est le fromage du Val d'Aoste, c'est pour ça que Claveyroz me loue une vache : il touche sa part, ça lui rappelle son pays ! (Il ajouta pour compléter son éducation :) À Balme, ils font du fromage de Bagne, comme dans le Valais ! »

Il lui servit un cruchon de lait frais, épais comme de la crème, du pain, du beurre. Il tournait dans la pièce en claudiquant, affable, actif, et malgré ses galoches pleines de bouses, son tablier de fruitier maculé de lait caillé et l'odeur de vache qui s'exhalait de toute sa personne, il gardait, avec son profil de médaille, sa barbe grise, sa chevelure abondante sous le cuir du bonnet, une sorte de grandeur patriarcale.

« Vous êtes aussi fruitier ?

— Fruitier et maître berger ! Mais le troupeau, c'est les jeunes qui s'en occupent : soixante vaches ! faciles à garder ! Il n'y a qu'à mettre une barrière sur le chemin d'en bas... Ça fait rien, reprit-il, elle vous a joué un tour, la reine à Claveyroz ! »

Il riait si honnêtement qu'elle se joignit à lui.

« Je n'étais pas fière quand elle m'a échappé », concéda-t-elle.

Il l'observait plus attentivement.

« Dites-moi... Vous ne seriez pas la femme de Zian ? »

Elle dit très vite :

« Oui. Pourquoi ? »

Il ne répondit pas directement à sa question.

« Vous avez bien agi en retournant vivre aux Praz. (Elle voulait donner des explications.) Parlons plus de ça ! Vous allez vous reposer, il y a du foin dans la soupente... »

Elle refusa.

« Je vais repartir. J'ai envie de passer par le Chapeau.

— C'est un beau passage, vertigineux, mais vous ne craignez pas le vide... ! (Elle examinait une dernière fois la Chavanne.) Vous regardez la charpente ? Hein, c'est du solide ! des troncs entiers de mélèzes, les anciens faisaient du solide ! Faut dire que ça supporte un tel poids de neige, au printemps ! Tenez, cet hiver, la poutre faîtière a cédé, j'ai dû l'étayer ! »

Il lui montrait une longue fissure dans l'énorme tronc de bois rouge qui traversait toute la longueur du chalet. Lui-même n'en revenait pas. Il hochait la tête et répétait :

« Incroyable ! Incroyable ! »

Elle le quitta toute reposée de corps et d'esprit.

« Faudrait monter un jour avec le petit ! » dit encore le vieux en lui souhaitant bonne route.

Elle promit.

Au départ de la Pendant, la piste qui permet de se rendre au Mauvais Pas de la mer de Glace n'est guère visible. S'il y a un poteau indicateur, l'inscription sur la plaque s'est effacée, et d'innombrables traces faites alentour par les troupeaux risquent d'égarer le novice. À diverses reprises Brigitte hésita, puis finalement elle trouva le fil conducteur, un sillage à peine marqué dans les hautes herbes, et ne le quitta plus. Tout ce versant du massif, exposé plein nord et parcouru par un réseau d'eaux souterraines, est riche en végétation ; une véritable savane recouvre les blocs des moraines, plonge ses racines dans les mousses et l'humus et cerne les énormes mélèzes plusieurs fois centenaires clairsemés sur les crêtes épargnées par l'avalanche.

Brigitte s'éleva au milieu d'un parterre de fleurs. Elle passait sans transition des touffes roses des rhododendrons et des masses sombres des myrtilles aux colchiques mauves, baignant dans une source secrète dissimulée sous les lichens ; plus loin, elle retrouva les légères campanules, les soldanelles au nom dansant, les délicates saxifrages, et toutes les gentianes poussant à profusion, depuis l'acaulis au bleu profond, l'aérienne petite gentiane bavaroise aux teintes d'aigue-marine, jusqu'aux tiges austères de la gentiane médicinale avec ses larges feuilles jaunies plantées comme des épis de maïs ; renoncules, lupins, aconits croissaient d'abondance, chaque plante dans son terroir, les unes se balançant dans les herbes hautes, les autres dissimulées modestement, et quand le rocher pointait sur la houle des plantes, c'étaient encore des fleurs rares qui s'y accrochaient. La jeune femme marchait à travers cette débauche de végétation avec une sorte de volupté et traversait ce jardin sauvage comme on vit un songe, découvrant parfois les plaques d'émaux fraîchement coulés des myosotis, secouant et égrenant les grappes desséchées par le gel des fruits du sorbier dont les troncs argentés fusaient de place en place de la conque rouge des rosages, cueillant au passage la fleur de bronze de l'arnica.

Après un début très raide, la pente s'adoucit ; puis, d'un seul coup, toute la vallée lui apparut entre deux mélèzes ébranchés par les tempêtes d'hiver. Brigitte s'arrêta. Elle surplombait un vide immense et lumineux. Elle dominait à la fois les sources de l'Arveyron, la mer de Glace, la plaine des Praz, la combe de Chamonix ! Le site était l'un des plus remarquables qu'elle eût visités. C'était comme un fauteuil de verdure posé sur le front supérieur des forêts, face au mont Blanc qui s'offrait par-dessus le hérissement de ses aiguilles de granit et qui reprenait comme chaque fois qu'on l'admire d'assez haut sa véritable proportion, son élancement prodigieux.

Mais le paysage ne s'arrête pas au mont Blanc, le regard plonge directement sur l'auge de granit dans laquelle, depuis des millénaires, la mer de Glace pousse son courant, en apparence immobile, et qui chemine sans fin vers les sources d'où tout jaillit. L'horizon du sud est barré par la face nord des Jorasses prolongée par les crêtes de Rochefort, par la Dent du Géant, solitaire, inclinée sur les combes de neige paisibles et lointaines où se forment les glaces. En levant la tête, on découvre la face ouest du Dru. Cet étonnant bastion, cette tour d'angle impossible d'un château hors mémoire et de proportions si incroyables offre à la vue ses balcons renversés, ses surplombs blanchâtres, les plaques fraîches et grises des récents éboulements tranchant sur la rouille des protogines, et sa tête ronde et bonasse, couronnée d'une sorte de tiare formée de couronnes neigeuses superposées, s'accordant aux corniches de la Verte et de la Sans-Nom, aux stries fuyantes et livides du Nant-Blanc...

Paysage hors série composé pour l'éternité, mais auquel s'ajoutent des premiers plans bouleversants, des falaises ruinées, des pierriers vertigineux entre lesquels court une forêt primitive se mourant de vieillesse, écorchée par les avalanches et les chutes de pierres, présentant les troncs rompus de ses arbres couchés là jadis par la foudre dans le lit mouvant des hautes herbes jaunes, ondoyantes comme des moissons célestes, et sur ces corniches aériennes, sur ces arêtes inachevées s'accrochent encore des arolles noirâtres et des mélèzes racornis, s'acharnant à croître en pleine paroi, jetant leur ombre rare sur les pierriers décomposés, léprés de grandes traînées ferrugineuses.

Brigitte resta là jusqu'au soir.

3

Deux étés, trois hivers avaient passé depuis la naissance de Jean-Baptiste, et, le printemps trop court achevé, c'était déjà l'été.

Et voici qu'elle s'apercevait du long chemin parcouru. Qu'elle fût encore étrangère aux gens de la vallée, elle n'en doutait pas. Ils avaient tissé autour d'elle le réseau ténu d'un oubli dédaigneux. Pourtant, depuis que le fils de Zian avait paru à ses côtés, que le guide renaissait chaque jour plus ostensiblement dans le petit être qui poussait dru comme une avoine sauvage, certains d'entre eux, des parents, de vieux amis de la famille, s'étaient peu à peu approchés. Mais les autres, les guides ? Parviendrait-elle jamais à les reconquérir, ces irréductibles qui se disaient les vrais amis de Zian et dont l'amitié perdue suffisait ce soir – elle l'avait oublié – à réveiller tout son chagrin ?

Elle avait passé la première année en marge de la communauté, évitant tout contact avec le voisinage, se contentant de l'affection précieuse dont l'entourait la Marie, et de cette sorte d'estime encore imprécise qu'elle sentait naître très doucement dans le clan des Mappaz, chez les Claveyroz surtout, depuis qu'elle partageait leur vie quotidienne.

Puis, l'année suivante, à bout de ressources, refusant de céder à la Marie qui s'obstinait à vouloir réclamer l'aide promise par la caisse de secours, elle s'était mise en quête d'un travail. Pendant tout un mois, elle avait été de porte en porte, essuyant les refus : refus polis, refus brutaux, refus masqués sous quelque prétexte hypocrite.

Elle se souvenait…

Elle se souvenait de son arrivée, en ce début de juillet, dans le hall du grand hôtel Bartolotti.

« Mme Mappaz, notre voisine, la veuve de Zian, avait expliqué Achille Bartolotti, tourné vers son épouse. Tu ne reconnais pas ? (Celle-ci faisait l'étonnée, détaillait la jeune femme, prenait un malin plaisir à la tenir devant elle debout…) Mme Mappaz cherche du travail, je veux dire un emploi ?

— Oui, madame. Je pensais que, peut-être, à la réception… comme je parle plusieurs langues, ou au secrétariat, puisque je tape aussi à la machine…

— Je vous croyais riche, avait interrompu l'hôtelière.

— Je ne le suis plus. M. Bartolotti est au courant. Vous aussi, je pense…

— Ça ne me regarde pas. Non, je regrette : aucun emploi pour vous ici. La réception est un poste réservé aux hommes. Ça déclasserait un hôtel d'y engager une femme. Voyez les petites maisons, en ville. On ne s'improvise pas employée d'hôtel, surtout quand on brigue les postes supérieurs. (Et comme cette insolence restait sans réplique et semblait mal comprise :) Vraiment, je regrette. Vos histoires personnelles n'y sont pour rien, avait-elle précisé. Vous ne faites pas l'affaire. »

Puis, désappointée, saisie d'impatience, elle l'avait éconduite :

« Vous m'excuserez, les nettoyages, le personnel à mettre au courant… Vous tombez mal ! »

Et, s'éclipsant derrière une porte de service, elle l'avait plantée au milieu du hall.

Au Comptoir Faucignerand, le vieux Ludovic Payerne l'avait reçue beaucoup plus poliment. Elle avait été priée d'entrer dans le petit bureau où le banquier recevait ses clients. Il avait fait apporter sur la table le dossier de Brigitte.

« Je vous écoute, madame. »

Elle était décontenancée.

« Je crois, monsieur, qu'il y a un malentendu. Il ne s'agit pas de mon compte, d'ailleurs modeste…

— Certes, fit-il.

— J'ai un enfant, je dois l'élever ; mes ressources s'épuisent et je veux travailler. (Il s'était redressé, appuyé au dossier de son fauteuil, l'avait examinée.) J'ai pensé… On m'a dit que vous engagiez parfois du personnel féminin, pendant la saison. Je parle plusieurs langues, j'ai une bonne instruction… »

Il l'avait aussitôt arrêtée d'un geste péremptoire.

« C'est une chose impossible. Je n'accepterai jamais que la fille du baron Collonges tape à la machine derrière un comptoir. Y avez-vous réfléchi ? Je pense que j'aurais pu vous aider à faire fructifier votre petit capital. À vrai dire, il y a un an, la chose aurait été possible, très intéressante même. Je vous aurais conseillé de faire transformer la Varappe en une pension de luxe où l'on reçoit les *paying-guests*, comme disent les Anglais. Hélas ! vous avez vendu, et ce n'est pas la maison des Praz qui vous rendra les mêmes services. (Elle l'avait regardé, visiblement déçue. Il en avait paru peiné.) Votre capital est intact, avait-il ajouté en se levant. N'y touchez pas ! Vous avez là encore de bonnes valeurs. Si vous êtes gênée, venez. Je vous avancerai les sommes nécessaires pour franchir une mauvaise passe. Mais ne vendez pas. (Il s'était incliné.) Surtout, ne vendez pas ! » avait-il répété en la raccompagnant.

Alors, en désespoir de cause, elle était allée voir le maire, Paul Dechosalet. Elle le savait courtois et serviable. Il avait été franc :

« Je pourrais vous employer au bureau des renseignements ou encore à la mairie, où vos connaissances seraient précieuses… Mais je dois compter avec mon conseil municipal, et la majorité est composée de guides qui vous sont hostiles... Nous irions à un échec. »

Ce jour-là, elle était partie très vite, pour cacher ses larmes. Elle était à bout. En revenant, elle avait croisé le Dr Coutaz. Il l'avait observée sans rien dire.

« Pas de fatigue, Brigitte. Rentrez bien vite et au lit. Je passerai vous voir un de ces soirs. »

Et deux jours plus tard, il était arrivé tout joyeux, accompagné de Lisbeth.

« Voilà : ma femme, qui est la plus dévouée des infirmières, attend pour bientôt son quatrième enfant. Elle a besoin de se reposer, voulez-vous la remplacer ?

— Voulez-vous ? » avait gentiment insisté Lisbeth.

Elle avait été tellement bouleversée qu'elle avait tardé à répondre.

« Ça n'est pas trop compliqué, avait repris Coutaz. Je vous mettrai au courant : faire les pansements, quelques piqûres, recevoir, tenir le carnet de visites... »

Tout avait été pour le mieux.

Cela avait duré une saison, c'était merveilleux : elle gagnait sa vie. Chaque soir elle rentrait aux Praz, heureuse, embrassait Zian, ne se souciait plus de rien. Elle était soulagée de ne plus être à la charge des Mappaz : les paysans n'aiment pas les bouches inutiles.

Puis, l'automne venu, Coutaz avait proposé de la garder durant la morte-saison, mais elle savait bien qu'elle ne devait pas accepter. Lisbeth avait repris sa blouse d'infirmière, c'était normal. L'hiver qui suivit avait été précoce, et Jean-Baptiste, que tout le monde aux Praz appelait maintenant « Zian », lui échappait de plus en plus pour courir l'aventure avec les autres gosses. Les plus grands l'emmenaient sur leur luge et c'étaient alors de folles descentes le long du vieux moulin, dans la rise glacée qui sert aux bûcherons à descendre leur bois. Il y avait des chutes, des cris, des rires et parfois des égratignures, mais l'enfant poussait comme une bonne plante et s'endurcissait au contact des petits praillis.

Soigner la Marie, qu'immobilisaient par ces froids des crises de rhumatismes, élever son fils et, quand elle avait terminé ces tâches, reprendre les traductions et les copies dont elle retirait le peu d'argent nécessaire, voilà qui occupait suffisamment ses journées. Mais depuis que la vieille tante avait repris la direction de la maison, Brigitte avait ressenti plus vivement le poids de l'inaction et regretté son activité passée chez le Dr Coutaz. Elle s'était confiée à son vieil ami de toujours, à Jean Guerre, qui venait souvent prendre le soleil en compagnie de la Marie, sur le banc adossé au mur, face à la montagne scintillante de neige.

« J'ai quelque chose pour vous, lui avait-il dit.

— Vraiment ? »

Elle était incrédule.

« Vous parlez l'anglais, je crois ?

— L'anglais et l'espagnol et un peu l'allemand.

— Parfait. Mon vieil ami Im-Horn, le propriétaire de l'Agence du mont Blanc, cherche un employé. C'est un Valaisan un peu original mais très brave. Ce serait une place à l'année. »

C'était une curieuse figure que ce vieil Im-Horn.

Originaire de Saas-Fee, dans le haut Valais de langue allemande, il avait débuté comme portier à l'hôtel Royal, puis, ayant amassé un petit pécule, il avait loué une boutique sur la place de Saussure dans laquelle il traitait toutes sortes d'affaires, tantôt agent de voyages, tantôt agent immobilier. Il s'occupait indifféremment d'achat, de location ou de vente de villas, faisait le change, organisait des excursions, des circuits. Mais, bien que parvenu à un âge avancé, il n'avait pas voulu encore associer qui que ce fût à ses affaires.

« Tu comprends ! disait-il à Jean Guerre, avec cet accent suisse-allemand dont il n'arrivait pas à se débarrasser, tu comprends, chez moi tout se fait par confiance ; pas possible autrement, et Im-Horn n'a pas confiance. Facile de tromper avec le coulage !

— Et ton fils ? Pourquoi ne le prends-tu pas avec toi ? disait le vieux guide.

— Mon fils ?... panier percé ! Chez les autres, il travaille bien ; à son compte, il mangerait le fonds en moins d'un an. Je connais, crois-moi ! Im-Horn, c'est une vieille bourrique, mais il connaît les gens. Jamais il ne mettra son fils dans ses affaires. Il a une bonne place à la banque de Martigny, qu'il y reste... Jamais je ne voudrais qu'il entre ici... Jamais ! »

Im-Horn sentait cependant, depuis quelques années, le besoin d'être aidé. Et c'est Jean Guerre qui, patiemment – ayant une arrière-pensée bien précise –, semaine après semaine, l'avait amené à l'idée de prendre un collaborateur. Avec le Valaisan il ne fallait rien brusquer.

Im-Horn avait mordu au piège et de lui-même, un jour, il avait proposé :

« Si, toi, tu connais quelqu'un, alors je verrai. Peut-être ! »

Jean Guerre avait lancé le nom de Brigitte, comme ça, en l'air !

Him-Horn connaissait l'histoire de la jeune femme, mais sa condition d'étranger l'avait dispensé de prendre parti, ça ne le regardait pas. Ne pas se mêler des affaires du pays, c'était sa règle d'or.

« Pas si bourriques que les Valaisans, les Chamoniards, mais presque ! » disait-il, employant le mot « bourrique » au sens de têtu.

Brigitte s'était présentée.

Il l'avait reçue avec une extrême politesse. Une seule entrevue leur avait suffi. Lui avait été frappé par la gravité de la jeune femme, et elle avait éprouvé un sentiment de sympathie amusée pour ce vieillard étrange, aux cheveux blancs taillés en brosse, dont la barbe de prophète débordait sur un plastron de chemise impeccable et qui lui posait avec tant de finesse malgré son accent rauque des questions ininterrompues dans cette langue singulière où il mêlait l'anglais et l'allemand au français.

« Parfait, madame Mappaz, parfait ! » avait-il conclu, satisfait de l'examen.

Après s'être mis d'accord sur les conditions, ils avaient regagné ensemble la petite boutique, encombrée d'affiches de tourisme, de placards, d'horaires et de cartes, qui ouvrait directement sur le quai de l'Arve.

« Im-Horn est ravi. Un visage jeune dans son agence, voilà qui va surprendre les Chamoniards ! » ajouta-t-il en souriant.

Puis ils avaient réglé quelques détails :

En morte-saison, Brigitte aurait la semaine anglaise et les congés habituels. De juillet à septembre, par contre, l'agence ouvrait de 8 heures du matin à 10 heures du soir, et Im-Horn ne lui cachait pas que ce serait très pénible.

« Huit semaines infernales, mais il faut tenir. Après, fini, terminé ! On tombe tout d'un coup dans la “morte”.

— Je tiendrai, monsieur Im-Horn.

— Pour compenser ce travail forcé, je donne huit jours de vacances avant la saison et huit jours après. En supplément sur votre congé annuel. »

Cher M. Im-Horn ! Cher Jean Guerre ! Elle les aimait bien, ces deux-là !

Quand elle redescendit, tard dans l'après-midi, Brigitte se sentit tout à coup heureuse, pour la première fois. Elle avait hâte de retrouver les siens, son petit Zian qui là-bas, au village, l'attendait, serré le soir venu contre les jupes de la Marie. Elle eut hâte de rentrer, de les retrouver.

« Te voilà enfin ! s'écria la Marie comme elle arrivait. On commençait à s'inquiéter ! »

Alors elle leur raconta son histoire, et tous rirent comme avaient ri là-haut les bergers de l'alpage.

4

Le lendemain, Camille, qui n'avait pu venir la veille, arriva avant l'aube.

Brigitte, qui n'était pas encore levée, entendait de sa chambre les gros éclats de voix du guide auxquels répondaient les « chut » alarmés et vains de la Marie.

« Tu ferais mieux d'aller emmancher ta faux. À deux, aujourd'hui, vous iriez plus vite à couper. Faut mettre bas tout ce qu'on peut. Avec de la chance, on devrait tout rentrer ce soir. »

Brigitte, qui désirait les surprendre, s'habilla en hâte. Puisqu'elle était en congé, elle les aiderait à terminer les foins. À défaut de courses… ! Et, d'ailleurs, ce serait pour elle le meilleur entraînement.

La Marie avait posé les bols sur la table, apporté le café et le lait, sorti la miche et le beurre.

« Déjà debout ! s'exclama-t-elle. Eh bien, bois une tasse avec nous. Ensuite tu retourneras te coucher. »

Mais Brigitte refusa.

« Non, dit-elle. Les Claveyroz ont raison. Pourquoi n'irais-je pas les aider, moi aussi ? »

Elle sortit avec les autres et les suivit dans la plaine.

Les hommes marchaient lentement, la faux posée sur l'épaule, lame dressée vers le ciel, et leur passage à travers les hautes herbes pleines de rosée laissait une longue traînée par où se faufilaient la Ludivine et Brigitte portant les fourches et les râteaux.

« Si le vent du nord tient sur la Verte, on est bons ! dit Claveyroz.

— Il tiendra toute la journée ! décréta Camille.

— On va tâcher d'abattre toute la pièce ce matin. »

Ils s'arrêtèrent au milieu de la plaine sur le champ qu'ils devaient faucher.

Un peu partout d'autres praillis se mettaient à l'ouvrage. La grande prairie était toute morcelée de « lots » appartenant aux habitants du village et qui, n'ayant jamais été travaillés ni labourés aux mêmes jours, éparpillaient, en un énorme damier disparate, leurs champs gris, vert pâle ou fauves, selon qu'ils étaient plantés en pommes de terre, en céréales, ou laissés en foins sauvages. Et comme la plaine était la seule portion de terre arable dans cette partie de la vallée, les héritages successifs, les alliances et les partages l'avaient morcelée à un degré incroyable.

Brigitte contemplait avec étonnement ce puzzle de champs marqués par des bornes de pierre ou des pieux, ces propriétés minuscules, inconcevables ailleurs.

La Ludivine s'en aperçut.

« Dame ! Il y a des siècles qu'on partage ça entre nous... Faut voir le cadastre pour y croire. Pour cinquante hectares, trois cents lots, cent propriétaires !

— Je parie que vous ne connaissez même pas vos biens, fit Camille. Vous avez cinq lots dans la plaine. »

Il les lui désignait sans erreur :

« Celui-ci, deux autres dans le fond là-bas plantés en pommes de terre, puis deux plus grands, en foin, vers la route du Bouchet...

— T'oublies les vernets et les pâturages le long d'Arveyron », compléta Claveyroz.

Brigitte les laissait dire.

Elle était envahie par un sentiment nouveau. Et, plus encore que les deux hommes, elle regardait avec une subite affection le champ minuscule hérissé d'herbes folles.

Sa terre ! Lui avait-elle seulement jeté un regard distrait, du temps où Zian y venait faucher ? Aujourd'hui pourtant c'était encore lui, le vieux sol, qui restait son plus fidèle allié. Car plus encore que la maison, plus encore que la naissance, les « biens » transmis d'âge en âge attestaient aux yeux de ces paysans l'appartenance à l'antique race de la vallée.

Camille et Claveyroz avaient dégainé les meules qui trempaient dans le petit *coffier* de bois accroché à leur ceinture et ils affûtaient leurs lames, en tiraient des vibrations chantantes qui s'accordaient au matin clair de la vallée. Puis, sous le crissement des faux cinglant les tiges mouillées, les andains s'accumulèrent. Derrière les hommes, Brigitte et la Ludivine, la fourche à la main, étalaient l'herbe coupée.

Quand ils furent sur le point de terminer, Claveyroz, jugeant l'heure au soleil, décida qu'il était temps de faire la collation.

« Va chercher la *taque* », dit-il à la Ludivine.

Ils mangèrent sur le champ, lentement, conscients de l'utilité d'un repos après ce long effort. La Ludivine finissait d'étendre les derniers andains, mais Brigitte ne se sentait plus le courage d'aider ; elle se contentait de passer la nourriture aux hommes, elle était abrutie de fatigue, de chaleur, et parfois la piqûre cruelle d'un taon sur ses bras nus la faisait sursauter.

« C'est la plaie de l'été, ces bestioles ! dit Camille.

— Faut patienter, ils vivent vingt jours. Au premier orage, ils périront ! »

Le temps passait et déjà la Ludivine s'inquiétait.

Elle restait debout devant les hommes, sèche et noueuse, et on n'apercevait aucune trace de fatigue ni de sueur sur son visage dur de femme vieillie avant l'âge.

« On devrait aller retourner le champ des Gaudenays, dit-elle. La rosée est partie… ça nous mènera à midi, puis à 3 heures on rentrera ce qui est sec, et ce soir à la fraîche on terminera de faucher. »

Elle avait établi l'emploi du temps jusqu'à la nuit et les hommes approuvèrent.

« Allons-y ! »

Le foin coupé de la veille n'avait besoin que d'un peu de soleil. Ils le retournèrent à l'aide des fourches et des râteaux, et cela prit le reste de la matinée. Brigitte suivait difficilement les autres dans cette nouvelle tâche, encore que tout lui fût devenu machinal. Comme ils travaillaient en bordure d'un chemin de servitude, les gens du village qui allaient et venaient, tributaires des mêmes travaux, s'arrêtaient au passage et parfois échangeaient avec eux des paroles.

« C'est pas trop sec, chez toi, Ange ?

— Tout juste !

— Avec cette pluie, aussi, y avait pas moyen de faucher !...

— Et chez vous à Argentière, demandaient-ils à Camille, vous n'avez pas commencé ?

— Encore quelques jours. C'est trop vert. Oui, avec l'altitude, il y avait bien une semaine de décalage, sinon plus, entre Argentière et Les Praz.

— Ça va te gêner pour les courses ?

— Peut-être bien. Et tiens, j'ai demain un client pour le Chardonnet. Je vais faire la course en vitesse, puis reprendre la faux, faut rien laisser perdre.

— Bien sûr, c'est déjà si court ! »

Claveyroz, qui s'était à peine interrompu, se redressa de nouveau pour souffler.

« Qui c'est pour un ? » fit-il tout à coup.

Les autres levèrent le nez à leur tour. Un grand garçon, les cheveux fous, le visage riant, venait vers eux à travers champs, en habitué de la vallée. Il portait un sac énorme, garni de cordes et de crampons.

« Peau-d'Âne, fit le guide.

— Peau-d'Âne ! répétèrent ensemble Brigitte et la Ludivine, en s'esclaffant.

— Ah ! fit Claveyroz, le métallo de chez Renault. Paraît qu'il fait du portage à présent ?

— Oui, dit Camille ; s'il m'avait écouté, il n'aurait pas lâché l'usine. (Camille était toujours un peu inquiet lorsqu'il recevait la visite de son camarade.) Tu viens t'engager pour les foins ? » lui cria-t-il.

L'autre fit un grand signe.

« Pas question, répliqua-t-il. Je viens te dire : je pars en course.

— Et ton portage au Requin ?

— Tout monté ou presque, je reprendrai dans quelques jours. Aujourd'hui, repos, et demain je vais à l'aiguille du Peigne, en vacances !

— Jacques est arrivé ?

— Penses-tu ! »

Il eut un geste cocasse et les autres ne purent s'empêcher de rire. Mais Camille fronçait les sourcils.

« Alors, avec qui pars-tu ?

— Ben, fit Peau-d'Âne soudain gêné, avec personne. J'ai besoin de personne pour faire le Peigne.

— T'es pas un peu fou ?

— Écoute, Camille. Il fait grand beau, c'est tout sec, le glacier ne compte pas. Du rocher pur. Tu ne vas pas m'engueuler ? »

Le guide haussa les épaules.

« Ce que je pourrais dire et rien...

— Je serai de retour dans trois jours. Calcule : ce soir je couche au Plan des aiguilles, demain montée au sommet, traversée à l'aiguille des Pellerins, bivouac à la descente sur une plate-forme. Après-demain, retour. C'est pour que tu sois au courant, que je te dis ça. (Camille restait silencieux...) T'en fais pas, je serai prudent. Surtout après l'histoire des Grands Montets. Et puis, tu vois, cette fois je suis venu t'avertir ! »

Les autres avaient repris leur travail, à l'exception de Brigitte qui se demandait maintenant s'il fallait rire ou s'inquiéter. Mais déjà l'autre repartait, après quelques tapes familières sur l'épaule de Camille.

« *À r'vi*, Parisien, regarde où tu mets les pieds ! s'écria Claveyroz. »

Un geste du piolet, un rire en cascade – l'autre était déjà loin.

« Sacré Peau-d'Âne, murmura Camille. Tiens, dit-il en se retournant vers Brigitte. Si tu as envie de faire des courses, il vaut un guide. Seulement, ajouta-t-il, si tu ne veux pas te brouiller à mort avec les guides, vaudrait mieux que tu passes d'abord au bureau. »

Environ à 11 heures, ils revinrent à la vieille maison. L'outa était pleine d'ombre et de fraîcheur. Ça reposait de tout ce soleil, de cette accablante lumière !

La table était mise pour tout le monde et chacun s'assit à sa guise. Brigitte fit déjeuner son fils, le coucha pour la sieste, revint.

« Tu devrais t'étendre un moment ! dit la Marie qui l'observait. Jusqu'à 3 heures on ne peut rien faire. »

Les hommes s'étaient levés.

« On va s'étendre dans la grange. Tu nous réveilleras, Ludivine ! »

Les femmes commencèrent à ranger.

« Va te reposer, Brigitte, fit encore la Marie. On t'appellera. »

Dans la chambre, les volets fermés, il faisait frais, la lumière filtrait à travers les persiennes en petits traits où dansaient les poussières. Brigitte s'étendit tout habillée sur le lit, s'endormit aussitôt.

À l'heure dite, la Ludivine réveilla les hommes qui ronflaient sur le foin ; ils se levèrent tout congestionnés, s'étirèrent, puis après s'être passé la tête sous le robinet de l'évier, reprirent le travail.

« Je vais atteler ! fit Claveyroz. Vous autres, allez devant préparer les *trosses* !

— On la réveille ? fit la Ludivine en désignant du menton la porte de la chambre où dormait Brigitte.

— Tu vois pas qu'elle est exténuée ? fit la Marie. J'irai vous aider. Laissons-la dormir. »

Lorsqu'ils eurent fini de charger, Claveyroz examina le ciel et les sommets (c'était devenu une habitude chez lui).

« T'auras le beau temps pour ta course, Camille. Mais ça doit être enneigé.

— Tant mieux, ça m'évitera de tailler la calotte du Chardonnet. »

Brigitte fut réveillée en sursaut par les pleurs de l'enfant. Dans la grande maison silencieuse, ils prenaient une importance considérable. Elle se leva précipitamment, bondit à la cuisine. Personne ! Ils l'avaient laissé dormir, elle fut mortifiée. On ne la prenait pas au sérieux. Elle était tout juste bonne à s'occuper de l'enfant. Ravi de voir sa mère, Zian gazouillait, dressé à moitié nu dans son petit lit.

« Tu vas tomber ! (Elle l'arracha de sa couche, le couvrit de baisers, l'habilla.) Tu vois, fit-elle, boudeuse, ils sont tous partis ! Ils nous ont laissés seuls. »

On entendait les grelots de la mule. Brigitte sortit juste comme les autres rentraient, marchant derrière le lourd chargement qui tanguait et roulait dans les ornières en passant devant elle.

« On avait sommeil ! fit Ange avec malice en passant devant elle. (Elle rougit, confuse. Il s'en aperçut, voulut réparer :) Le premier jour, c'est dur. »

Comme Zian trépignait, le Piémontais le prit, le chargea sur le dos de la mule, et le gosse cria de joie, accroché au collier, les oreilles pleines du bruit des grelots.

La Marie s'effrayait.

« Tiens-le, au moins ! Tiens-le, il va tomber !

— Pas de crainte ! dit Camille, c'est un vrai Mappaz ! »

Ils s'employèrent tous à engranger. Ils ne sentaient pas la fatigue, ni la poussière de foin qui pénétrait par le col entre le linge et la peau, se mêlait à la transpiration, ni la touffeur de la grange sous le toit surchauffé. Ils avaient hâte de finir ce travail pour en commencer un autre. Dans quelques heures, la nuit serait là, ils ne s'arrêteraient pas avant !

Le foin engrangé, ils se lavèrent à grande eau, goûtèrent rapidement de café, de lait, de beurre et de fromage, mâchant leur pain noir et leurs mots.

« Camille et moi, on va faucher le pré des Gaudenays, dit Claveyroz. La Ludivine étendra les andains. Toi, Marie, prépare le souper pour 9 heures. »

Tout était prêt quand ils revinrent des champs, la journée terminée. Ils mangèrent la soupe mitonnée de pain et de fromage, puis chacun s'assit sur le banc de bois face aux montagnes. Le soleil se couchait. Un petit nuage léger comme une couronne céleste se forma sur la calotte du mont Blanc, mais tout s'effaça comme si on avait donné un coup de gomme dans le ciel.

« Ça tiendra encore quelques jours ! fit Claveyroz (Il désigna de l'œil le petit plumet de neige chassé par le vent du nord qui écrêtait le sommet de l'aiguille Verte.) Quand la Verte veut, le mont Blanc ne peut !

— Ainsi, tu pars demain pour le Chardonnet, Camille ? Quelle chance ! soupira Brigitte.

— Je t'emmènerai en fin de saison ! fit le guide. À l'automne, il y a toujours des jours creux. »

Elle ne répondit pas. L'automne était encore loin, et c'est maintenant qu'elle avait envie de grimper !

Jean-Baptiste revenait du verger hurlant comme un perdu. Déjà la Marie se précipitait.

« Une bonne colère, Marie, laissez-le. »

De son jargon incompréhensible, ils traduisirent qu'il avait dû se heurter aux autres gosses du village.

« Des brigands ! » dit la Marie.

Tous rirent aux éclats et la Marie rentra en bougonnant.

« Faut pas toucher au petit ! dit Camille. (Il était temps pour lui de regagner Argentière. Il sortit son vélo du hangar, passa les bretelles de son sac, salua :) Je reviens après-demain, bonsoir tout le monde… »

Il était déjà loin, poussant dur sur le pédalier dont on entendait grincer les crans dans la chaîne…

« Dommage qu'il ait encore cette course à faire, soupira la Ludivine, on aurait pu terminer demain. »

5

Brigitte était revenue à l'agence, où le vieil Im-Horn l'avait fait appeler.

« Passez seulement dans la journée, lui avait-il dit. Pour les locations, il y a beaucoup de retardataires cette année, après ce mauvais hiver, mais avec le beau temps, on se ravise, on téléphone. On veut tout retenir d'urgence. »

Le beau temps persistait en effet, et, mis à part quelques guides privilégiés que leur renom dotait d'une riche clientèle, les autres s'attardaient aux champs, le nez en l'air, prêts à entreprendre quelque course pour eux seuls, pour le plaisir. Il était tôt encore dans la saison et les estivants étaient rares.

Brigitte croisait en passant l'un ou l'autre. L'un partait, l'autre rentrait. Petites courses, réalisées sans hâte, mais les plus intéressantes, chacun ayant sa préférée et la menant à sa manière.

« Profitez bien, disait Im-Horn qui, en compensation des heures de travail supplémentaires, lui avait proposé de prendre une ou deux journées à sa guise. Profitez bien ! Dans huit jours, la foule envahira Chamonix. Alors, fini promenades, fini distractions. Travail matin et soir, dimanche compris. »

Oui, il fallait en profiter. Pourquoi ne ferait-elle pas une course, elle aussi ? Elle se souvint de Peau-d'Âne. Il devait être là-haut, sous l'aiguille, et ce soir il coucherait au Plan. Camille devait redescendre du Chardonnet avec son client.

Elle songea à son fils. La Marie à la Faiblesse ne s'était guère montrée favorable aux projets de sa nièce, jusqu'à ces derniers jours. Elle était pleine de réticences.

« Tu as charge d'âme ! Ça ne te suffit pas, les promenades ? Et avec qui veux-tu partir ? »

C'était le côté délicat de la question, Brigitte avait hésité.

« Je ne sais pas encore, je vais chercher…

— En tout cas, pas de course sans guide. »

Brigitte était revenue plusieurs fois à la charge, et la Marie avait cédé.

« J'aurai pas la paix tant que tu n'auras pas fait ta course. Pourquoi ne demandes-tu pas à Camille ?

— C'est impossible, tante, il a ses clients. Et son foin qui n'est pas rentré. Et puis, il ne voudrait pas que je le paie.

— Alors, va au bureau. Tu travailles assez pour te payer un guide. Et moi je serai rassurée ! »

Ce soir-là, Brigitte avait embrassé la Marie avec reconnaissance, puis elle avait soigneusement préparé son programme de courses. Comme il y avait encore beaucoup de neige sur les aiguilles de Chamonix, et que le massif des aiguilles Rouges était « tout bon », elle commencerait par une escalade sèche, la traversée de l'aiguille du lac Blanc, ensuite elle irait au Chardonnet par l'arête Forbes, une course classique. Plus tard, si elle disposait encore d'une journée, elle ferait la Dent du Requin par la voie Dibona.

Comme elle s'y attendait, il y avait peu de monde au bureau des guides.

Benoît Ravanat, dans l'arrière-boutique, compulsait les registres de courses que Léon Mochet, le guide-chef, aurait à charge d'établir tout l'été ; celui-ci n'aurait qu'à épingler les « billettes ». Il sortait quand Brigitte s'arrêta devant la porte.

« À r'vi, vous autres, fit-il en se retournant vers quelques guides, qui étaient là, en tenue de montagne, le sac et les cordes posés à côté d'eux. »

Il y avait peu de demandes et les billets de course alignés sur la table n'y prenaient guère de place. Qui allait-elle choisir ? Ne voulant pas essuyer de refus de la part d'un compagnon de Zian, de Paul Mouny, de Fernand Lourtier ou de Boule, elle était décidée à s'en tenir au tour de rôle.

Elle alla droit au guide-chef.

« Je voudrais un guide pour l'aiguille du lac Blanc et l'arête Forbes », fit-elle d'un seul souffle.

Léon Mochet, revenu de sa surprise, prit un visage impénétrable, et, tournant le dos à la jeune femme, chercha vaguement dans un registre.

Cela lui donnait le temps de réfléchir.

Jamais il n'aurait cru que la femme de Zian viendrait un jour au bureau pour demander un guide ! Après tout, c'était son droit. Et cette idée le dérangeait, l'exaspérait. Pourtant, elle devait bien se douter que pas un n'accepterait. Ça, c'était sûr ! Camille devait bien le savoir ! Il se retourna, tout juste poli, questionna sèchement Brigitte qui se troublait.

« Non, fit-elle avec effort, je préfère payer à la course.

— Vous ne connaissez personne ? » demandait-il.

C'était la question qu'il posait à chacun. Elle comprit l'ironie.

« Je ne veux pas faire de préférence. Je prendrai celui que vous me désignerez ! dit-elle vivement.

— Tu veux y aller, François ? fit Léon Mochet, s'adressant au premier de la file.

— Pas libre, fit l'autre sans se lever.

— Et toi, Georges ?

— Libre ni demain, ni après-demain, ni toute la semaine ! »

Le troisième, sans attendre, s'était levé.

« Vous venez, vous autres ? On va s'asseoir en face. »

Ils le suivirent tous chez Gros-Bibi.

Brigitte rougit sous l'affront. Ces hommes mentaient, elle le savait : ils étaient les premiers à partir, ils attendaient leur tour, ils l'attendaient avec impatience, car ils avaient besoin d'argent.

Le guide-chef avait hâte d'en finir.

« Je prends note, repassez !

— C'est cela, dit-elle, je repasserai. »

Elle savait bien que ce serait inutile, mais elle espérait encore l'impossible : peut-être que l'un d'eux, poussé par le gain, finirait par accepter.

Le soir, quand elle revint, Léon Mochet fermait sa boutique.

« J'ai trouvé personne », dit-il sans attendre.

Elle aurait pu s'étonner, poser des questions ; elle dit simplement :

« Je comprends...

— Y a pas à comprendre. C'est ainsi ! »

Il lui tourna le dos et finit d'abaisser son rideau de fer. Brigitte avait eu cette fois de la peine à se contenir. Le premier moment de désarroi passé, elle sentait maintenant la colère l'envahir. Renoncer ? Il n'en était pas question. Elle demanderait plutôt un guide à Saint-Gervais ou aux Contamines, mais elle partirait.

Comme elle allait reprendre la route des Praz, elle fut doublée par un cycliste qui l'interpella.

« Madame Mappaz !

— Que voulez-vous ?

— Moi, je suis libre, si les autres veulent pas ! »

Elle le dévisageait : il était sale, habillé de vieux vêtements rapiécés, et surtout il avait la figure molle et empâtée des gens qui boivent.

« Vous êtes guide ?

— Cyrille Magloire. Jamais entendu parler ? Bien sûr ! je ne suis plus de la Compagnie, mais pour ce qui est de la montagne, rien à dire, Cyrille peut vous emmener partout, Zian vous le dirait s'il était encore là : quand il n'a pas bu, Cyrille passe partout ! (Elle cherchait à se souvenir.)... Ça ne vous dit rien ? continuait-il :

quatre premières dans le temps. Des dures, et elles n'ont jamais été refaites... »

Maintenant, elle y était : Cyrille Magloire, autrefois un des meilleurs guides, un rochassier, fantastique, doué, audacieux. Puis tout s'était gâté ; plusieurs fois, il avait échoué. Pris de boisson, il n'avait pu dépasser le refuge. Les clients avaient porté plainte : un avertissement, deux avertissements, trois avertissements... le conseil de discipline... On l'avait radié !

Elle hésitait. Partir avec lui, quelle déchéance !

Puis elle y vit comme une revanche.

Partir avec Cyrille Magloire le réprouvé, et tous deux réussir quelque grande course. Qui sait ? Elle pourrait peut-être le retenir, l'empêcher de boire, elle l'aiderait !

Elle revit les autres, hargneux, assis sur leurs chaises devant le bureau des guides ! Elle se tourna vers Cyrille.

Il attendait, désemparé lui aussi. Il cherchait à justifier son offre.

« Je veux leur montrer, aux autres, que je suis encore capable ! (Il s'emballait, enfourchait de vieux rêves.) Si ça marche, je vous ferai faire une autre course en plus, pour rien. On ira à la face nord des Charmoz, j'ai mon itinéraire. (Comme elle ne répondait toujours pas :)... Faut pas croire tout ce qu'on dit sur moi, y a beaucoup de jalousie ; bien sûr, je bois, des fois. Mais quand Cyrille veut être sérieux, il est sérieux.

— ... Je veux bien essayer, fit-elle rapidement. Je vous donne rendez-vous au pont du Paradis. J'aurai la taque. Prenez-vous les cordes ?

— C'est-à-dire que les miennes sont un peu usées... enfin ! »

Elle comprit qu'il avait dû les vendre.

« Je prendrai celles de Zian, elles sont en bon état.

— Bon ! Alors, un rappel de quarante mètres, et une attache de vingt-cinq mètres...

— Rendez-vous demain soir, à 19 heures, pont du Paradis. »

6

Cyrille Magloire arriva au pont du Paradis à l'heure dite. Il avait fouillé dans toute sa garde-robe pour s'habiller convenablement ; il portait une veste de drap anglais toute rapiécée aux manches, une chemise de flanelle propre, des knickerbockers en très mauvais état qui tombaient sur ses bas, et les clous de ses chaussures étaient usés à ras des semelles.

Brigitte lui en fit la remarque.

« Vous êtes mal chaussé, Cyrille ! »

Il exhiba triomphalement une paire d'espadrilles neuves, à semelles de corde, qu'il venait d'acheter.

« Avec ça, on passe partout dans les aiguilles Rouges ! »

C'était vrai, elle n'eut rien à redire.

Il avait tenu parole, il n'avait pas bu ou presque pas de la journée, et il était rempli d'enthousiasme. Elle fut tout à coup heureuse et confiante, elle retrouvait un compagnon.

Cyrille chargea les cordes et la gourde, Brigitte tint à porter sa part ; puis, lui devant, elle derrière, ils montèrent rapidement les Lanchers, entrèrent sous bois et ne s'arrêtèrent plus jusqu'à la Flégère.

Comme tous les samedis soir, la vieille hôtellerie était envahie par des Genevois, et il régnait dans la salle commune, aux boiseries disloquées, une atmosphère joyeuse et enfumée ; les Suisses se rendaient en collectivité à l'aiguille de la Persévérance par la voie normale, ils ne les gêneraient pas…

« On partira un peu avant pour qu'ils ne nous suivent pas », fit Cyrille.

Elle sourit, il avait retrouvé ses réflexes de guide.

Ils mangèrent la soupe, Cyrille buvait très peu.

Louis Guigaz, le patron, tourna autour de leur table toute la soirée, à la fois obséquieux et provocant. Leur association l'étonnait, car il connaissait bien Cyrille et son histoire. Il s'enquit tout à coup avec une feinte indifférence :

« Alors, Cyrille, on t'a redonné ton permis ?

— Permis ou pas, comme tu vois, ma cliente et moi on va à l'aiguille du lac Blanc ! »

Cyrille avait insisté sur les mots « ma cliente » et maintenant il continuait à manger, calmement, bien décidé à faire front.

« Tu sais, moi, ça ne me regarde pas, disait Guigaz.

— Vaut mieux pour toi. »

Il devenait agressif. Guigaz s'éloigna.

Quand ils eurent fini de dîner, Brigitte décida d'aller se coucher. Comme elle montait aux chambres et que Cyrille restait, elle se retourna.

« Vous ne tarderez pas trop, Cyrille ! J'ai votre promesse.

— Deux minutes, madame, le temps de remplir les gourdes de thé et de faire marquer le réveil. À propos, 4 heures, ça vous va ?

— Oui. Mais j'ai votre parole ? »

Il allait jurer, le bras tendu. Elle l'arrêta.

« Je n'en demande pas tant. À 4 heures. À r'vi, Cyrille. »

Dans la cuisine, la famille Guigaz mangeait, groupée autour de la large table de mélèze ; les visages rangés en cercle étaient à peine éclairés par la lampe à pétrole, qui laissait le reste de la pièce dans l'obscurité.

Cyrille tendit les gourdes en aluminium.

« Salut à tous, bon appétit ! Vous y mettrez deux litres de thé, quatre morceaux de sucre ; réveil 4 heures. Sur ce, bonsoir ! »

Ils avaient tous éclaté de rire, Guigaz, sa femme, le muletier, et même les enfants : Cyrille allait se coucher à 9 heures et sans boire le coup !

« Tu te fais curé ? ironisa le muletier.

— Ça te regarde ?... fit-il, menaçant.

— Allons, vous allez pas vous disputer, s'écria Guigaz. On est de vieux amis et ce que je disais rapport au permis de course, c'était pour plaisanter ! Entre "eux" et moi, ça ne va pas tout seul non plus ! »

C'était vrai, Guigaz avait trop forcé sur les prix, et, comme beaucoup de clients s'étaient plaints, les guides avaient décidé de mettre son chalet en quarantaine.

Ils partageaient la même colère. Cyrille s'adoucit.

« T'as raison. Y sont plus vivables, au bureau !

— Dis-moi, fit le muletier, c'est elle qui t'a demandé ?

— Bien sûr ! Elle est en froid avec la Compagnie. Guigaz réfléchissait.

— Pour une fois, je suis d'accord avec eux. C'est du culot, entre nous, d'aller chercher un guide après ce qu'elle a fait... »

Il était déjà au courant, le muletier lui avait rapporté les derniers potins de chez Gros-Bibi. Cyrille n'avait plus besoin de mentir.

« Solange, apporte une bouteille ! fit le gardien.

— Merci ! dit Cyrille avec vivacité. Rien ce soir... Demain, la course !

— Vrai ? T'as acheté une conduite ? Allons ! tu ne vas pas te faire faire la leçon par les femmes, surtout par celle-là ! Un petit coup, un seul... ! »

Ils trinquèrent. Cyrille se leva.

« Je monte. (Mais il était pris de remords, les autres le regardaient.) Bon ! je paie la mienne, mais c'est tout ! Après, fini. Compris ? »

Ils en burent une autre, puis une autre et encore une autre.

Cyrille, maintenant aux trois quarts ivre, répétait de temps à autre comme une rengaine :

« Salut ! Je vas me coucher. J'ai promis. Demain 4 heures, debout ! »

Il se dressait en titubant et retombait lourdement sur le banc, et Guigaz, ivre lui aussi, mais lucide, lui glissait perfidement :

« L'emmène pas, Cyrille ! Une garce pareille... ! Tu vas te mettre tout le pays à dos. Laisse ! T'as assez d'emmerdements comme ça ! »

Puis, comme l'autre reprenait son antienne :

« D'abord demain, c'est aujourd'hui ; et ton demain, c'est du passé. Un verre ? »

Mais Cyrille ne répondait plus. Il s'était endormi, la tête inclinée sur les coudes largement appuyés sur la table.

Guigaz souffla la lampe et monta se coucher.

Brigitte s'aperçut tout à coup qu'il faisait jour.

Elle secoua sa léthargie, se leva. Le chalet de la Flégère était silencieux, et même dans le grand dortoir les Genevois reposaient, dormant pêle-mêle avec leurs équipements. On n'avait réveillé personne ! Elle s'habilla, descendit l'escalier : des odeurs d'alcool et de tabac stagnaient dans la salle commune ; il y avait des chaises par terre, des verres à moitié pleins. Elle passa à la cuisine, sursauta. Cyrille dormait, toujours effondré, coudes écartés sur la table, le visage étalé. Elle eut un haut-le-cœur.

Elle monta dans sa chambre, endossa son sac, prit la corde, une gourde d'eau, son piolet, puis, traversant le couloir sur la pointe des pieds, elle sortit comme une voleuse et ne s'arrêta qu'au détour du chemin, face aux vacheries de la Flégère.

Elle avait peine à reprendre son souffle et ses mains tremblaient en laçant ses chaussures.

La bise du col de Balme caressait le flanc de la montagne, faisant palpiter les fleurs des alpages ; dans les creux des moraines fossiles, les laquets brillaient comme des escarboucles, leur eau noire couverte d'une fine pellicule de glace qui miroitait sous la lumière. Le jour se levait et la montagne se vêtait de couleurs tendres et nacrées qui allégeaient l'énorme masse de la chaîne, la soulevaient au-dessus des brumes rampantes de la vallée et lui conféraient l'irréel aspect d'une île de glace flottant sur un lointain océan d'eaux grises.

Brigitte frissonna de froid et d'émotion.

Elle s'élevait rapidement, marchant en longues foulées souples à travers les chaumes ras et les souches de rochers. Elle fut la première de tous ce matin au lac Blanc ; il reposait, immobile et sévère, couvert de plaques de glace. Elle ne s'attarda pas, aborda les grands névés, puis les pentes douces du petit glacier sous le Belvédère.

Elle n'avait pris encore aucune décision, elle se laissait guider par son instinct : l'escalade aisée de l'arête du Belvédère, puis les calcaires pourris de la calotte sommitale n'arrêtèrent pas son ascension régulière, et, trois heures après avoir quitté la Flégère, elle atteignit le sommet de cette cime facile. Là, adossée au cairn, solitaire et désemparée, il lui semblait voir ses rêves dériver au milieu d'un immense archipel.

Non loin, à peine moins élevée que la cime du Belvédère, se profilait la farouche arête de l'aiguille du lac Blanc, et sa vue ramena les pensées de Brigitte vers Cyrille, vers les guides. Son cœur se serra.

Il faisait bon, cependant, et chaud. Et cette solitude était douce, cette solitude-là. Pas de vent. Aucun bruit. Elle laissa couler les heures et ses peines s'assoupirent. Elle s'était insensiblement familiarisée avec le paysage. Devant elle, vers l'ouest, s'ouvrait l'interminable vallée de la Diosaz, peuplée de chamois et désertée des hommes ; directement sous l'à-pic du nord, c'était la vallée de Bérard épaulée par des falaises où s'accrochaient les premiers mélèzes. Le Buet, ce pacha débonnaire, chauffait son crâne blanc ourlé de corniches et sa chevelure de neige flottait sur le ravin de Tré-les-Eaux. À l'est, à l'ouest, au nord, ce n'étaient que vallées dépeuplées, alpages abandonnés, envahis par les gentianes et les rhododendrons, roches, luisantes de glace et d'eaux vives, névés d'où s'échappaient des centaines de petits torrents cascadants. Là-bas, la vallée de Chamonix restait cachée à son regard par une mince couche de nuages, qui se dissiperait aux heures chaudes de la matinée.

Quelle impulsion la décida alors à redescendre par un autre chemin plus difficile, à traverser de l'aiguille du Belvédère à la Pointe Favre et au col de Bérard ? Tout commandait de revenir par la même voie. Elle était seule, et en cette saison elle rencontrerait encore des névés importants sur le versant nord. Il faudrait franchir le ressaut du « Chapeau calcaire », peu important, sans doute, simple mur vertical d'une quinzaine de mètres dans des rochers délités, mais qui n'était pas une aventure à tenter sans l'aide d'un compagnon.

Elle s'engagea néanmoins avec assurance sur ce chemin détourné et dangereux pour un solitaire.

Le fil de l'arête était en neige, elle y dansa avec délices de feston en feston, de corniche en corniche et parvint au fameux ressaut. Il lui parut plus sévère qu'elle ne l'avait imaginé. Il était composé de roches pourries étagées en piles d'assiettes, coupées de petits surplombs, et on ne voyait pas bien là-dedans d'itinéraire net de descente ; en dessous, par contre, tout était facile, une large selle de neige, un névé arrondi et convexe permettaient de rejoindre sans coup férir la vallée de Bérard en amont du refuge. Elle avait vaguement lu qu'il y avait une broche de fer plantée quelque part. Elle la chercha et la découvrit un peu en contrebas, rouillée, portant encore des débris d'anneaux de chanvre, blanchis par les intempéries. Y passer sa corde, descendre ce court rappel n'était qu'un jeu.

Elle joua.

Elle était heureuse de cette diversion, du plaisir que lui avait procuré cette courte lutte, et, à larges enjambées glissées, elle traversa le névé qui forme ensellement entre l'arête du Belvédère et la Pointe Favre.

La courbe régulière de cette pente de neige, ses larges flancs débonnaires semblaient marquer la voie naturelle de descente. Elle s'y lança sans hésitation.

Elle s'aperçut alors que la pente présentait une inclinaison inquiétante, elle avait pris de la vitesse et elle n'eut pas trop de toutes ses forces et de toute son habileté pour maintenir son équilibre et diriger sa glissade.

Elle fut lancée comme une fronde dans le mur presque vertical qui continuait les pentes douces du début, elle eut le temps de voir une zone de discontinuité dans l'étendue de la neige ; sur un large espace la glace noire brillait, puis, plus bas, le névé reprenait pour se terminer par une langue concave qui se glissait au milieu d'un chaos d'éboulis. Quand elle comprit son erreur, il était trop tard ! Elle était perdue ! Sa glissade, d'abord volontaire, mais maintenant incontrôlable, la jetait littéralement dans le vide de la face nord – près de trois cents mètres d'une inclinaison excessive ! Elle freina désespérément de tout son corps courbé sur le manche de son piolet, mais ce n'était pas suffisant. Elle s'arc-bouta, se découvrant des forces insoupçonnées, vit avec terreur grandir et bondir vers elle la plaque de glace noire pleine de cailloux scellés par le froid, sur lesquels ses clous faisaient briller des étincelles. Tenir ! Il fallait tenir quelques secondes, pas davantage, le temps de franchir le passage : si elle tombait à cet endroit, elle pouvait se briser les reins, la nuque, s'écorcher jusqu'à l'os. Il fallait rester debout !

Quand elle sentit de nouveau sous ses souliers la nappe plus douce de la neige gelée succédant à la glace, elle sut qu'elle gagnerait ; la vallée s'approchait avec rapidité, elle était comme en chute libre, mais la pente s'adoucissait, brusquement son piolet heurta un bloc émergeant du névé, dévia ; elle fit une pirouette sans lâcher son précieux outil, se retrouva sur les reins, sur la tête, se raccrocha, freina, râpant désespérément la neige, du piolet, des souliers, des coudes. Enfin, ce cauchemar prit fin. Elle s'arrêta d'elle-même à bout de course dans la cuvette terminale très enneigée, heureusement dépourvue de cailloux à cette époque de l'année. Elle examina son corps, il ne portait que quelques écorchures.

En levant la tête, elle aperçut, très haut maintenant, la plaque de glace qui marquait d'une barre d'encre le milieu de la face nord, elle avait parcouru ce gigantesque toboggan en un temps record. Tout autour d'elle, les aiguilles Rouges élevaient leurs flancs lugubres déchirés d'inquiétants couloirs de glace, baignant le pied de leurs courtes mais difficiles falaises dans de petits glaciers horriblement crevassés.

Elle était sauvée, étourdie, heureuse.

Il lui fallut longtemps pour entendre chanter dans les gorges le torrent de Bérard, mais ce bruit lui rendit la mémoire : elle vivait, elle pouvait se lever, aller et venir. Elle le fit, se remit à marcher pour bien se convaincre qu'elle était vivante. Alors seulement, comme elle allait bondir d'allégresse, elle songea à son fils.

Et elle s'écroula en sanglotant sur le névé.

7

C'était le soir, l'heure douce et paisible où les ombres de la terre s'élèvent lentement sur les flancs des montagnes. Les deux femmes cousaient, leur journée terminée, assises sur le coffre à bois devant la maison. À cette heure tardive, la vallée avait retrouvé son calme et sa sérénité et seuls quelques bruits insolites rompaient parfois le silence et portaient loin et haut dans la combe endormie. Telle cette moto pétaradante qu'elles entendaient depuis quelques minutes déjà et dont le teuf-teuf envahissant emplit d'un coup le village.

« Camille ! » fit Brigitte.

Le guide mettait pied à terre.

« Avec Peau-d'Âne en croupe. Il ne te manquait plus qu'un engin pareil ! ajouta la Marie. Le vélo ne suffit plus !

— On se fait vieux, dit Camille en riant. J'en avais marre de pousser sur les pédales dans la Poya des Tines. (Il désignait son camarade.) J'ai amené Peau-d'Âne. Voilà, Bournet l'a engagé définitivement comme porteur pour le refuge du Requin. »

L'autre attendait debout, un peu gauche, que Camille eût terminé ses explications, mais les deux femmes ne faisaient pas le rapport entre la présence de Peau-d'Âne aux Praz ce soir et son futur travail.

« C'est un métier terrible », dit Brigitte.

Peau-d'Âne haussa les épaules.

« On est libre. »

Mais Camille reprenait :

« Seulement, vous comprenez, maintenant Tré-le-Champ, c'est trop loin pour lui. Il cherche à se rapprocher de Chamonix. Je lui ai dit qu'il pourrait peut-être monter sa tente dans le pré derrière la maison.

— Bien sûr si ça ne gêne pas, insista Peau-d'Âne. Surtout faut pas que ça gêne ! »

Cette timidité non feinte contrastait avec sa gouaille habituelle.

Les deux femmes réfléchissaient. Camille craignit qu'elles ne refusent.

« Vous savez, sous le prunier sauvage, contre la barrière, il ne dérangera personne, quand il sera en montagne il pourrait remiser ses affaires dans la grange...

— C'est un service bien facile à rendre, dit Brigitte. Qu'en pensez-vous, tante ?

— Ça sera mieux pour lui », conclut la vieille femme.

Camille donna une grande claque affectueuse dans le dos de Peau-d'Âne.

« Je te l'avais bien dit qu'on serait vite d'accord. Maintenant on remonte à Argentière, et demain je t'aide à descendre tes affaires. (Ils enfourchaient la moto, Camille prévint :) Attention au départ, Peau-d'Âne, je ne suis pas encore bien fixe là-dessus ! »

Il avait trop poussé sur la manette des gaz, la moto fit un bond qui faillit les désarçonner, et durant cent mètres ils zigzaguèrent sur la route, puis rétablirent leur équilibre et disparurent au tournant des Praz.

« Si c'est permis ! À son âge ! » ronchonna la Marie.

Il fallut à Peau-d'Âne une grande journée pour dresser son campement, mais comme il le dit le soir à Brigitte qui rentrait du bureau :

« Grâce à Jean-Baptiste, tout s'est bien passé. Un fameux ouvrier que j'ai eu là pour m'aider ! »

L'enfant se rengorgeait. Sa maman souriait. Peau-d'Âne avait amené la joie dans la maison.

Zian n'avait plus quitté son grand ami et pendant tout le temps de l'installation, il allait et venait dans ses jambes, maladroit et charmant, tirant sur les câbles, aidant à transborder le contenu des sacs et des sacoches, poussant des cris émerveillés devant les trésors qu'ils contenaient, jouant du tambour sur les casseroles, égarant les piquets de tente.

« On s'amuse bien, nous deux, hein, on s'amuse bien ! » répétait-il à Peau-d'Âne.

Il y avait surtout un jeu qui l'enthousiasmait. On dressait la toile de tente et, quand celle-ci s'élevait en chancelant sur ses piquets, Peau-d'Âne faisait entrer le gamin sous l'étoffe tendue, puis, sans prévenir, d'un seul coup, il relâchait les cordons d'amarrage, abattait tout, et l'étoffe légère retombait sur l'enfant qui se roulait dedans, empêtré, vaguement inquiet, mais criant de joie nerveuse ; il fallut recommencer plusieurs fois, mais Peau-d'Âne avait pour son petit ami une patience d'ange.

Le soir, il y eut un drame ; l'enfant voulait coucher sous la tente, et on dut lui promettre beaucoup de choses pour qu'il consentît à s'endormir. Par la suite, la tente de Peau-d'Âne devint la passion de Jean-Baptiste.

Il s'y retirait quand on le réprimandait, il en interdisait l'accès même à ses petits camarades de jeux.

« C'est ma maison ! » disait-il fièrement.

Et les gosses faisaient cercle à distance respectueuse, car Zian était le préféré de Peau-d'Âne.

Peau-d'Âne fit la dure expérience de son nouveau métier.

C'est tout un apprentissage que de porter en montagne ; il faut s'habituer aux « crochets, » sur lesquels on brèle les charges, il faut surtout augmenter progressivement celles-ci, et on ne passe pas impunément des vingt kilos habituels d'un sac d'alpiniste aux soixante kilos qui constituent la charge normale d'un porteur de cabane.

Un soir, il rentra tout joyeux. On ne l'avait pas vu d'une semaine aux Praz.

« Jean-Baptiste commençait à trouver le temps long, dit Brigitte.

— Et ce métier, ça rentre ? dit Camille qui, retour de course, s'était arrêté comme il le faisait chaque fois pour bavarder un instant avec les "femmes" des Praz.

— Ça vient, ça vient. Pense ! hier j'ai monté cent vingt-cinq kilos dans ma journée, deux voyages et demi. »

Claveyroz, en bon Piémontais qui comprend la valeur de l'effort, approuva en silence.

Peau-d'Âne était exubérant, Camille lui en fit la remarque :

« T'as l'air sous pression ? Jacques serait-il arrivé ?

— Oui, ah ! celui-là ! Mais c'est pas tout : Grand Bournet m'a accordé cinq jours de campo. Je vais m'envoyer une belle course. Tu penses, maintenant, un sac de trente kilos, quelle rigolade !

— Au moins, vous serez deux cette fois, fit Camille, soulagé.

— Pas sûr, malheureusement ! C'est la guigne : Jacques est venu trop tard et son congé se termine. Dommage, avec lui ça faisait une cordée du tonnerre. »

Camille secoua la tête.

« Pars pas seul. Les guides sont braqués, trop de neige, du mauvais temps, peu de clients... Ils savent qu'on est copains. Ça retomberait tout sur moi.

— Camille a raison, dit Brigitte. (Elle se reprit :) Il est vrai que mon expérience est un peu différente ! »

Il y eut un silence général. L'aventure de Brigitte au Belvédère s'était ébruitée. On l'avait jugée sévèrement.

« Pour toi c'était autre chose, dit gravement Camille. J'ai rien voulu te dire. T'as failli payer assez cher ; tu t'y étais mal prise. Fallait me demander. Ou encore prendre conseil de Servettaz. Lui t'aurait trouvé un guide, mais partir avec Cyrille Magloire !... Tu les as heurtés de front. »

Une sorte de tristesse recouvrit leurs pensées.

« Ça vous coûte de ne plus grimper ? dit Peau-d'Âne au bout d'un moment. (Elle était trop émue pour répondre. Elle inclina la tête.) Si vous veniez avec moi ? Une course ! Le Grépon ? »

Il avait lancé ça tout à trac, mais déjà il se reprenait, regardait Camille, Brigitte, Claveyroz qui fumait sa pipe et écoutait un peu à l'écart sans jamais se mêler à leur conversation.

« Bien sûr, si Camille le permet !

— Qu'est-ce que j'ai à voir dans cette histoire ? grogna l'autre.

— Tu ne comprends pas, c'est question de force, si tu me juges capable ! »

Le guide sourit largement.

« Pour ça oui, je te fais confiance, mais ça regarde Brigitte. »

Peau-d'Âne l'interrogea du regard. Elle lui sourit mélancoliquement :

« Merci. C'est impossible, je travaille dimanche et fêtes à l'agence, on est en pleine saison.

— Peut-être que M. Im-Horn ? » hasarda Peau-d'Âne.

Elle secoua la tête.

« Non, dit-elle, et d'ailleurs, il y a d'autres raisons ! Tante Marie se fait un sang d'encre depuis l'histoire du Belvédère, j'ai charge d'âme, et puis Camille aussi a raison, il est encore trop tôt, et si je partais avec vous... »

Camille l'interrompit :

« C'est plus sage, Brigitte. »

À la façon dont Claveyroz retira sa pipe, comme s'il allait dire quelque chose, on sut que le Piémontais approuvait.

La nuit était tombée, Camille se leva, salua à la cantonade :

« À r'vi à tous. (Puis se tournant plus spécialement vers Peau-d'Âne :) Alors ? Qu'est-ce que tu décides ? »

Le porteur se leva.

« Je t'accompagne un bout. Je vais te dire : j'ai une idée ! Le Grépon-mer de Glace… »

Ils discutaient âprement, mais comme ils s'étaient éloignés, le bruit de leur conversation se perdit dans la nuit, et ni Claveyroz ni Brigitte ne surent ce qu'ils avaient conclu.

8

Camille Mappaz craignait Léon Mochet, le guide-chef.

Il lui reprochait sa rudesse, son caractère entier, et pour tout dire d'être en retard d'une génération, de ne pas comprendre les jeunes ! Mais Léon Mochet avait des excuses : il ne pratiquait plus depuis le jour déjà lointain où un accident du travail avait mis fin à sa carrière de guide. Il en était resté à l'époque des « grands monchus », ces voyageurs anglais qui se payaient un guide et un porteur à l'engagement pour toute une saison. N'ayant jamais eu de contact montagnard avec les sans-guide, sinon quand tout allait mal et qu'il lui fallait organiser une caravane de secours, il était envers eux d'une sévérité excessive. Son infirmité l'avait rendu misanthrope et il y avait des jours – quand le temps allait changer et que son moignon lui faisait mal – où il n'était pas abordable.

Pourtant il avait un cœur d'or, et sur les questions d'honneur il était intraitable. Son courage était légendaire. Il en avait donné la preuve le jour de son accident, en commandant lui-même la manœuvre nécessaire pour le dégager de sous son billon. Après quoi, refusant toute aide, il avait marché d'un bon pas depuis la forêt jusqu'à l'hôpital, où on avait achevé de lui couper le bras.

« Pourvu que je tombe sur un de ses bons jours ! » se dit Camille Mappaz.

Il n'y avait personne au bureau, et ça valait mieux, car la présence d'autres guides n'aurait fait qu'envenimer l'histoire.

Il entra, l'air indifférent, mais Léon Mochet ne s'y trompa pas :

« Il y a encore quelque chose de dérangé "par" chez vous, Camille ?

— Rien !... Je suis descendu d'Argentière, je viens te payer mes masses.

— T'as bien marché, jusqu'à présent, t'es un des plus forts. À cinq pour cent sur le total de tes courses, ça te fait une belle somme à verser.

— Ça peut aller ! Pourvu que le beau temps tienne. La saison est déjà avancée : un coup de neige sur les aiguilles et ça se plâtrerait définitivement ! »

Léon regarda le ciel, tapota de son bras valide la vitre du baromètre enregistreur, revint flairer le vent.

« Ça tiendra, même avec ce vent... Il y a toujours le courant de l'est, en altitude.

— Viens boire trois décis, j'ai à te parler, dit enfin Camille.

— Je savais bien », fit le guide-chef.

Ils entrèrent chez Gros-Bibi, commandèrent deux « blancs », attendirent que la servante eût rempli les verres, trinquèrent en silence. Savoir celui qui allait parler le premier.

Camille se décida.

« Peau-d'Âne n'est pas rentré depuis trois jours.

— Et alors ? Qu'est-ce que tu veux que ça me fasse ?

— Dis pas ça, Léon ! »

L'autre haussa les épaules.

« Ça ne lui a pas servi de leçon, ses trois nuits de bivouac sur l'arête de la Verte !

— Je l'avais pourtant engueulé.

— Déjà, qu'ils ne prennent pas de guides, ses copains et lui ; en plus, il va seul !

— Note qu'il est capable de marcher sans guide, je l'ai vu à l'œuvre. C'est un grimpeur formidable, et il est même bon sur la glace, contrairement aux autres. Seulement partir seul, bien sûr, c'est pas excusable.

— Tout ça, c'est des paroles, ça veut dire qu'il faut aller le chercher. Tu sais où il est allé ? »

Camille baissa la tête comme s'il était le vrai coupable.

« Il est venu me trouver avant de partir. Il allait au Grépon-mer de Glace.

— Et tu l'as laissé partir ? fit sévèrement le guide-chef.

— J'aurais bien voulu t'y voir !... Rien à faire ! Il avait son raisonnement, ça tenait debout : il n'y a presque pas de glacier, c'est du rocher franc, le temps était beau, etc.

— Je vois... Et il y a de ça trois jours ?

— Trois jours hier soir. Il devrait être en bas. S'il n'est pas en bas, c'est qu'il est arrivé quelque chose.

— À peu près sûr.

— Alors, faudrait aller le chercher. »

Le guide-chef semblait en fureur.

« Où ? Avec qui ?... Tu vas trouver des guides, en pleine saison, qui vont tout lâcher !... C'est toujours la même chose, on se passe des guides – mieux, on se fout d'eux, on les méprise –, puis, quand il y a un accident, on vient les trouver. C'est leur métier. Alors, on en a assez ! Surtout quand les types font des folies comme ton Peau-d'Âne de malheur. Tiens, tu te rappelles l'accident de l'aiguille d'Argentière ?... Les trois qui avaient dévissé dans le glacier du milieu – des vrais incapables, ceux-là !... Un de leurs amis vient m'avertir. Comme de juste, je l'engueule, je lui fais la leçon : "Pourquoi sont-ils allés se fourrer dans cette souricière ? que je lui dis. Ils ne connaissaient rien de rien à la glace ; toujours la même superbe, on brûle les étapes ! on se croit fort, etc." Sais-tu ce qu'il me répond, ce blanc-bec ? "Ceci nous regarde, nous allons où nous voulons, c'est notre affaire. – Oui, que je réponds, mais quand il y a un pépin, c'est nous que vous venez chercher ! – C'est votre métier, qu'y me dit sans sourciller, vous êtes faits pour ça !" Je lui aurais cassé la figure, si je ne m'étais pas retenu... ! »

Léon Mochet s'excitait dangereusement, il était temps de le calmer.

« Peau-d'Âne, c'est pas le même genre, dit Camille. D'habitude, il marche avec une bonne équipe, des gars entraînés, tous métallos chez Renault. Que veux-tu, faut aussi se mettre à leur place, ils n'ont pas le sou pour se payer des guides... En plus, jusqu'à présent – faut être juste – ils ne nous ont jamais dérangés, et puis tous de bons garçons, demande aux guides qui les rencontrent en course ? Et c'est ce qui compte ! Il n'y aurait pas de malentendu si les amateurs avaient un peu plus de considération pour les guides !

— Ça n'empêche pas que ton Peau-d'Âne est en difficulté quelque part et qu'il faut aller le chercher, comme deux et deux font quatre, et que c'est Léon, le guide-chef, qui va demander des volontaires, et qui leur dira qu'ils ne seront pas payés, et qui prendra leur colère sur son dos !...

— Je sais ! Mon pauvre Léon ! Mais, cette fois, je ne peux pas accepter qu'on me refuse : un copain en danger ! Ça serait tout de même un peu fort qu'on ne m'aide pas à le sauver ! Il campe sur nos biens à Tré-le-Champ depuis trois ans – il se garda bien de faire allusion aux Praz –, jamais un mot avec les gens du village, avec les bergers. Il donne la main aux foins, il va au bois avec nous. Ah ! je t'assure, Peau-d'Âne, c'est différent !... »

Léon Mochet s'était radouci.

« Comment veux-tu qu'on s'y prenne ?... On ne peut pas aller comme ça dans le noir avec une caravane nombreuse...

— Écoute, Léon, je suis descendu pour ça... Si je te dis qu'il est arrivé un accident, tu peux me croire. Je connais Peau-d'Âne, il m'a promis qu'il rentrerait dans les trois jours ; il aurait tenu parole, surtout que Bournet peut encore avoir besoin de lui au Requin.

— N'empêche qu'il est parti faire une course, et tout seul ! Hein ! ton fameux "porteur" !

— Que veux-tu que j'y fasse ! éclata Camille. Je te promets ! Ce coup-ci, je lui en dis tant et tant que ça sera fini entre lui et moi, s'il recommence. Vraiment fini. Parole d'honneur !

— Alors dis-moi ce que tu comptes faire. Je verrai du côté du bureau.

— Voilà ! On ne peut pas demander à cinq ou six guides de faire des recherches ; ça sera suffisant de les déranger quand on sera fixé. Je vais faire une reconnaissance sur le versant mer de Glace ; je vais monter jusqu'à la Tour Rouge, je crierai, je trouverai bien ses traces... Pour gagner du temps, je vais convenir d'un signal ; tu préviendras le Montenvers ! Ils surveilleront la Tête de Tré-la-Porte à la lorgnette ; un bidon brillant sur le cairn, ça voudra dire : "Mettez-vous en route !"

— Et où je les prendrai, ces guides ?

— Tu feras comme d'habitude, Léon, tu diras qu'il y a un sauvetage à faire et ils partiront. Ils rouspéteront, mais ils partiront !

— Pas sûr, grommela le guide-chef.

— Ça s'est jamais vu qu'on a refusé de partir ? Et pourtant, Dieu sait si on a abusé des guides depuis vingt ans ! D'ailleurs, il y a une solution. T'auras bien des pirates au Montenvers, fais voir la liste... (Il jeta un rapide coup d'œil sur la liste des guides désignés d'office pour le service de la mer de Glace, le lendemain.) On a de la chance, c'est tous des gars capables... Ils seront sur place. Pour le moment, dis-leur rien, ça vaut mieux.

— Tu vas partir seul là-haut ?

— Non, mais laisse. J'ai mon idée.

— Ça te regarde. »

Ils se séparèrent.

Léon Mochet rentra en ronchonnant dans le bureau des guides. Camille Mappaz se dirigea vers l'avenue de la Gare, il avait son plan : décider le Dr Coutaz à l'accompagner.

Ce fut Lisbeth qui lui ouvrit. Elle souriait, s'inquiétait de sa visite.

« Personne de malade à Argentière, au moins ?

— Non. Je viens pour Peau-d'Âne.

— Peau-d'Âne ?...

— C'est un copain. Il est parti au Grépon-mer de Glace et il n'est pas rentré. (Elle ne comprenait pas où il voulait en venir.) Ça serait trop compliqué à expliquer. Le docteur est-il là ?

— Venez ! »

Il dut attendre que le médecin eût terminé une consultation. Ce ne fut pas long. Coutaz expédia son patient, pressentant un événement grave.

« Qu'est-ce qu'il a encore fait, ton phénomène ?

— Parti depuis trois jours au Grépon, tout seul, et pas rentré.

— Bigre !... Et pourquoi viens-tu me trouver ?

— Je connais Peau-d'Âne, docteur, il lui est arrivé quelque chose ! Il m'avait promis d'être là hier au soir. Rien ne l'empêchait d'être exact : il a fait beau temps, le rocher est sec.

— Pourvu qu'il ne soit pas tombé dans une crevasse lui aussi, en descendant les Nantillons...

— J'y ai pensé. J'ai demandé... Il n'y a pas de traces sur le glacier. Non ! il faut chercher ailleurs !

— Alors... ! S'il est tombé de l'autre côté, il n'y a plus d'espoir.

— Il est peut-être simplement blessé ! Et, s'il est blessé, il faut faire vite, et j'ai besoin de vous... On va partir ce soir quand vous serez libre, on marchera toute la nuit. Demain au jour, on est dans les rochers, vous le soignez, je vous redescends et je remonte avec les secours.

— Tu as déjà tout prévu, je voudrais bien t'aider. Mais, tu sais, ça peut durer longtemps, je ne peux pas lâcher mon cabinet en pleine saison ! »

Camille insista.

« Si vous ne venez pas, Peau-d'Âne est foutu !... Il n'y a que vous à Chamonix, comme médecin, qui puissiez m'accompagner là-haut ! Je vous revaudrai ça !

— Tu me comprends mal ! J'ai des malades à suivre, des visites dans la vallée, on m'attend...

— Je vous revaudrai ça, s'entêta Camille. On fera une belle course en fin de saison... Je vous mènerai à la Verte, l'arête du Moine sera dégagée, on trouvera des cristaux ! »

Coutaz ne put s'empêcher de sourire.

« Tu le défends bien, ton Peau-d'Âne ! Tu as de la veine que je le connaisse, que ce soit un bon garçon !

— Alors, c'est oui ?

— C'est oui. Viens me prendre vers 9 heures... Je ferai préparer la taque par ma femme. D'ici là, je trouverai à m'arranger. Je remettrai quelques rendez-vous et préviendrai mon collègue pour les cas d'urgence... Lisbeth, tu leur diras. À ce soir ! »

Camille promit de son côté de tout organiser :

« Prenez seulement votre trousse, docteur. Il faut prévoir le pire. »

Puis, après avoir revu le guide-chef, il alla souper aux Praz. Il raconta l'histoire à Brigitte.

« Je croyais qu'il était parti avec son ami Jacques », observa-t-elle.

Depuis l'arrivée de ce dernier à Chamonix, Peau-d'Âne, en effet, avait quitté momentanément Les Praz pour le retrouver chaque soir après son portage. Mais, son congé terminé, le copain avait regagné Paris sans plus attendre, et lui, comme toujours, était resté.

« Tu comprends, avait-il confié à Camille, Jacques a une femme et des gosses, il ne peut pas risquer sa place. Mais moi, qui suis célibataire, je m'en fiche ! Je ne suis pas exigeant, pourvu que j'aie de quoi croûter, ça me suffit. »

« C'est toujours la même chose ! dit Camille. Quand il doit regagner Paris, il s'arrange pour trouver une bonne raison de ne pas repartir. On ne pourra tout de même pas le garder tout l'hiver ici ! (Mais le guide avait aujourd'hui d'autres soucis. Il réfléchissait, semblait tout à coup très inquiet.) Bien sûr, faudrait être trois pour passer la rimaye. Mais que faire ? Les guides sont en course !

— Eh bien, proposa Brigitte, si j'allais avec vous ? »

Il la regarda. Elle avait l'air décidé.

« Venir avec nous, tu n'y penses pas ? Et que dirait le père Im-Horn ?

— C'est assez calme, à l'agence. Je lui proposerai de rendre ça un prochain jour de congé. Je vais téléphoner. (Elle revint un moment après, le visage radieux.). D'accord, Camille, je pars avec vous. »

La Marie à la Faiblesse avait grogné un peu pour la forme, mais, du moment qu'elle partait avec le guide, elle était tranquille, il ne lui arriverait rien de fâcheux.

Camille mangea de bon appétit, Brigitte moins bien. Ce départ brusqué la rendait nerveuse.

« Peau-d'Âne, dit-elle, pensive, en voilà un nom bizarre. (Et comme les autres riaient :) Vous savez pourquoi on lui a donné ce sobriquet ? »

Ils ne savaient pas au juste.

« Peut-être, fit Camille, parce qu'il a la peau tannée comme le cuir d'une vieille bourrique, ou parce qu'il va souvent torse nu, courbé sous un sac monstre. On l'a toujours appelé comme ça.

— Et ça ne le vexe pas, qu'on l'appelle Peau-d'Âne ?

— Quand ça vient de nous, il prend tout bien. Autrement, vaut mieux pas l'attaquer. Il est sensible ! »

9

Peau-d'Âne avait atteint le milieu de la paroi.

Le sommet paraissait tout proche, défendu par des corniches de granit, mais le grimpeur savait que ce n'était qu'une illusion d'optique ; les difficultés allaient augmenter. À cette heure matinale, la face est du Grépon baignait dans le soleil levant, et Peau-d'Âne caressait avec sensualité la roche rugueuse que gagnait par places une légère tiédeur. Il accordait volontiers une vie propre aux montagnes et il avait observé à la vérité que chacune réagissait d'une manière différente au vent, aux bourrasques de neige, aux effets du froid et de la chaleur. Le Grépon, après le gel nocturne qui avait arrêté toute activité sur ses flancs, semblait se secouer imperceptiblement, soulever les lourdes plaques de sa cuirasse, et cela provoquait de brèves chutes de pierres, peu nombreuses, mais surtout de petits éboulements de glace et de neige dans les couloirs. Toutes ces manifestations n'étaient pas bien importantes ; un autre, peut-être, n'y aurait pas prêté attention, mais Peau-d'Âne vivait avec sa montagne, et il était heureux de constater qu'elle se réchauffait lentement, et que déjà les petits filets d'eau coulaient par endroits comme des traits d'encre sur le rocher doré.

Il était arrivé sur une de ces vires confortables comme il y en a beaucoup dans cette falaise aussi large et haute, et qui forment autant de balcons aériens, d'où la vue plonge sur le cirque intérieur du mont Blanc. Il avait flâné un instant, les yeux rivés à la montagne, examinant la suite de l'ascension.

À l'exception de deux cheminées très pénibles, au départ de la cabane de la Tour Rouge, le reste avait paru facile ; il avait tout grimpé sac au dos, sans éprouver de gêne. C'était presque décevant !

Le plus difficile était de s'y reconnaître, car ça passait partout ! Sur ces plaques très redressées mais non verticales, et dont le granit avait conservé sa rugosité primitive, les ailes de mouche mordaient de façon étonnante. Il « tenait » presque aussi bien qu'avec les espadrilles de feutre achetées autrefois dans les Dolomites, et qu'il gardait dans son sac en prévision de la difficile fissure Knubel.

Peau-d'Âne combina son itinéraire. Après avoir remonté un certain temps la rive gauche du grand couloir qui descend vers la Tour Rouge, il fallait maintenant traverser, et gagner une arête mal définie qui se perdait là-haut dans une muraille uniforme. Là était le piège ! Savoir attaquer la difficulté assez tôt, sans se laisser tenter par des voies faciles. À plusieurs reprises, il avait essayé de franchir le couloir, défendu par des dalles verticales, et chaque fois il avait été rejeté dans la paroi ; une sorte de cheminement obligatoire formé de vires, de petites cheminées et de plaques le poussait toujours plus haut. Il craignait d'avoir dépassé le point où l'on doit traverser.

Il examina avec une extrême attention chaque détail de la paroi ; le temps était au grand beau et nulle inquiétude ne pouvait le tourmenter, comme lorsqu'on a le cœur rongé par l'apparition des *ravoures*, le matin en quittant la cabane. Il savait qu'il bivouaquerait à la descente, sans doute vers la plate-forme du C.P. sur l'autre versant, et comme il avait accepté et même prévu ce bivouac, il était libéré de l'horaire. Il avait toute la journée pour lui, la vie était belle.

La saison passerait vite. Mais il y en aurait d'autres, et celle de l'année précédente avait été bien remplie !

Avec ses camarades du petit groupe de Billancourt, il avait successivement gravi l'arête du Jardin de la Verte, la face nord d'Argentière, et enfin réalisé la traversée complète des aiguilles du Diable, une belle série qui allait permettre aux autres de postuler leur entrée au G.H.M. Lui, il préférait son indépendance, il se sentait de plus en plus attiré vers les courses solitaires, et il avait sélectionné toute une série d'ascensions qu'il se promettait d'accomplir sans compagnons et qui ne comportaient aucune traversée de glacier couvert. Le Grépon-mer de Glace était du nombre : huit cents mètres de paroi, un petit glacier sans difficulté. Le reste ? C'était de l'escalade et il se sentait de taille à franchir tous les passages, même la fameuse Knubel, sans prendre trop de risques. Il raconterait ça à Camille !

Il souriait. Il revoyait la tête de Mappaz quand, quinze jours après sa course au Peigne, il lui avait confié son nouveau projet d'escalade.

« Souviens-toi de l'alerte des Grands Montets, lui avait répété le guide. Souviens-toi, Peau-d'Âne ! Une fois, deux fois, ça passe, et puis un jour, un faux pas, une crampe, un rien – plus moyen d'en sortir ! »

Mais il s'était calmé : « Après tout, ça te regarde, tu es libre. Je sais bien que tu n'en feras qu'à ta tête. »

Peau-d'Âne avait promis, ce soir-là encore, d'être prudent et il tenait parole. Aucune fausse manœuvre, tous ses gestes étaient précis, calculés. Il s'agissait seulement de ne pas s'exalter, de calmer sa joie, cette joie du combat solitaire, sans autre témoin que soi-même.

Attention ! Il ne fallait plus monter ! C'était là !

Il reconnaissait, d'après la description que lui en avait faite Camille, la courte cheminée qui permet de prendre pied sur l'arête en face. Il chercha le piton qui facilite le passage en pendule ; il mit du temps à le trouver, car il était si profondément enfoncé dans une rainure, et si rouillé qu'il se confondait avec le rocher.

Peau-d'Âne y fixa un anneau dans lequel il engagea son rappel de corde.

Il vérifia ensuite les attaches de son sac ; celui-ci, bourré de duvets, était plus volumineux que lourd, il déséquilibrait le grimpeur, mais Peau-d'Âne en avait l'habitude.

Par un mouvement pendulaire au-dessus du vide, il allait se projeter rapidement vers l'autre rive, c'était facile. Il fallait se recevoir avec souplesse sur les pieds, bien tenir la corde à deux mains : un saut de quatre à cinq mètres au plus ! Il l'effectua sans hésitation. Hop !

Il fut tout surpris de se retrouver la tête en bas, s'efforçant de retenir son sac dont une bretelle avait glissé des épaules, tout le poids du chargement reposait dans le pli du coude et le tirait vers le bas, l'empêchant de se redresser. Car, lorsqu'il s'était senti basculer dans le vide, il avait par un ultime réflexe coincé une jambe dans une fissure pour enrayer la chute.

Pour en sortir il fallait lâcher le sac, se soulager du poids horrible qui pesait sur sa jambe tordue, puis se rétablir à la force des poignets.

Lâcher le sac, c'était perdre les cordes, les pitons, son matériel et ses vêtements de bivouac, la nourriture et la boisson. Il envisagea tout très rapidement, et voulut tout sauver, mais chaque mouvement qu'il faisait pour se redresser était annulé par le poids du sac qui l'entraînait de plus en plus vers le bas, et il sentait sa cheville se distendre, se tordre, sans que les mouvements désordonnés et les secousses qu'il donnait à la jambe pour dégager le soulier coincé agissent utilement. Il lutta longtemps au risque de s'épuiser.

Mais ses efforts ne l'empêchaient ni de penser ni de pester contre cet incident stupide ; à deux il aurait été tiré d'affaire immédiatement, un coup de corde et ça y était ! Camille avait raison quand il le sermonnait : on croit tout prévoir et puis, une bretelle qui casse, un pied coincé !

Il ne pourrait plus résister longtemps, il fallait sacrifier le sac et tout ce qu'il contenait, il le laissa glisser le long de son corps.

Trop tard !

Comme il le lâchait, une douleur aiguë, intolérable, fusa à travers sa jambe. Il hurla de souffrance, et ainsi suspendu la tête en bas il vit dans un curieux raccourci dû à la perspective son sac qui rebondissait, éclatait comme une grenade, dispersant son contenu dans le vide.

Ensuite, il avait tiré de toute son énergie sur les cordes, s'était remis en position normale, et maintenant il se hissait par la force des bras, essayant de dégager sa jambe blessée. Il n'y avait plus de limite à la torture, et il consentait à tout pour se sauver.

Il se retrouva, peu après, allongé sur la vire qu'il avait quittée cinq minutes plus tôt. Le ciel était d'un bleu presque absolu, les rochers étaient chauds, mais lui grinçait des dents de souffrance, et par moments il lui semblait que sur sa tête, très haut, les tours de granit et les grands gendarmes surplombants dansaient comme les arbres d'une forêt par grand vent.

Il disposa sa jambe de manière à lui épargner tout choc insupportable. La cheville fonctionnait, mais elle enflait à vue d'œil.

Quand il fut un peu remis de son aventure, il évalua ses chances de salut. Il n'avait pas à être inquiet, le temps paraissait stable. Camille viendrait certainement à sa recherche puisqu'il lui avait donné un délai de retour à ne pas dépasser. Il fallait tenir. Tenir au moins deux jours et deux nuits, sans boire ni manger, et sans vêtements chauds ; il avait tout perdu avec le sac et il n'avait plus que sa chemise de flanelle sur la peau, et à son côté la corde de rappel qui pendait.

Peu à peu la douleur devint moins vive. Il n'était pas question bien sûr de poser le pied, encore moins de lui faire supporter des chocs ; en plus, le soleil tapait dur. Et bientôt Peau-d'Âne fut harcelé par la soif, et cela lui remit en mémoire qu'il n'avait pas d'eau. Tenir sans manger, c'était possible, mais sans boire !...

Il se laissa aller à la torpeur qui l'envahissait, mais un faux mouvement qu'il fit, en ravivant sa douleur, le réveilla tout à fait. L'ombre avait envahi la face est, il faisait déjà frais et il pensa qu'il pourrait peut-être essayer de descendre ; le peu qu'il ferait serait autant de gagné, s'il atteignait la cabane il trouverait de l'eau dans la brande et il serait à l'abri d'un orage toujours possible.

Au seul geste qu'il fit pour s'asseoir, il comprit que cette descente serait une épreuve terrible, presque insurmontable !

Mais l'idée que s'il restait sur place à attendre, il s'affaiblirait rapidement, risquerait d'être dangereusement éprouvé par le froid, l'engagea à persévérer : il découpa en lanières les manches et les pans de sa chemise ; et il banda fortement sa cheville. Il sentit qu'il n'avait rien de grave, peut-être une simple fracture du péroné ? mais ce rien était suffisant pour causer sa mort si personne ne venait à son secours. Il se répéta qu'une fois de plus Camille avait eu raison ; après Zian, c'était son tour !

Non, l'alpinisme solitaire n'était pas une solution ; cependant, il ne regrettait rien, il avait connu tant de joies par la montagne qu'il estimait pouvoir payer sa dette quand on la lui réclamait. Ce qui le contrariait, c'était bien plutôt l'idée de déranger Camille et les guides.

Son pied bandé, il se sentit protégé, et il commença son propre sauvetage. De l'endroit où il se trouvait, une dizaine de rappels devaient lui permettre d'arriver à la plate-forme qui domine le refuge, après quoi il y aurait encore les deux cheminées. Il fallait essayer !

Ce n'était qu'une question de volonté, de courage, et il n'en manquait pas. À la certitude de geler de froid sur place, il préférait encore cette épreuve. D'autant que si les autres venaient à sa recherche, ils ne seraient pas là avant le surlendemain matin, et encore... ! Peut-être un jour plus tard, selon que Camille aurait attendu ou non.

Il disposait d'une corde de soixante mètres en huit millimètres ; il avait adopté ce petit calibre en raison de son faible poids, car il était trop pauvre pour se payer des cordes anglaises en soie, et en prenant beaucoup de précautions, en évitant les grosses secousses, c'était bien suffisant.

Il détacha soigneusement l'anneau qu'il avait passé dans le piton, et le replaça à un endroit plus favorable. La stratification de la montagne était bonne, de grandes plaques inclinées, des plates-formes ! Normalement, tout pouvait se descendre sans cordes ; le plus pénible fut pour lui de se mettre debout sur un pied, puis, dans cette posture, d'enrouler la corde autour de son corps. Il n'était pas question de procéder de façon normale, il se laissa glisser sur le côté, sans souci de la corde qui lui entaillait les cuisses et lui brûlait les mains, évitant avant tout de cogner sa jambe, sans y réussir toujours. Alors la douleur était si aiguë qu'il la soulageait en criant.

Il mit très longtemps à franchir la première plaque. Ensuite il chercha un deuxième emplacement de rappel. Il avait heureusement conservé son couteau de poche – il ne le quittait jamais en course ! – et il coupa quelques décimètres de corde, organisa son deuxième rappel, recommença la descente, puis une autre, encore une autre.

La nuit venait. Il avait atteint la plate-forme spacieuse qui est située à l'intersection des itinéraires de l'aiguille du Roc, du Grépon-mer de Glace, et de l'aiguille de la République. Il s'y trouve un petit mur en pierres sèches, témoin des bivouacs des premiers grimpeurs, et tout près un filet d'eau ruisselle pendant les heures chaudes. L'eau suintait encore doucement, mais était hors de portée de Peau-d'Âne, à dix mètres, inaccessible au milieu du couloir. Il n'eut pas le courage de traverser la plaque. Tant pis ! Il supporterait la soif.

Il se cala tant bien que mal contre le muret pour s'abriter du vent nocturne. Puis il fit l'inventaire de ses poches : il en tira deux ou trois pruneaux écrasés et les suça longtemps. La Verte, les Droites baignaient dans une lumière rose, le glacier au-dessous de lui était déjà envahi par l'ombre, mais il distinguait, comme des processions de fourmis, les caravanes qui montaient au Couvercle, en file indienne, et qui approchaient des Égralets.

À quoi bon appeler ! Il eût fallu une chance inouïe, une saute de vent, pour que sa voix fût entendue de si loin. Pourtant il se ravisa, lança quelques appels ; puis résigné, bon enfant, il se mit à chanter. Il ne se sentait ni démonté ni inquiet : il était encerclé par la montagne, mais pas tout à fait son prisonnier. Il avait pu gagner la grande terrasse, demain, s'il réussissait encore deux rappels – difficiles à vrai dire – le long et à l'intérieur de cheminées surplombantes, il pourrait se traîner jusqu'à la cabane.

Il faisait nuit depuis longtemps, mais il veillait. Il s'imposait de ne pas dormir et il essayait de tromper la soif et la douleur en pensant à des tas de choses qui n'avaient souvent aucun rapport avec la montagne.

À l'usine, les chaînes devaient tourner : ses copains étaient peut-être d'équipe de nuit. Comme lui ! Ils surveillaient les machines, lui guettait la venue des étoiles. Et voici qu'en dessous, de l'autre côté de la grande vallée glaciaire, s'allumaient le feu de Leschaux, puis celui du Couvercle, comme des balises prudemment allumées par les hommes.

Vers 1 heure du matin, le froid qui n'avait cessé d'augmenter devint intense et il lui fut impossible de se maintenir immobile. Il claquait des dents ; alors il se mit à brasser l'air de ses bras, se frictionna. Il se donnait du courage, en songeant que, sur cette face est, il aurait le soleil de bonne heure.

Vers 5 heures enfin, les premières lueurs apparurent. Le soleil commençait sa descente, avec une lenteur infinie. Et Peau-d'Âne grelottait, tremblait de tout son corps derrière le petit muret qui ne le protégeait plus de rien.

L'heure qui avait suivi le lever du jour lui avait paru durer un siècle, et il vit avec joie flamber d'un seul coup les torches de pierre du Grépon. Il y eut alors comme une débandade, un ruissellement d'ombre fuyant le ciel, puis la roche se colora, perdit progressivement l'aspect sinistre qu'elle revêtait dans la demi-obscurité du matin, et recouvra ses chaudes teintes de paille.

Peau-d'Âne, ragaillardi, rampa sans plus attendre vers le trou noir de la première cheminée, dans laquelle il lança sa corde. Il descendit les vingt mètres à la force des bras pour épargner sa jambe blessée, mais lorsqu'il fut en bas, il se sentit terrassé par la soif, le besoin de dormir. La cabane était tout près, masquée par un éperon rocheux. Au moment de défaillir, il se ressaisit, s'efforçant de rappeler sa corde qui coulissait. Des crampes tordaient ses mains, recroquevillaient ses doigts, courbant les phalanges ; alors il les redressait les unes après les autres.

Patienter ! Doser son effort, ne pas s'énerver, surtout quand on était seul. Il se répétait cela constamment : « Tu es seul ! Tu dois penser que tu es seul et que si tu coinces ta corde par une fausse manœuvre, ce sera fini… » Il fallait se reprendre, recommencer comme la veille, méthodiquement. Il se cala tant bien que mal sur un bout de vire, mais il ne pouvait étendre sa jambe où fusaient par intermittence des élancements très douloureux. Quand il put fermer et ouvrir normalement les doigts et qu'il fut un peu plus sûr de ses gestes, il tira son rappel – celui-ci s'était enroulé pendant la descente – et il dut vérifier soigneusement que les deux brins venaient et coulissaient. À force d'amputer chaque fois la corde d'une certaine longueur pour faire des anneaux, il l'avait raccourcie et elle n'arrivait qu'avec peine jusqu'à lui. Il se demanda comment il ferait plus bas. Qu'importe ! Plus bas, il serait arrivé !

Lancée avec précaution, la corde siffla, puis retomba, bien dépliée, dans l'axe de la cheminée. Satisfait de cette réussite, il réfléchit à la façon dont il allait opérer : se laisser glisser dans la cheminée, basculer à mi-chemin sous le surplomb, puis, dans le bas, sortir en utilisant quelques prises lisses. Ensuite…

Il s'interdit de penser davantage.

Il disposa précautionneusement la corde en frein autour de son corps : sa cuisse serrée par la corde, ses mains brûlées par le frottement du chanvre, ses épaules mal protégées par la chemise en loques, tout son corps semblait être à vif. Il hésita. Ce qui importait surtout, c'était de ne pas lâcher sous le surplomb, car arrivé là, s'il tombait brutalement, il risquait de briser sa jambe.

Tout se passa comme il avait prévu. Rien ne lui fut épargné, ni les secousses, ni les brûlures, ni les heurts douloureux lorsqu'il se rejetait dans la fissure pour se retenir ; il maudit cette corde trop fine, ce chanvre coulissant, il craignait de lâcher. Ce serait trop bête ! Déjà il apercevait la cabane. Courage ! Il allait trouver de l'eau, un matelas, un toit !

La fin de la descente fut pénible ; il n'avait pu éviter de prendre de la vitesse, la corde fila entre ses doigts : elle était trop courte et le rappel ne freinait plus sur son corps. Il avait juste eu le temps de viser une grosse prise pour son pied gauche, le seul valide, puis d'amortir le choc en se coinçant dans la cheminée, le torse et les épaules râpés par le granit.

Combien de temps resta-t-il au pied de la cheminée ? Comment eut-il la force de se traîner ensuite, horizontalement, sur la paroi difficile et le long des fissures jusqu'au refuge, à l'aide de ses seuls bras, il ne put s'en souvenir.

Il avait touché les planches de sapin toutes chaudes de soleil, il avait poussé la porte, il avait rampé dans l'ombre, et il s'était allongé sur une des paillasses ;

ensuite, il avait voulu boire. Pas d'eau. Il n'avait pas songé la veille à l'épargner et il avait jeté avant de quitter la cabane le peu qui en restait.

C'est alors seulement qu'il souffrit vraiment de la soif ! Heureusement l'énorme fatigue accumulée le terrassa rapidement : il eut tout juste la force de desserrer les bandes d'étoffe autour de sa cheville, pour soulager sa jambe, puis il sombra dans un sommeil fiévreux et agité.

10

Camille avait bien calculé son horaire ; il faisait grand jour lorsqu'ils arrivèrent à la rimaye de la Tour Rouge.

Ils avaient perdu beaucoup de temps sur la mer de Glace, car la moraine de Tré-la-Porte s'était éboulée durant l'été et ils avaient eu du mal à retrouver leur chemin dans le lacis des crevasses. Le vent violent du matin avait soufflé à plusieurs reprises leur lanterne, si bien qu'ils avaient dû continuer leur marche en pleine nuit.

Plus haut, une vague piste à peine marquée à travers les gazons, puis quelques plaques de rocher les avaient conduits sur le glacier de Tré-la-Porte, qu'ils avaient remonté en taillant la glace au piolet.

Ils avaient maintenant devant eux la haute paroi du Grépon, barrée par cette rimaye énorme, en apparence insurmontable, qui coupe entièrement le glacier depuis l'arête de la Tour Rouge jusqu'à l'éperon des Cornes de Chamois. La lèvre supérieure surplombait d'une cinquantaine de mètres les alpinistes et il n'était pas question de l'aborder directement. Camille chercha le point d'attaque et le trouva à l'extrémité droite d'une crevasse, dans une sorte de cheminée de glace, terminée par des plaques de rocher lisses.

Le passage était très délicat, mais Camille restait calme et précis : il était dans sa forme des grands jours et sans que les autres aient pu comprendre comment il s'y était pris, il atteignit une petite niche rocheuse, s'y jeta et disparut à leurs yeux. Ils entendirent le chant clair d'un piton qu'on enfonce et furent rassurés. D'ailleurs un ordre arrivait, semblant descendre le long de la corde.

« À Brigitte !

— Je pars ! » cria-t-elle.

Mais comme elle tardait un peu, la voix du guide redescendit, lointaine et calme :

« Monte ! je t'assure. »

Elle obéit. Le rocher était froid et hostile, hérissé de mille cristaux à vif qui lui raclaient la peau comme une toile émeri.

Elle grimpait mal et, là-haut, Camille s'impatientait.

« T'en faut du temps ! On gèle, ici ! (Enfin elle le rejoignit sur sa corniche.) Y a pas de place pour trois, je repars. T'occupe pas de moi, fais monter le toubib. »

Elle tendit la corde qui la reliait au médecin et tandis que celui-ci émergeait à côté d'elle, Camille, à coups de piolet, dégageait les derniers mètres. La rimaye surmontée, ils se rassemblèrent pour traverser le névé supérieur : l'inclinaison était très forte, et comme ils n'avaient pas emporté de crampons, Camille dut tailler des encoches pour les mains, et des baquets pour les pieds, et cela prit de nouveau beaucoup de temps.

Ils aperçurent enfin le refuge, suspendu tel un nid d'aigle au-dessus de leurs têtes.

Ils unirent leurs voix pour appeler Peau-d'Âne ; et bien que trois échos se fussent renvoyé leurs cris, aucune réponse ne leur parvint. Camille se rembrunit.

« Faisons vite ! » dit-il.

Le refuge de la Tour Rouge est de proportions modestes : quatre mètres sur trois ; c'est une sorte de coffre en sapin, doublé intérieurement de toile goudronnée et couvert de tôles galvanisées. Avec le froid et la chaleur, les tôles se contractent et se dilatent, provoquant de sourdes et constantes détonations. Il est plaqué contre la paroi du Grépon par des câbles d'acier solidement amarrés à des pitons de fer. Et comme il n'existe pas, dans toute cette face de la montagne, de plate-forme suffisamment spacieuse pour y bâtir une cabane qui soit en même temps à l'abri des avalanches et des chutes de pierres, le Club des sports alpins de Chamonix a construit celle-ci carrément en porte à faux sur le vide. Aucune autre cabane des Alpes n'occupe une situation aussi aérienne. On y arrive encordé ; on en repart de même.

À mesure qu'ils s'élevaient, franchissant les derniers obstacles, Brigitte était oppressée par le fantastique hérissement de granit qui jaillit de ce cirque, de cette gorge étroite et obsédante. Partout, à droite, à gauche, au-dessus d'elle s'étageaient des dalles immenses, supportant des tours et des clochetons. Tout était si vertical qu'en levant la tête on était arrêté par des surplombs taillés à vif dans la roche, et lorsqu'on fuyait pareille sauvagerie et qu'on tournait ses regards vers le bas, c'était pour retrouver les petits glaciers suspendus avec les lèvres béantes de leurs rimayes, les blessures noirâtres des chutes de pierres. Seule la monstrueuse vallée glaciaire, toute rutilante de soleil et de chaleur, semblait bouillonner au pied des parois nord, verglacées ; les trois glaciers y confondaient leurs remous, leurs crevasses et leurs moraines, et de tout ce chaos sortait la mer de Glace, mais pour voir ce paysage, pour l'aimer, il eût fallu la paix de l'âme, et Brigitte, plus encore que ses compagnons, se sentait lasse et tourmentée…

Après une nuit d'angoisse, le silence succédant à tant d'efforts, l'étrange agressivité des lieux, le souvenir surtout d'un drame encore présent à leur mémoire, tout semblait leur interdire l'espoir. Comment eussent-ils imaginé que Peau-d'Âne, lui aussi solitaire et pris au piège à son tour, eût accompli le miracle de se dégager et de se traîner, à bout de forces, le long de ces pentes effrayantes et de passer le seuil vertigineux du refuge !

Il était là pourtant, qui délirait, n'éprouvant dans son inconscience aucune envie de redescendre. Il se trouvait bien. Il ne s'étonnait pas d'être étendu sur ce lit élastique fait de rhododendrons fleuris ! Que venaient faire ces fleurs sur cette dalle de granit, sur cette vire suspendue en pleine paroi, sur cette montagne interminable ? À moins que… Au fait, où était-il au juste ? Par moments tout semblait bouger, même la montagne ; lui flottait dans l'air, délivré de la pesanteur, sur sa tête des nuages passaient très vite et d'autres, en bas, roulaient leurs vagues, mais il ne sentait pas sur sa figure le souffle des vents qui les chassaient, et bien qu'il n'y eût pas de soleil – car tout ce paysage baignait dans un ton neutre et gris –, il faisait une chaleur de four.

Jacques le bousculait, voulait l'obliger à descendre ! Il dépliait une corde de rappel, la lançait dans le vide ; les anneaux se déroulaient, la corde s'étirait, s'étirait, traversait les nuages… Qu'elle était longue ! Pourquoi se presser ? Jacques était toujours pressé, inquiet. On était pourtant bien, comme ça, très haut, très loin ! Entre ciel et terre ?… Une chose était certaine : la terre, c'était là-dessous, tout au bas de ces profondeurs insondables, c'était ce grand désert là-bas, uniforme, parcouru par des troupeaux de nuages. Puis, brusquement, un détail de ce paysage sans nom et sans limites se révélait, se précisait. Peau-d'Âne croyait reconnaître des formes, des couleurs, il se penchait sur le vide, guettait : là, cette petite tache couleur d'orange bien mûre, c'était sa tente dressée dans la forêt de Tré-le-Champ, mais il cherchait vainement les mélèzes, il n'y avait pas de mélèzes ; puis les nuages passaient, courant vers un rendez-vous mystérieux, et il n'apercevait plus la tente. À travers une autre déchirure des brumes, c'étaient des toits qui défilaient, serrés les uns contre les autres à l'infini comme les plis d'un accordéon… « L'usine ! l'usine de Billancourt ! » Mais déjà tout était effacé ! À la place de l'usine apparaissait la masse trapue d'une ferme montagnarde, d'où sortaient des troupeaux carillonnants… « Grouille-toi ! hurla Jacques. Faut attraper le train de 8 heures… »

Et, sans même attendre la réponse, il s'enroulait dans le rappel de corde, sautait dans le vide. « Attends, criait Peau-d'Âne. On est encordés. » Heureusement la corde était élastique et, après avoir fait un grand saut, Jacques remontait sur la vire. Il était furieux : « On va rater le train, passe-moi ton sac ! Je suis trop léger ! » Il se l'attachait aux chevilles, comme on leste un noyé, et il se préparait à sauter une nouvelle fois. « T'es pressé, disait Peau-d'Âne, pour quoi faire ? On est bien ici. – Grouille-toi, reprenait Jacques, faut attraper le train de 8 heures. Le contremaître va gueuler demain matin, si on n'est pas à l'heure ! Tu ne t'en fais pas assez, Peau-d'Âne, pas assez ! Un jour y te mettront en chômage tout de bon ! Allons, grouille-toi ! Tu restes là à rêver, et on a encore des tas de rappels à descendre, attrape la corde. Tiens-là, nom de nom ! Qu'est-ce que t'as ? Pourquoi ne veux-tu pas descendre ? L'usine ? bien sûr ! Moi aussi, je préférerais traverser la Verte, mais faut vivre, faut bouffer, t'entends, et à cause de ça faut bien y retourner. On n'en sort pas ! Encore on est vernis, on gagne bien notre croûte, et on peut se payer des chouettes vacances ! Allons, tu te décides, ou je coupe la corde. On peut plus attendre, déjà va falloir courir, prendre le train en marche. Allons, vieux frère, viens ! Écoute, Peau-d'Âne : faut venir ou je te laisse. Regarde, hop ! Je saute !… »

Peau-d'Âne était pris de panique : « Attends-moi ! Tu vois bien que je ne peux pas te suivre ! Il y a un salaud qui m'a attaché au rocher, je ne peux pas défaire le mousqueton. Tu me tires, Jacques, à présent t'es trop lourd… tu vois bien que je suis pendu par les pieds… Viens m'aider, bon sang, détache le sac ! »

Et Jacques sautait et Peau-d'Âne le voyait qui planait dans le vide les jambes écartées, la figure souriante… Il semblait descendre très lentement, ou plutôt non, il montait, il montait, tiré vers le ciel par le sac qui se transformait en ballon...

Peau-d'Âne maintenant tout seul sur sa vire se parlait à lui-même, et c'était un autre Peau-d'Âne qui l'écoutait, assis à côté de lui, très intéressé par les discours :

« Tu vois : il est parti ! Il m'a laissé ! Tout à l'heure, il marchait sur les nuages, ensuite je ne l'ai plus vu ; il a dû prendre son train. Plus de Jacques ! Eh bien, tant pis ! Moi, je reste ! Au fond je suis bien ici, c'est un malin, Peau-d'Âne, tu sais ! Demain, les autres, ils vont se ranger chacun devant leur machine-outil comme des chevaux au râtelier, et vas-y ! Pendant huit heures, ça tourne, ça ronfle ! Ah ! la fraise, tu parles d'un sale outil ! ça vous scierait une main comme rien... – Attention, bon Dieu ! Tu ne vois pas que tu me coupes le pied ? Jacques, tu me coupes le pied !... »

Peau-d'Âne avait poussé un tel cri que Brigitte prit peur :

« Docteur, on ne peut pas le laisser souffrir comme ça. Je prépare une seringue de morphine !

— Inutile, c'est fini, la jambe est plâtrée. Camille, passe-moi la gouttière. Le plus pénible est terminé !

— Mais ce délire ?...

— La soif, rien que la soif, donnez-lui à boire. Doucement ! »

Brigitte se glissa à genoux derrière le blessé, lui releva le buste, lui donna à boire. Peau-d'Âne était plus calme ; cependant de temps à autre l'angoisse le reprenait, il s'agitait, disait des mots sans suite.

« Laissez-moi ! Je vous dis de me laisser ! Camille, c'est toi que je veux, Ah ! j'ai soif !... Encore...

— Doucement, fit le médecin, par petites gorgées, Brigitte. »

Il reprenait connaissance.

« C'est toi, Camille ? »

Camille lui prenait la main, la pressait affectueusement.

« Tu sais, Camille, faut pas te frapper, dit Coutaz. C'est moins grave que ça en a l'air. Une fracture du péroné avec une forte entorse de la cheville. Un truc qu'on se fait à skis tous les jours. Le reste, ma foi, de la fatigue, et surtout, la soif… Je me demande quand l'accident est arrivé, et où ?

— Ça a dû arriver très haut, fit Camille, car il y a son rappel qui pend au-dessus du refuge, dans la première cheminée. »

11

Une heure à peine s'était écoulée depuis leur arrivée au refuge de la Tour Rouge et maintenant que le blessé reposait, ils découvraient leur immense fatigue, et restaient là, accablés, assis à même le plancher de sapin rugueux, le dos contre la paroi, serrés dans l'étroit espace demeuré libre autour du matelas sur lequel ils avaient étendu Peau-d'Âne. Celui-ci avait cessé de s'agiter et il sommeillait auprès d'eux, les paupières à peine fermées ; déjà à demi conscient mais incapable encore de parler et plus encore de réfléchir.

« Qu'est-ce qu'on fait ? dit Camille. S'il se réveillait pour tout de bon, peut-être vaudrait mieux qu'on le descende jusqu'à la moraine. De cet endroit, n'importe qui peut le ramener au Montenvers et je trouverai plus facilement des volontaires. Car j'en connais qui ne seront pas chauds pour venir jusqu'ici... (Mais Coutaz était réticent. Il était éreinté et Brigitte ne paraissait guère en meilleure forme. Le guide, cependant, revenait à la charge :) Comprenez-moi, docteur. Je connais mes collègues, ils ne refuseront pas de monter, pour ça non ; mais dire qu'ils seront contents c'est une autre affaire ! Alors, autant faciliter les choses ! Déjà que Peau-d'Âne a fait des siennes aux Grands Montets et que je suis mal placé pour leur demander un service : on est plutôt en froid avec le guide-chef.

— Eh bien, on fera comme tu voudras, finit par dire Coutaz. C'est toi qui commandes.

— Si je vous propose ça, insista le guide, c'est que j'ai pris mes dispositions. D'ici au glacier, on installe des cordes, je porte Peau-d'Âne en rappel, il s'aide avec les bras et, la rimaye franchie, on le laisse glisser sur la neige. Au fond, il n'a pas grand-chose, et je le connais, c'est un dur. Vous, docteur, vous descendez à mes côtés pour m'aider en cas de difficulté et toi, Brigitte, tu nous assures et tu te débrouilles ensuite pour venir en dernier, sans décrocher... »

Brigitte approuva.

Peau-d'Âne recommençait à s'agiter. Soudain, il dressa le buste en dehors des couvertures, d'un mouvement si brusque qu'il lui arracha un cri de douleur.

« Mince !... Je suis dans un bel état ! »

Il regardait ses pansements, son corps d'écorché vif, et, comme il était tout barbouillé de Mercurochrome, il dut s'imaginer qu'il était couvert de sang.

Coutaz crut bon de le rassurer.

« Ce n'est rien, une fracture du péroné ; le reste... des éraflures ! »

Camille ne put attendre davantage.

« Comment as-tu fait ça ?

— Là-haut, à la traversée du couloir, en pendulant.

— Non ! Et tu as pu descendre seul toute cette paroi ? Ben, mon vieux ! Chapeau ! »

Il avait l'air si médusé que Peau-d'Âne en retrouva par contrecoup sa gouaille.

« J'ai pensé que t'aurais la flemme de monter plus haut !

— Je te conseille de plaisanter... Moi qui m'étais promis de te flanquer une bonne volée si je te retrouvais ! Ça fait rien, on est bougrement content de te voir là.

— Vous avez été chic, dit Peau-d'Âne qui venait de reconnaître Brigitte. (Camille, un peu plus tard, avait expliqué son plan au blessé.) Évidemment, convint celui-ci, à trois, c'est peut-être risqué. Mais on ne pouvait déranger tout le monde pour moi, je comprends bien...

— On essaie », fit Camille d'un ton encourageant.

Maintenant que c'était décidé il fallait faire vite. Coutaz fit à Peau-d'Âne une piqûre de caféine ; Camille prépara le départ. Déjà, il avait planté un piton.

« Allons-y ! »

Peau-d'Âne, aidé par les deux hommes, se dressa debout sur sa jambe valide. L'autre était solidement plâtrée, enveloppée dans un anorak, le tout ficelé dans une gouttière. Il tenta deux ou trois pas.

« Ça ira », dit-il en retenant une grimace.

La première manœuvre fut délicate. Aucun n'était exactement à sa place, les cordes s'emmêlaient, mais Camille y mit bientôt bon ordre, et sa force tranquille donnait confiance à tous. Finalement tout se passa comme il l'avait prévu. Il y eut un moment difficile au franchissement de la rimaye, Peau-d'Âne ayant failli tout lâcher au-dessus de la crevasse. Mais Brigitte, qui avait remplacé Coutaz et descendait la dernière, avait tenu bon. Camille avait happé le blessé au passage et avait évité de justesse la chute vers l'abîme. Puis, comme il s'apprêtait à rejoindre la jeune femme, il l'avait aperçue tout à coup qui se laissait glisser lentement dans le vide, les mains enveloppées dans son mouchoir. Au lieu de passer la corde de rappel sur son corps, elle l'avait fait simplement frotter sur ses chaussures par une sorte de tour mort au-dessus et au-dessous de la semelle. Décidément, il n'y avait rien à lui apprendre. Un porteur n'aurait pas fait mieux.

Grâce au système de ramasse imaginé par Camille, ils ne mirent pas plus de temps qu'une caravane normale à redescendre le glacier et ils furent bientôt à la moraine. Alors ils installèrent Peau-d'Âne sur une voie bien dégagée et, sans prendre de repos, Camille et le médecin, le laissant sous la garde de Brigitte, partirent chercher du secours.

Brigitte surveillait la tête herbeuse où devaient apparaître les sauveteurs : parfois elle allait jusqu'à l'arête, inspectait l'horizon, puis venait s'étendre à côté du blessé.

Elle commençait à s'inquiéter.

Peau-d'Âne la rassura.

« Il a fait tellement beau ! Ils ont dû attendre que tous les touristes soient repartis : ils monteront après le départ du dernier train, c'est normal. Je ne peux pas leur faire perdre une journée ! Et il faut bien deux heures pour venir jusqu'ici. »

Les guides arrivèrent à 6 heures du soir, conduits par Mappaz, le médecin désormais inutile ayant regagné Chamonix. Ils étaient montés d'une seule traite, et ils s'accordèrent le temps de souffler et de manger un morceau. Camille avait les traits tirés par la fatigue ; il y avait vingt et une heures qu'il avait quitté Chamonix et, pendant tout ce temps, il n'avait pris aucun repos. Ils étaient six, Brigitte ne connaissait que Michel Dupraz, qui était de la promotion de Zian. Les autres étaient du Lavancher et des Bossons. Ce n'étaient pas des guides à grand renom, bien que tous cependant fussent capables de gravir les grands sommets classiques du massif. Mais cette sorte de médiocrité dans leur profession les avait rendus plus hargneux et plus rancuniers. Camille avait eu beaucoup de peine à les décider, et comme lui avait dit Dupraz : « On monte parce qu'on ne peut pas faire autrement ! » Heureusement, Cerisay, des Bossons, avait été plus coulant et il avait signifié aux autres qu'ils ne pouvaient pas se défiler.

Ils se reposaient assis sur la moraine, et ils partageaient leurs provisions. Maintenant qu'ils voyaient Peau-d'Âne étendu sur le brancard, ses habits en loques et le corps couvert de plaies, ils regrettaient leurs atermoiements. Ce Peau-d'Âne, au fond, c'était pas un mauvais bougre ! Et puis Camille leur avait expliqué en détail ce que l'autre avait fait, tout seul, pour déranger le moins possible, et de savoir qu'il s'était traîné pendant deux jours avec une jambe blessée dans la paroi du Grépon, ça les avait impressionnés. Un des leurs n'aurait pas mieux agi.

Ils avaient d'un commun accord ignoré la présence de Brigitte, ne l'avaient même pas saluée, et comme ils formaient cercle autour de Peau-d'Âne, elle s'était trouvée tout à coup à l'écart. Camille s'en était aperçu, il était venu vers elle, lui avait offert à boire et à manger, et, avec un regard complice, avait ajouté tout bas :

« Ils sont là, c'est le principal... ! »

Après ils avaient empaqueté Peau-d'Âne, qui rouspétait sur le brancard parce qu'on le serrait trop fort et qu'il n'avait plus les bras libres. Mais les guides n'en faisaient qu'à leur tête, ils étaient décidés à mener l'affaire rondement.

Ils se mirent en route, portant le blessé par équipe de deux, se relayant sans arrêt, dévalant les pierriers et les moraines avec cette aisance et cette agilité qui sont le propre des montagnards-nés. Ils marchaient si vite que Brigitte avait de la peine à les suivre. Camille avait proposé de prendre son tour de portage, mais les autres avaient refusé.

« T'en as assez fait pour aujourd'hui ! »

Alors il marchait devant, étudiant les passages, dirigeant les manœuvres, et cela leur faisait gagner du temps. Ils avaient d'ailleurs une telle habitude du sauvetage et du portage qu'ils formaient une caravane parfaitement homogène, où chacun tenait sa place et était utile.

Ils firent en tout et pour tout deux haltes. L'une avant d'aborder le glacier, à l'angle de la Thendia, l'autre après les ponts du Montenvers. Juste le temps de boire un coup, de souffler et ils repartaient, infatigables. Pendant tout le trajet, ils n'avaient cessé de s'entretenir de leurs affaires, du beau temps, des courses, des récoltes, sans s'inquiéter du blessé qui somnolait maintenant, terrassé par la fatigue. Quand il ouvrait les yeux, c'était pour voir les parois rocheuses qui bordent la mer de

Glace défiler de part et d'autre du brancard, et il avait le sentiment d'être porté par le courant du glacier.

Brigitte les avait laissé prendre de l'avance, préférant la solitude au mépris qu'elle lisait dans leurs regards. Ils étaient venus et tout s'était assombri !

Lorsqu'elle arriva au Montenvers sur la plate-forme de la gare, elle trouva Peau-d'Âne sur la civière, abandonné à même le quai, à l'abri de la verrière. La descente l'avait beaucoup éprouvé et il recommençait à souffrir. Elle s'indigna.

« Ils vous ont laissé seul ? »

Il la rassura.

« Ils sont allés boire un coup à la salle des guides. Ils méritaient bien ça. Je crois que je ne suis jamais descendu si vite de Tré-la-Porte. Des sacrés gaillards, quand même !

— Vous ne désirez rien ? »

Il sourit.

« Rien merci. C'est une question de patience.

— Alors, je vous dis au revoir !

— Comment ? Vous ne prenez pas le train ?

— Non, je préfère aller à pied, par le sentier des Bois... Pour Les Praz, c'est plus rapide... J'ai hâte de retrouver mon fils !

— Ça n'est pas raisonnable, après tant de fatigue !

— Vous direz à Camille que je suis descendue... J'avertirai la Marie... qu'il prenne son temps...

— Adieu, Brigitte, merci... Je n'oublierai pas ce que vous avez fait pour moi ! »

Mais elle était déjà trop loin pour l'entendre. Elle fuyait, dévalant les pentes à perdre haleine, sautant d'un bloc à l'autre, prenant tous les raccourcis.

Quand le train siffla, les guides revinrent à la gare.

« Où est Brigitte ? s'inquiéta Camille. (Peau-d'Âne lui expliqua.) Fatiguée comme elle l'est, descendre à pied, c'est de la folie ! s'exclama-t-il, mécontent.

— Tu comprends, fit lourdement Michel Dupraz, son docteur lui manquait... Y a si longtemps qu'ils ne se sont vus ! »

Les autres éclatèrent d'un gros rire.

Camille était devenu blanc comme linge.

« Vaudrait mieux expliquer tes paroles ! »

Il avançait, le poing menaçant et les autres connaissaient ses colères.

« Fais pas l'imbécile, lui dit Cerisay. Michel ne fait que dire tout haut ce qu'on pense tout bas dans la vallée.

— Le premier qui répète une chose pareille, je lui casse la gueule ! gronda Camille. Brigitte est de ma famille, faudrait pas l'oublier ! »

Les autres ricanèrent, mais Michel Dupraz était devenu subitement agressif.

« Dis donc, faudrait pas tant crâner ! parce qu'à ta place je ne serais pas fier d'être le cousin de cette femme ! Quand on pense que vous l'avez recueillie chez vous, qu'elle vit dans la maison de Zian !... »

Il en avait dit trop.

Camille, hors de lui, avait frappé de toute sa force et, avant que les autres aient pu intervenir, les deux guides avaient roulé à terre, si près du brancard où gisait Peau-d'Âne que celui-ci, effrayé de voir la tournure que prenait l'incident, entra à son tour en fureur :

« Séparez-les, bon Dieu ! au lieu de les regarder. »

Les deux hommes s'étaient relevés et se martelaient le visage à coups de poing. Comme ils reprenaient leur souffle, les autres parvinrent, en s'y mettant à deux pour un, à les ceinturer, puis à les entraîner dans un recoin de la gare où ils leur firent la leçon.

« Se battre comme des chiffonniers ! »

À dire vrai, il n'y avait eu pour témoins que le petit personnel de l'hôtel qui regagnait la vallée et quelques employés de chemin de fer, mais certaines têtes commençaient à s'échauffer et il n'en faut pas plus pour provoquer une bagarre générale. Les deux hommes n'étaient pas encore apaisés et ils se défiaient du regard.

« Je te retrouverai, je te ferai rentrer les mots dans la gorge ! criait Camille.

— Calme-toi ! disait Cerisay. Et toi aussi, Michel. Vous oubliez qu'on est "en caravane de secours" !

— T'as raison », dit enfin Camille.

Le train sifflait pour la deuxième fois, et il n'y avait plus de temps à perdre.

Alors, Michel d'un côté, Camille de l'autre, s'entraidant sans même se voir, glissèrent le brancard dans un compartiment vide, installèrent Peau-d'Âne du mieux qu'ils purent. Ils étaient tout à coup si honteux de s'être battus devant le blessé qu'une trêve miraculeuse s'établit sur-le-champ.

Comme le train démarrait, Michel, qui s'essuyait la figure avec son mouchoir, remarqua sans rancune :

« Tu tapes encore fort, Camille, pour un gars qui revient de la Tour Rouge !

— Parlons plus de ça ! » fit l'autre.

Ils écoutèrent le troisième coup de sifflet, prolongé, insistant, qui accompagnait le départ du train.

Peau-d'Âne, terrassé par la fatigue et les émotions, s'était brusquement endormi, et ils se parlaient les uns aux autres par-dessus son grand corps, étendu entre leurs jambes, haussant la voix pour couvrir le bruit du train.

Il ne fut plus question de Brigitte.

12

Peau-d'Âne, qui ne portait plus maintenant qu'un léger plâtre de marche, avait rejeté avec insouciance les heures mauvaises et les souffrances, ne voulant se souvenir que des dévouements rencontrés et ne retenant de ces journées dramatiques que la délicate découverte d'une amitié. Le courage et le dévouement de Brigitte lors de la descente de la Tour Rouge, sa dignité, les attaques même dont elle était l'objet, tout contribuait à augmenter la ferveur de ses sentiments. Ses visites à la ferme des Praz étaient accueillies avec sympathie, car il apportait avec lui la gaieté, cette drôlerie charmante et bohème, qui lui avaient valu d'emblée de faire la conquête de Jean-Baptiste. Comme Brigitte revenait très tard de Chamonix, la Marie à la Faiblesse le retenait souvent à dîner, quand ce n'était pas Claveyroz, et il passait au milieu de ces gens simples des heures de détente et de paix.

Il était arrivé au début de l'après-midi, venant d'Argentière. Jacques lui avait écrit. La patience du contremaître était à bout, les copains ne pourraient plus grand-chose pour lui s'il s'obstinait à ne pas rentrer, et l'hiver était là qui commandait la sagesse. Le moment n'était pas encore venu où il pourrait choisir de vivre tout à fait comme il l'aurait aimé la vie simple des montagnards. Mais il devait au moins profiter de son dernier après-midi de liberté et il avait accompagné

Ange Claveyroz et son troupeau dans les Lanches d'Arveyron. Jean-Baptiste était de la partie.

La journée avait été chaude, les nuages passaient d'un bord à l'autre de la vallée, comme des flocons de laine dans le ciel d'automne, et le bruit des clarines s'amenuisait au voisinage des eaux grondantes du torrent coulant à pleins bords.

L'enfant jouait derrière la grande digue, dans le sable mouillé, et Peau-d'Âne s'étendit à ses côtés.

Il voulut se mêler aux jeux de l'enfant ; l'autre le repoussa, dédaigneux.

« Tu sais pas !

— Attends, je vais te montrer ! »

Et, aux yeux incrédules et émerveillés de Zian, il creusait un canal, amenait l'eau dans un bassin, construisait un château, taillait un pont-levis dans des branches de coudrier, et, avec des pommes de sapin, figurait une armée, des chevaux, racontait des histoires que le petit écoutait, calme, silencieux, étonné d'abord, puis séduit, puis enthousiasmé.

Il était venu s'asseoir près de lui, ses petits bras posés sur les genoux de son ami qu'il contemplait avec admiration.

« Raconte encore ! »

Il était insatiable et l'autre devait inventer des histoires, et toujours dans ces histoires revenait la montagne.

« Zian ira à la montagne !

— Bien sûr, plus tard, je t'apprendrai à grimper !

— Grimper ?

— Sur les rochers !

— Papa aussi grimpait sur les rochers !

— Qui t'a dit tout cela ?

— Maman ! (L'enfant battait des mains.) Tu mèneras Zian là-haut ? »

Il montrait à Peau-d'Âne une étrange tour rocheuse, dressée comme un doigt aux flancs du massif des aiguilles Rouges. Elle dominait le village des Praz, et n'était visible entièrement que de cet endroit ; de là seulement elle prenait cette silhouette hardie, car de partout ailleurs elle n'était plus qu'un banal chicot. Elle exerçait sur les petits praillis, et sur eux seuls, une sorte de fascination. Rares étaient les jeunes du village qui n'avaient pas voulu la gravir au moins une fois, même ceux pour qui la montagne était chose morte, uniquement parce qu'elle était là, toujours présente, narquoise, et qu'ils éprouvaient le besoin de la dominer.

Or, voici que déjà la montagne agissait sur cette âme d'enfant. Peau-d'Âne était stupéfait. Il voulut pousser l'expérience :

« Non, pas sur celle-là, je te conduirai là-haut ! »

Il désignait à l'opposé de la vallée l'aiguille du Midi, mais l'enfant secouait la tête, trépignait.

« Non, pas là-bas. »

Et le gosse montrait de nouveau l'Index de la Glière.

« Bon ! bon ! C'est promis, nous irons un jour ; en attendant, va jouer ! »

Satisfait, le gamin retournait à ses pâtés.

Peau-d'Âne se rapprocha de Claveyroz.

« Tu y comprends quelque chose, toi ? Ce besoin de monter, de grimper sur une montagne et pas sur une autre ?

— Non ! dit le Piémontais. (Et après un temps :) Tu sais, il n'y a pas à comprendre. C'est comme ça. J'ai été comme lui, et tous les petits bergers sont comme lui, et tous les enfants qui courent sur la montagne, tous autant qu'on est, on a envie de monter... L'un ici, l'autre là. Tu veux que je te raconte...

— Vas-y, Claveyroz, tu m'apprends des choses étonnantes !

— Eh bien, un jour – j'avais quatre ans –, je gardais les vaches, et sans rien dire j'ai quitté mes petits camarades. Je montais droit devant moi, sans regarder en arrière ; je marchais, je marchais et la montagne s'élevait toujours plus haut, et jamais j'arrivais. La nuit m'a surpris sur une arête de schistes et d'herbes rases, il faisait froid et je pleurais, puis je me suis endormi et les hommes du village m'ont retrouvé au petit matin, après m'avoir cherché toute la nuit à la lanterne. Quand on m'a demandé où je voulais aller, j'ai montré la montagne et j'ai dit simplement : "Là-haut !" On ne m'a rien tiré de plus ! Et les vieux du pays ont dit à mon père que ça arrivait toujours une fois dans la jeunesse, cette histoire-là, mais que, moi, j'étais parti bien jeune.

— T'as bien dit, Claveyroz, une force ? un besoin ?

— Explique ça comme tu veux, je te dis c'est comme ça. Mon père est parti là-haut, et moi ensuite, et maintenant c'est le petit Zian qui veut partir. Comme son père a dû le faire aussi à son âge.

— C'est une force qui nous manque, à nous gens des villes, et Jean-Baptiste a hérité de son père ! Ce gamin, tu vois, c'est la nature à l'état sauvage. C'est la même force qui pousse le chamois réfugié dans les gorges désertes où il passe l'hiver, sous les varosses et les arolles, à monter, le printemps venu, vers les cimes ! »

Le Piémontais le regardait curieusement.

« Toi, Peau-d'Âne, t'es bien savant pour un ouvrier !

— Pas tant que toi, berger !

— Moi ?

— Oui, toi… Vous autres, montagnards de naissance, vous êtes comme les bergers de Provence, on dirait que vous lisez dans les arbres, dans le vent, dans l'eau ! Tu connaîtrais les présages que ça ne m'étonnerait pas…

— Tu dis des bêtises, Peau-d'Âne ! Dieu seul nous mène, et personne ne peut dire où ni comment.

— Te fâche pas, ça revient au même puisque c'est Dieu qui t'a donné l'intelligence. Veux-tu que je te fasse une confidence – tu seras le premier ! J'ai étudié autrefois. On a failli faire de moi un curé. Mais je n'avais pas la vocation. J'aurais fait un mauvais curé, j'ai préféré rester un bon chrétien… et prendre le chemin de l'atelier. »

Claveyroz le regardait gravement.

« T'as eu raison, Peau-d'Âne. Peut-être !... Mais, sais-tu, j'ai idée que t'as pas encore rencontré ta vocation. Parce qu'enfin, entre nous, on ne peut pas dire que tu sois un ouvrier appliqué ! Alors, des fois que tu te serais fait moine ! Ça t'aurait peut-être mieux été ! »

Le Piémontais eut un petit rire, comme s'il eût craint d'en avoir dit trop, de se mêler de choses trop compliquées et qui ne le regardaient pas.

« Oui... Qui sait ? » fit Peau-d'Âne.

Le soleil tournait, il avait disparu derrière Planpraz, la bise du soir descendait la mer de Glace, portant au loin la grande rumeur des eaux en mouvement.

Claveyroz lança Labrie et le chien rassembla le troupeau.

Ils revinrent lentement vers le village. Le berger avait chargé le gosse sur ses épaules et, du haut de son observatoire, Jean-Baptiste suivait la marche du troupeau, frappant les croupes des bêtes avec la baguette de coudrier, et répétant, gonflé de son importance, tous les mots du berger :

« Tà, Parise. Ven sè ven. Tà...

— Voilà ta mère, Zian ! » prévint le Piémontais en le laissant glisser à terre.

Brigitte venait au-devant d'eux. Mais l'enfant, fier de son courage, la dédaignait, se mêlait au troupeau, criait et frappait les vaches qui partaient au grand trot dans un bruit de sonnailles.

« *Tà, Parise. Tà, Parise. Tà !...*

— Vous avez là un vrai Chamoniard, fit Peau-d'Âne. Si Claveyroz en fait un bon berger, je me chargerai d'en faire un grimpeur ! »

Elle prenait son fils dans ses bras, le couvrait de baisers. Il était tout barbouillé de sable, et des herbes, des poils de vache étaient collés à ses habits. Mais il avait des joues roses, un corps déjà lourd de petit montagnard plein de santé.

13

L'automne était merveilleux. Le tapis doré des mélèzes couvrait les versants nord, le gel avait tari les eaux vives qui ne chantaient plus que vers le milieu de la journée, mais le ciel, au-dessus de la haute chaîne austère et glaciale, avait des tonalités d'Orient.

Brigitte, après le départ de Peau-d'Âne, avait repris son travail à l'agence. Elle n'y venait qu'à 9 heures du matin pour dépouiller le courrier et Im-Horn passait vers 11 heures pour le signer. Depuis deux mois, la santé de ce dernier s'était altérée : il s'était surmené durant la saison. Les affaires étant redevenues plus calmes, il se laissait aller, comme il disait, à « flemmasser » et se reposait entièrement sur Brigitte.

Aussi fut-elle surprise en ce début d'octobre de voir en arrivant à l'immeuble que la porte du bureau n'était pas fermée à clef. Le vieil homme était donc là ?

Elle poussa la porte vitrée et lança à la cantonade :

« Bonjour, monsieur Im-Horn ! Vous êtes tombé du lit ?... (Personne ne répondit. Intriguée, elle appela de nouveau.) Monsieur Im-Horn ! Monsieur Im-Horn ! »

Pourtant, elle était certaine d'avoir fermé le bureau à clef la veille, avant de rentrer aux Praz, à double tour ! D'abord retiré le bec-de-cane, ensuite poussé le verrou de sûreté. Elle revint vers la porte. Rien n'avait été crocheté.

C'était inquiétant. Elle monta rapidement le petit escalier qui conduisait à l'entresol. M. Im-Horn était à son bureau, elle ne le voyait que de dos. Il semblait dormir sur ses coudes, assis, le nez plongé dans ses comptes. Elle respira. Allons ! il aura voulu venir travailler à sa comptabilité, comme il le faisait quelquefois, quand il était pris d'insomnie, et il s'était endormi de fatigue. Brigitte, qui portait au vieil homme une amitié presque filiale, s'apprêta à le tancer respectueusement – il aurait sous peu de jours ses quatre-vingt-un ans !

Il fallait le réveiller doucement.

Elle posa une main légère sur ses épaules, mais ce simple geste fit basculer le buste sur le côté. Im-Horn avait les yeux et la bouche grands ouverts. Elle comprit aussitôt.

Elle se recula, prise d'une frayeur instinctive, puis honteuse de sa faiblesse revint vers le vieillard. Il y avait peut-être encore une chance de le ranimer ! Qui sait ? c'était peut-être une syncope.

Elle décrocha le téléphone, composa le numéro du médecin.

« Nous venons tout de suite ! répondit Lisbeth.

— Il n'y a plus rien à faire, dit quelques instants plus tard le Dr Coutaz après avoir rapidement examiné le bonhomme. Hémorragie cérébrale… Il n'a pas eu le temps de souffrir ! »

Alors Brigitte prévint la famille.

Par Jean Guerre elle eut l'adresse de ce fils dont il ne lui parlait jamais. Il arriva le soir même par la ligne du Martigny-Châtelard.

Elle sentit, dès qu'elle l'aperçut, que tout serait changé pour elle désormais.

Kurt Im-Horn était un gros homme apoplectique qui pouvait bien avoir cinquante ans. Il était, comme beaucoup de Valaisans, charpenté en colosse, et mâchonnait à longueur de journée un « toscano », cet interminable cigare italien de tabac noir, roulé autour d'une paille de froment. Il avait beaucoup de faconde et ne se séparait jamais d'une serviette bourrée de documents ou de papiers que personne ne lui avait jamais vu consulter. Il se disait banquier, mais en réalité il n'était que chargé des titres dans une banque cantonale où, grâce à son entregent, à quelques déjeuners d'affaires bien arrosés et à son extérieur de bourgeois cossu, il réussissait assez bien. On lui prêtait, certes, une ou deux opérations de bourse à la limite de l'escroquerie, mais les victimes ayant été les premières à étouffer l'affaire, il n'en avait point pâti.

Kurt Im-Horn avait épousé la fille d'un primeuriste d'Orsières spécialisé dans la culture, particulière à cette région, des fraises de haute montagne. Il avait aidé le beau-père dans ses spéculations, puis obtenu la fille, et les mauvaises langues disaient qu'à maintes reprises la récolte des fraises avait servi à boucher les trous laissés dans le portefeuille du gendre par des spéculations malheureuses. Au demeurant, ses deux filles étaient élevées dans un pensionnat de Sion, et dans son ensemble la famille gardait des dehors respectables qui forçaient la considération.

Son premier geste en arrivant à l'agence avait été de s'assurer de toutes les clefs. Il n'avait pas eu un mot aimable pour Brigitte et lui avait réclamé le jeu des doubles qu'elle gardait constamment sur elle.

Elle les lui avait tendues non sans manifester son étonnement.

« Dois-je comprendre que vous résiliez mon emploi, monsieur Im-Horn ?

— Nullement, mademoiselle, mais je désire éplucher moi-même toute la comptabilité de mon père. (Il se rendit compte qu'il l'avait froissée, crut bon d'ajouter :) Vous devez savoir que la méfiance est un défaut de naissance chez les Im-Horn.

— Je pensais que votre père…

— Mon père ne m'a jamais parlé de vous, pas plus que de ses affaires, d'ailleurs ! (Il la regardait maintenant avec un intérêt qui frisait la grossièreté, ajoutait :) Il avait tort, au moins en ce qui vous concerne ! (Puis comme il fallait prendre des dispositions pour les funérailles, il dit encore :) La sépulture aura lieu à Saas-Fee, dans le caveau de famille. Je serai de retour à Chamonix dans trois jours, et nous mettrons de l'ordre ensemble dans tous ces papiers. (Il lui tendit la main avec une affectation voulue :) Plus fâchée, j'espère ?

— Je reste à votre disposition pour faire l'inventaire. »

Elle avait ostensiblement refusé de prendre la main tendue. Mais il feignit de ne pas s'en apercevoir.

« C'est ça, c'est ça, à mon retour ! (Il la dévisageait de nouveau avec insistance et répétait :) Dans trois jours ! C'est ça, dans trois jours ! »

L'ambulance allait emporter le corps directement jusqu'à Saas-Fee. Im-Horn prit place à côté du chauffeur.

Jean Guerre et quelques intimes du défunt étaient venus présenter leurs condoléances. Le Valaisan affectait devant eux les marques d'une grande affliction, mais aucun n'était dupe. Ils furent soulagés quand tout fut terminé.

« Le fils ne ressemble pas au père ! dit Jean Guerre en partant. Nous avons perdu un honnête homme ! »

Quand il revint quelques jours plus tard ouvrir l'agence, Kurt Im-Horn eut pour Brigitte beaucoup plus d'égards, presque des prévenances. On eût dit qu'il cherchait à faire oublier son arrogance des premiers moments.

Il avait constaté la bonne tenue des livres, la régularité des opérations et félicitait la jeune femme.

« Je vois que mon père avait su choisir une excellente collaboratrice. Je n'ai qu'à m'en féliciter. Vous avez toute ma confiance, madame.

— Une confiance Im-Horn ! crut-elle devoir ajouter, se souvenant de l'histoire des clefs.

— Ne soyez pas fâchée ! Les Im-Horn donnent rarement leur confiance, mais quand cela leur arrive, c'est définitif. (Il devait repartir le même soir pour Martigny.) Je n'ai pas résilié mon emploi à la Banque Cantonale, expliqua-t-il, je pense pouvoir cumuler la direction de cette agence et mon ancienne activité. Surtout si vous voulez bien me seconder. Je vais donc régler la question en Suisse. Je reviendrai la semaine prochaine. En attendant, vous êtes ma directrice ! »

Il se gargarisait de ce mot, qui flattait sa vanité. Puis, comme il était midi, il ajouta cérémonieusement :

« Je vous invite à déjeuner, madame. Si ! j'y tiens absolument, il faut fêter cette nouvelle association ! »

Elle n'avait pas osé refuser. Quelles raisons auraitelle données ? Elle éprouvait pourtant à l'égard de ce gros homme une sorte de répulsion instinctive. Non ! Kurt Im-Horn ne lui plaisait pas !

Il avait commandé au Lion d'Or un véritable festin, fort copieusement arrosé, et tout au long du repas il avait plastronné, se vantant de ses affaires, selon ses dires fort brillantes, faisant étalage de sa position sociale dans le canton du Valais, déplorant que son père l'eût si mal jugé, alliant l'hypocrisie à la vanité.

« Je ne lui en veux pas, pauvre père ! C'était un original, il était d'une autre époque ; il faut vivre avec son temps ! »

Il buvait ferme et alternait les vins si souvent qu'à la fin du repas il devait être gris, mais cela ne se remarquait pas et ne changeait guère son état naturel, tant sa faconde était inaltérable.

Il avait essayé de mettre Brigitte sur la voie des confidences, mais elle avait adopté une attitude très réservée et cela ne faisait pas trop l'affaire de Kurt Im-Horn qui laissait percer sa vulgarité :

« Pauvre petite femme toute seule… Hein ! Je sais, mais maintenant vous avez un grand ami, si, si, un grand ami ! »

Quand il se leva de table il était congestionné, riait fort et, parlant sans ôter son cigare, lui fixa rendez-vous pour la semaine suivante.

« À lundi prochain, Brigitte ! (Elle sursauta. Il s'en aperçut, retira son cigare et grimaça un sourire qui découvrait sa mauvaise denture.) Je ne dis pas "madame", bien sûr ! ça fait trop sérieux. Hein ! on est d'accord là-dessus ? »

Il la regardait avec insistance, elle haussa les épaules :

« Comme vous voudrez ! »

Il l'avait quittée brusquement, car il était en retard pour son train, et elle l'avait vu partir avec soulagement ; mais il était revenu trois jours plus tôt que convenu.

« Déjà ? » avait-elle dit sans enthousiasme.

Mais il n'avait pas voulu comprendre le ton désobligeant. L'avait-il même remarqué, trop occupé qu'il était à lui apprendre les dernières nouvelles ?

« Tout s'arrange ! Je continue de gérer mon portefeuille bancaire. Bien mieux ! J'ai obtenu d'être correspondant de la Banque à Chamonix, nous mettrons une plaque "Banque Cantonale, Agence", ça met les clients en confiance, ça facilitera les affaires. »

Brigitte concéda que c'était en effet très utile.

« Je vais tout vous dire, Brigitte ! Moi, je cherche à me fixer définitivement à Chamonix. (Il se frottait les mains.) Nous allons faire du bon travail, n'est-ce pas, madame la directrice, du bon travail ! (Il se coiffait de son chapeau, lui adressait un clin d'œil.) Allons ! Un événement pareil, ça s'arrose. Vous venez ? »

Elle refusa avec fermeté et il comprit qu'il valait mieux ne pas insister.

Le soir, tandis qu'il signait le courrier, Brigitte lui demanda d'un ton indifférent :

« Alors, Mme Im-Horn viendra habiter Chamonix ? »

Il protesta avec la dernière énergie.

« Jamais de la vie ! Je la laisse à Martigny ! (Il prenait un ton confidentiel :) Vous savez, ma femme et moi, c'est fini – trop vieux ménage –, ici je serai comme un célibataire. »

Elle était déjà dehors avec le courrier qu'il fallait poster qu'elle l'entendait encore rire grassement, affalé dans le fauteuil de son bureau.

Kurt Im-Horn organisa son travail de la façon la plus agréable pour lui : la jeune femme faisait tout. Il s'en vantait.

« Que ferais-je de plus ? Mon père avait raison. Vous êtes une secrétaire idéale. »

Bientôt il ne vint plus à l'agence que pour signer le courrier et passa la plus grande partie de son temps à jouer aux tarots dans les cafés de la ville.

Quand il rentrait, vers 6 heures du soir, il était entre deux vins et chaque fois Brigitte redoutait le pire.

Elle était sur ses gardes. Mais chaque soir, la comédie recommençait. Kurt Im-Horn éternisait cette séance de signature et elle, debout près de lui, patiente et résignée, le regardait avec mépris souffler bruyamment, griffer le papier d'une plume lourde, hésiter, lire trois fois la même lettre, l'esprit ailleurs. Puis ça commençait : ses intentions se précisaient, il rejetait son stylo, rallumait son cigare éteint qui empestait la pièce, faisait pivoter son fauteuil et la dévisageait avec insistance. Elle trouvait un prétexte pour s'en aller et il n'osait pas la retenir. Pas encore !...

Quand elle revenait de la poste, il n'était plus là. Il était retourné à ses cartes et à ses apéros et elle était bien tranquille jusqu'au lendemain.

Elle avait confié ses soucis à la Marie à la Faiblesse et à Jean Guerre. Tous deux lui avaient conseillé la patience. La place était bonne, bien rétribuée ! Avec la participation aux bénéfices que lui avait assurée le vieil Im-Horn avant de mourir, c'était une situation inespérée.

« Garde bien tes distances, sois patiente, il se lassera. »

Elle hochait la tête, peu convaincue.

« De la patience, j'en ai, j'en aurai, jusqu'au jour... »

Ce jour-là vint plus rapidement qu'elle ne l'aurait pensé.

C'était vers la fin du premier mois de leur association et Kurt Im-Horn, qui aurait dû passer régulièrement une semaine sur deux à Martigny, n'était pas encore retourné en Valais.

« Vous délaissez vos compatriotes, monsieur Im-Horn ! » lui avait-elle dit le matin, alors qu'il était encore à jeun.

Il avait eu un sourire ambigu.

« Je ne retournerai plus à Martigny. (Elle était stupéfaite. Il expliqua :) Je résilie mon contrat avec la Banque Cantonale ; il y a suffisamment de travail, ici. J'ai de vastes projets : acheter des terrains, lotir, rassembler des portefeuilles d'assurances...

— Ne lâchez pas la proie pour l'ombre ! crut-elle bon d'ajouter.

— Ne craignez rien, Im-Horn est un malin. (Il l'avait dévisagée comme il ne l'avait jamais fait encore et elle avait imperceptiblement rougi. Il avait insisté :) Im-Horn ne lâche jamais sa proie. »

Le soir, il était revenu signer le courrier plus tôt que de coutume. Il avait la démarche raide, la voix brouillée et il empestait l'alcool.

Il était monté à son bureau, puis l'avait appelée.

Elle s'était présentée avec le courrier habituel, mais d'un geste brutal il avait repoussé les dossiers qu'elle lui tendait et les feuillets s'étaient éparpillés à travers la pièce.

Comme elle se baissait, il avait voulu l'arrêter.

« Sans importance, tout ça, sans importance. Laissez ! »

Elle ne l'écoutait pas, ramassait une à une les feuilles volantes, les reclassait et, durant tout ce temps, il suivait tous ses mouvements, ses gestes, ses attitudes.

Elle avait rompu le silence et présenté de nouveau les lettres.

« Signez, monsieur, sans ça le courrier ne partira pas ce soir. »

Il ricanait. Elle n'eut pas le temps de prévenir son geste. Le temps d'un éclair, il lui avait pris le poignet qu'il serrait fortement et l'attirait vers lui.

« Laissez le courrier, tout ça sans importance. J'ai à vous parler. Faut que je vous parle ! »

Elle s'était dégagée d'un coup sec, se frottait le poignet meurtri, s'efforçant à paraître indifférente. Elle comprenait que cet entretien serait définitif ; il ne fallait pas l'éviter, mieux valait en finir.

« Je vous écoute », dit-elle.

Il se faisait tout miel.

« Rapprochez-vous, asseyez-vous. (Il lui avait offert une chaise, elle l'avait reculée le plus possible avant de s'asseoir et il la plaisantait :) On dirait que je vous fais peur.

— En effet, vous me faites peur ! »

Il rit d'une façon bizarre.

« Avoir peur de Kurt Im-Horn !... Une jolie femme comme vous ne risque rien. Pensez : un homme qui ne vous veut que du bien ! (Il se penchait en avant, mais comme il ne pouvait déplacer son fauteuil il renonçait à l'atteindre, elle était hors de portée. Il répétait bêtement :) Que du bien ! Im-Horn ne vous veut que du bien ! (Il attendit une réponse qui ne vint pas, puis reprit :) Je vous ai dit ce matin que je m'installais à Chamonix. Pour de bon ! Nous ferons une bonne association, nous deux. Très bonne. Alors, vous comprenez, Kurt Im-Horn la voudrait plus complète. (Il riait vaniteusement, guettait ses réactions. Il fut déçu, elle ne paraissait pas comprendre. Il appuya lourdement sur les mots :) Vous êtes une femme libre, n'est-ce pas ? On pourrait s'entendre, qu'en dites-vous ? »

Elle se levait, très pâle, cherchait à rompre l'entretien, à se retirer, à gagner l'escalier. Elle n'avait plus rien à faire ici. Im-Horn avait prévu cette fuite et, malgré sa lourdeur, il fut le plus rapide.

Il devança Brigitte, lui barra le passage, la saisit de nouveau par les poignets, l'obligea à l'écouter. Il était si près qu'il lui soufflait son haleine en plein visage.

« On pourrait s'entendre, hein ! On pourrait s'entendre !

— Laissez-moi, laissez-moi, ou j'appelle ! »

Il perdait la tête, haletait, la pressait contre lui et elle luttait silencieusement de toutes ses forces.

Surpris par cette résistance, il redevenait grossier, laissant percer sa colère et son dépit.

« Appelez ! Criez donc ! Tout Chamonix va venir. Pensez, la vertu de Brigitte Mappaz... ! Ah ! Ah ! elle est bien bonne, celle-là ! »

Il riait si fort qu'il en relâcha son étreinte et qu'elle réussit à se dégager.

Elle était toute pâle de détresse et de honte.

« Mufle ! Goujat !... »

Elle le repoussa avec force et il alla trébucher contre le bureau.

Elle descendit l'escalier, hagarde. Il criait encore là-haut, mais elle ne voyait plus sa face apoplectique et elle était soulagée. Il n'avait pas perdu l'espoir. Il la tutoyait dédaigneusement.

« Réfléchis, tu restes et nous deux ça marche... ou alors !...

— C'est tout réfléchi. Vous ne me verrez plus ! »

Elle ramassait ses affaires personnelles, faisait vite, affolée, car il descendait pesamment l'escalier, le regard mauvais.

« Reste, ou bien je me vengerai !... »

Elle se retourna un instant, le regard bien en face :

« Vengez-vous, monsieur Im-Horn !... »

Puis elle claqua la porte, traversa en courant le pont de Cour et disparut.

Troisième partie

LES SOLITUDES

1

À partir de l'Angle, il y avait encore par endroits des plaques de vieille neige recouvrant les crevasses, mais la fusion y avait creusé de véritables chenaux qui rejoignaient la Bédière, collecteur principal des eaux de surface du glacier. Comme il avait fait très chaud, la neige était pourrie, et parfois on enfonçait jusqu'au-dessus des chevilles dans un véritable magma glacé et collant. Quand on retirait le pied, le trou se remplissait immédiatement d'eau, une pellicule se formait et laissait une traînée noire qui marquait le passage de la caravane.

Léon Bignol, président de la commission des refuges en montagne, marchait en tête, et pour rien au monde on ne l'aurait fait dévier de son itinéraire. « Quarante ans de mer de Glace ! » disait-il, et c'était vrai, comme il était exact également que depuis quarante ans, quelles que fussent les modifications du glacier, il avait toujours suivi la même route, celle que lui avait apprise, quand il était jeune, son guide vénéré Michel Payot, dit l'Américain.

Ce jour-là encore il allait devant, à lentes foulées égales, plein de dignité, conscient de la gravité de sa fonction, s'arrêtant toutes les cinquante minutes pour la pause horaire, sacrifiant à des usages datant du temps de son service militaire aux chasseurs alpins, dont il avait conservé pieusement le large béret en forme de tarte, la culotte de drap et les bandes molletières. Sur un vieux dolman caca d'oie il arborait avec ses décorations les insignes gros module de plusieurs sociétés de montagne aux destinées desquelles il était directement intéressé. On ne savait pratiquement rien, à Chamonix, de sa situation sociale : jouissait-il de solides rentes comme certains disaient ? ou bien cachait-il dignement une misère de retraité ? Nul ne savait. Tout était chez lui incertain, y compris son âge qu'il dissimulait soigneusement, faisant teindre ses cheveux et portant beau grâce à une vie austère, agréablement coupée, à dates bien établies, par des banquets officiels qui comblaient les vides de son estomac. Il avait accepté la charge, dont il s'acquittait avec fruit, de l'organisation, de la construction, de l'entretien et du gardiennage des refuges.

En ce début de l'été 1938, il était particulièrement fier d'avoir résolu, déclarait-il, la question épineuse du refuge de Leschaux.

Personne dans le pays ne voulait accepter ce poste ingrat, peu rémunérateur, de gardien d'un refuge où les alpinistes n'allaient presque jamais, tant les courses au départ de Leschaux étaient longues et pénibles. Seules quelques collectives du Club alpin ou du bureau des guides apportaient de maigres ressources aux gardiens qui s'y succédaient d'année en année sans renouveler leur bail. Il se désolait du résultat négatif qu'avait donné la pose d'affiches en mairie, dans les communes de la vallée de Chamonix, pour le recrutement d'un gardien, et c'est alors – mais cela devait rester confidentiel – que le président général des Clubs alpins l'avait fait appeler pour lui recommander Mme Brigitte Mappaz, la veuve du guide. De lui-même, à vrai dire, Léon Bignol n'eût jamais songé à confier ce poste à une femme. Depuis qu'il y a des cabanes en montagne, le gardiennage en est donné à un vieux guide retraité. Cela va de soi, ça n'est pas un métier de femme. « Encore, songeait-il, une femme de guide, une montagnarde, cela pourrait se comprendre ! » Mais

Mme Mappaz n'était pas une montagnarde, il était prudent de s'en souvenir.

Il avait exposé toutes ses raisons au président, mais celui-ci, souriant, inflexible, l'avait plaisamment congédié.

« Voyons, mon cher Léon, c'est au contraire la plus intéressante des expériences à tenter. Une femme dans un refuge ! Comment ne pas y avoir pensé plus tôt : la main secourable, la charité, la douceur ! les soins maternels donnés aux alpinistes fourbus, aux blessés… Fini le règne du thé amer, de la soupe à l'eau chaude, des boîtes de conserve ! Une femme, mon cher, voilà ce qu'il nous faut. »

Bignol avait cédé, et Brigitte, convoquée, avait réussi à le convaincre tout à fait.

À plusieurs reprises, Camille Mappaz avait remarqué que Léon Bignol tirait trop à gauche et trop vite dans les moraines de Talèfre. Il avait émis discrètement l'avis qu'en prenant plus à l'ouest on éviterait des crevasses, de la neige pourrie, et des éboulis instables ; il connaissait une bande de bonne glace dure qui menait directement à Leschaux. Léon Bignol l'avait arrêté d'un geste :

« Je sais, je sais, Camille ! Mais c'est ici le plus court ; vois-tu, sans te froisser, je passais déjà à cet endroit avant que tu ne fusses né. »

Camille s'était replié vers la queue de la petite caravane, abandonnant Brigitte à l'incorrigible parleur.

« Bah ! Laissons-le barboter si ça lui plaît, dit Peau-d'Âne. Faut pas lui gâcher la seule joie de son existence.

— Bien sûr ! reprit Camille, mais je te dis qu'y se gourre, le vieux ! Tu verras, au retour je te jalonnerai la vraie route, parce qu'avec soixante kilos sur le dos, ça change ! »

Ils mirent près de cinq heures pour arriver à la cabane. De nombreuses caravanes les avaient dépassés ; aux Moulins de la mer de Glace, le flot des alpinistes s'était divisé en deux branches qui s'éloignaient dans des directions opposées : le courant de l'ouest conduisait au refuge du Requin, celui de l'est menait au refuge du Couvercle. Et dans ce vaste cirque où confluaient trois des plus grands glaciers des Alpes, leurs itinéraires étaient nettement définis par l'expérience et marqués de petites pyramides de pierre, posées de loin en loin sur les blocs erratiques : les cairns !

Quand ils furent parvenus à la hauteur des Égralets, ils firent halte. C'est ici que bifurquait la route de Leschaux. Mais personne n'y allait. Tous les autres groupes s'engagèrent dans la montée des Égralets en direction du Couvercle. D'en bas, on entendait le bruit des clous raclant les grandes dalles lisses et aussi le tintement plus clair du fer des piolets. Brigitte s'intéressa à leur escalade et ne fut tirée de sa distraction que par la voix du président qui décidait leur départ.

« Encore une heure trente de marche et nous serons arrivés. »

Ils pénétrèrent sur le glacier de Leschaux, vaste, plat, peu crevassé, dont la surface se couvrait par endroits d'étranges tables glaciaires semblables à des dolmens. Le refuge, visible de loin, se détachait comme un reflet d'argent de la muraille et de ses teintes vertes, mais ils mirent longtemps à l'atteindre. En face, dominant la combe enneigée, se dressait, démesurée, la face nord des Grandes Jorasses et, plus on avançait vers l'immense paroi, plus elle semblait grandir, envahir le ciel, écraser le paysage de sa masse.

Elle exerçait à l'époque sur les alpinistes une attraction fascinante. L'histoire de sa conquête partielle avait duré cinq ans, et vingt-cinq tentatives, qui avaient coûté trois morts, avaient précédé la victoire de la fameuse cordée Peters-Meier, en 1935. Mais si les Allemands en avaient accompli le premier parcours, celui-ci ne constituait cependant qu'une solution provisoire. L'éperon Walker, conduisant au principal sommet, restait encore inviolé, et sur cet itinéraire le plus haut point atteint l'avait été par la cordée Armand Charlet, vers 3 300 mètres, au pied des grandes dalles verticales. Celui qui vaincrait ce formidable bastion réussirait le plus grandiose exploit alpin de tous les temps, pensait-on !

La caravane abandonna le glacier, se faufila dans la « veine noire » à travers le chaos des blocs, gravit un petit raidillon et s'arrêta au seuil du refuge.

Les plaques de Duralumin qui le recouvraient brillaient comme des glaces sans tain et projetaient une lumière aveuglante ; de loin, elles prenaient parfois l'éclat d'un phare.

« Voici votre domaine », fit cérémonieusement Léon Bignol en ouvrant la porte.

Il s'effaça pour laisser passer Brigitte.

L'intérieur sentait le moisi. Depuis Pâques, aucune caravane n'était montée à la cabane et les derniers visiteurs avaient laissé le refuge en désordre. Des boîtes de conserve vides traînaient sur les tables, avec de la vaisselle sale. Dans le dortoir, les couvertures n'étaient pas pliées, et un peu partout cette négligence avait entraîné des dégâts.

Brigitte surmonta difficilement un haut-le-cœur.

Elle l'avait choisi, voulu, ce gardiennage qu'avec peine on avait consenti à lui donner. Elle était prévenue de ce qui l'attendait ! Mais, une fois sur place, elle restait sans réaction, assise les bras ballants, le sac au dos, sur le tabouret de la petite cuisine, ne sachant comment elle aurait le courage de rester.

Les autres s'affairaient. Bignol, secondé par Peau-d'Âne, inventoriait les couvertures que ce dernier pliait en bon ordre ; déjà, Camille, balai en main, appropriait cuisine et réfectoire, et il fallut un bon moment à Brigitte pour s'apercevoir qu'elle était seule, elle, « la gardienne », à ne rien faire.

On l'appelait du dortoir.

Le président lui fit signer l'inventaire et attira son attention sur les améliorations qu'il avait récemment apportées à la cabane : il avait fait agrandir la cuisine minuscule et une couchette nouvellement installée permettait à la gardienne de l'utiliser comme chambre. Brigitte y étala son sac de couchage.

Dehors, Peau-d'Âne achevait de casser et de refendre de vieilles caisses d'emballage. Il lui montra la provision de charbon qu'il compléterait au besoin les jours à venir. Elle vérifia qu'elle avait bien tout ce qui lui serait nécessaire : allumettes, bougies, pétrole, etc. Rien ne manquait.

Les autres pouvaient partir.

Ce qu'ils firent vers 4 heures du soir, après lui avoir souhaité bonne chance.

2

Restée seule au refuge, Brigitte n'osa plus bouger. Le soir venait, étendant rapidement son ombre, mais en face la haute paroi était encore toute dorée de soleil. Et la lumière oblique révélait la diversité du relief, y sculptait des pilastres, des tours, des brèches, découvrait çà et là une succession de cheminées et de vires amorçant autant d'itinéraires possibles. Mais cela ne dura pas. La muraille semblait s'être moquée. Après avoir laissé croire à sa vulnérabilité, elle se refermait, uniforme et grise, et ses blocs un instant disjoints paraissaient à présent s'être ressoudés, pris dans un ciment commun, pétri de froid, de peur et de glace.

Il fallait échapper à cette obsession, à cette présence qui s'imposait jusqu'à l'intérieur du refuge, réapparaissait dans l'encadrement de chaque fenêtre. Vue d'où se trouvait Brigitte, la montagne dressait la ligne pure et hardie de son arête est, tirée par un architecte de génie depuis la courbe neigeuse du col des Hirondelles jusqu'au sommet de la Pointe Walker, à 4 208 mètres d'altitude. Et, sur cette grande arête régulière, interminable, il n'y avait qu'une légère déchirure, une sorte de brèche en V minuscule, perdue dans le gigantisme des proportions.

La jeune femme fut tout à coup prise de panique. Elle se leva, marcha à travers le refuge, passant au dortoir, revenant au réfectoire, fuyant jusque dans la petite chambre-cuisine qui lui était attribuée et qui ne prenait jour que par un vasistas ouvert sur les dalles de la pente. Mais bientôt elle n'y tint plus, elle ressortit, se précipita vers le balcon. C'était une galerie sans balustrade contournant la cabane du côté du vide ; il ne comportait pas le moindre garde-fou et il fallait veiller à ne pas tomber, mais cette négligence des constructeurs cadrait bien avec l'esprit du refuge. Ceux qui venaient dormir ici ne craignaient pas le vide ! Ils aimaient, au contraire, s'asseoir jambes ballantes sur le rebord, et le soir venu rêver devant leur montagne.

Sous les dalles polies qui constituaient l'assise du refuge s'écoulait lentement le glacier débonnaire de Leschaux. On embrassait son cours dans toute sa longueur et l'on pouvait surveiller sa jonction avec les autres tributaires du cirque de la mer de Glace, Géant et Talèfre !

Il semblait à Brigitte que ses compagnons l'avaient quittée depuis des siècles, tant ses minutes de récente solitude avaient été complètes, et elle fut très surprise de les apercevoir qui traversaient la veine noire du glacier sous la cabane pour atteindre les parties libres et dégagées du centre. Elle leva le bras en signe d'adieu. Ils l'avaient aperçue et Camille lui renvoya un jodel joyeux, puis les trois hommes repartirent. Elle ne les perdit de vue qu'au confluent des Égralets. Elle attendit la nuit sur le balcon et, comme il faisait très froid, elle s'emmitoufla dans son duvet et resta ainsi, très longtemps, adossée aux parois de la cabane encore chaudes du soleil de la journée.

D'immenses nuages, au couchant, couvraient de leurs franges les aiguilles de Chamonix ; plus tard, une sorte de marée vaporeuse remonta lentement la gorge noire de la mer de Glace précédée d'un rouleau de brumes tourbillonnantes qui ne dépassa pas la jonction des trois glaciers, et s'anima d'un étrange mouvement de flux et reflux. Le soleil déclinant joua quelque temps avec les vagues de cette mer, puis disparut et dès cet instant celle-ci recula, découvrant les glaces et les moraines. Une dernière clarté s'attarda, pâlit interminablement sur la calotte du mont Blanc. Déjà, le froid des ombres montait des gouffres, et Brigitte regagna l'intérieur du refuge.

Le froid, quoique supportable, s'y insinuait de partout : de sous la porte, des banquettes du dortoir, du foyer vide et rouillé du fourneau ! Elle n'eut pas le courage de faire du thé, d'allumer la grosse lampe à pétrole.

Elle se laissa envelopper par l'obscurité. Une lueur diffuse s'accrochait encore aux vitres, glissant entre la montagne et la nuit. Elle écouta, le cœur serré, crouler les premières avalanches, car ce bruit familier prenait ce soir l'ampleur d'une colère. Il en descendit une qui clama si fort, dura si longtemps, que Brigitte crut un moment que la cabane allait être emportée ; le souffle de l'avalanche était monté jusqu'au refuge et les portes et les fenêtres avaient longtemps tremblé.

Elle s'étendit sur la couchette, se glissa dans son duvet, s'y enfouit. Elle avait la sensation d'avoir retrouvé sa maison. Mais les tôles qui couvraient le refuge, surchauffées pendant le jour, se tendaient maintenant sous l'action du froid nocturne et elles propageaient le long des parois de grands bruits sourds et métalliques. On aurait dit la résonance d'un gong de cuivre dans un temple. Puis les vibrations s'atténuèrent et la cabane s'emplit de mille petits bruits, imperceptibles dans la journée : grignotements, cavalcades trotte-menu. Là, sous le vieux plancher pourri, les mulots s'en donnaient à cœur joie ! Bien qu'elle n'eût pas peur de ces petits rongeurs, leur agitation, toute proche, amplifiée par la cloison contre laquelle elle appuyait sa tête, lui devint insupportable.

Brusquement, il y eut un silence total, comme si les avalanches, les tôles et les mulots se fussent concertés. Brigitte se redressa sur sa couche. Elle vit alors une longue flèche blanche bondir de la lucarne sur le fourneau, et plonger dans le placard à provisions où elle se déroba. Ç'avait été comme une petite apparition irréelle et silencieuse ! comme un feu Saint-Elme ! et Brigitte douta l'avoir vue. Elle fit un effort pour surmonter sa peur. Il le fallait, elle ne tiendrait pas sans cela dans cette solitude. Elle se glissa hors du sac de couchage, marcha en tâtonnant jusqu'à la porte du placard, qui était entrebâillée, l'ouvrit d'un coup. Deux petits yeux inquiétants et rapprochés brillaient dans l'ombre comme des escarboucles ; elle allait repousser le battant, elle tendit la main sans savoir pourquoi. La bête inconnue, soufflant et couinant de colère, bondit. Brigitte s'écarta dans un réflexe de protection : elle ne fit qu'entrevoir une tache claire qui franchit la pièce comme un projectile et disparut sans que la jeune femme pût deviner par où elle s'était enfuie.

C'en était trop. Elle abandonna toute velléité de lutte, sentit fondre en un instant tout son courage. Elle se leva, traînant derrière elle son duvet, franchit la porte toute grande et tendit son visage à la caresse glacée de la nuit. Puis elle décida d'attendre le jour dehors, blottie dans un renfoncement, à l'abri du vent.

Elle s'y ménagea une niche confortable faite de couvertures de laine et s'y glissa enveloppée dans son duvet. Elle eut chaud, elle fut bien.

Toute la nuit, elle écouta le roulement des avalanches qui déferlaient des séracs suspendus de l'aiguille du Tacul, et les yeux grands ouverts regarda, au long de leur parcours, jaillir les gerbes d'étincelles du flanc gris des nuages de poussière. Petites étoiles crépitantes qui semblaient surgir du fond même de l'espace, se désagrégeaient et disparaissaient, comme les traînées fugitives des météores qui parfois déchirent le ciel et retournent se perdre dans le plancton des galaxies.

3

Il ne vint personne au refuge, ni le lendemain ni les jours suivants.

Elle avait longuement mis de l'ordre à l'intérieur de la cabane, puis, jour après jour, pour tromper son attente, elle avait exploré les pentes alentour. Au-dessus des plaques rocheuses réapparaissait, à quelque distance, le gazon ras de l'altitude, et elle passait des heures étendue sur une dalle de granit chauffée par le soleil, à regarder fuir les nuages ou monter les brumes du fond des gorges.

Plus rien ne lui parvenait des bruits de la vallée lointaine et si, de plus en plus souvent, ses pensées la ramenaient vers Chamonix, vers Les Praz, vers son fils, il lui semblait évoquer un monde étrange, privilégié, qui n'était plus le sien.

Peau-d'Âne fut le premier à lui rendre visite. Puis, à intervalles plus ou moins réguliers, il revint. Elle voyait poindre de très loin sa silhouette sur le glacier. Il marchait lentement, faisait de nombreuses pauses, et elle distinguait bientôt la lourde charge qui couronnait ses épaules ; il avançait ainsi de bloc en bloc, se reposant sur son piolet passé derrière sa charge en guise de trépied, grandissait, et, parvenu au pied du refuge, hélait joyeusement l'occupante. Déjà, Brigitte avait dévalé vers le refuge, se laissant glisser par de courtes fissures le long des plaques polies, et allait l'attendre à l'entrée du sentier. Peau-d'Âne approchait, son torse nu ruisselant de sueur, le visage cramoisi, pénétrait dans le refuge, s'adossait à la table et faisait glisser les bretelles qui avaient creusé des sillons sur ses épaules. Alors seulement il pouvait parler, mais elle le laissait reprendre son souffle, attendant, le grog chaud à la main, qu'il fût disposé à raconter brièvement sa montée.

Il restait une heure et repartait.

Ils repartirent un jour, de concert.

« Courage ! lui avait-il dit. Camille et moi, on prépare le terrain. Bien sûr, ils ne sont pas encore très chauds, au bureau des guides. Mais enfin, ils n'ont pas dit non. C'est un progrès. Mochet lui-même y regarde à deux fois, depuis que Camille a sorti ses griffes ! Et, tiens (ils se tutoyaient maintenant qu'ils étaient collègues : porteurs et gardiens de refuge, les deux métiers sont intimement solidaires), on a pensé faire imprimer des affiches avec une photo de la cabane au pied de la grande face nord, mais il faudrait que tu les présentes toi-même aux commerçants de la vallée, aux hôteliers ! »

Elle s'était laissé convaincre.

Ils arrivèrent au Montenvers après le départ du dernier train. Il était un peu tard pour descendre à pied jusqu'à Chamonix. Elle décida de passer la nuit sur place. Le gérant de l'hôtel avait consenti à lui louer une couchette à l'annexe ; elle en repartirait de bonne heure le lendemain. Elle se rendit avec Peau-d'Âne à la chambre des porteurs.

C'était une sorte de dortoir qu'ils avaient aménagé dans les vieilles écuries du Montenvers, long bâtiment sans étage laissé à l'abandon. Les gardiens du Couvercle et du Requin y entreposaient les marchandises que chaque jour les porteurs montaient aux refuges. Quand Brigitte les rejoignit, ils pesaient les crochets ; les charges du lendemain étaient constituées, bien équilibrées, prêtes à prendre place sur les dos.

Peau-d'Âne pour sa part devait monter quarante-cinq kilos de charbon au refuge du Requin, mais il avait mis en surcharge dix kilos de pain et cinq kilos de pâtes alimentaires pour Leschaux. Il combinait ainsi les voyages pour que Brigitte ne manquât de rien. Quand il avait amassé à Tré-la-Porte une charge suffisante pour la jeune femme, il faisait un détour jusqu'à la cabane solitaire, notait les commissions et revenait. Hélas ! il n'y avait pas grand-chose à porter ! Personne n'allait au refuge de Leschaux, et Brigitte aurait pu à la rigueur assurer elle-même son ravitaillement.

Elle fut accueillie avec déférence par les rudes gaillards.

Ils formaient une société à part dans laquelle elle entrait pour la première fois. Il y avait là le porteur du Couvercle, un solide Piémontais, celui du Requin, un gars de Servoz rond comme une boule mais capable de monter plus de cent kilos de charge d'une seule traite. Il y avait encore quatre autres Italiens qui acheminaient les matériaux destinés à l'agrandissement du refuge du Couvercle ; ils faisaient popote commune, et Peau-d'Âne, en sa qualité d'ex-campeur, était chargé de cuisiner pour tous.

« Tu dînes avec nous ! dit Peau-d'Âne. Laisse tomber l'hôtel ! »

Elle hésitait, visiblement tentée.

« Ça sent bon ! Et puis c'est sympathique !

— Alors, c'est décidé ?

— D'accord ! »

C'était comme s'ils avaient reçu une princesse.

L'un d'eux s'esquiva pour acheter du vin cacheté à la salle des guides, un autre sortit de son sac à provisions une boîte de poulet en gelée, don d'un alpiniste qu'il avait repêché sur la mer de Glace à la nuit tombante et ramené à bon port. Peau-d'Âne activait le poêle, le chauffant au rouge, et une douce chaleur emplissait la pièce étroite et enfumée. Comme il n'y avait pas place pour tout le monde en bas, deux des gars allèrent s'étendre sur les lits de sangle supérieurs, mais de leurs perchoirs, ils continuaient à prendre part à la conversation.

Brigitte voulut les aider ; ils s'y opposèrent avec indignation. Bientôt la soupe fut servie, et le dîner vite achevé ; mais ils restèrent à bavarder longtemps après, assis autour du poêle, heureux, comme fiers de leur isolement. Ils avaient tous fait deux ou trois « voyages » dans la journée, et ils étaient rompus de fatigue, mais ce soir était jour de fête. Ce n'était guère l'habitude, qu'une femme jeune et jolie vînt partager leur repas. Et, à la fin, comme ils n'osaient trop parler entre eux en sa présence, de peur de l'ennuyer ou de la décevoir à se montrer préoccupés de tant de détails de leur humble métier, l'un d'eux sortit son harmonica.

Dès les premières notes, les Italiens formèrent un chœur, ils chantaient juste et avaient de belles voix. Mais ils forçaient un peu, habitués qu'ils étaient à chanter sous le grand ciel des alpages, et, dans ce local trop exigu, leurs chants vibraient avec des profondeurs d'orgue.

Brigitte, un peu déconcertée d'abord, les écoutait maintenant sans plus de gêne. C'étaient des gens simples et sans artifices. Et, bien qu'ils ne fussent pas à proprement parler des montagnards, ils avaient ce même teint hâlé des gens qui vivent au grand air, et ces visages clairs, révélateurs, des alpinistes rentrant de course, moins creusés, moins usés qu'embellis par l'effort.

Peau-d'Âne, qui les connaissait bien pour partager quotidiennement leur vie, avait appris à les aimer. Bien sûr, ce n'étaient pas de vrais montagnards. S'ils faisaient ce métier, c'est qu'ils n'avaient pas de biens au soleil, ni de vaches à l'étable. Très peu auraient su se diriger en montagne en dehors du chemin de routine qui les menait deux ou trois fois par jour du Montenvers au refuge qu'ils desservaient ; c'étaient des porteurs de cabane, des hommes de bât, renfermés, taciturnes, noyant leurs pensées dans une dépense physique disproportionnée avec le gain qu'ils en retiraient, mais de ce métier dont personne ne voulait ils avaient fait une profession libre. Ils organisaient leur portage comme ils l'entendaient, partaient aux heures qu'ils fixaient eux-mêmes, mettaient un jour, ou deux heures, pour gagner le refuge. Ils n'étaient jamais attendus, ils ne faisaient jamais attendre. Des guides leur apportaient les ordres d'en haut, ils allaient en gare de Montenvers chercher les livraisons venues de la vallée, ils stockaient le tout dans leur entrepôt, puis au gré de leur humeur, ils faisaient leurs charges. Les uns affectionnaient les matériaux lourds et peu encombrants, d'autres, au contraire, aimaient répartir la charge plus largement sur leur dos. Ils avaient le choix, car ils portaient tout : planches, solives, cadres de fenêtres, sacs de charbon, tonneaux de vin, bouteilles de gaz butane, cuves de mazout, et aussi le pain et la viande et les denrées fraîches, ce qui fait que jamais leur chargement n'était le même. Seul le poids restait constant, aux alentours de soixante-cinq-soixante-dix kilos. Au-dessous, le travail n'était plus payant !

Ils partaient généralement très tôt le matin, montaient une charge jusqu'à mi-course : pied des Égralets pour ceux du Couvercle, contour de Tré-la-Porte pour ceux du Requin, puis ils revenaient au pas de course en prendre une deuxième, et avec celle-là ils allaient jusqu'au bout, se reposaient à peine au refuge, dégringolaient jusqu'au plan du glacier, reprenaient la charge abandonnée le matin, remontaient avec, revenaient au Montenvers et souvent avant la tombée de la nuit, remontaient encore jusqu'à l'entrée du glacier avec une nouvelle charge. Ils constituaient ainsi des dépôts échelonnés sur les parcours des refuges, et ils allaient de l'un à l'autre, utilisant au mieux le temps dont ils disposaient, ne perdant pas une heure de jour. Le soir, ils retrouvaient leur dortoir de Montenvers, pesaient les nouvelles charges, faisaient leur popote, notaient sur un carnet les kilos transportés et s'endormaient lourdement. Durant toutes ces longues journées, ils ne prenaient guère le temps de s'arrêter pour causer. Ils vivaient comme des trappistes, allant et venant sur le fleuve de glace dont ils connaissaient chaque crevasse, chaque caillou, chaque éboulement, chaque pont de neige, et pour chaque heure du jour la hauteur du soleil brillant à travers les brèches des aiguilles.

4

Elle les avait quittés tard dans la soirée, heureuse et détendue. Ces quelques heures passées avec Peau-d'Âne et les porteurs dans une atmosphère confiante et amicale l'avaient rassérénée. Elle avait un instant craint de s'être trompée, d'avoir entrepris une tâche au-dessus de ses forces, de s'être isolée par orgueil et par faiblesse tout à la fois. Elle comprenait qu'il n'en était rien, que d'autres moins favorisés qu'elle encore par la vie avaient accepté d'accomplir leur humble et rude tâche, sans contrainte et sans humiliation. Non, ces hommes n'étaient ni humiliés ni fiers, ils étaient libres.

Elle eut de la peine, une fois entrée dans sa chambre, à se réhabituer aux draps, au confort oublié, aux bruits des voix et des pas dans les couloirs de l'hôtel. Elle regretta tout à coup sa solitude et, tandis qu'elle s'efforçait de trouver le sommeil, défilèrent dans sa mémoire les journées écoulées dans l'isolement du refuge.

Elle avait vaincu peu à peu ses frayeurs de la première nuit. Et le mystère de la petite apparition s'était rapidement dissipé. Ce diable bondissant, aux yeux cruels, n'était autre qu'une hermine. Elle avait découvert sur une roche voisine un couple de ces gracieuses bêtes et plusieurs petits ; elles nichaient sous une pierre enchâssée dans la mousse, et se nourrissaient des mulots auxquels elles donnaient la chasse toutes les nuits, ce qui expliquait les sarabandes infernales qui troublaient le silence de la cabane. Brigitte avait repéré leurs traces : elles pénétraient dans le refuge par de petites entrées invisibles qu'elles avaient rongées aux points faibles des joints de la tôle et du bois, et venaient prendre leur dessert parmi les reliefs de vieilles pâtes brisées et de pain qui traînaient dans le buffet avant que Brigitte n'y mît de l'ordre.

Elles n'étaient plus revenues dans la cuisine depuis le fameux soir, mais elles continuaient leurs chasses nocturnes. Brigitte prit l'habitude de déposer des miettes devant la cabane sur une pierre plate. Peu à peu, les hermines se rapprochèrent, fuyant dès qu'elles apercevaient la jeune femme, mais comme celle-ci se tenait à distance, elles s'enhardirent jusqu'à venir en plein jour manger le pain. C'étaient de farouches petites bêtes, mais si jolies et si capricieuses que Brigitte se prit à les aimer, sans jamais cependant réussir à les apprivoiser suffisamment pour pouvoir les caresser. Il arrivait souvent qu'au cours de ses promenades Brigitte les rencontrât, alors elles disparaissaient prestement dans la première fissure venue, mais bientôt elles ressortaient et dressaient leur museau pointu, faisaient face, se cachaient de nouveau, ressortaient quelques mètres plus loin ; c'était une partie de cache-cache qui durait parfois longtemps et qui meublait les longues heures d'attente.

Depuis qu'elle avait pris son gardiennage, seuls étaient passés deux Allemands, visiblement intéressés par la face nord des Jorasses et que le mauvais temps avait repoussés, mais ils étaient si pauvres que c'est tout juste s'ils avaient pu payer la taxe du couchage. Puis Bignol était monté avec une collective de gens bruyants et prétentieux qui, à leur départ, avaient laissé le refuge dans un désordre tel qu'il avait fallu à la jeune femme passer une bonne partie de la soirée à tout remettre en place. C'était décevant et humiliant. Elle pensait recevoir des cordées de montagnards !

Souvent des groupes d'alpinistes apparaissaient sur le glacier, mais tous, sans exception, arrivés au pied des Égralets, prenaient la direction du Couvercle.

Et la nuit, quand elle sortait devant la cabane, il n'y avait plus pour la relier au monde que les feux des refuges voisins. Une lumière parfois brillait à la Tour Rouge, ou bien, très tôt le matin, elle suivait les lanternes des caravanes qui, parties du refuge du Requin, remontaient les séracs du Géant ou le glacier d'Envers du Plan ; mais de toutes ces cordées, aucune ne choisissait Leschaux comme point de départ. Qui viendrait admirer la grande paroi des Jorasses, sinon ceux qui peut-être rêvaient de la conquérir ? Mais rares étaient ceux qui avaient le cœur d'envisager pareille aventure !

Elle prit le lendemain le premier train pour Chamonix. Peau-d'Âne, qui désirait utiliser à plein sa matinée, avait annoncé qu'il monterait dès l'aube, avec le gars de Servoz, en direction du Requin. Il la rejoindrait dans l'après-midi. Et, dans le cas où elle n'aurait pas rencontré Camille dans l'intervalle, ils pourraient vers le soir pousser jusqu'à Argentière.

Brigitte alla prendre possession des affiches, et s'assura que Camille avait prévenu le guide-chef.

Celui-ci était effectivement au courant.

« Donnez ça, fit-il, j'en glisserai une sous la glace du comptoir.

— Vous m'enverrez du monde ? dit Brigitte.

— On tâchera de faire une ou deux collectives, on vous promet rien. Vous comprenez, Leschaux, ça ne les intéresse pas ; ils réclament tous le Couvercle ou le Requin. »

C'était exact, et elle n'insista pas. Pourtant, s'il voulait faire un effort ! Mais il ne le ferait pas, du moins pas pour elle. Il était déjà poli, c'était un progrès, comme l'avait observé Peau-d'Âne.

Elle commença aussitôt sa tournée, abrutie par le bruit des voitures, le mouvement de la foule, la lourdeur de l'air. Quel contraste avec la température semi-polaire de Leschaux ! La pose des affiches, si elle devait lui attirer quelques rebuffades, beaucoup de déceptions et de maigres encouragements, lui permettait du moins d'aller embrasser Jean-Baptiste et la Marie.

Elle se retrouva vers 11 heures à l'orée du bois du Bouchet. Si elle allait surprendre son fils ? Il devait jouer selon son habitude dans les îles de l'Arveyron.

Elle le découvrit, avec trois autres enfants, à la hauteur des Praz. Ils s'apprêtaient à rentrer. Ils avaient construit avec des branches de sapin et de bouleau qu'ils avaient piquées dans le sable une sorte de fortin entouré d'eau d'où ils sortaient l'un après l'autre, silencieux et circonspects. Ils tinrent un instant conciliabule avant de s'éloigner de leur cachette. Puis ils s'élancèrent en direction du village. Ils couraient et hurlaient, fuyant sans doute quelque ennemi imaginaire. Et elle eut tout juste le temps de rattraper Zian par un pan de sa chemise.

L'enfant avait tenté de se dégager, puis avait reconnu sa mère, s'était jeté dans ses bras et du coup il était redevenu très petit, très docile et très câlin, mais cet accès de tendresse n'avait pas duré longtemps.

« Laisse-moi, maman, les autres m'attendent. »

C'était vrai. Ils entouraient Brigitte à distance respectueuse, muets et vaguement inquiets : que signifiait cette visite imprévue ?

Elle essayait de le retenir, mais elle voyait bien qu'il était tout à son jeu, qu'il piaffait dans ses jupes, impatient de retrouver ses camarades.

« Dis, m'man, tu m'achèteras une panoplie ? lui cria-t-il en s'échappant.

— Oui, mon chéri.

— Avec un ceinturon et un revolver ? Et aussi des bottes et un fusil… et puis aussi un arc pour quand c'est moi le sauvage ? Dis, m'man, tu m'achèteras tout ça ?

— Oui, mon petit, la prochaine fois que je viendrai te voir. »

Il était radieux, la regardait, accourait de nouveau pour l'embrasser.

« Pourquoi tu es toujours à la montagne, m'man ? ajouta-t-il brusquement, l'air attristé. »

Elle éprouva comme un choc.

« Tu ne comprendrais pas, dit-elle.

— Pourquoi tu m'emmènes pas à la montagne, dis, m'man ? insista l'enfant.

— Tu viendras dans quelques semaines, je te le promets. Peau-d'Âne viendra te chercher. Va jouer, maintenant. »

Il n'attendait que cette permission. Elle l'entendit pousser des cris joyeux devant elle, gambadant, se retournant parfois derrière les autres.

Et elle se sentit triste et seule au milieu du grand bruissement des eaux et du vent.

Elle les rejoignit au voisinage immédiat des Praz.

Elle trouva la Marie sur la porte de l'outa.

« Ça, par exemple, fit la vieille femme. Une bonne surprise ! »

Elles allèrent ensemble rendre visite à Jean Guerre. Et, longuement, elle confia ses premières impressions de gardienne de Leschaux.

« N'empêche, dit la Marie. C'est une vie bien pénible pour une femme, ma pauvre Brigitte.

— Moins pénible que la vie à Chamonix pour une femme seule.

— Je te comprends. Tu n'as pas eu de chance. Ce qui me rassure un peu, c'est que tu aies Peau-d'Âne pour faire ton portage !

— Oui, reconnut Brigitte : c'est un chic type. Mais vous, tante, plaignez-vous : vous avez maintenant Jean-Baptiste pour vous seule. (Elle soupira :) Comme il va me manquer, mon petit Zian ! Pour ce qui est du reste, tante Marie, je ne crains plus ma peine, ni la solitude !

— Vous parlez sérieusement ? interrompit Jean Guerre. Une femme gardienne de refuge, ça ne s'est jamais vu ! C'est trop pénible. Encore, si ça payait !

Mais le Club alpin n'a jamais pu conserver un gardien à Leschaux. C'est un refuge qui ne paie pas. Trop isolé, pas de courses intéressantes. Ce qui fait la valeur d'un refuge, c'est une course facile, un belvédère : le Moine pour le Couvercle, le col du Géant pour le Requin. Voilà qui attire la clientèle qui paie ! À Leschaux, c'est pas la face nord des Jorasses qui vous amènera du monde. »

Elle réfléchissait. Il était comme les guides. Toujours cette face nord qui revenait, et pourtant… !

Elle objecta :

« Il faut la faire connaître, on viendra pour la voir. Et puis, vous savez, moi, je fais tout par moi-même. Une femme, ça dépense moins qu'un homme. Je me contenterai de peu. »

Elle ne voulait pas revenir sur sa décision. D'ailleurs, le pouvait-elle ? Elle se souvint de son entrevue avec le guide-chef. Quelle revanche maintenant, si elle renonçait, si elle se récusait ! Non, il fallait continuer. Elle tiendrait, jusqu'au bout.

En fin d'après-midi, Peau-d'Âne vint la rejoindre comme il l'avait promis. Elle lui cacha son hésitation, son tourment. Puis, laissant la Marie préparer le dîner, elle prit avec le porteur le chemin d'Argentière.

5

Les quatre gosses étaient revenus sur les bancs de sable de l'Arveyron.

Ils étaient éclaboussés d'eau, de lumière et de chaleur et, tout à l'achèvement de leur grand œuvre, ils restaient indifférents à la clameur des eaux, dont le bruit emplissait le large amphithéâtre de rochers où le torrent près de sa source se dispersait en mille ruisseaux.

Les enfants avaient patiemment construit un fragile barrage formé de sable et de cailloux, et il s'agissait, pour que le jeu fût complet, de faire venir dans ce réservoir l'eau captée à une petite résurgence qui coulait tout près de son berceau de mousse.

Fanfoué, l'aîné, avait la charge de creuser le canal.

Bien qu'il eût sept ans, il était considéré par ses jeunes camarades comme une sorte d'esclave bienfaisant, fort et gros, avec sa figure ronde de paysan lombard.

Lui et son cadet Aldo, cinq ans, étaient les fils de Frosinone le maçon, fixé aux Praz depuis vingt ans et marié à une fille du pays ; il y avait aussi un renégat de la bande des « Praillis », Jojo Guichardaz, un neveu de Nanette, sec et nerveux.

La présence de Jojo dans le groupe des Frosinone constituait cet été le drame du monde enfantin des Praz.

Les Praillis formaient, sous la conduite de son frère Momo, vigoureux garçonnet de onze ans, une bande de garnements décidés, chapardeurs, buissonniers, toujours en quête de nouvelles batailles et de nouveaux exploits. Et, s'ils se nommaient entre eux les Praillis, c'est qu'ils entendaient bien signifier qu'eux seuls étaient en droit de revendiquer le titre d'enfants du village.

Fiers et impitoyables, ils avaient écarté les « étrangers » Fanfoué et Aldo et aussi Jean-Baptiste.

Puis il y avait eu ce jour sombre de la trahison où Jojo les avait quittés.

Le fait d'entendre constamment ses parents parler du drame de Zian, l'adoration dont était l'objet dans le village le père de Jean-Baptiste, la hargne dont témoignaient les femmes des Praz à l'égard de sa maman, tout avait contribué à conférer aux yeux de ce brave gamin une auréole de martyre à son petit voisin. Pour Jojo, Zian était une sorte d'angelot, et il s'en était fait le chevalier servant. L'enfant acceptait ses hommages avec naturel ; ils lui paraissaient dus. Et une hiérarchie s'était ainsi établie dans les rapports de leur petit groupe : Jean-Baptiste était l'inspirateur des sorties et des jeux. Il décidait, et Jojo, son capitaine, exécutait, Aldo et Fanfoué étant leurs soldats dévoués.

Si les Praillis se complaisaient dans des luttes farouches pour lesquelles, mués en Peaux-Rouges, ils partaient scalper dans la forêt toute proche d'autres tribus féroces, les compagnons de Zian étaient davantage attirés par les jeux du sable et de l'eau ; ceux-ci convenaient mieux dans l'ensemble à leur âge et les deux Frosinone, bénéficiant de l'hérédité paternelle, s'entendaient à merveille à gâcher le sable, à construire des jetées, à creuser des canaux.

Au début, la Marie s'était un peu effrayée de les voir aller si loin, aussi avait-elle remis à Fanfoué la garde de la petite troupe.

« C'est toi le plus sérieux, je te le confie ! »

Il était fier de son rôle et s'en acquittait à merveille, car, s'il était le plus mou, il était aussi le plus fort et le plus têtu. Quand il entendait les clarines des vaches rentrant du pâturage, il savait qu'il était l'heure de regagner la maison des Praz ; alors, il prenait d'autorité la main de Zian et tous quatre revenaient bien sagement, empruntant de mystérieux sentiers à travers bois, ou se lovant le long des maisons, pour passer inaperçus de la bande des Praillis, toujours à l'affût d'un mauvais coup.

Brigitte, cédant à une subite appréhension, avait tenu à vérifier où se rendaient les enfants. Désireuse de ne pas troubler le monde imaginaire qu'ils s'étaient créé, elle les avait suivis de loin, et longuement observés alors qu'ils allaient et venaient, absorbés tout entiers par leurs grands travaux et indifférents au reste du monde.

« Vous pouvez les laisser seuls, tante, avait-elle dit au retour. Ils jouent dans un bras secondaire de l'Arveyron, à moitié sec, il n'y a pas de danger ! Ils sont très loin du grand courant. D'ailleurs, qu'iraient-ils y faire ? »

Fanfoué, au surplus, avait promis solennellement qu'ils ne s'écarteraient pas de cet endroit et elle l'avait quitté pleinement rassurée.

« Ça y est ! la bédière est creusée, dit Fanfoué.

— Je mets l'eau ? » hasarda timidement Aldo.

Jojo l'écarta d'une bourrade qui l'assit brusquement sur le sable.

« Pas toi ! C'est Zian qui met l'eau ! »

Aldo, dépité, retint ses larmes. Jojo avait dit ! D'ailleurs, pouvait-il imaginer que pareil honneur pût lui échoir ?

Zian s'approchait, redressant sa petite taille, tordant entre ses mains la pelle dont il se servait volontiers pour faire entendre raison à ceux qui le contrariaient. Lui aussi écartait les autres, et le bon Fanfoué s'inclinait :

« Zian va mettre l'eau. Attention ! Zian met l'eau ! »

Jean-Baptiste tapait à grands coups de pelle sans résultat dans la butte de sable. Fanfoué voulut l'aider, se précipita ; à genoux, creusant des deux mains, surexcité, Aldo se joignit à lui, puis Jojo, mais tout à coup Zian, vexé qu'on ne le crût pas capable, tapa à bras raccourcis sur les dos et les crânes, trépignant de colère.

« Non, pas toi ! Pas toi ! » répétait-il, furieux.

Les autres s'étaient arrêtés, domptés par les coups.

Et ils regardaient ce bout d'homme plus petit qu'eux tous et qui marquait son impatience, les dominait de sa colère en leur jetant des regards courroucés.

« Laisse-le faire, il est si petit ! » fit Jojo, conciliant.

C'était la dernière chose à lui dire.

« Non ! Zian n'est pas petit. Demande à Peau-d'Âne, il a dit que j'étais grand et fort (il faisait mine de gonfler ses biceps) et qu'il m'emmènerait à la montagne. »

Les autres étaient impressionnés. Peau-d'Âne était un dieu pour les enfants des Praz et, s'il avait décrété que Zian était grand et fort, ça devait être vrai !

L'incident réglé, ils reprirent leur contemplation. L'eau commençait à faire son chemin à travers le sable et se répandait à l'intérieur du barrage. Ils assistaient, enthousiastes, au lent travail de la nature, regardaient, fascinés, ce plan d'eau qui se formait, montait, épousant les courbes de niveau, puis ils modifiaient à leur gré le relief, creusant une fosse, ajoutant une poignée de terre battue pour joindre une île au continent, plantant des arbres et des cités imaginaires. Quand tout fut noyé, ils ne se tinrent plus de joie ; puis, tout à coup, une angoisse terrible les saisit à la gorge : l'eau arrivait maintenant en trop grande quantité, le courant fort désagrégeait le barrage.

« Fanfoué, Fanfoué ! criait Zian, enlève l'eau ! »

Et les autres se précipitaient à la source, détournant le courant principal, puis, épuisés, ravis, conscients d'avoir achevé un grand ouvrage, s'asseyaient sur les bords de leur lac en miniature ; et là, les pieds dans l'eau, le derrière humide, entamaient leur goûter. Alors seulement, ils s'aperçurent du bruit que faisait le vent dans la forêt voisine, et ils se soûlèrent jusqu'au vertige à écouter, non sans inquiétude, grossir avec la chaleur le tumulte des eaux terribles, lourdes de sable et de glace, courant entre les digues craquantes et disjointes qui bordaient le torrent.

Ils n'eurent pas le temps d'apprécier plus longtemps ce délicieux farniente. Des clameurs épouvantables, des cris terrifiants éclataient et, avant même qu'ils aient pu se mettre debout, la troupe hurlante des Praillis s'abattait sur eux, conduite par le grand chef Momo, coiffé de plumes de coq, qui brandissait la hache de guerre et criait :

« Scalpez ! Scalpez !... »

En un rien de temps, les quatre enfants étaient roulés dans le sable, ficelés, non sans que Fanfoué eût rendu force horions et mobilisé toute l'énergie de cinq Sioux nerveux à peine suffisants pour le terrasser. On s'attaquait à Zian et Fanfoué se battait à mort. Il savait que le drame couvait : Jojo l'avait prévenu, mais il n'avait pas voulu en tenir compte. Momo avait décrété que, s'ils continuaient à jouer avec Jean-Baptiste, sa bande enlèverait le petit.

La dizaine de garnements qui les avaient attaqués se reposaient, haletants, à côté des prisonniers proprement ligotés avec des cordes à foin dérobées dans les greniers paternels. Aldo hurlait comme un putois qu'on égorge, et Fanfoué hoquetait, étouffant de gros sanglots. Seuls Jojo et Jean-Baptiste, l'effet de surprise passé, se renfermèrent dans une attitude méprisante. Jojo ne craignait pas son frère aîné, dont il connaissait la lâcheté foncière, et il savait que toute sa force reposait sur l'ascendant abusif pris sur ses petits copains. Il lui crachait son mépris au visage :

« Méchant ! Tu crânes parce que vous êtes nombreux ! »

Et Zian, de son côté, répétait :

« Oui, tu es un méchant, et Peau-d'Âne te corrigera ! »

Superbe et dédaigneux, Momo allait et venait devant le front de ses troupes.

Il possédait quatre prisonniers. Qu'allait-il en faire ?

« Réunissons le Grand Conseil », dit-il.

Dociles, ses lieutenants s'assirent en cercle autour de lui. Il se fit rouler le gros Fanfoué, ficelé comme un boudin, et s'assit péremptoirement dessus. Les autres admirèrent fort ce trait d'esprit.

« Tu m'étouffes ! » geignait le petit Italien.

Mais Momo restait intraitable.

« Fils des Praillis ! Nous avons gagné la victoire ! »

Zian écoutait de toutes ses oreilles, impressionné mais curieux.

« Qu'allons-nous faire ?

— Moi, fit l'un, timoré, je trouve que ça suffit. On va détruire leur barrage, puis on rentre.

— Détruisons ! » firent les autres avec enthousiasme.

Et ils se précipitèrent sur le petit bassin de retenue, renversant les digues à grands coups de pied, dispersant les îles, les continents et les cités créés par les « étrangers ». Il ne resta bientôt plus comme témoin de cette civilisation disparue qu'un mince filet d'eau qui cherchait son lit à travers les flaques et les bancs de sable.

Aldo pleura à chaudes larmes le travail détruit ; il était plus sensible peut-être à cet acte de vandalisme qu'aux coups reçus. Sa petite âme de maçon se révoltait déjà contre les démolisseurs.

Quand tout fut rasé, ils ne surent que faire.

Momo lui-même était embarrassé.

Il entrevoyait déjà la suite des événements sous la forme de quelques solides paires de taloches bien appliquées qui les accueilleraient au retour, lorsque les « étrangers » auraient parlé. Il connaissait la poigne solide du père Frosinone. Non ! Il fallait éviter toutes représailles.

Il réfléchit avec sagesse.

« Écoutez, vous autres ! (Il donnait un ordre :) Détachez Fanfoué, Aldo et Jojo. (Puis, comme ils allaient s'enfuir sans demander leur reste, il les fit garder à vue.) Pas encore. Écoutez ! Le grand chef a décidé et le Grand Conseil a approuvé !

— Houhouhou ! firent-ils en brandissant des scalps imaginaires.

— Je vous accorde la vie sauve, à condition que vous ne parliez pas. Pas un mot à la maison, pas un mot au village. Sinon… ! (Il fit rouler sa voix avec des intonations féroces :) Sinon, nous vous retrouverons partout où vous serez et nous vous tuerons sans pitié. C'est juré, les Praillis ?

— Juré ! » firent-ils en chœur.

Les trois prisonniers étaient fortement impressionnés ; Jean-Baptiste ne comprenait pas bien ce qui se passait. Momo venait vers lui :

« Lève-toi ! »

Il obéit, tout tremblant.

Momo scinda sa troupe en deux.

« Vous autres, gardez les prisonniers jusqu'à notre retour. Nous allons conduire Zian jusqu'à l'arbre du sacrifice. Nous l'offrirons au grand Manitou… Vous êtes d'accord ?

— Oui, oui ! » firent-ils, effrayés mais subjugués. Et, à vrai dire, il n'était pas un seul parmi ces enfants qui ne fût sincère en cet instant, qui ne se crût un Indien vengeur terminant un combat victorieux dans la grande forêt et s'apprêtant au sacrifice. Ils vivaient intensément leur jeu, et c'est avec terreur qu'ils virent leur chef et ses quatre lieutenants entraîner Jean-Baptiste. Ils attendirent, accroupis en cercle, n'osant plus parler ni bouger.

6

« Maintenant, tu vas mourir ! fit Momo, en serrant le dernier nœud qui liait Jean-Baptiste au mélèze.

— Veux pas mourir, veux pas mourir ! répétait en sanglotant le gosse, et de grosses larmes coulaient sur ses joues…

— Regardez, vous autres ! fit d'un ton supérieur Momo, il ne sait même pas mourir en brave, et ça voulait faire de la montagne !… »

Les quatre lieutenants contemplaient la scène, assis dans la mousse, et gardaient un sérieux impénétrable.

« Méchant ! cria tout à coup le gamin, et la colère d'être pris pour un poltron lui fit oublier son épouvante.

— Capon ! Capon ! chantèrent les autres en dansant.

— Méchants, méchants ! »

Momo rassembla ses troupes.

« Halte, vous autres ! Le grand sachem a décidé : pourquoi gaspiller nos flèches sur cet embryon d'homme ?… Peuh ! abandonnons-le aux bêtes sauvages de la forêt, ce soir le lynx et l'ours viendront le manger !

— Si on partait ? fit l'un des lieutenants qui n'était pas très rassuré. Et s'il y avait pour de bon des bêtes sauvages dans ce bois désert ?

— Oui, partons ! » fit Momo, pas plus à l'aise que ses compagnons.

Ils n'attendaient que cet ordre, et s'éloignèrent au pas de course.

La bande avait disparu depuis longtemps des profondeurs de la forêt, que Jean-Baptiste continuait à pousser, à intervalles réguliers, des cris perçants, chargés de colère et d'impatience. Puis il s'arrêta, vaincu par le silence qui retombait de toutes parts et étouffait ses appels. Il en conçut une émotion extraordinaire, sa poitrine se souleva, les sanglots qui se formaient dans sa gorge ne voulaient pas sortir. Il hoqueta, pleura, mais ce chagrin ne dura pas. Trop de choses étonnantes s'étaient passées, dont il avait été le principal héros. Il examina avec curiosité l'endroit où les Praillis l'avaient entraîné, puis ligoté à un mélèze. C'était une sorte de conque de verdure, une couronne de blocs morainiques recouverts d'un épais tapis de mousses et de fougères, élastique aux pieds, humide, dégageant une odeur âcre de terreau. Les mélèzes avaient poussé un peu partout ; ils étaient encore jeunes et se réfugiaient sous les hautes branches de deux ou trois énormes sapins qui semblaient les piliers de ce temple étrange et discret.

L'enfant comprit que personne ne viendrait le chercher en cet endroit écarté. Il était perdu ! Il fut repris par sa colère et lança quelques cris brefs, comme une bête prise au piège, mais les ramures lui dissimulaient le reste du monde. Nul n'eût pu les entendre. Dans le silence de la forêt, cependant, une rumeur sourde et familière lui parvenait, en laquelle l'enfant reconnut vite la voix grondante du torrent. Cela suffit à faire disparaître sa peur.

La brise, parfois, secouait la cime des arbres sur sa tête ; cela faisait comme un bruissement qui arrivait de loin, l'effleurait d'un souffle léger, puis disparaissait. Il aima cette caresse du vent. Mais, par-delà les bruits ténus et fugitifs, le silence permanent qui peuplait la montagne l'impressionna au plus haut point. Il raccorda sa pensée à ce silence extraordinaire. « Je suis mort ! Zian-Baptiste est mort ! » songea-t-il. Il fit un gros effort : ainsi, c'était la mort, et il était attaché à l'arbre du sacrifice. Il ne comprenait pas ce mot bizarre qu'employait le grand Momo. Peut-être, se disait-il, mourir est-ce rester ainsi tout seul longtemps, très longtemps ! C'était comme ça que devait être son papa ; mais lui, il le savait, il n'était pas mort dans une forêt, il était là-haut sur la montagne, et il se promenait dans le ciel.

Du ciel il ne voyait que quelques petites taches bleues perçant à travers les frondaisons légères des mélèzes. Mais si son papa était là-haut, pourquoi ne viendrait-il pas le rejoindre ? Toutes ces idées trop profondes pour sa petite tête avaient achevé de le distraire de son chagrin. Il ne gémissait plus. Son naturel éveillé et curieux le poussait à examiner chaque chose, et dans sa prison la nature était si belle qu'il y avait des tas de choses à regarder. D'abord, il avait admis spontanément d'être mort, ainsi seulement se trouvaient justifiées sa situation présente, sa solitude. Il conçut de cet état exceptionnel, qui était le sien, une fierté passagère. Tout le monde ne pouvait pas être mort, c'était évident ! Mais lui l'était. Quelle supériorité !

Il répétait avec intérêt :

« Je suis mort, Zian est mort ! »

Il trouvait cela vraiment curieux d'être mort, mais il cherchait vainement ce qui pouvait le différencier d'un être vivant, sans doute ces liens qui l'attachaient à l'arbre, qui lui faisaient mal ! Il les secoua, les nœuds étaient mal faits, les cordes glissèrent sans qu'il eût à faire de gros efforts. Mais il ne bougeait pas de contre son arbre ; puisqu'on l'avait mis là et qu'il était mort, il ne pouvait s'en aller ! Il se rappela toutefois que les bêtes sauvages, au dire de Momo, viendraient le manger ce soir. Cette fois il eut peur ! Peau-d'Âne lui avait montré un gros livre qui était plein de lions, d'ours, et de grosses bêtes dont son grand ami lui énumérait les noms… Il ne fallait pas attendre que les ours viennent le manger ! Il fallait fuir ! Mais pouvait-il fuir, puisqu'il était mort ?…

Il s'assit dans la mousse pour mieux réfléchir à ce problème ardu ; ses mains caressèrent des touffes de myrtilles et il grappilla les petites baies sauvages. Bientôt il en fut barbouillé.

Ayant décidé une fois pour toutes qu'il était mort, il n'avait plus peur. Dans toutes les histoires que lui racontait sa mémé, c'étaient toujours les morts qui venaient faire des niches aux vivants. Il rit ! Il pensa qu'il irait tirer les pieds de Peau-d'Âne quand l'autre dormirait, et Peau-d'Âne ferait sa grosse voix et chercherait : « Qui donc me tire les pieds ? » Alors il lui dirait : « C'est moi, Zian, ton petit Jean des Cimes. » Et l'autre chercherait et ne le trouverait pas, et il lui dirait : « Tu ne peux pas m'attraper, je suis mort ! » Et il rit aux éclats :

« On va bien s'amuser ! »

En attendant, il fallait profiter de ce pouvoir exceptionnel, et pour cela sortir de la forêt.

Les autres étaient partis par là – il prit la direction opposée. Il marchait en trébuchant parmi les blocs de granit recouverts de mousse et parfois il s'enfonçait de toute sa hauteur dans des trous dissimulés sous le tapis végétal. Il entendait de moins en moins le torrent et il fut rassuré. Les autres l'attendaient sans doute là-bas.

Bien fait ! ils ne le trouveraient pas.

7

Brigitte et son compagnon arrivèrent aux Praz vers 8 heures du soir, rentrant d'Argentière. Ils avaient pris la route de la Flégère et, comme ils redescendaient le village, ils entendirent la Marie à la Faiblesse qui appelait à la cantonade :

« Jean-Baptiste ! » Jean-Baptiste !

— Mon fils a encore fait des siennes ! » s'exclama Brigitte en pressant le pas.

La vieille femme était très inquiète :

« Jamais il n'est resté si tard. Pensez donc ! il est passé 8 heures.

— Il a dû s'attarder avec les autres, intervint Peau-d'Âne, je ne vois pas d'enfants. De toute façon je vais le chercher, ajouta-t-il en apercevant le visage alarmé de Brigitte. Où sont-ils allés ?

— Dans les îles d'Arveyron, passé le petit pont.

— Ça va, je connais l'endroit. »

Brigitte voulut l'accompagner, mais il avait sauté sur un vélo et s'éloignait à grands coups de pédales.

« Merci, Peau-d'Âne, lui cria-t-elle. Et gronde-le ! »

Il revint au bout d'une demi-heure. Il n'avait trouvé personne, et il ne cachait pas son inquiétude. Les femmes en furent subitement bouleversées.

« Zian n'est pas en Arveyron, il n'y a personne nulle part. J'ai crié, appelé... », conclut Peau-d'Âne.

Il ne dit pas qu'il avait longé avec effroi la grande digue, sondant les eaux furieuses qui galopaient vers la vallée. Mais les femmes comprenaient sans qu'il eût besoin de parler : la terreur de l'eau ! c'était chez elles une angoisse latente que rien ne dissipait, même quand les enfants restaient sous leur surveillance, car elles vivaient entre Arve et Arveyron et elles savaient que quiconque tomberait dans leurs eaux glacées, fût-il bon nageur, n'en réchapperait pas.

Brigitte perdait maintenant la tête.

« Mon petit ! mon petit ! »

Peau-d'Âne s'efforça de la raisonner.

« Ne t'affole pas ! Il n'était pas seul ; s'il y avait eu un accident, les autres l'auraient bien dit. »

Il sursauta. Les autres... ! Au fait, il fallait s'assurer qu'ils étaient bien rentrés !

« On n'y a même pas pensé, fit-il. Si l'on allait voir chez les Frosinone ? »

Les Italiens dînaient en famille dans la grande cuisine aux murs blancs passés à la chaux, et quand ils les virent entrer tous les trois, Fanfoué et Aldo, leurs enfants, visiblement épouvantés, cherchèrent à fuir.

« Que se passe-t-il ? » demanda le maçon.

Ils lui firent part de leur inquiétude.

« Les miens sont rentrés depuis longtemps. J'ai même trouvé ça curieux, d'habitude faut toujours crier après. On va les interroger. »

On ne put rien tirer des petits qui sanglotaient, sinon que Momo et sa bande les avaient battus.

« Allons chez les Guichardaz ! »

Frosinone se joignit à eux.

« Tu vois ! c'est une histoire de gosses, rien de grave ! » faisait Peau-d'Âne.

Mais Brigitte marchait à son côté comme une somnambule, elle n'était pas encore convaincue, elle avait peur, une peur panique, et déjà elle voyait son petit emporté par le courant. Les eaux l'entraîneraient très loin, et on ne le retrouverait pas. Elle les suivait, la tête vide, ne sachant plus ce qu'ils faisaient là tous.

« Calme-toi ! Calme-toi, lui disait la Marie. Peau-d'Âne a raison, c'est une histoire de gosses. Ah ! si jamais ils l'ont battu, mon petit Zian, ils auront affaire à moi ! »

Et elle redressait sa vieille figure ridée où brillaient des yeux chargés de colère.

Nanette Guichardaz leur ouvrit la porte, intriguée par cette délégation solennelle.

Non ! elle n'avait pas vu Jean-Baptiste, mais elle comprenait leur anxiété.

« Il joue d'habitude avec Jojo, dit-elle. Je vais lui demander. »

Jojo aussi était donc à la maison, tous les amis étaient rentrés. Tous, sauf Jean-Baptiste !

« Jojo ne veut rien dire, c'est louche, dit Nanette. Attendez ! Oh ! Momo ! viens un peu là. »

Momo se défilait doucement, et quand sa tante l'appela, il prit le parti de détaler, mais le père Frosinone, qui avait prévu le coup, rattrapa le gamin et l'empoigna rudement.

« Aïe ! Aïe ! vous me cassez le bras ! »

La mère Guichardaz sortit, attirée par les cris.

« Qu'est-ce que vous lui faites, à mon petit ? »

Elle comprit d'un regard : la mine bouleversée de la Marie, l'inquiétude de Brigitte... Momo avait dû faire une bêtise ! Mais elle ne pouvait souffrir qu'on touchât à l'enfant.

« Laissez-le, Frosinone ! Vous ne sentez pas votre force. Viens ici, Momo. »

L'autre se réfugia prudemment derrière la vieille femme.

« Où est Zian ? lui demanda durement Peau-d'Âne.

— Sais pas. »

Il était buté.

« Menteur ! Vas-tu parler, ou je te calotte ! »

Il levait la main et l'autre criait de plus belle.

« As-tu fini de pleurnicher ? Réponds ! »

Puis Peau-d'Âne s'adressait à Jojo, essayait de le prendre par les bons sentiments :

« C'est bien ton petit ami, hein ? Sais-tu où il est, ton petit ami ? »

Le gosse faisait « oui » de la tête.

Il pleurait à chaudes larmes. Momo vit que son frère allait parler.

« Si tu cafardes... ! lui lança-t-il, furieux.

— Madame Guichardaz ! supplia Brigitte, Jean-Baptiste n'est pas rentré à la maison... J'ai peur, ayez pitié ! »

Nanette intervint.

« Si tu ne parles pas, Momo, c'est moi qui vais te fouetter. »

Il craignait sa jeune tante, elle était vive, et, quand elle était décidée, la protection de la vieille Guichardaz ne jouait plus.

Nanette empoigna le gamin par une oreille et la lui tordit. Il devint écarlate, mais n'ouvrit pas la bouche. Elle accentua la torsion.

« Tu vas me dire ? »

Il n'en eut pas le temps. Jojo l'avait devancé.

« Zian est attaché dans la forêt ! »

Les mots étaient sortis d'un trait.

L'autre baissa la tête, et quand ils virent le grand chef en si piteuse position, tous les gosses parlèrent.

Aldo et Jojo racontèrent ce qu'ils savaient, mais ils ignoraient le lieu où Momo et ses hommes avaient entraîné le petit.

« Conduis-nous ! fit Peau-d'Âne.

— Non ! » dit Momo qui voulut crâner.

Une solide gifle de Nanette mit fin à la révolte.

« Emmenez-le, Peau-d'Âne ! Et tapez dessus, je vous y autorise. Gare à toi, vaurien, si tu ne files pas doux ! »

Il était maté.

Il traversa tout le village encadré de Peau-d'Âne et du père Frosinone. Brigitte les suivait, pleine d'espoir.

Il faisait nuit lorsqu'ils arrivèrent dans le bois d'Arveyron, mais Momo retrouva facilement la clairière.

« C'est là. »

Il n'y avait plus personne.

Peau-d'Âne ramassa la cordelette au pied du mélèze.

Momo sentait confusément sa faute, et pleurait cette fois, mais les autres avaient trop à penser pour s'occuper de lui. La nuit était venue et Jean-Baptiste errait quelque part dans la forêt.

« En tout cas, il y a une chose de sûre, résuma Frosinone, c'est qu'il n'est pas tombé dans le grand courant d'Arveyron ! »

Là où les autres l'avaient attaché, il était trop éloigné du torrent.

Brigitte était un peu moins inquiète maintenant ; son petit était vivant, c'était certain, mais où était-il ?

Ils ébauchèrent diverses hypothèses.

« Il s'est détaché, il aura voulu regagner le village. Sans doute s'est-il égaré dans la forêt, à moins qu'on ne l'ait recueilli au hameau des Bois ? »

Mais là personne n'avait vu l'enfant.

Il fallait aviser.

Ils alertèrent tous les hommes valides des Praz, des Gaudenays, des Bois et des Tines. Ils furent ainsi une centaine à parcourir la forêt, et comme ils avaient des lanternes, cela ressemblait à une kermesse. Chacun criait, appelait ; ils s'étaient réparti des secteurs bien définis, dont ils fouillèrent les moindres caches, les moindres bosquets, sans résultat.

Au matin, Jean-Baptiste n'était pas retrouvé.

8

Jean-Baptiste marchait depuis un bon bout de temps déjà quand il déboucha brusquement du bois sur un champ cultivé, clos de hautes barrières. Tout proche, il y avait un hameau avec de larges maisons basses coiffées de bardeaux, comme celles des Praz, mais il ne reconnut pas son village. Il était en pays nouveau et il fut vivement intéressé par sa découverte. Puis il entendit des chiens aboyer et il eut grand-peur.

Il contourna le village, se glissant derrière les haies et les murettes, et arriva ainsi au bord de la voie ferrée. Il y avait là un petit lac et des pêcheurs qui lançaient leur ligne ; ils ne firent pas attention au gosse. Lui s'assit un moment et leur tint compagnie, puis voyant qu'ils ne sortaient rien de l'eau, il eut une moue de dédain et s'en fut. Son aventure commençait à lui plaire. Il trouva un passage sous la voie ferrée, par où s'écoulaient les eaux du lac ; il se déchaussa et entra bravement dans le ruisseau, puis, parvenu de l'autre côté, il se sécha dans l'herbe, remit ses souliers et partit. Il se trouvait maintenant au milieu de grandes pelouses vert tendre, très soignées, d'où émergeaient des îlots de sapins. Par places, de petits drapeaux blancs étaient plantés au milieu de cercles formés d'un gazon très ras. Des gens allaient et venaient un peu partout, marchant très vite, le nez en l'air, suivis de gosses qui portaient un assortiment de cannes et de bâtons. Ils projetaient devant eux une petite balle qui rebondissait très loin à travers l'herbe. Jean-Baptiste les regarda jouer, puis, déçu, s'en alla. Décidément, songea-t-il, les grandes personnes ne savent pas s'amuser !

Passé le terrain de golf, il y avait un pont de bois sur l'Arve, et au-delà s'ouvrait le monde sauvage des monts. Jean-Baptiste reconnut l'endroit ; il y venait souvent jouer, il aurait pu rentrer à la maison. Il n'en avait plus envie ! Pourquoi rentrer puisqu'il était mort ? Pourquoi ne pas profiter de cette chance extraordinaire qu'il avait ?...

Il examina gravement les flancs déchiquetés de la montagne qui s'abaissaient jusqu'au torrent, énorme cône de déjections que, pendant l'hiver, charriait la grande avalanche des Lanchers. En été, la terre était couverte d'herbes folles, de vernes, de fraisiers et de framboisiers. La combe allait en se rétrécissant vers le haut jusqu'à ne plus être qu'un couloir comme un autre trouvant la forêt d'épicéas.

Et voici qu'au-dessus de ce couloir, se détachant sur le ciel, magnifique, impérative, Jean-Baptiste reconnut sa montagne. Oui ! c'était celle dont il parlait avec Peau-d'Âne, celle qu'il admirait quand il était « en champs les vaches » avec l'oncle Claveyroz. Elle était là tout près, au-dessus de sa tête : il couvait des yeux la grande tour de roc et insensiblement avançait dans sa direction tête levée, cou tordu vers le ciel. Une idée s'était implantée dans son cerveau, et plus rien ne pourrait l'en extraire désormais. Il revoyait Momo et les autres qui se moquaient de lui, de sa peur et de ses larmes. Il allait leur prouver qu'il était un homme ! il irait à la montagne et cette montagne ne pouvait être que celle-ci, la seule qui fût marquée pour lui d'un souvenir.

Il prit hardiment sans s'en douter le chemin de la Flégère et il monta, monta ! Le sommet le dominait toujours ; parfois un lacet le cachait à sa vue, mais au lacet suivant il le retrouvait.

Plus haut, le sentier s'enfonçait dans la forêt. Il le suivit un instant, mais il ne voyait plus sa montagne ; il fut inquiet, il ne fallait pas la perdre de vue. Il revint sur ses pas : elle était de nouveau là, au-dessus de lui, toute proche. Il s'assit pour mieux réfléchir. En dessous, il voyait maintenant tout le village des Praz, et il reconnaissait sa maison, mais il ne pensait ni à sa maman, ni à sa mémé, ni à Peau-d'Âne ! Il ne pensait plus qu'à sa montagne et à son papa. Oui ! ce papa qu'il ne connaissait pas, voici que lui était venue l'irrésistible envie de le rejoindre. Pourquoi ne pas profiter de l'occasion ? Il était mort, peut-être qu'au sommet de sa montagne il trouverait des indications ? Qui sait ? Et s'il était sur cette montagne, son papa ?... Alors Zian se disait qu'il le déciderait bien à redescendre, à revenir avec eux.

Il fut enthousiasmé par son idée et il battit des mains.

Mais quand il eut quitté le sentier, tout changea. Il n'y avait plus que des éboulis très raides et des pierres qui glissaient sous ses petits pieds ; heureusement, la vie au grand air qu'il menait en tous temps l'avait aguerri. Il s'écorcha aux ronces et aux framboisiers, mais il continua, picorant, à droite et à gauche, les baies délicieuses et calmant ainsi sans le savoir sa faim et sa soif. Plus haut, le couloir, obstrué par les vernes, se resserrait, mais grâce à sa petite taille, Jean-Baptiste se faufilait sous les branches. Parfois il avait grand-peur : une gelinotte s'envolait dans un battement d'ailes qui claquait comme un drapeau, et plongeait vers la vallée. D'autres fois, c'étaient des geais qui le regardaient venir, intrigués et curieux. Ils sautillaient sur de menues branches, leur tête blanche et noire inclinée, l'œil malicieux, puis quand le petit se rapprochait, vouou... ! ils s'envolaient d'un bond, leur longue queue noire tendue dans l'air comme les barbes d'une flèche, jusqu'à une branche plus éloignée, et le manège recommençait.

Tout cela était passionnant. Une seule chose inquiétait l'enfant : depuis qu'il s'était engagé dans le couloir, il ne voyait plus sa montagne. Sans doute était-elle plus haut, loin encore au-dessus de lui. Il grimpa, grimpa, puis il déboucha sur un plateau couvert de rhododendrons à travers lesquels il se faufila, cueillant au passage les fleurs roses de l'alpe, formant de petits bouquets qu'il rejetait l'instant d'après.

Tout à coup, il sursauta. Elle était au-dessus de lui !

Elle lui parut beaucoup plus haute que vue d'en bas, mais il la reconnut : c'était elle, avec sa forme de doigt pointé vers le ciel. « L'Index ! » avait dit Peau-d'Âne. Il se rappelait ce jour où son grand ami lui avait énuméré tous les noms des doigts de la main, et il se souvenait de celui-ci, qui était le nom de sa montagne. Maintenant qu'il s'était arrêté, il sentait la fatigue l'envahir. Il n'avait pas vu venir le soir, ni disparaître le soleil ni monter l'obscurité des vallées ; il ne voyait même pas les grandes masses glaciaires du mont Blanc qui se ternissaient peu à peu au contact de la nuit.

Il était dans une sorte de forêt à sa dimension, une forêt de rhododendrons et de gentianes. Parfois il piétinait des plants de myrtilles et il écoutait attentivement le bruit sec que font les branches cassées. Il y avait un grand bloc de rocher dressé comme une pyramide au milieu du plateau, et, à sa base, d'autres pierres, semblables à des dalles, formaient une sorte d'abri naturel. Le sol était de mousse, l'enfant s'y glissa avec volupté, il avait trouvé sa maison, et il s'endormit tout de suite comme un bienheureux, pelotonné sur lui-même et suçant son pouce.

Il rêva que sa maman venait le border et il sourit.

Au petit matin, Zian eut froid et il pleura doucement, appelant sa mère, mais personne ne vint le consoler. Alors il s'enfonça d'instinct plus avant dans sa niche, comme ferait une petite marmotte ; il eut plus chaud et sa fatigue était si grande, son épuisement si complet qu'il se rendormit en gémissant, et qu'il aurait ainsi dormi longtemps encore si un rayon de soleil, passant par un interstice de la caverne, n'était venu le chatouiller juste sous le nez.

Il sortit de son trou.

Il fut surpris et effrayé par l'immensité du paysage qui l'entourait ; un gouffre se creusait dans lequel il ne reconnut pas sa vallée ; des cimes brillaient beaucoup plus hautes et plus effilées que celles qu'il connaissait. Peu à peu la mémoire lui revint, et il se rappela dans leurs moindres détails toutes les péripéties de son aventure : il était mort. C'est cela, il était mort ! mais il n'était plus du tout enchanté d'être mort, il avait faim et soif ! Il appela rageusement : « Maman ! Maman ! » et sa voix lui revenait portée par un petit écho narquois qui répétait : « Maman ! Maman ! » Il crut que quelqu'un se moquait et il fut pris de colère, trépigna, cria, hurla, et plus il criait plus l'autre se moquait de lui, contrefaisait sa voix, si bien que, lassé, il abandonna.

La colère avait éclairci ses idées. La présence de cet être invisible qui lui renvoyait ses propres paroles le persuada une fois encore qu'il était bien mort ; et alors il se souvint de sa montagne. Elle était devant lui, majestueuse, et de chaque côté descendaient deux belles pentes de neige – on aurait dit des rubans de soie noués autour de son col. Il fut repris par l'envie de la gravir, et il se mit en route à travers les myrtilles, les rhododendrons et les pieds de gentianes, aux larges feuilles jaunes. Mais comme il avait faim il se bourra de myrtilles, et cela prit beaucoup de temps. Il fit bientôt très chaud et le soleil était haut, lorsque son attention fut attirée par deux êtres humains qui traversaient le plateau un peu en dessous de lui ; la femme était vêtue d'une robe claire, et ils parlaient très fort, mais Jean-Baptiste ne comprit pas ce qu'ils disaient. Puis il eut peur – s'ils venaient le chercher ? Il ne fallait pas qu'ils l'attrapent, il voulait gravir sa montagne. Il courut, profitant de sa petite taille, se cacher derrière les buissons et les rochers qui parsemaient l'alpage, et, dissimulé sous une touffe, il vit le couple qui faisait de grands signes dans sa direction. Il se garda bien de répondre ; les autres n'insistèrent pas. Il resta caché tout le temps qu'ils furent en vue, ils s'en allaient par un sentier qui traversait à flanc, mais ce sentier n'intéressait pas Jean-Baptiste. Il tournait le dos à sa montagne.

Comme il avait trop chaud, l'enfant s'étendit à l'ombre d'un rocher et sombra, s'abîma dans une sieste agitée ; il s'en réveilla plus frais, mais tenaillé par la faim. L'ombre descendait de la montagne et gagnait le bas des pentes. Il grimpa jusqu'aux premiers névés et poussa des cris de joyeuse surprise en retrouvant sa vieille amie la neige, disparue depuis l'hiver. Il en mangea à pleines poignées, puis il se mit à faire des glissades, monta et descendit inlassablement le névé et cela lui prit longtemps. Quand il se fut bien amusé, la nuit était déjà là. Il entendait un peu partout dans la montagne des appels et des cris, auxquels répondait le sifflement des marmottes, et une crainte l'envahit. Il ne fallait pas qu'on le trouve, c'étaient sans doute les gens de tout à l'heure qui revenaient pour l'emmener, il ne fallait pas ! Il voulait gravir sa montagne, retrouver son papa ! et il courait comme un jeune faon égaré, zigzaguant à travers les éboulis, pris de panique. Puis il se précipita dans une faille de rocher dont l'ouverture était masquée par des branches de rhododendrons et là, bien dissimulé, le cœur haletant, il écouta. Les appels avaient cessé, il était de nouveau seul, mais cette fois il frissonnait de peur, la nuit était tombée et il lui semblait que montaient d'un peu partout d'inquiétantes rumeurs.

9

Peau-d'Âne descendit au bureau des guides quérir des renforts et sans hésitation tous ceux qui étaient libres vinrent se joindre aux sauveteurs, puis il demanda aux pompiers d'inspecter discrètement le lit de l'Arveyron, en cachette de Brigitte et de la Marie ; il se pouvait que dans la nuit le petit eût voulu traverser le pont de bois, qu'il eût glissé, qu'il fût tombé !

Le bruit de la disparition de l'enfant s'était répandu dans la vallée. Bientôt Camille Mappaz arriva d'Argentière, amenant une vingtaine de camarades ; plus tard, le commandant de l'École de haute montagne détacha tous ses soldats. Le périmètre à fouiller était bien délimité, mais par mesure de prudence ils explorèrent aussi de l'autre côté de l'Arveyron et tous les rochers des Mottets. Ils furent bientôt plusieurs centaines d'hommes, de femmes et d'enfants unis dans ces recherches, et Brigitte allait et venait au milieu d'eux, les yeux brouillés, la voix blanche, quémandant des paroles d'espoir.

« On le trouvera, n'est-ce pas ? On le trouvera ? »

Parfois, dans la forêt, la voix d'un sauveteur se joignait à la sienne, voix puissante d'un guide appelant : « Zian ! Zian ! » voix aiguë d'un enfant étonné de ne pas retrouver son petit camarade, voix tremblante d'une mère partageant les angoisses de Brigitte.

Des curieux étaient venus et discutaient. Déjà des bruits circulaient : certains avaient vu l'enfant sur la route d'Argentière, d'autres au contraire affirmaient l'avoir rencontré dans le bois du Bouchet ; alors les recherches reprenaient dans de nouvelles directions.

Vers le milieu du jour, un jeune homme se présenta. C'était un estivant d'une villa des Tines ; il pêchait dans le lac des Tines, le long de la voie du chemin de fer, et vers 5 heures du soir, il lui avait semblé voir passer un petit garçon répondant au signalement du disparu. L'enfant ne donnait aucun signe de frayeur ; au contraire, il l'avait regardé pêcher un moment ! Un peu plus tard, comme il retirait sa ligne, il s'était aperçu que l'enfant était parti.

On apporta de longues perches et on sonda le lac, mais c'était inutile, les eaux étaient si transparentes qu'on l'aurait aperçu et d'ailleurs le pêcheur l'aurait vu ou entendu tomber dans l'eau.

Claveyroz avait amené le chien Labrie ; il lui avait fait sentir les vêtements du petit, et Labrie avait trouvé une piste. Il allait et venait le long du lac, puis s'arrêtait vers le déversoir.

Des hommes entrèrent dedans, ils avaient de l'eau jusqu'aux mollets et cela excluait tout risque de noyade. Le déversoir s'écoulait sous la voie du chemin de fer, puis traversait le golf ; ils suivirent le fil de l'eau sur la prairie du golf. Labrie retrouva une piste, puis la perdit ; on ne pouvait lui en vouloir, c'était un bon chien de berger et il n'était pas dressé pour ce métier.

Néanmoins, un espoir renaissait ; on tenait une indication sérieuse. Jean Guerre conseilla d'entreprendre des recherches sur le grand terrain lui-même ; on interrogea les joueurs, personne n'avait vu l'enfant. Il est vrai que, mêlé aux petits cadets, il pouvait passer inaperçu. Les chercheurs se répartirent en tirailleurs dans l'immense plaine boisée, un autre groupe fouilla le Paradis des Praz, un autre le bois du Vorgeat qui borde l'Arve. Personne ne croyait plus à la noyade.

« Il aura eu peur des autres garnements, fit Peau-d'Âne, et plus tard peut-être d'être grondé – il a pris pour rentrer un chemin détourné, puis il s'est égaré ! »

C'était la logique même.

« Puisque Labrie a retrouvé la piste, je vais téléphoner à Genève : il y a un détective qui possède un chien policier extraordinaire ; s'il pouvait être là dans la soirée… »

Il était tard, en effet, le soir approchait.

Peau-d'Âne reconduisit doucement Brigitte à la maison : elle devait se reposer, attendre sans plus se tourmenter. On le lui ramènerait, son petit ! c'était sûr ! Mais elle ne voulut pas rentrer : elle ne voulait pas se retrouver devant le petit lit vide. Il essayait de la persuader, ils s'étaient arrêtés au pont du Paradis et ils regardaient les soldats de l'E.H.M. qui, après une brève interruption, se dispersaient dans la montagne pour de nouvelles recherches.

Leur chef vint rassurer Brigitte.

« On va battre le couloir des Praz ! fit l'officier qui commandait. Avec les gosses, on ne sait jamais ! J'en ai cherché un, une fois, en Maurienne, qui était monté tout droit devant lui. Allez comprendre les idées qui leur passent pas la tête ! »

Peau-d'Âne, qui l'écoutait, se souvint tout à coup du jour où, en compagnie de Claveyroz, ils parlaient du petit…, ce jour où le Piémontais lui avait raconté son enfance, et sa fugue dans la montagne !

« Brigitte ! Brigitte ! Je sais où il est… »

Comment n'y avait-il pas songé plus tôt ?

Il lui montrait l'aiguille de l'Index qui dressait sa pointe menaçante au sommet du couloir.

« Je parie qu'il est là-bas ! »

Il allait de l'un à l'autre et il exposait son idée ; mais personne ne voulait l'écouter. Que serait allé faire le gosse si haut ? D'abord, aurait-il pu grimper ?

On interrogea par acquit de conscience le muletier de la Flégère qui descendait ; il n'avait rien vu, rien rencontré.

La nuit était là. La deuxième nuit... !

Les hommes avaient repris les recherches et c'était comme si la kermesse continuait à travers la forêt et les couloirs envahis par les lueurs tremblantes des lanternes.

Peau-d'Âne s'était mis en tête de remonter les pentes beaucoup plus haut que les sauveteurs. Il tenait à son idée. Il avait décidé Camille à venir avec lui, et aussi Claveyroz. Le Piémontais songeait qu'il avait peut-être raison. Lui dont l'enfance avait été charmée par les légendes valdôtaines, il savait que les fées parfois attirent les enfants dans la montagne et il était tout près de croire que le petit Jean-Baptiste avait suivi la Dame blanche aux nattes blondes du dôme des Glaciers.

Ils passèrent par la Flégère, puis visitèrent la combe de la Glière ; au jour ils atteignirent la petite cabane en ruine de l'ancien alpage, mais rien ne répondit à leurs appels.

Vers 7 heures du matin, un homme arriva en courant, venant de la Charlanoz. Il les appelait à grands cris. Ils allèrent à sa rencontre et reconnurent Pierre Servettaz, essoufflé par sa course. Il s'expliqua en haletant.

Un couple d'excursionnistes genevois était passé dans les parages hier soir, venant de la Flégère ; ils avaient aperçu un enfant qui à leur vue s'était caché et n'avait pas répondu à leurs appels. Ils n'avaient pas insisté, pensant que les parents ramassaient des myrtilles dans la combe de l'Évette toute proche ; ils ne pouvaient préciser son âge, mais ils avaient remarqué qu'il dépassait à peine les rhododendrons. Ce n'est que tard le soir, en rentrant à Genève, qu'ils avaient appris par la radio la disparition du petit Chamoniard : ils avaient aussitôt téléphoné au bureau des guides, Servettaz était monté par la première benne du matin. Le détective et son chien-loup suivaient, ils seraient là dans quelques heures.

Peau-d'Âne aurait embrassé Pierre Servettaz !

Ils chargèrent Camille et Claveyroz de prévenir les sauveteurs qui battaient la forêt et le couloir des Praz.

« Moi, je suis mon idée ! disait Peau-d'Âne en jetant un regard vers l'Index. En attendant le détective, on va fouiller par là. Il est peut-être endormi quelque part ?

— Dame ! fit Servettaz, deux nuits dehors, ça compte ! »

Ils criaient régulièrement, mais seules les marmottes répondaient à leurs appels par les brefs sifflements de leurs sentinelles, répétés de combe en combe.

À la limite des névés, Peau-d'Âne retrouva les traces de l'enfant.

« Regarde ! fit-il. Il a fait des glissades sur la neige. »

Servettaz n'en revenait pas.

« Crois-tu ! Il a trouvé le moyen de jouer ! »

Il était fier de son petit Jean-Baptiste, et il criait :

« Zian ! Zian ! Sacripant… Où es-tu ? »

Le détective arriva seulement vers midi. Il était gros, l'asthme le faisait souffler, mais il paraissait plein de bonne volonté et d'initiatives. On fit sentir au chien policier quelques empreintes des pieds de l'enfant et aussitôt l'intelligente bête se mit à chercher.

Elle allait et venait dans la combe, le nez au ras du sol, donnant parfois de la voix, montant, descendant inlassablement. Puis elle partit d'un air décidé, se dirigea vers les rochers qui bordent la combe de la Glière, se dressa contre une lame de rocher et là, queue frétillante, aboya.

« Il est là ! j'en suis sûr ! » cria le détective.

Peau-d'Âne voulut écarter les rhododendrons, mais la chienne était menaçante. Il fallut attendre que le détective fût monté et il mit longtemps à gravir ces quelques mètres ; enfin il calma la bête, et les trois hommes en se penchant sur la faille purent découvrir Jean-Baptiste qui dormait, si profondément enfoncé dans sa cache qu'ils eurent toutes les peines du monde à l'en tirer.

Peau-d'Âne le prit dans ses bras, l'embrassa follement.

Le petit s'était réveillé ; il pleurait et geignait. Quand il reconnut enfin son grand ami, il était si faible qu'il ne put lui parler.

« Il est complètement épuisé, le pauvre gosse !... Vite ! En bas !... »

Mais déjà Pierre Servattaz l'avait devancé et courait vers la vallée, criant à bout de souffle :

« Il est retrouvé ! Il est retrouvé ! »

Et les sauveteurs se transmettaient ce cri d'allégresse et le relayaient vers le bas, si vite et si fort qu'il parvint quelques minutes plus tard au village des Praz.

Alors toute la vallée respira.

10

Brigitte et Peau-d'Âne repartirent le soir même. Le porteur avait hâte de reprendre le travail après quatre jours d'absence. Pourvu qu'ils se fussent débrouillés au Montenvers. Il savait qu'il pouvait compter sur ses collègues. Tous de braves types. Une chance ! Et puis il avait fait deux voyages supplémentaires, le dernier matin, avant de descendre aux Praz. Oui, ça devait s'arranger : Bournet tenait à lui maintenant, il le lui avait dit.

Ce qui l'inquiétait le plus, c'était Brigitte. La jeune femme semblait découragée et il n'osait trop lui parler de cette escapade de Jean-Baptiste, à laquelle elle paraissait attribuer des mobiles si étranges. Mais Claveyroz, dans son âme simple, ne voyait-il pas plus juste ? Tous les jeunes montagnards connaissaient de semblables crises. C'était comme si l'âme des anciens bergers se réveillait en eux, brusquement, et leur adressait de la montagne le premier appel. Ils furent accueillis au Montenvers par les porteurs : ils avaient appris la nouvelle et s'étaient relayés pour remplacer Peau-d'Âne. Mais Brigitte, cette fois, gagna sa chambre sans partager leur repas. Elle paraissait pourtant déjà réconfortée et leur sourit avec reconnaissance.

« Sans Peau-d'Âne, dit-elle, on n'aurait pas retrouvé le petit. »

Mais lui se défendait d'avoir fait plus que les autres.

« Ils étaient tous venus, de toute la vallée. Fallait voir ça », expliqua-t-il.

Ils se retrouvèrent le lendemain. Peau-d'Âne avait passé plusieurs heures depuis l'aube à préparer les charges et, quand il sortit, il faisait grand jour. Comme il avait plu vers la fin de la nuit, quelques brumes flottaient de-ci, de-là, accrochées aux aiguilles ou traînant sur la mer de Glace ; la vallée de Chamonix était sous le brouillard.

La jeune femme adapta son pas à celui du porteur. Il avait sur son crochet un sac de boulets de charbon et un petit réservoir de pétrole, et, malgré l'heure matinale, il marchait torse nu, sans souffrir du froid tant l'effort qu'il déployait était intense.

Il franchit sans trop de difficulté, malgré sa lourde charge, les rampes des Ponts et les degrés taillés dans la falaise ; puis ils abordèrent le glacier qui avait été délavé par la pluie nocturne et dont la surface était si glissante que Peau-d'Âne dut chausser des crampons légers, à quatre pointes.

Ils en profitèrent pour faire une pause.

« Ça n'a pas l'air d'aller, fit-il, observant Brigitte. (Elle était soucieuse depuis le matin.) Sacré gamin, ça te tracasse, hein, ce qui lui est arrivé ! »

Elle soupira :

« Si je n'avais pas signé d'engagement, je crois que je ne serais pas remontée à Leschaux. Je suis trop inquiète. Le petit peut faire d'autres escapades. Mon absence lui pèse, je le sens bien, et le tourmente.

— Faut pas dramatiser, c'est une aventure qui n'arrive qu'une fois dans une vie de gosse. »

Elle n'était pas convaincue :

« Il est trop indépendant, son père lui a manqué et la pauvre vieille tante lui laisse faire tout ce qu'il veut. Elle aussi me cause du souci. Elle passe ses journées à trembler, un jour c'est l'eau, le lendemain les autos sur la grand-route, la forêt… elle n'en vit plus !

— Tu n'y changerais rien, fit Peau-d'Âne. Et puis, la mésaventure de Jean-Baptiste aura servi de leçon à tous, j'ai l'impression que les gosses ne sont pas près de recommencer. »

Il se prépara à reprendre sa charge.

« Attends que je te donne un coup de main, dit-elle, le voyant peiner.

— Laisse, vaut mieux que je me débrouille tout seul. J'ai l'habitude. »

Il était bien entraîné et s'était accoutumé aux crochets, sorte de bâts pour êtres humains, qui remontent le poids très haut vers les épaules, soulagent les reins, mais par contre modifient du tout au tout l'équilibre de l'homme. Mais que de souffrances dans les débuts, que de chutes douloureuses sur les pierriers, lorsqu'il vacillait, entraîné par le poids ou déporté par le vent. Il devait alors tout arrimer de nouveau, puis se redresser, lentement, d'abord à genoux, puis appuyé sur le piolet ; maintenant, bien rares étaient ses faux pas, ses jambes tenaient, il avait discipliné son souffle et il ne sentait plus les cals des épaules au passage des courroies.

« On y va ?

— Je te suis. »

Il avançait avec précision à travers ce dédale où ses camarades et lui avaient balisé un itinéraire qui excluait les sauts de crevasses, les ponts de neige douteux, les moraines instables ; il connaissait mètre par mètre son glacier. Il pouvait le descendre sans dévier par le brouillard le plus intense ou la nuit la plus noire. Rien n'échappait à son attention, deux cailloux l'un sur l'autre, un manche de piolet brisé prisonnier des glaces, une boîte de conserve vide encastrée et visible sous sa gangue, tout lui était repère. Même les bruits, qui différaient d'ailleurs selon que soufflait le fœhn venu du col des Hirondelles, ou le courant froid issu du glacier du Géant ; et, maintenant qu'il entendait le grondement sourd des eaux du Grand Moulin, il savait que d'ici dix minutes à peine, ils trouveraient la grande table glaciaire, à l'aplomb du lac du Tacul qui constituait le dernier relais, avant la bifurcation de Leschaux.

Ils y furent bientôt. Chacun, à partir de là, continuerait de son côté.

« Pense plus à tout ça, dit-il. Bien sûr, elle a du mal, la Marie ! Ça n'est pas de tout repos un garçon comme ton Zian. Mais, dans le fond, c'est aussi son bonheur, tu le sais bien. Enfin, si jamais t'en as assez, je viendrai te remplacer quelques jours… »

Elle secoua la tête.

« Il ne peut être question de lâcher, Peau-d'Âne. Après toutes les démarches que j'ai entreprises pour obtenir ce poste, qu'est-ce que penseraient Bignol et les amis que j'ai fait intervenir ? Non, tant pis pour moi, je veux terminer la saison. Il faut que ma gérance soit sans reproche, tu comprends ? »

Il s'apprêtait à charger son sac de charbon, mais il resta un instant, le crochet en équilibre sur la dalle de granit, libre de ses mouvements.

« En tout cas, Brigitte, compte sur moi. Je téléphonerai à Jean Guerre, comme ça t'auras des nouvelles quand je remonterai. Allez, à bientôt. À r'vi ! »

Il avait recommencé la difficile manœuvre, équilibré la charge sur ses épaules, et, après avoir adressé à Brigitte un dernier signe amical, il était parti, à pas lents, posant son pied avec précaution, évitant les pierres qui s'éboulent, les trous d'eau, s'appuyant fortement sur le piolet à long manche qui lui servait aussi de support lorsqu'il voulait se reposer debout sans mettre bas son fardeau.

« À r'vi, Peau-d'Âne. Viens le plus tôt possible », criat-elle.

Elle le suivit un moment des yeux, puis, remontant le courant de Leschaux, elle s'enfonça à travers les moraines du glacier de la Noire, les yeux fixés sur la petite tache brillante de la cabane, plaquée là-bas, contre les flancs de l'aiguille de Pierre-Joseph.

Peau-d'Âne se dirigea vers Tré-la-Porte. Tout en marchant, il calculait : dans deux heures il serait arrivé, il aurait le temps de revenir prendre un chargement de planches qu'il avait porté jusqu'au sommet des séracs de l'Angle ; il fallait profiter d'une journée sans vent pour ce transport, car elles mesuraient trois mètres quarante de long, et il était obligé de constituer une sorte de balancier pour les porter en équilibre sur sa tête. C'était avec une charge pareille que le grand Bossonaz s'était donné un tour de reins l'an dernier, entraîné par le poids dans les rampes, sous le refuge. Il s'était rattrapé de justesse au bord du gouffre, mais il n'avait pu bouger de là et des touristes l'avaient découvert à demi paralysé : il n'avait pas voulu lâcher sa charge !

C'était le deuxième été que Peau-d'Âne passait sur les glaciers. Il pensa à ses copains d'atelier, qui au signal de la sirène allaient, à Billancourt, se ruer vers les vestiaires, vers la sortie, vers leurs petites chambres étroites d'où l'on apercevait à peine, entre deux toits, un coin de ciel.

Lui avait le ciel entier pour lui tout seul, et s'il travaillait dur, si par moments ses yeux, ses bras, ses jambes ne pouvaient se soustraire à l'effort imposé, du moins restait-il un homme libre, libre comme l'est le pêcheur enchaîné à sa barque et soumis aux fortunes de la mer. Il était même plus libre que les guides : ceux-ci devaient se plier aux exigences de chaque client, exécuter les courses au gré de chacun, à l'heure et au jour fixés. Lui ravitaillait un refuge. Bien sûr, là-haut, certains jours on l'attendait avec impatience et Grand Bournet faisait les cent pas de sa chambre de gardien à la plate-forme du refuge, fouillait le glacier avec ses jumelles. On attendait le pain ou la viande ou bien il n'y avait plus de charbon. Mais quels que fussent les désirs des hommes, le porteur marchait de son pas régulier, invariable, et sa force lente, irrésistible, charriait d'un bout à l'autre de l'été, de la vallée au refuge, les tonnes et les tonnes de matériaux nécessaires à la vie des alpinistes.

Il était arrivé au pied de la moraine du Requin. Le plus gros effort restait à accomplir. C'était une longue et scabreuse montée sur un terrain mouvant, sans cesse bouleversé par la pression du glacier ; les pierres se déchaussaient, le sol sableux croulait sous les pas et de gros blocs en perte d'équilibre basculaient à chaque instant et dévalaient la pente avec fracas. Il y avait bien un sentier, une piste plutôt, car pouvait-on appeler sentier cette trace toujours modifiée qui s'élevait directement vers la crête, entre deux torrents, jusqu'aux plaques de rocher supportant le refuge ?

C'était un passage redoutable pour un homme lourdement chargé, mais Peau-d'Âne, bien reposé, s'y engagea avec résignation, sans plus penser à autre chose qu'à discipliner son souffle, à poser convenablement son pied. Il décomposait mentalement la manœuvre : caler un pied, un temps de repos, prendre appui sur le piolet, poser l'autre pied, attention ! le sol s'éboule, la pierre roule ! un faux mouvement et il tomberait à son tour. Certes, il n'irait pas loin, la chute serait vite enrayée, mais ensuite que de peine, que d'efforts pour se relever !

De temps à autre, sans qu'il relâchât pour autant son attention, il lui venait comme des bouffées de conscience. Sacré métier quand même ! Il fallait l'avoir fait pour se rendre compte ! Soixante-dix kilos sur le dos, soixante-dix kilos à charrier quatre heures durant, sur de pareils parcours !

Encore un pied, puis l'autre.

Un coup d'œil vers le haut : la crête de la moraine s'amenuise.

À présent il y a ce torrent à traverser. Des fois, le matin, quand il n'est plus qu'une raide torsade de glace, il faut tailler. Mais aux heures chaudes, il court rageusement entre vos jambes. Là, ça y est !

Un court palier horizontal, voici la barre rocheuse, les rampes, les câbles qui facilitent le passage, les marches creusées dans le roc. Quand il arrivait là, il était soulagé. Le gros danger c'était la moraine, ce tremblement de terre permanent, mais à partir d'ici, il pouvait s'aider de ses bras, et pour tirer sur les bras, il ne craignait personne.

N'empêche, c'est dur de tirer tout son poids, plus une charge égale à son poids !

Il avançait mètre par mètre, sans s'énerver.

Il savait d'expérience qu'il arriverait, qu'il était arrivé.

Encore vingt pas, encore dix, la grosse pierre, l'enjambée, la prise à main droite, cette fois il y est.

Le toit pointu de la cabane brille au-dessus de la falaise : voici les murs gris du refuge, les dalles plates et solides sous le pied, la terre ferme !

Toutes les fois cela se terminait de la même manière : il traversait d'une masse la salle commune, Grand Bournet l'attendait, l'aidait à déposer sa charge, tendait le grog rituel. Lui, passait une chemise sèche, s'asseyait rompu de fatigue sur un tabouret près du poêle, le corps fumant comme celui d'un cheval qui rentre du labour, et le gardien le laissait se reposer, puis, dès qu'apparaissaient les premiers signes de détente, il lui disait de sa voix la plus douce :

« Faudra remonter encore une fois ce soir, Peau-d'Âne. J'attends une collective, ils te donneront l'excédent des sacs.

— Vous n'y pensez pas ? et les planches ? Y a pas de vent, faut en profiter !

— Et ma collective, Peau-d'Âne ! Les planches, ça attendra, on achèvera de clore le petit dortoir une autre fois. »

Il prévoyait déjà ce qui allait se passer.

Il redescendrait jusqu'au Montenvers, ferait le trajet en une heure trente, peut-être moins, à grands sauts, jusqu'à l'hôtel, et, une fois là, ceux de la collective lui laisseraient tellement de sacs, d'appareils de photos, de caméras à porter, qu'il ne saurait plus comment les étager sur son crochet. Mais en général des voyages comme ça, ça payait.

Et Grand Bournet était chic, il lui abandonnait le prix total du portage, sans prendre son bénéfice, trop content d'avoir donné satisfaction à de bons clients.

Puis, les sacs montés au refuge, Peau-d'Âne repartirait à Tré-la-Porte prendre les planches, reviendrait. Il calculait. Refuge du Requin-Montenvers : une heure trente ; retour avec les sacs : trois heures ; nouvelle descente à Tré-la-Porte : une heure ; montée avec la charge de planches : trois heures ; ensuite de nouveau le Montenvers : deux heures, car il serait fatigué.

Il arriverait à la nuit tombée. Il calculait encore : soixante-dix et soixante, cent trente, plus quatre-vingts kilos de planches, deux cent dix kilos à trois francs cinquante par kilo, total sept cent trente-cinq francs. Une rude journée mais aussi une bonne journée !

Il n'y avait plus de temps à perdre.

« D'accord ! je mange un bout et je repars. »

Grand Bournet lui apportait la soupe, la viande froide et le fromage, une grande bouteille de vin.

« T'es devenu un fameux porteur, Peau-d'Âne, tu charges au moins le double de l'an passé ! Vrai, celui qui m'aurait dit ça ! »

Car Grand Bournet n'y avait pas cru au début à ce portage entrepris par un Parisien, et voilà qu'il n'avait jamais eu de porteur aussi régulier, aussi consciencieux et qui ne se cuitait même pas une fois par semaine comme le faisait son prédécesseur, un Piémontais que le gardien avait eu à son service pendant dix ans.

Quatrième partie
LE REFUGE

1

Il avait semblé à Brigitte que deux points noirs se détachaient, très loin encore, sur le glacier de Talèfre, d'une longue file d'alpinistes montant au Couvercle, et se dirigeaient vers Leschaux. Des visiteurs, c'était extraordinaire. À moins que Peau-d'Âne... ? Mais elle ne l'attendait que le surlendemain, avec sa provision de pain. Pourtant, on venait chez elle, c'était certain : deux hommes avançaient, lourdement chargés, zigzaguant sur le glacier, dont manifestement ils n'avaient pas une connaissance familière. Ils se rapprochaient, ils seraient bientôt là.

Elle s'apprêta à quitter son observatoire, une grande dalle plate au sommet de la moraine Pierre-Joseph, d'où elle dominait, cent mètres au-dessus du refuge, la route des caravanes. Elle ramassa les bouquets épars de saxifrages et de renoncules qu'elle avait cueillies à la montée et dévala vers la cabane. Cette descente abrupte était devenue pour elle un exercice familier, et elle se laissait glisser audacieusement dans la falaise par une cheminée herbeuse dont elle connaissait toutes les prises.

Décidément, « ils venaient bien à Leschaux ».

Elle disposa ses fleurs sur les tables du réfectoire, donna un dernier coup de balai, puis, impatiente, fit quelques pas sur le sentier à la rencontre des arrivants. Ils s'étaient assis sur des pierres au bas de la moraine, et, visiblement harassés, ne paraissaient guère pressés de monter.

Elle les encouragea joyeusement, et, surpris par cette voix de femme, ils se levèrent.

Peu après, ils accrochaient, en alpinistes habitués, leurs piolets au râtelier devant le refuge, puis saluaient la jeune femme en claquant les talons.

Ils portaient l'insigne du Club de Munich et paraissaient très jeunes. Ils parlaient un français assez correct, qu'alourdissait un peu leur accent bavarois, et ils demandèrent où ils pourraient installer leur réchaud pour cuire leur dîner. Elle s'offrit à le leur faire chauffer, mais ils se renseignèrent sur le tarif et se récusèrent.

« Nous sommes trop pauvres, madame, nous ferons nous-mêmes !

— Ceci est sans importance, dit-elle. Vous êtes ici dans un refuge du Club alpin français, vous n'avez à payer que la taxe de couchage et de séjour. Le reste n'est pas obligatoire. »

Ils remercièrent, parurent gênés.

« Grande Allemagne très pauvre, trop pauvre ! » dirent-ils pour justifier leur décision.

Elle ne se laissa pas prendre au piège. Pourquoi prenaient-ils ce ton insupportable d'agents de propagande ? Au reste, elle connaissait l'antienne, elle pourrait leur répondre qu'au lieu de faire des canons... Elle détourna donc la conversation.

« En montagne, il n'y a ni riches, ni pauvres, ni Français, ni Allemands. Rien que des montagnards, rien que des hommes. »

Ils acquiescèrent poliment, mais demeurèrent sur la réserve.

Elle aurait voulu pouvoir bavarder, échanger des idées. Mais que dire à ces gens-là ? Ils étaient blonds, sympathiques, ils ressemblaient aux moniteurs qui avaient envahi les stations savoyardes ces dernières années. La plupart d'entre eux étaient retournés en

Autriche après l'Anschluss, et, d'un coup, eux qui se montraient naguère si déférents, si pleins d'égards, avaient repris morgue et assurance. Ces jeunes étaient-ils comme eux ? Elle aimait la Bavière, l'Autriche, le Tyrol et leurs populations enjouées. Les Bavarois entre autres étaient de franches natures, aimant la vie, épris de chants, et puis c'étaient des montagnards : ils faisaient partie de la communauté, de la grande famille alpine.

Mais ces deux jeunes étaient tout différents.

Ils parlaient à voix basse, gravement, et, tandis que leur Primus chuintait et répandait son bruit de vapeur, ils déballaient sur la table le contenu de leurs sacs. Ils avaient apporté un lot considérable de pitons et de mousquetons, des crampons légers, des cordes et des anneaux, et même des étriers. À l'époque, l'usage de ces derniers n'était pas très connu dans les Alpes françaises et Brigitte s'en fit expliquer le fonctionnement.

Ils s'y prêtèrent volontiers, parurent flattés que Brigitte s'intéressât à leur équipement. Ils en manifestèrent une fierté naïve.

« Et tout cela, fit-elle brusquement, pour tenter la face nord ? »

Ils ne répondirent pas.

« *Nordwand ?* répéta-t-elle.

— *Ja, ja !* »

C'était donc ça !

Elle fut dépitée.

Ainsi, ils étaient encore là, toujours les mêmes, tandis que les Français laissaient faire. N'y avait-il donc pas chez nous d'hommes capables de gravir cette paroi ?... Faudrait-il abandonner la conquête de l'éperon Walker aux Bavarois comme on leur avait laissé déjà celle de l'éperon central ? Les Allemands avaient payé de trois morts la première victoire, le prix du sang ! Et voici que d'autres jeunes arrivaient, se préparaient pour un nouvel assaut.

« Vous venez de Munich ?

— Oui, à bicyclette. (Elle marqua sa surprise.) Nous n'avons pas d'argent pour le train, nous travaillons dans les camps de jeunesse. Nous avons sollicité et obtenu un congé afin de tenter l'ascension.

— Pourquoi ?

— Pour l'honneur de la Grande Allemagne ! »

Ils s'étaient redressés machinalement, et leur attitude avait quelque chose de ridicule dans la salle froide et déserte du refuge. Se croyaient-ils à la parade ?

« Vous êtes déjà venus dans nos montagnes ?

— Jamais. Mais nous avons fait notre entraînement cet hiver dans le Kaiserggebirge, à la Flesch Bank, au Dulfer-Riss, au Lalliderwand ! »

Elle connaissait la réputation de ces hautes parois calcaires. Les gravir en hiver était certes un exploit remarquable.

Elle hasarda la question.

« Vos noms ? »

Ils se levèrent avec raideur, se présentèrent.

« Martin Altmeyer, de Munich.

— Josef Predigsthul, d'Oberammergau. »

Des inconnus.

Des inconnus de vingt ans qui s'attaquaient au plus grand problème des Alpes !

« Vous êtes bien jeunes pour tenter cette face nord, remarqua-t-elle.

— La jeunesse est la force de la nation. Les nations qui ne comptent pas sur leur jeunesse sont perdues ! »

Ça recommençait. Elle s'énerva.

« Enfin, vous ne tentez pas l'aventure uniquement pour votre pays... ? Vous aimez la montagne pour elle-même, je suppose, et vous grimpez aussi pour votre plaisir ? »

Ils parurent surpris.

« Nous irons demain à la face nord. Il le faut.

— Et si vous tombez... ?

— Nous serons des héros et des exemples pour nos camarades. Notre vie ne nous appartient pas, nous devons la donner pour notre pays.

— De cette façon ?

— De toutes les façons. Si nous tombons, d'autres nous remplaceront. Nous avons fait le serment devant nos camarades de Munich de passer ou de mourir. La cordée suivante est prête ! »

Elle était atterrée, elle n'avait jamais voulu croire à tant de fanatisme.

« Et vos familles ?

— Nous n'appartenons pas à nos familles, nous nous devons à l'État !

— Mais enfin, vous avez une mère... Y songez-vous ? »

Ils se regardèrent, souriants et excédés.

« Notre mère, c'est la même chose !

— Comment, la même chose ?

— Oui, notre mère a accepté aussi. Nous ne devons pas penser à notre mère mais à l'Allemagne et à la montagne. Nous ne sommes pas des faibles. »

Ils se regardèrent de nouveau, l'air satisfait de leur réplique.

Elle les entraîna vers la fenêtre. Le soleil se couchait sur la grande paroi ; c'était un des rares instants où elle était éclairée tard le soir, et l'on aurait dit une muraille de quartz rose, toute scintillante de lumières.

« Vous n'avez pas peur ? »

Ils admirèrent sans répondre le spectacle inattendu qui s'offrait à leurs yeux, et elle vit leur visage s'irradier.

« *Schön, wunderschön !* »

Ils étaient fascinés.

Elle les abandonna à leur contemplation, se réfugia dans sa chambre. Non ! Ceux-là n'auraient pas peur ! Elle avait lu dans leur regard qu'ils iraient jusqu'au bout. Qu'importaient les signes avant-coureurs de l'orage, les difficultés dont ils ignoraient l'ampleur, les avalanches, les chutes de pierres, la foudre, la fatigue, la faim, la mort !... Elle sut qu'ils avaient déjà sacrifié leur vie et qu'à cette heure ils n'aspiraient plus qu'à une chose : partir ! Partir au plus vite, s'accomplir dans leur destinée, quelle qu'en fût l'issue.

Cette façon d'envisager l'aventure, de provoquer le destin lui paraissait en définitive ramener l'héroïque à l'absurde. Elle aussi désirait, brûlait de s'accomplir, elle aussi ressentait non sans terreur ce besoin de se dépasser. Oui, pour elle comme pour eux la montagne était l'image vivante, la vision charnelle du grand combat intérieur, des luttes, des épreuves, des sacrifices de l'homme, de l'action dans ce qu'elle a d'intimement lié à l'idéal. Mais était-ce combattre, était-ce faire preuve de courage, était-ce vraiment se dépasser que de partir d'une table rase, le cœur vide, la pensée réduite à l'obsession d'un ordre ?

Plus tard, elle revint dans le réfectoire. Ils avaient éteint le Primus, leur repas très frugal était terminé et ils buvaient un vague ersatz de thé. Elle disposa des tasses devant eux, versa le café. Ils ne purent retenir un regard de gourmandise. Mais il se reprirent bien vite...

« *Nein ! Danke Schön !* fit rudement Josef en écartant les tasses.

— Acceptez ! fit-elle doucement. Nous boirons à la patrie de Goethe, de Beethoven, de Wagner... »

Martin leva sa tasse :

« Je bois à la mémoire de Brehm, de Rittler, et aussi d'Harringers », dit-il.

C'étaient les victimes, les morts de la grande paroi !

Elle ne put réprimer un frisson. Ainsi rien ne comptait pour eux que leur problème, leur mission. Rien ni personne ne les suivrait dans leur ascension, si ce n'était le souvenir de ces morts dont ils prenaient la relève !... Mais elle-même, n'était-elle pas obsédée tout comme eux par son problème ? Et n'était-ce pas aussi le souvenir d'un mort qui s'était associé, sans qu'elle s'en fût d'abord rendu compte, à cette image familière de la montagne ? N'était-ce pas le souvenir de Zian qui ramenait chaque soir ses yeux vers la cime solitaire, dans l'attente angoissée du secret signal qui lui parviendrait de là-haut, au seuil de la nuit ?

Pourquoi avaient-ils évoqué ces morts ? Peut-être étaient-ils, eux aussi, troublés plus qu'elle ne voulait le croire par le souvenir ? Elle eût voulu savoir, percer avec eux le mystère. Mais elle les vit impassibles, qui discutaient âprement en allemand de technique et d'équipement, rangeaient leurs cordes, leurs anneaux, préparaient leurs lanternes, leurs gourdes.

« Nous partirons à 11 heures, fit Josef à Brigitte. Ne vous dérangez pas. Voici la taxe. »

Ils avaient fait le compte exact.

Martin remettait de l'ordre dans la salle. Elle l'arrêta.

« Laissez ! Allez vous reposer, vous aurez besoin de toutes vos forces. »

Ils n'insistèrent pas.

Elle nettoya le réfectoire, sortit sur le balcon. La nuit livide couvrait le massif du Mont-Blanc, et on aurait dit que la grande paroi, tassée sur elle-même, n'était plus qu'un gnome bossu. Elle n'avait, sous cet éclairage, ni grandeur ni beauté ; c'était un caillou sans dimension, perdu parmi d'autres cailloux. Puis, brusquement, l'avalanche du soir se déclencha sous les séracs et son tumulte emplit la combe. On eût dit une attaque d'artillerie sur une position lointaine. Brigitte pensa à la guerre, les dernières nouvelles étaient menaçantes. Ce soir encore nous étions en paix avec l'Allemagne, mais cela ne pouvait durer ; l'orage grondait, il allait éclater, et des milliers de jeunes Allemands, demain peut-être, déferleraient sur l'Europe, sur la France !... Elle se dit que si tous ces jeunes étaient mus par le même fanatisme, il fallait s'attendre aux pires désastres. Oui, la lutte que les deux grimpeurs allaient entreprendre cette nuit et les nuits et les jours qui allaient suivre prenait tout son sens. Pour eux, la guerre était déjà commencée.

Les Bavarois s'étaient étendus sur les bat-flanc du dortoir, mais ils ne pouvaient sans doute pas dormir, car elle les entendit jouer de l'harmonica ; puis l'un d'eux chanta et son camarade se joignit à lui. Leurs chants étaient lents, graves ; la musique en était belle. Mais il y avait dans leurs voix tant d'implacable passion qu'elle frissonna d'énervement, d'inquiétude, de peur pour tout dire.

Vers 11 heures du soir, Josef et Martin se levèrent et s'équipèrent méthodiquement. Un peu plus tard, Brigitte les rejoignit. Elle les accompagna jusqu'à la porte.

«Au revoir, Martin ! Et vous aussi, Josef ! »

Elle leur tendait la main, elle voulait encore espérer.

« *Auf Wiedersehen !* » firent-ils.

Ils n'avaient plus le visage extatique qu'elle leur avait vu quelques heures auparavant. Ils étaient froids, réservés, mais elle nota un éclair furtif de satisfaction sur leur visage. Ils prirent sans hésitation la main qu'elle leur tendait, la serrèrent vigoureusement.

« *Danke Schön,* madame ! Nous reviendrons ! Bientôt ! »

Elle leur montra la face nord.

« Vous aurez des conditions acceptables, dit-elle. Demain, je vous suivrai à la jumelle. Bonne chance ! Soyez prudents ! »

Ils éclatèrent de rire.

Pouvait-on être prudent lorsqu'on s'attaquait à l'éperon Walker !

Ils sortirent l'un derrière l'autre.

Josef brandissait sa lanterne, sondait le vide devant le refuge, puis il partit avec décision et Martin lui emboîta le pas dans le raide sentier qui descend au glacier.

Elle entendit décroître le bruit de leurs piolets, puis elle aperçut le feu follet de leur lumière sautiller sur les blocs, de plus en plus bas, dans le grand gouffre de la nuit.

2

Brigitte dormit très peu cette nuit-là et fut debout à la pointe du jour. Il y avait sur les neiges du mont Blanc des traînées rouges, mais elles disparurent vite. Elle crut pourtant deviner à des signes imperceptibles qu'un changement de temps allait s'opérer. Les montagnes « se rapprochaient », on eût dit que la grande face nord s'élevait tout à coup contre le refuge alors qu'il fallait près de trois heures de marche pour en atteindre la base. Tous les détails de la paroi apparaissaient nettement. La jeune femme prit ses jumelles, gagna rapidement son observatoire de Pierre-Joseph, et là-haut, allongée sur la dalle grise, fouilla la montagne.

Ils allaient très lentement.

Vers 10 heures du matin seulement, ils atteignirent la petite brèche qui marque au bas de l'éperon le début de l'ascension, et, tard vers le soir, elle les aperçut encore qui cramponnaient péniblement dans les névés suspendus où s'étaient arrêtées les tentatives précédentes. Réussiraient-ils là où les plus célèbres cordées avaient échoué ?... Elle fut bientôt fixée. Juste avant la tombée de la nuit, elle les vit redescendre avec difficulté la pente de neige, sous le « linceul », et installer leur bivouac sur une petite plate-forme à l'abri d'un surplomb rocheux. Il faisait maintenant trop sombre pour qu'elle pût les distinguer et elle revint vers le refuge. En cours de route, à plusieurs reprises, elle lança des appels, mais personne ne répondit. Puis, dans la soirée, peu avant qu'elle allât se coucher, elle repéra dans le bas de la face une petite lumière, qui après une brève apparition s'éteignit. Sans doute économisaient-ils leurs bougies. Le temps s'était maintenu au beau en dépit des mauvais présages du matin. Mais quel temps auraient-ils demain ? Elle les imaginait blottis sur la petite vire encastrée dans la masse obscure. Ils étaient désormais rivés, confondus à la montagne. Ils en faisaient partie intégrante.

Brigitte, cette nuit encore, ne put apaiser l'angoisse, l'étrange tourment qui l'envahissait. Après tout, ce n'était pas son aventure. Et pourtant… ! Son esprit ne parvenait pas à se délivrer de l'obsédante vision qui la tenait éveillée. Elle se souvenait de ce soir où ils avaient, Peau-d'Âne et elle, regardé la haute paroi se résorber dans la nuit, comme finit par s'effacer un rêve. Jusqu'au dernier instant ils avaient scruté, à l'aide des jumelles, les pans illuminés de la muraille au-dessous de l'éperon Walker, cherchant à déceler sous l'éclairage propice du crépuscule la voie incertaine qui, au-delà de la rimaye, offrirait peut-être un jour une chance à l'audace. Mais plus tard, restée seule dans l'ombre glacée qui entourait le refuge, elle avait été saisie d'effroi à l'idée de pareille aventure. Et c'était à présent avec le même effroi qu'elle songeait aux deux Bavarois engagés là-haut dans leur folle entreprise. Car c'était folie que de s'être jetés ainsi, sans même un regard sur les difficultés à vaincre, en plein inconnu ! Oui, c'était folie, et elle se sentait tout à coup responsable. Pourquoi n'avait-elle pas insisté davantage, pourquoi ne s'était-elle pas acharnée à les dissuader, à retarder au moins leur départ ? Il lui semblait qu'elle aussi était fascinée, qu'elle avait cédé non pas à la volonté de ces fanatiques, mais à celle de la montagne !

Il lui vint d'étranges pensées. Ah ! si Peau-d'Âne eût été là !

Elle chercha à apaiser ses craintes. Certes, les grimpeurs progressaient de façon anormale ; mais elle mit cela sur le manque d'expérience de l'escalade dans ce massif. Ils étaient habitués à pitonner avec lenteur dans leurs parois calcaires, et ils adoptaient ici la même méthode, utilisant sans doute des pitons là où ils n'étaient pas indispensables, ne sachant pas s'assurer autrement qu'en plantant une fiche de fer et en y enclenchant un mousqueton.

Cette pensée la réconforta. Il valait mieux qu'ils prissent leurs précautions ! Mais tout, en définitive, était une question de temps. Celui-ci se maintiendrait-il au beau ?

Le lendemain, en se levant, elle constata que les menaces de la veille étaient loin d'être dissipées. Il n'y avait pas encore péril, cependant des nuages capelaient le sommet du mont Blanc et des traînées livides parcouraient le ciel ; c'était signe de vent en très haute altitude et ce vent venait de l'ouest et du sud. Ses premiers effets se manifestaient déjà sur la crête sommitale des Jorasses, où une sorte de rouleau formé de lourds cumulus débordait légèrement l'arête, mais cette offensive venue du sud était refoulée par les courants froids du massif du Mont-Blanc. Le phénomène était bien visible sur le col des Hirondelles, où, l'appel d'air étant plus considérable, les nuages s'effilochaient par endroits en longues lanières descendantes qui se désagrégeaient et disparaissaient en une buée invisible. Partout ailleurs, le temps était beau, le ciel clair. Il faisait chaud – trop chaud peut-être –, mais aux abords du mont Blanc la menace s'accentuait. C'était maintenant une queue touffue de nuages qui s'étalait sur le plateau du dôme, à plus de quatre mille mètres d'altitude, envahissait le mont Maudit, puis le mont Blanc du Tacul.

Brigitte était suffisamment expérimentée pour savoir que la soirée allait être décisive.

Elle seule pouvait suivre la marche du temps, ayant, de Leschaux, le recul suffisant. Josef et Martin, collés à la muraille, absorbés par les difficultés de l'escalade, ne voyaient pas venir la menace. Pourtant, au simple aspect des rouleaux de nuages franchissant le col des Hirondelles, un alpiniste habitué au massif aurait fait demi-tour ; mais eux ne tiendraient pas compte de cet avertissement – peut-être même en souriraient-ils ? Elle les avait vus partir, décidés à prendre tous les risques, à continuer coûte que coûte, malgré le vent, la neige ou le verglas. Ils devaient passer ou mourir !

Où en étaient-ils à cette heure ?

Il lui fallut de longues recherches à la jumelle pour les retrouver. Avec le jour, tout avait changé. Les proportions s'étaient altérées, le relief n'était plus le même. Elle ne retrouva pas la plate-forme du bivouac, mais elle put découvrir la trace profonde qu'ils avaient laissée dans la neige lourde du soir, en redescendant. Elle jeta un coup d'œil sur le glacier en bas, par acquit de conscience. Peut-être avaient-ils abandonné ?

Mais non ! elle n'apercevait rien : le glacier était vide. Alors ?…

Alors, c'était incroyable mais évident ! ils avaient forcé le passage, clef de l'ascension, celui-là même qui avait stoppé toutes les tentatives antérieures des Français, des Suisses, des Italiens et des Allemands les plus qualifiés. C'étaient bien eux qui manœuvraient lentement quelque cent mètres plus haut, vers la droite de la zone du bivouac. Ils avaient franchi le surplomb noir, et maintenant l'un d'eux taillait des pas en oblique sur le côté de l'éperon, contournait le fil de l'arête comme s'il avait l'intention de rejoindre le grand couloir entre les deux pointes des Jorasses. Jamais jusqu'à présent on n'avait été si haut ; cependant, les Bavarois n'avaient pas gravi le quart de la paroi, et ils étaient au deuxième jour de leur ascension.

Elle les perdit de vue vers 4 heures de l'après-midi, dans une sorte de cheminée-vire où ils avaient tout à coup monté plus rapidement ; sans doute le rocher était-il plus facile ! Mais Brigitte observa avec souci qu'ayant contourné l'éperon, ils ne pourraient apercevoir l'orage qui menaçait sur le col des Hirondelles. Si au moins ils tenaient compte des nuées qui avaient subitement enrobé le sommet de l'aiguille Verte ! C'était le signe décisif. Les vieux du pays le répétaient assez : « Quand la Verte veut, le mont Blanc ne peut ! » Et maintenant la Verte voulait du mauvais temps, appelait l'orage, et eux là-haut grimpaient comme des brutes, inconscients de l'énormité du danger, et plus ils montaient, plus ils s'engageaient dans le piège.

Quand Peau-d'Âne arriva tard dans la soirée, elle était très inquiète ; elle le mit au courant de ce qui s'était passé. Il n'était pas disposé à s'apitoyer.

« Des nazis !... laisse-les se débrouiller avec la montagne ! Pendant ce temps-là, ils nous fichent la paix.

— Peau-d'Âne ! ce sont des alpinistes, des montagnards comme toi et moi !

— Comme toi et moi ? Il me semble que tu exagères. »

Mais quand il apprit qu'ils avaient dépassé le point fatidique, le surplomb du bas de l'éperon qui avait arrêté tous les autres, il marqua sa surprise puis son admiration.

Une brusque rafale de vent qui secoua le refuge tout entier vint les rappeler aux réalités : l'orage arrivait. Peau-d'Âne l'avait vu venir depuis la mer de Glace. De grands nuages couraient maintenant au-dessus des séracs du Géant et se déchiraient en charpie sur les aiguilles de Chamonix. Le vent, le grand vent de la tourmente précédait la pluie, ou la grêle, ou la neige ?

Chose curieuse, la perturbation qui s'était étendue à tout le massif avait cependant laissé indemne un étroit secteur, et ce coin privilégié c'était la moitié inférieure de la face nord des Jorasses. La masse de nuages couvrait partout ailleurs la montagne, rasait maintenant l'arête de Pierre-Joseph au-dessus du refuge, mais la base de la grande paroi était épargnée ; elle constituait une zone de calme que respectaient les nuages ; ceux-ci s'arrêtaient à hauteur de la deuxième bande de névés aux deux tiers supérieurs de la face, puis ils contournaient l'éperon Walker sans l'atteindre et déferlaient sur le glacier de Leschaux par la coulée du col des Hirondelles. Ainsi les Bavarois, abrités du vent, ignorant l'ampleur de la perturbation, pouvaient-ils croire à une simple et lointaine escarmouche.

Peau-d'Âne fut catégorique.

« S'ils ne descendent pas tout de suite, ils sont foutus ! C'est du grand mauvais qui s'amène !

— Si nous allions jusqu'au pied de la paroi, on leur crierait de redescendre ?

— Et tu crois qu'ils t'écouteraient ? même s'ils t'entendaient avec le beuglement de taureau du vent dans les couloirs ? Non ! Ils continueront, ils s'entêteront, y a rien à faire avec des orgueilleux pareils... »

Elle dut convenir qu'il avait raison.

Peau-d'Âne reprenait son crochet, passait sa cagoule.

« Tu pars ?

— Je me grouille ! Je vais me faire saucer sur la mer de Glace !

— Peau-d'Âne !

— Quoi ?

— Reste ici ce soir. J'ai peur. Ils peuvent appeler, demander du secours ! Que ferais-je toute seule ?... »

Il n'y avait pas songé.

Mais, en vérité, de quoi s'inquiétait-elle ? Il n'y avait rien à faire. Si les Allemands ne redescendaient pas par leurs propres moyens, qui s'aventurerait dans cette maudite face pour les secourir ? Personne. Ce qui était folie de leur part le serait aussi pour quiconque essaierait de les rejoindre. Libre à eux de tenter l'impossible, mais les autres, de quel droit seraient-ils tenus de partager les risques ?

Et cependant, Peau-d'Âne sentait confusément qu'il ne pourrait s'en tirer de la sorte. Était-ce Brigitte qui l'influençait ? Brigitte qui avait peur, se tourmentait, et depuis deux jours se passionnait étrangement pour cette folle aventure, y participant de loin plus qu'elle ne voulait le dire… Était-ce pour elle qu'il resterait… ou bien… ?

Il était debout sur le seuil du refuge et réfléchissait.

Dehors, la pluie commençait à tomber en rafales et crépitait sur les tôles, le grand cirque glaciaire était survolé par les nuages perdus qui voguaient çà et là, passant les brèches et les cols comme aéronefs à la dérive.

Non, il ne pouvait abandonner Brigitte…

Une brusque détonation claqua, rebondit à travers l'espace d'écho en écho, et une violente averse se mit à tomber. Après cet avertissement, la tourmente sévit dans toute son intensité, ce ne fut plus qu'une succession d'éclairs, de coups de tonnerre répercutés d'une cime à l'autre avec fracas. La combe de Leschaux s'emplit de brouillard qui calfeutra tous les bruits et ils n'entendirent plus que le glouglou monotone de l'eau coulant dans les gouttières, et le sifflement du vent.

Peau-d'Âne rentra, ferma la porte.

« Ça va… Je reste.

— Merci ! dit Brigitte, soulagée.

— Ça se gâte trop ! fit-il pour se donner une raison. On verra demain si on peut les repérer à la jumelle. »

Brigitte prépara le repas.

Elle était détendue. La présence de son compagnon donnait au refuge une vie nouvelle, une animation intime et rassurante. Peau-d'Âne, d'ordinaire silencieux, parlait maintenant avec volubilité et elle le laissait faire, heureuse d'écouter sa voix, cette voix familière, ces paroles amicales qui la rendaient enfin à elle-même. Peau-d'Âne la questionnait avidement sur l'état d'esprit des deux Bavarois, sur leur équipement, leur technique. Elle lui fit part de toutes les observations auxquelles elle s'était livrée depuis le soir où elle les avait vus, du haut de la moraine, se détacher des autres caravanes et prendre seuls le chemin de Leschaux. Il se fit expliquer tout dans les moindres détails ; elle dut lui décrire leur itinéraire, les difficultés de leur progression, la vire où ils avaient installé leur bivouac, l'endroit précis de la paroi où elle les avait aperçus pour la dernière fois. Puis il parut se désintéresser de nouveau de leur sort. Il revenait à ses propres préoccupations, à son métier, lui racontait ses lentes allées et venues à travers les blocs, les crevasses, le chaos des glaciers. Il osa lui parler de Zian, il lui dit son admiration, sa peine, si sincèrement, si simplement qu'elle en fut tout à coup bouleversée. Elle fut surprise de retrouver chez lui les mêmes expressions, le même ton grave, tranquille, heureux qu'avait le guide quand il parlait des choses qu'il aimait. Jamais personne, à commencer par elle-même, n'avait eu le courage depuis son retour de rappeler vraiment ces souvenirs à la vie. Tous ceux qui eussent pu l'y inciter, qui eussent pu l'y aider, ses amis, ses proches, semblaient s'être mis d'accord pour ne pas rouvrir cette porte, comme frappée d'interdit. Tous, sauf deux. Sauf Peau-d'Âne, sauf son fils. Car elle ne doutait plus que l'escapade de Jean-Baptiste n'eût eu cet inconscient et profond motif. Peau-d'Âne savait-il de quels chemins perdus il avait cette nuit-là ramené le petit enfant qu'il serrait dans ses bras ? De quel amour, de quel bonheur pour elle perdus et qu'il avait, lui tout seul, tout petit, si merveilleusement retrouvés ?

Ils veillèrent tard, heureux l'un et l'autre de ces longues confidences qui les délivraient subitement de leur solitude. Et ils auraient poursuivi leur conversation durant la nuit entière s'ils n'avaient été troublés par un silence à vrai dire surprenant. Au bruit régulier de la pluie crépitant sur les tôles, au souffle du vent qui faisait gémir le refuge, avait en effet succédé un silence hors nature.

Que s'était-il produit ?

« Sortons voir ! » dit Peau-d'Âne.

Ils s'emmitouflèrent dans leurs duvets, ouvrirent la porte. Dehors, le froid était devenu très vif ; il n'y avait plus de brumes et le vide se creusait sous la galerie. On devinait au fond du gouffre le fleuve lent du glacier, sous le ciel de nouveau criblé d'étoiles. L'orage était passé, continuant sa route vers l'est, partant ravager plus loin d'autres vallées.

La face nord des Grandes Jorasses était plaquée de neige jusqu'à mi-hauteur et, malgré la nuit, on distinguait cette blancheur insolite au-dessus du noir des abîmes.

« S'ils ne crèvent pas de froid, dit Peau-d'Âne, ils auront de la chance !

— Crois-tu, avec leur équipement ? »

Le porteur hochait la tête :

« J'ai bien peur qu'ils ne puissent s'en tirer tout seuls. Et demain il sera peut-être trop tard.

— Trop tard ? fit Brigitte.

— Oui, dit-il. En tout cas, rien à faire avant le jour. On est bien obligé d'attendre. Encore heureux si on arrive à les repérer avec les jumelles !

— Allons nous reposer, nous aurons peut-être besoin de toutes nos forces demain matin. »

Elle lui donna une bougie allumée et il passa dans le grand dortoir vide. Elle restait debout dans l'encadrement de la porte, élevant un autre lumignon.

« Tu as le choix ! Dessus, dessous, à droite, au fond… Mais, si tu veux un conseil, prends deux paillasses et mets-les dans le coin supérieur de droite, c'est le meilleur. Tiens ! Prends ! (Elle lui jetait deux couvertures pliées.) Auras-tu assez chaud ?

— Ça va ! Salut, Brigitte. Je te réveillerai au jour. D'ici là, dors, on n'a rien de mieux à faire ! »

Elle passa dans sa chambre-cuisine, se glissa dans son duvet, souffla la bougie, écouta.

Il n'y avait plus aucun bruit.

Le gel avait tout scellé en altitude, rocs et glaces, et ce silence lui pesait, lui apparaissait plein de menaces… Quand, tout à coup, elle entendit la respiration du porteur harassé.

Alors, elle fut apaisée.

Un homme qui respire ! Une présence… Un soutien… Elle n'était plus seule.

3

Ils se levèrent à la pointe du jour, sans se concerter, mus par la même curiosité, ravagés par la même anxiété. Le froid avait pénétré dans le refuge ; il laissait préjuger de la température qui régnait à haute altitude.

« Allons voir où ils en sont ! » décréta Brigitte.

Le ciel était pour l'instant découvert, mais risquait de se brouiller à plus ou moins brève échéance. Il y avait en effet très haut comme un voile, un léger frissonnement brumeux formé de longues bandes de stratus, et le lever du soleil fut livide. À peine ébauchée sur la cime du mont Blanc, une mince coupole de lumière s'était évanouie, pour laisser place un peu plus tard à une sorte de clarté jaunâtre et indécise. La neige était tombée irrégulièrement, descendant très bas sur les flancs exposés à l'ouest, et n'apparaissait qu'à un niveau beaucoup plus élevé dans les parois abritées du vent. La moitié de la face des Jorasses, vers 3 600 mètres d'altitude, avait été épargnée.

Ils fouillèrent la haute muraille à l'aide de puissantes jumelles sans rien découvrir. En désespoir de cause, Peau-d'Âne siffla longuement dans ses doigts, écouta. On ne répondait pas ! Il douta qu'on pût entendre son appel de si loin. Le seul indice de la présence des Bavarois restait cette traînée noire sur l'écharpe de glace qui marquait leur cheminement de la veille.

« Il faut monter jusqu'à la rimaye ! proposa Peau-d'Âne.

— Je prépare du thé et des provisions », décida Brigitte.

Il s'affaira pendant ce temps à trier des cordes, à couper des anneaux, à sélectionner des pitons. Ils emportèrent leurs crampons.

« Prends aussi une lanterne et des bougies et la pharmacie portative », conseilla-t-il.

Allaient-ils s'engager, eux aussi, dans l'inévitable ? songeait Brigitte. Car tout ce matériel était inutile pour une simple reconnaissance au pied de la paroi. Quelle pensée prenait corps dans le cerveau de Peau-d'Âne, quelle crainte, quelle tentation ? Affronter la face nord !... Elle le regarda, haletante d'émotion, mais elle ne protesta pas.

Peau-d'Âne crut bon de justifier ses préparatifs minutieux.

« Faudra pt'être grimper un bout dans la paroi.

— On fera comme tu décideras. »

Ils dévalèrent la moraine, puis remontèrent à leur tour le berceau harmonieux du glacier, jusqu'aux grands névés qui festonnaient la base de la montagne. Ils marchaient rapidement, en silence, le regard rivé vers le haut.

Et pourtant, c'était désespérant de lenteur. Plus ils avançaient, plus la paroi s'éloignait, se renfrognait, plus elle perdait aussi de son élancement, de son prestige, n'offrant à l'œil que ses laideurs et ses difformités, ses lourdes écailles de glace, le noir de son granit suintant de verglas, et les traînées livides des avalanches et des coulées de pierres dans les cheminées feutrées de neige.

Deux heures plus tard, ils étaient à la rimaye. Ils découvrirent les vieilles traces, appelèrent, se tordirent le cou à scruter les plis mystérieux de la gigantesque muraille. Rien ne répondit ! Il semblait que la paroi des Grandes Jorasses fût enrobée de silence, isolée du monde des vivants ; ils eurent l'étrange sensation qu'une fois engagés dedans, ils entameraient une vie nouvelle sans plus aucun rapport avec leur existence antérieure.

Il fallait accomplir le premier geste, celui qui les retrancherait du connu et les projetterait dans l'inconnu redoutable.

Ils s'encordèrent.

La rimaye était facile ; ils purent la contourner par un pont de neige et un petit mur de glace. Au-dessus, il n'y avait plus rien d'horizontal ; aussi haut qu'ils pussent porter le regard, ils ne voyaient que surplombs renversés, couloirs vertigineux, plus rien de reposant, pas une ligne courbe, harmonieuse. C'était le domaine de la brutalité et des combats, alors que, juste sous leurs pieds, passé le frêle obstacle de la rimaye, tout semblait adouci, paisible.

« Montons jusqu'à la petite brèche ! suggéra Peau-d'Âne. De là-haut, on pourra fouiller le versant ouest de l'éperon. »

Il donna avec rage un premier coup de piolet.

Le passage était délicat, mais non exceptionnel ; tous deux avaient franchi des murs de neige aussi redressés, et puis ils retrouvèrent les marches confortables que les Allemands avaient taillées, au risque de perdre un temps précieux.

Peau-d'Âne, que semblaient stimuler les difficultés à vaincre et la présence du danger, montait avec calme, retaillant parfois un passage pour inciter Brigitte à la prudence.

« Faut penser qu'on reviendra, nous ! »

Une heure après avoir franchi la rimaye, ils étaient à la brèche ; l'autre versant était tout revêtu de glace noire, mais en utilisant le fil de l'éperon, en se faufilant entre glace et rocher, les Bavarois avaient pu passer.

Depuis la brèche, la paroi avait encore changé d'aspect. Ils n'auraient pu évaluer, même approximativement, la distance verticale qui les séparait de la Pointe Walker s'ils n'en avaient su la hauteur exacte. Dans le raccourci de la perspective, elle paraissait toute proche, et tendre à portée de main ses bombements gris ou noirs, rocheux ou verglacés. Ils pouvaient du moins voir en détail, de l'endroit où ils se trouvaient, le ressaut que les Munichois avaient été les premiers à franchir. Il paraissait inabordable, tant il était redressé, lisse, hostile pour tout dire ! S'ils n'avaient eu la certitude que les autres l'avaient surmonté, ils l'auraient estimé infranchissable ; contre ce mur renversé étaient venues mourir toutes les tentatives précédentes, et pourtant les Bavarois étaient là-haut !

« J'aperçois leurs traces ! s'écria soudain Brigitte. Tiens, on les voit à l'œil nu ! Ils ont traversé au-dessus du grand mur surplombant ! »

Elle exultait ! Ils avaient renoué le fil rompu.

Cela ne faisait que confirmer ce qu'ils avaient appris en observant de loin leur progression à la jumelle ; mais au-dessus du mur sinistre, que se passait-il ? La montagne était silencieuse. Peau-d'Âne et Brigitte guettaient vainement le moindre indice. L'un de ces signes qui d'ordinaire trahissent la présence d'une cordée : coups de marteau sur les pitons d'acier qui vibrent et chantent ! débris de glace ou de roc qui tombent dans les couloirs ; matériaux qu'on dégage et qu'on envoie par-dessus bord. Mais rien de tout cela ne se produisait ; il régnait là-haut un silence de mort. La même pensée leur vint.

« Et s'ils étaient tombés ? »

Ils fouillèrent les rimayes.

La pente de la face nord est tellement forte qu'en général tout ce qui tombe de la paroi franchit la grande crevasse et va s'éparpiller plus bas sur les derniers névés. Ils ne virent rien d'anormal sur le glacier, sinon des pierres, des coulées de neige durcie. Rien qui pût ressembler soit à un corps humain, soit à une partie d'équipement alpin, sac, piolet… !

« Bizarre ! fit Peau-d'Âne. S'ils ne sont pas tombés, ils devraient nous entendre !

— Ils sont peut-être dans les zones supérieures.

— Ils ont peut-être vaincu ! »

Cette éventualité leur parut peu vraisemblable ; les Bavarois montaient trop lentement, l'orage les avait surpris au quart inférieur de la paroi. Non ! plus haut dans la face aucune caravane au monde ne pourrait monter ni descendre : la neige fraîche recouvrait tout et du rebord des vires pendaient des franges de stalactites.

Alors ?... Étaient-ils morts de froid au bivouac ?

Cela aussi paraissait impossible.

L'orage n'avait pas été assez violent ; Josef et Martin étaient jeunes, bien équipés, et puis ils étaient soutenus par une volonté insensée, mais formidable. Même dans des conditions bien plus terribles, ils eussent tenu.

« Appelons encore... Qui sait ? » suggéra Brigitte.

Ils unirent leurs voix et crièrent à se rompre les veines du cou ; leur appel se répercuta longuement et dans le prodigieux silence de la montagne sa force et son amplitude paraissaient décuplées. Ils écoutaient, reprenaient leur souffle, puis criaient de plus belle... Tout à coup, Brigitte saisit le bras de Peau-d'Âne :

« Écoute... On dirait... ! »

Un cri lointain descendait jusqu'à eux comme un écho affaibli de leurs propres appels.

Ils doutèrent ! le silence s'était fait de nouveau. N'étaient-ils pas victimes d'une illusion ?

« Crions encore ! dit Peau-d'Âne. Il faut en avoir le cœur net. »

Ils lancèrent un vigoureux appel qu'ils prolongèrent jusqu'à la limite de leur souffle, puis se turent, écoutèrent. La réponse vint, ténue, lointaine mais indubitable...

Ils devaient être très haut, bien au-dessus de la muraille de granit.

« Après tout, peut-être n'ont-ils pas besoin de nous ? » observa Brigitte.

Déjà naissait en eux la tentation, le fol espoir de redescendre. Si les autres étaient vivants, ils reviendraient bien tout seuls ! Il était encore temps de se dégager. Eux-mêmes n'avaient pas dépassé la première marche du gigantesque escalier. D'ailleurs, le temps se gâtait, les nuages s'amoncelaient au-dessus des Alpes, les aiguilles étaient livides. C'était un signe ! Cependant, le col des Hirondelles restait découvert et l'orage, s'il devait éclater, ne surviendrait pas avant plusieurs heures. Ils n'avaient donc aucune excuse... Ils eurent honte de cette défaillance.

« Je vais siffler trois fois à la minute, comme si je répondais à des appels de secours, on verra bien », fit Peau-d'Âne.

Les trilles du sifflet portaient nettement plus loin que la voix. Le porteur siffla une première fois, compta jusqu'à vingt, siffla une deuxième fois, recompta, siffla une dernière fois. Puis il attendit une minute et recommença...

Au troisième appel, des sifflements prolongés répondirent. Il compta, haletant : un, deux, trois, quatre, cinq, six... six appels à la minute !

« Ils demandent du secours ! fit-il d'une voix basse, c'est le code. »

Ils eurent tous deux un regard désespéré vers la vallée de neige qui étalait sous leurs pieds, toutes proches, ses pentes douces, immaculées...

« Les salauds ! s'exclama Peau-d'Âne. Quand on n'est pas capable de grimper, on se tient tranquille ! À présent, va falloir aller les chercher ! Le mieux, c'est qu'on redescende prévenir les guides !

— Et s'ils sont blessés, et s'ils mouraient pendant ce temps ? »

Il baissa la tête :

« T'es meilleure que moi, Brigitte... T'as raison, perdons pas de temps. »

Déjà ils gravissaient l'arête enneigée en direction de la grande paroi. Puis ils trouvèrent de la glace vive ; les grandes difficultés commençaient, mais il y avait encore quelques traces des marches taillées par les Bavarois. Ils les utilisèrent.

Enfin, s'élevant par des rochers faciles, ils vinrent buter contre la paroi surplombante. C'était l'endroit marqué par une croix sur les photos des revues montagnardes, le point extrême atteint au cours des tentatives précédentes. Vraisemblablement, les deux Munichois avaient bivouaqué sur cette terrasse ; il y avait encore, recouvert de neige, une sorte de muret de pierres sèches, un débris d'anneau de corde, des boîtes de conserve vides.

Par où avaient-ils pu grimper ?

Ils examinèrent la falaise avec stupeur. Elle était striée sur trente mètres par deux fissures verticales.

« Là, là, fit Peau-d'Âne. C'est par là ! »

Et il montrait à Brigitte deux pitons tout neufs abandonnés dans l'une des failles.

Le chemin leur était indiqué. À vrai dire, sans cette certitude que d'autres avaient franchi le passage, ils ne s'y seraient pas aventurés ; c'était beaucoup trop exposé. Mais, dans ces conditions, ils n'hésitèrent pas. Ils crurent entendre encore un faible appel venant d'en haut, si lointain, si désespéré qu'ils en eurent un moment le frisson. Mais puisque les autres étaient en danger de mort, ils étaient prêts à prendre des risques.

« J'y vais ! fit Peau-d'Âne. Tu connais la manœuvre ? Je m'encorde à double sur soixante mètres, à chaque mousqueton une corde tendue, alternativement, c'est pas sorcier. De la patience, c'est tout. Attends ! »

Il sortait la cordelette, mesurait une longueur, fabriquait deux longs anneaux.

« Ils me serviront d'étriers.

— Tu avais donc tout prévu… ? »

Il s'éleva le long de la fissure tandis que Brigitte, attentive, suivait des yeux ses gestes. Il montait avec une lenteur et un calme impressionnants, se déplaçant avec sûreté, de piton en piton. Il les plantait à grands coups de marteau réguliers et puissants, puis soufflait, vérifiait qu'ils tenaient solidement et donnait ses ordres :

« Du mou ! Tire sur la corde droite, encore ! Lâche l'autre, du mou, bon sang ! Bon ça va... bouge plus ! »

Elle entendait le bruit rassurant des mousquetons qui s'enclenchent, Peau-d'Âne y passait un anneau de corde qu'il utilisait comme étrier de repos et poursuivait sans répit son travail de géant.

Grâce aux deux pitons déjà en place, ils avaient gagné du temps. Une heure plus tard, Peau-d'Âne avait surmonté cette première grande difficulté et il lança joyeusement comme un ordre à Brigitte :

« Viens !

— Je dépitonne ?

— Bien sûr que non. T'as pas l'intention de redescendre ? »

Franchir la barre rocheuse n'était rien – un bon rappel de corde ! Mais, au-dessous, les névés paraissaient terriblement inclinés, et les marches peu sûres. La vue seule de pareils abîmes était une incitation à continuer. Mieux valait encore regarder vers le haut !

Elle s'éleva dans la fissure, puissamment aidée par la corde bien tendue.

« Fie-toi à la corde, disait Peau-d'Âne, ménage tes forces, on en aura besoin plus haut ! (Il ne contenait plus sa joie.) Est-ce que tu te rends compte qu'on est les premiers Français à avoir franchi ces sacrées dalles ! Tu sais pas, si ça va bien, on y reviendra tous les deux. Ça doit bougrement aider de connaître une partie de l'itinéraire ! (Elle ne répondit pas.) Fatiguée ?

— Oh ! non. »

C'était pis que de la fatigue, une peur, une peur irraisonnée, animale, qui l'envahissait comme un vertige. Jusqu'au franchissement de la dalle elle ne s'était pas vraiment sentie prisonnière des Jorasses, mais maintenant ! elle était terriblement impressionnée. Au-dessus, comme au-dessous, c'était le vide, et plus effrayants peut-être ces dos courts, crispés des surplombs. La vire sur laquelle ils se trouvaient n'était qu'une écharpe de glace à travers laquelle pointaient quelques rocs. Les traces allaient d'un rocher à un autre, et ces minuscules îlots n'offraient que de précaires relais.

« Faut remettre les crampons », fit Peau-d'Âne.

Ils avancèrent plus rapidement et rejoignirent le fil même de l'éperon Walker. Il était en bon granit solide, peu difficile et sec, mais au-dessus c'était un spectacle dramatique : le verglas suintait de partout, recouvrait les rochers d'une pellicule transparente comme du verre. Plus haut, oui, comment passeraient-ils ?

Ils prirent pied sur une plate-forme, à la base d'un nouveau mur vertical dont la hauteur faisait au moins trois fois celle de la dalle précédente. Et il était tout aussi décourageant d'aspect. Il était partagé en deux par un grand dièdre en forme de livre ouvert, coupé par un léger surplomb, mais l'itinéraire était évident : des traces de papier d'argent traînaient sur la plate-forme, avec des débris de nourriture.

Peau-d'Âne, cette fois, hésita :

« Il vaut peut-être mieux abandonner. Je m'en ressens pas !

— Appelle encore une fois ! » suggéra Brigitte.

Il siffla à trois reprises, longuement. On ne répondait plus. Bizarre ! Il recommença, puis, comme rien ne venait, il cessa ses appels.

« Ils sont sans doute blessés, peut-être évanouis ?

— Alors, Peau-d'Âne, continuons : on ne va pas les laisser !

— Continuer, continuer... ! Tu ne te rends pas compte ! Comprends-moi, si je veux redescendre, c'est à cause de toi. T'as pas vu le passage, près de cent mètres ! Je vais être obligé de raccorder toutes les cordes, et je risque de ne pas passer – une pareille longueur dans les mousquetons, ça ferait un poids terrible.

— Les autres sont bien passés !

— Ils ont fait leurs relais sur étriers.

— Eh bien, je t'attendrai sur les anneaux de corde. »

Il réfléchit, examina attentivement la paroi.

« Soit, dit-il. Allons-y ! »

Il s'élevait en opposition, pieds et mains sur les deux feuillets du dièdre, progressait selon sa méthode habituelle, avec souplesse et prudence. Il fit ainsi quelques mètres, puis planta un premier piton, se retourna :

« C'est moins dur que ça en a l'air. Moins dur que la fissure, en tout cas. Seulement il y a le surplomb. Quand tu verras qu'il ne me reste plus que cinq à six mètres de corde, préviens... ! »

Il avait repris son calme : elle le sentait maintenant résolu et fut tout à fait rassurée. Ils passeraient.

Il se battait silencieusement avec la montagne, puis, tout à coup, explosait de joie ou de colère. Ça allait, mais quelquefois il avait beau cogner, l'acier vibrait, vibrait et il devait arracher la fiche avec ses doigts, recommencer...

Il s'attaqua au surplomb, le franchit avec une tranquille adresse, puis lui cria de venir. D'en bas, elle le croyait au sommet du dièdre. Quand elle l'eut rejoint, elle vit qu'il n'en avait pas gravi la moitié.

« Un fameux passage, hein ? »

Elle l'admirait :

« Bravo, Peau-d'Âne !

— Entre nous, dit-il, quand on sait qu'un autre a passé avant, on n'a pas autant de mérite. Mais, enfin, je ne suis pas plus manchot que les Fridolins ! »

Elle dut le relayer deux fois dans le grand dièdre. Au-dessus, ils n'apercevaient plus qu'une pente de glace, excessivement redressée, et sur leur droite le grand à-pic du couloir central. Jamais elle n'avait éprouvé à ce point la sensation du vide, contemplé de spectacle aussi hallucinant. Le verglas commençait à quelque cent mètres d'eux et il recouvrait tout sans exception ; plus haut, la neige fraîchement tombée ajoutait encore au danger. Ils avaient gravi à peu près le tiers de la paroi ; le soleil déclinait et ils ne voyaient pas de possibilité de bivouac, ils étaient de tous côtés entourés par le vide –

non pas le vide direct des parois dolomitiques qui grise et vous enlève toute notion de distance, mais ce vide cassé des faces nord granitiques aux lignes brisées par les couloirs de glace, par les corniches inclinées, par les surplombs, par les grandes dalles incurvées et se terminant par des névés si raides qu'on se demande comment la neige y peut adhérer.

Tout à coup, Peau-d'Âne poussa un cri :

« Là… Ils sont là ! »

4

Brigitte les avait vus presque au même instant.

L'un d'eux pendait à bout de corde dans le grand couloir comme un pantin disloqué, et son camarade, recroquevillé contre un piton, emmêlé dans ses cordes, ficelé d'une incroyable façon, paraissait lui aussi sans vie. Le drame était facile à reconstituer ; ils avaient voulu traverser pour éviter une partie surplombante de l'arête, visible au-dessus des plaques de glace. Le premier était tombé à longueur de corde, le second n'avait pu le tirer de sa position et était resté coincé dans ses étriers par le poids de son camarade.

Sans doute était-ce lui qui avait appelé ?

Peau-d'Âne et Brigitte eurent au même moment la même pensée. S'ils étaient morts ?...

Ils poussèrent un cri terrible, si fort, si plein d'espérance et d'anxiété, qu'il se répercuta au loin, jusqu'au fond des glaciers.

Le grimpeur enchaîné sursauta, leva un bras, appela.

« Patiente ! On arrive ! hurla Peau-d'Âne. Faut se grouiller, Brigitte ! Faut absolument monter jusqu'à lui avant la nuit, le dégager, c'est miracle qu'il soit vivant ! (Il examina la suite de l'ascension. C'était tout en glace.) Remettons les crampons ! »

Ils eurent à surmonter de grandes difficultés, mais Brigitte cramponnait avec beaucoup d'aisance et Peau-d'Âne taillait, le moins possible, de courtes encoches pour les mains et des nids de pigeon pour le bout des souliers. Ils montaient ainsi sans s'assurer, à corde tendue, à trente mètres d'écart, et réellement si l'un avait lâché il eût entraîné l'autre sans rémission, mais aucun d'eux ne songeait à cette imprudence. Un homme appelait ! Un camarade était en danger, là tout près, alors plus rien ne comptait qu'une obligation : lui porter secours au plus vite !

Peau-d'Âne et Brigitte se moquaient maintenant des couloirs de glace hérissés d'îlots rocheux, des plaques luisantes de verglas, des surplombs menaçants qui basculaient sur leurs têtes, du vide qui se creusait ! De temps à autre, ils s'arrêtaient pour souffler, c'étaient là les seules pauses qu'ils se permettaient. Plus haut, ils durent gravir une cheminée de glace très difficile, mais dont Peau-d'Âne se tira avec brio ; il grimpait avec une audace incroyable, faisait de l'opposition sur ses pointes de crampons, pitonnait quand il le fallait. Une heure après avoir découvert les Bavarois, ils atteignirent la petite vire rocheuse qui traversait la paroi, puis se perdait dans le vide au-dessus d'une plaque ; au-delà de cette plaque pendait à bout de corde, inerte, l'un des Allemands, mais son compagnon regardait, silencieux, venir vers lui les sauveteurs. Il avait les yeux exorbités, sans doute n'imaginait-il pas que des êtres humains pussent s'aventurer jusque-là pour le sauver.

« Qui es-tu ? fit Peau-d'Âne, penché sur le vide.

— Josef Predigsthul. »

Brigitte se souvint : le plus arrogant des deux, le plus exalté, celui qui avait refusé son café !

« Ne bouge pas, fit Brigitte. On va te tirer de là ! »

Il la regardait, fasciné par cette apparition.

« Ton camarade est mort ! *Kamarad kaputt ?* » interrogea Peau-d'Âne.

L'autre fit signe que oui.

Martin Altmeyer était mort à l'aube après une nuit d'agonie lucide, pendant laquelle il n'avait cessé de s'entretenir avec son camarade. Il avait eu la colonne vertébrale brisée par le coup de fouet de la corde.

Mais il n'était guère temps d'épiloguer.

« Faut le ramener jusqu'à nous avant la nuit. Sans ça, il est foutu ! »

Peau-d'Âne refit sa provision de pitons, passa ses étriers en bandoulière, s'encorda à double, enleva ses crampons, puis il assura solidement Brigitte à la paroi rocheuse à l'aide de deux pitons jumelés dans lesquels passait un anneau de corde ; de la sorte, elle disposait d'une autonomie de deux mètres, suffisante pour effectuer les manœuvres mais trop courte pour qu'elle pût être entraînée.

« Je vais le rejoindre ! » dit le porteur.

Il fallait pour cela exécuter un long rappel pendulaire sur la dalle sinistre qui s'achevait comme un toit débordant sur le vide.

« Peau-d'Âne, fais attention ! » s'écria Brigitte, tremblante.

Il se retourna, lui sourit.

Elle n'oublierait jamais son regard. C'était sa façon à lui de se déclarer, sans une parole, sans un geste. En pleine face nord des Jorasses, au passage le plus précaire de l'éperon Walker, ayant à ses côtés un mort et un blessé pendant au bout de leurs cordes, il trouvait encore le temps de lui sourire ! Elle fut émue de cette délicatesse et ne se froissa pas de l'aveu.

« Je t'assure, Peau-d'Âne, va seulement ! »

Il planta deux autres pitons à la bordure extrême de la vire et y fit coulisser la corde de rappel. En quelques bonds précis, il atteignit le blessé. La situation de ce dernier était dramatique : la corde qui le reliait à Martin le coinçait cruellement contre le piton d'assurance, et tirait sur lui de tout le poids du corps pendu dans le vide. La corde avait résisté au choc et le piton avait tenu, mais ensuite il ne se rappelait plus. Il avait des côtes enfoncées, une main brûlée ; il avait voulu se fabriquer des étriers ; mais il avait tellement emmêlé ses cordes que c'était maintenant tout un problème pour le dégager de ce fatras. Heureusement son sac accroché à un autre piton était à portée de sa main, et il avait eu ainsi des provisions et de la boisson qui lui avaient permis de survivre à la terrible nuit d'orage.

Il ne répondait plus aux questions, ne savait plus exactement ce qu'il faisait.

« Il est dingue ! lança Peau-d'Âne.

— Y a de quoi ! »

Mais déjà le porteur préparait un plan de sauvetage. Brigitte était trop faible pour tirer sur la vire le blessé incapable de son côté de monter par ses propres moyens.

Par bonheur, les pitons plantés par Peau-d'Âne étaient solides. Il fit un va-et-vient avec une corde qui permit de remonter le sac des Bavarois jusqu'à Brigitte.

« On pourra avoir besoin de son contenu. (Restait l'homme, et puis le cadavre. Il secoua le blessé.) Josef, regarde-moi ! (L'autre obéit. Il lui montra son camarade.) Lui *Kaputt !*

— *Ja !*

— Alors t'as compris, tu m'en veux pas ? »

Il sortait son couteau, le lui montrait, faisait signe de trancher la corde.

« *Ja ! ja !* » fit l'autre avidement, comme si déjà le fait de n'être plus relié à un mort lui sauvait la vie.

Peau-d'Âne hésita. Brigitte là-haut s'impatientait... Lui-même ne pourrait tenir longtemps. Il posait tour à tour un pied puis l'autre sur la seule prise utilisable. S'il attendait la crampe, il serait trop tard. Il n'y avait plus à hésiter.

« Brigitte ! Tourne-toi, ferme les yeux et assure-toi.

— Que vas-tu faire ?

— Quoi que tu entendes, ne bouge pas ! (Il avait tranché la corde d'un coup, et le corps s'était détaché comme un fruit mûr de la paroi, puis s'était étalé dans le vide et avait disparu aux regards. Tout cela s'était passé dans le silence le plus absolu, et ce ne fut qu'au bout d'un long moment qu'ils perçurent le lointain écho de la chute assourdi par la distance. Peau-d'Âne respira.) C'est fait !

Celui-là ne nous aura pas donné trop de mal ! (Puis il attacha Josef à l'un des brins de sa corde double et lui fit signe de se tenir de ses deux mains. Depuis qu'il était soulagé du poids de son camarade, Josef semblait revivre. Il faisait de visibles efforts pour comprendre. Peau-d'Âne lui expliquait la manœuvre à force de gestes.) Toi attaché à cette corde, moi à celle-ci ; toi sur mon dos, moi porter toi là-haut… »

Brigitte avait entendu et elle était effrayée de tant d'audace :

« Tu ne pourras pas, Peau-d'Âne, je t'en supplie !…

— T'oublie mon entraînement de porteur. Y pèse pas plus qu'un sac de charbon, non ? et c'est pas long…

— Et s'il t'échappe ?

— Fais un tour mort au piton, et à la grâce de Dieu ! Attention, je pars !

— Non, Peau-d'Âne, non ! »

Mais déjà il n'était plus temps d'intervenir. Il avait pris Josef à califourchon sur ses reins et l'autre se cramponnait à la corde d'attache.

« Tire sur nos cordes », hurla Peau-d'Âne.

Elle le vit saisir le rappel et monter lentement, à la force des poignets, haletant, se reposant parfois à bout de bras sur la corde qu'elle lui tendait et qui lui sciait les côtes. Le passage était interminable. Un mètre, encore un mètre, encore un autre. Vers le milieu de la montée, Josef bascula du dos du porteur. Brigitte poussa un grand cri.

Peau-d'Âne se rattrapa de justesse. Il était à bout:

« Encore un coup comme ça, et on te laisse choir… Fais un effort, salaud, accroche-toi !… (Josef, dans un réflexe désespéré, s'était raidi et coinçait les flancs de Peau-d'Âne avec ses genoux.) Pas si fort, bon Dieu ! tu m'étouffes !… Tire, Brigitte, tire sur ma corde. Je n'en peux plus ! »

Il était pourtant tout près, à deux mètres en dessous, mais elle ne pouvait rien faire que continuer de tirer à la mesure de ses forces, rien d'autre que l'encourager.

« Tiens bon ! Tu y es ! Ne lâche pas ! (Elle le voyait qui hésitait, s'arrêtait. S'il s'arrêtait maintenant, il était perdu : il partirait à la renverse avec sa charge humaine, et elle ne pourrait plus les retenir, les pitons s'arracheraient et ils franchiraient comme des projectiles les barres rocheuses !...) Tu y es, Peau-d'Âne... Tu y es ! »

Il était presque arrivé, elle aurait pu le toucher en se penchant, et sur son dos, image effrayante du désespoir, Josef écumait, crispé sur les cordes, faisant des efforts désordonnés, comprenant avec effroi que son salut se jouait en ces dernières secondes. Alors tout à coup, sans prévenir, le Bavarois se rétablit, s'agrippa aux jambes de la jeune femme debout sur la vire, tira dessus avec tant de force qu'elle hurla de peur comme si la mort elle-même l'ayant saisie la tirait par les pieds ! Mais le geste fou du blessé avait suffi pour dégager Peau-d'Âne *in extremis*. Le porteur bascula sa charge sans égard sur la petite vire, s'y affala lui-même, n'ayant plus la force que de bafouiller faiblement :

« Assure ! assure toujours ! Tiens bon, tiens bon ! Brigitte, tiens bon ! je vais lâcher !... (Et il répéta cela de longues minutes. Jusqu'à ce que la crise provoquée par ce trop gros effort nerveux fût passée. Alors il parut sortir d'un rêve.) On est là ! fit-il en souriant. (Il avait son sourire de tout à l'heure et Brigitte lui répondit par un autre sourire. Après ce qu'ils avaient surmonté, plus rien, non, plus rien ne pourrait désormais leur arriver de grave !) Faut organiser le bivouac ! »

Déjà il avait retrouvé son esprit de décision.

Bivouaquer ? Elle n'y avait pas songé. Elle n'aurait pas osé y songer, il y avait quelques heures ! À vrai dire, elle s'était résignée à tout depuis le moment où ils avaient franchi la fissure surplombante du bas de l'éperon. Et dès lors son angoisse avait disparu, puis la peur, et maintenant qu'ils avaient réussi ce sauvetage, tous deux se mouvaient sans plus d'appréhension dans cette terrible paroi. La montagne inviolée, l'éperon irréel et légendaire étaient là sous leurs pieds, sous leurs mains, corps contre corps ; ils s'y étaient intégrés et le mythe était détruit !

Aussi Brigitte accepta-t-elle sans réaction l'idée d'un bivouac.

« La vire est étroite, observa Peau-d'Âne. Le blessé prend toute la place.

— On n'a pas le choix.

— Il y aurait bien une bonne plate-forme, mais au bas du grand dièdre de quatre-vingt-dix mètres. Jamais on ne pourra le descendre jusque-là ! »

Ils parvinrent cependant à se caser tous les trois.

Ils étendirent du mieux qu'ils purent Josef Predigsthul dans l'axe de la vire et l'arrimèrent à l'aide des anneaux de corde à des pitons. Le blessé geignait doucement et parfois perdait connaissance ; ils purent lui faire avaler quelques gouttes de thé. Ensuite Brigitte lui fit une piqûre d'huile camphrée puis une autre de novocaïne et il sombra alors dans une torpeur absolue. Ils purent s'occuper d'eux-mêmes. Il n'était pas question de s'étendre. C'est tout juste si l'un d'eux pourrait s'asseoir, jambes pendantes dans le vide et retenu par un piton, l'autre devrait se recroqueviller à son côté. Ils prirent les plus grandes précautions pour fixer les sacs à la paroi, et bénirent une petite rainure horizontale, véritablement providentielle, dans laquelle ils purent planter autant de pitons qu'il fut nécessaire. Bientôt ils eurent l'essentiel à portée de la main ; ils évitèrent ainsi des déplacements scabreux au-dessus du couloir dont le cratère vertigineux fuyait jusqu'au glacier tout proche et pourtant si lointain.

Vers le soir, un bienfaisant rayon de soleil vint les surprendre ; il passait au-dessus des Périades, effleurant la face nord. Toute la journée le temps avait été bouché, sans ombres ni lumière, mais d'un coup la montagne prit une étrange beauté, quelques sommets émergèrent des brumes et se mirent à brûler doucement, les grandes tours grises de la paroi changèrent de forme, se firent soudain élégantes. La lumière transfigurait tout. Les névés livides rosirent et plus haut les rochers luisants de verglas brillèrent comme des escarboucles. Le silence était prodigieux. À peine s'en détachait parfois le bruit cristallin d'un glaçon qui se brisait en tombant et s'éparpillait comme une poignée de gemmes scintillantes.

Mais ce spectacle ne dura pas. Le coucher du soleil fut court ; ils ne le virent pas disparaître derrière une lointaine bande de cirrostratus qui barrait l'ouest de son fuseau violine. D'ailleurs, ils étaient trop occupés à organiser leur bivouac pour s'attarder à suivre la lente montée des ombres au flanc de leur montagne.

Dans ces situations exceptionnelles, chaque geste revêt une extrême importance ; un rien peut coûter la vie. Ils n'avaient pas le droit d'être maladroits, encore moins de commettre une erreur ; qu'un sac vînt à tomber emportant leur réserve de pitons ou de cordes et c'en était fait d'eux-mêmes et de leur compagnon.

« Réfléchis au moindre de tes gestes ! répétait Peau-d'Âne. Ne fais rien au hasard ! »

Lui se tenait à genoux sur la vire pour donner un peu plus de place à Brigitte. Elle se chargea de faire chauffer du bouillon – opération très simple en bas, beaucoup plus compliquée sur cette corniche aérienne. Elle réussit à extraire une plaquette de Méta, un trépied, une gourde, à verser de la poudre dans l'eau, à enflammer l'alcool solidifié qui brûla en dégageant son odeur fade, mais réconfortante, dans cette paroi où d'habitude on ne respire que l'odeur de poudre et de soufre des chutes de pierres.

Ils n'attendirent pas que l'eau fût bouillante, tant ils avaient soif ; toute la journée ils avaient grimpé, les nerfs tendus, le cœur battant, sans se nourrir, sans boire. Leur corps criait de fatigue tout à coup.

« Buvons seulement ! fit Brigitte. Il y a de la glace pas loin, on en fera fondre quand on n'aura plus d'eau ! »

Ils s'habillèrent pour la nuit, revêtirent tous leurs chandails, enfilèrent leurs cagoules puis leurs gants. Normalement ils auraient dû ôter leurs chaussures, mettre leurs pieds au chaud dans les sacs, mais ce suprême confort des bivouacs leur était interdit : ils étaient au bord du vide...

« On a de la chance, les nuits sont encore courtes en juillet ! observa Peau-d'Âne. (Il était inquiet pour Brigitte.) Tu n'as pas froid ?

— Non ! Je trouve même que le temps est lourd. C'est mauvais signe !

— Ça nous fera toujours une nuit potable ! »

Quand la nuit fut complète, ils ressentirent plus fortement l'étrangeté de leur situation. Loin devant eux, ils voyaient briller le feu du Couvercle, et cette lumière les rattachait au monde, aux vivants. C'était un point de contact dont ils manquaient en plein jour.

« Si on faisait des signaux avec la lanterne ? »

Au fait, pourquoi pas ? Peut-être que Ravanat les apercevrait, ce vieux fouineur, qui sortait trois ou quatre fois par nuit inspecter de son œil d'aigle les montagnes environnantes.

Ils allumèrent la lanterne et firent les signaux réglementaires, six éclats à la minute, une minute sans rien, on recommence ! Mais bien qu'ils eussent répété ce manège un bon moment, rien ne répondit.

« Ménageons la bougie. »

Ils soufflèrent la flamme, mais Brigitte garda longtemps serrée contre sa poitrine la petite lanterne en aluminium et en mica, encore chaude.

À rester accroupi, Peau-d'Âne commençait à attraper des crampes.

« Viens ! fit Brigitte. On va s'arranger autrement. (Il se glissa à califourchon derrière elle, la serra dans ses bras et ses jambes, ferma ses grosses mains sur sa poitrine. Elle se sentit protégée, à l'abri. Il n'y avait rien d'équivoque dans sa joie, elle sentait contre elle le corps musclé de Peau-d'Âne qui lui apportait sa chaleur, elle était bien.) Tu pourras tenir ?

— Tant qu'il faudra. »

Ils ne pensaient plus qu'à eux.

Mais l'autre ?

Un gémissement ramena vers lui leur attention. Il avait soif : il réclamait.

Pour lui donner à boire, il fallut désorganiser le lent et difficile assemblage de leurs corps, trouver la gourde. Elle était froide, et à son contact Brigitte s'aperçut qu'elle avait les doigts ankylosés.

« Lâche pas la boisson, lâche pas la gourde ! » répétait Peau-d'Âne.

Josef avait la tête près des genoux de Brigitte ; elle n'eut qu'à se baisser pour le faire boire. Il délirait doucement, puis il se calma. Elle lui couvrit le visage avec sa cagoule.

« On dirait qu'il va plus mal !

— Dame, c'est sa troisième nuit !

— Comment pourrons-nous le descendre ?

— Faudra aller chercher du secours, c'est la seule solution ! »

Ils se turent ; chacun évoquait la longue descente à venir, pleine de risques et de dangers.

« Bien sûr ! mais lui ? fit Brigitte.

— Il attendra ! On peut pas faire autrement, on lui laissera toute la nourriture, on mettra la boisson à portée de sa main, on... »

Il s'arrêta, se rendant compte que son plan ne tenait pas. S'ils partaient, le blessé dans son délire pourrait se détacher, basculer les sacs dans le vide, s'y précipiter. La solution n'était pas si facile.

« Pense plus à ça, Peau-d'Âne, dit Brigitte. Attendons le jour. Reposons-nous ! »

Ils avaient repris leurs places et s'étaient si bien tassés l'un contre l'autre qu'ils se trouvaient presque confortablement installés.

« Je vais te dire une chose, fit Peau-d'Âne.

— Quoi ?

— C'est peut-être idiot, mais j'ai jamais été aussi heureux ! »

Elle ne répondit pas, détourna la conversation.

« Crois-tu que tes collègues s'inquiètent, au Montenvers ?

— Faut pas y compter.

— C'est bien ce que je craignais ! Je pense à la Marie et à Jean-Baptiste.

— Tu iras voir le petit dès qu'on sera redescendus. Je te garderai la cabane. Dire que je voulais te l'amener ! Avoue que ç'aurait été une bonne surprise ! »

Brigitte imaginait l'enfant sur le dos du porteur, ébloui par l'éclat du soleil reflété sur les glaces et trépignant de joie, nullement intimidé par ces immensités qui effraient les adultes, mais qui ne représenteraient pour lui qu'une promesse de jeux infinis.

« Peau-d'Âne !

— Quoi ?

— Rien ! ou plutôt si ! Cette escapade de Jean-Baptiste, tu y es peut-être pour quelque chose. C'est toi qui lui avais fourré ces idées dans la tête !

— Non ! Il les a eues tout seul. Demande à Claveyroz. (Peau-d'Âne la sentait s'agiter, résister au sommeil qui vaguement l'envahissait.) Dors, dit-il, tâche de dormir maintenant. »

Lui, il ne pouvait pas ! il ne devait pas ! Il tenait entre ses bras Brigitte et il lui fallait constamment faire effort pour ne pas glisser vers l'abîme, car la paroi à laquelle ils étaient adossés les repoussait insensiblement et parfois il se remontait, donnait un brusque coup d'épaule. Brigitte, blottie contre lui, avait enfoui la tête sous son bras et il percevait les battements de son cœur, le souffle régulier de sa respiration. Elle avait cédé à la fatigue. Mais son abandon témoignait aussi à l'évidence, dans la situation dramatique où ils se trouvaient, d'une confiance si totale que Peau-d'Âne en fut ému jusqu'aux larmes.

Quand il sentit beaucoup plus tard le froid le pénétrer, il jugea qu'ils ne devaient pas être loin du jour. C'était la caresse glaciale de l'aurore qui les accueillait ; elle n'avait pas les doigts de rose du poète, mais plutôt des griffes et son souffle laissait de cruelles morsures. Brigitte, bien calée contre lui, dormait toujours. Il envia son calme, lui n'avait guère connu de répit et il songeait maintenant avec une anxiété croissante aux difficultés qui les attendaient.

La journée s'annonçait mal. Le vent avait partiellement dégagé le ciel. Un peu partout des pans de ciel bleu apparaissaient au fond des déchirures qui se formaient dans les masses compactes de nuages, puis se refermaient. Les cumulus s'accrochaient aux plus hautes cimes, puis le vent contraire les chassait en longues traînées semblables à des queues de renard. Il y avait enfin de longues éclipses de soleil et de lumière pendant lesquelles tout redevenait lugubre.

Le jour était suffisant néanmoins pour qu'ils pussent redescendre.

Il réveilla Brigitte.

« Brigitte, faut se préparer !

— Je crois que j'ai dormi ! » dit-elle, comme si elle eût à s'excuser.

Déjà il se relevait, engourdi, maladroit. Et du même coup la dégageait. Elle frissonna.

« Si tu faisais chauffer un peu de thé, fit Peau-d'Âne, en jetant un coup d'œil au blessé.

— D'accord ! »

Ils avaient pris la mesure de l'étroite plate-forme et s'étaient habitués à accomplir les gestes nécessaires sans se déplacer, sans rien déranger à la disposition de leur matériel.

Réchaud, Méta, gourde !

Josef qui, à l'exception de deux ou trois moments d'agitation, avait été très calme, se remit à bouger et à gémir.

Brigitte se pencha sur lui, dégagea son visage. Il avait des yeux extraordinaires, les pupilles dilatées, la cornée brillante, les paupières cerclées d'un large cerne et dans son regard brillait une ardente volonté de vivre. Il articula faiblement :

« *Wasser ! Bitte schön ! Wasser !...*

— *Ja, ja,* fit Brigitte. (Elle lui tendit le premier quart de breuvage. Il était brûlant et elle l'avait abondamment sucré. Il l'avala avec avidité, en réclama d'autre. Il but ainsi plusieurs quarts à la file. Il ne resta plus rien pour eux.) Je vais en refaire, dit Brigitte.

— Pas le temps ! On sucera de la neige... Faut descendre ! Faut absolument qu'on soit en bas vers midi, le temps de filer au Montenvers, d'organiser une caravane, de remonter à Leschaux et d'y attendre le jour pour repartir. Si on veut le retrouver vivant, y a pas d'autre solution ! Passe-moi leur sac. Il doit bien y avoir encore des cordes, des pitons ?... (Les Allemands avaient en réserve deux cordes de quarante mètres, de la cordelette pour faire des anneaux et un lot de pitons. Peau-d'Âne ne cachait pas sa satisfaction.) On va pouvoir équiper la montagne, ça facilitera la remontée : je vais laisser une corde fixe dans le dièdre de quatre-vingt-dix mètres, puis une autre de trente à la fissure du bas. On descend tout le reste en rappel et j'abandonne ma corde au passage de la rimaye. Allons ! faut se décider ! Tiens-toi prête, je vais lui expliquer. (Il se rapprocha du blessé, lui montra la vallée, puis se désigna du doigt ainsi que la jeune femme.) Josef, nous partir, chercher secours... retour ce soir... *Zurück* ! répétait-il. *Zurück*. (C'était un des rares mots d'allemand qu'il sût... L'autre avait compris ; il saisissait la main de Brigitte, la gardait, paraissait affolé.) Il croit qu'on l'abandonne... Pauvre gars ! mets-toi à sa place ! »

L'autre faisait des efforts, se dressait à moitié, puis montrait vers l'ouest les nuages qui s'accumulaient sur le mont Blanc.

« *Sturm ! Grosser Sturm !* répétait-il.

— Il a repéré l'orage qui vient... Eh bien, justement, nous n'avons plus une minute à perdre ! Désolé, Josef, mais si tu veux qu'on te tire de là, faut qu'on s'en aille ! »

Peau-d'Âne passait les bretelles du sac, tendait l'extrémité de la corde d'attache à Brigitte...

« Ficelle-toi. »

Elle repoussa doucement sa main. Fit un geste de refus.

« Je reste avec lui, Peau-d'Âne ! Il n'est pas possible de le laisser là, dans l'état où il se trouve : il ne résisterait pas. Toi, descends, tout seul tu iras plus vite. Moi, je veillerai sur lui, je suis bien habillée, la nuit n'a pas été trop pénible, je ferai du thé régulièrement, j'ai des vivres, et même de quoi lui faire des piqûres en cas de besoin...

— Mais l'orage ? hurlait Peau-d'Âne. Tu ne vois pas l'orage qui rapplique... (Il était hors de lui :) Tu crois que je vais te laisser prendre au piège ?... Non, non ! Allons, pas de sottises ! Attache-toi ! Si tu restes, vous ferez deux morts demain matin... On a fait tout ce qu'on a pu ! on a fait notre devoir ! Il n'avait qu'à pas se fourrer dans ce guêpier. Et puis, on est un surhomme ou on ne l'est pas ! »

Elle était outrée.

« Peau-d'Âne !... Comment peux-tu dire des choses pareilles, des choses que tu ne penses pas en réalité ? Tu dois descendre et ma place est ici, tu le sais très bien. C'est la dernière chance qu'on ait de le sauver et tant qu'on n'a pas tout essayé, on n'a rien fait.

— Ah ! Au diable toute cette morale !... Rien ne peut m'obliger à te laisser là. Ou alors, on y reste tous les trois ! Comprends, Brigitte ! S'il a des droits, il en a tout de même moins que toi... Il ne m'est rien, ce type-là ; je ne vais pas risquer de te perdre pour le sauver !

— Si tu ne veux pas me perdre, Peau-d'Âne, tu vas descendre tout de suite. Tu prendras toutes les précautions nécessaires... De ta vie dépendent les nôtres. Ne fais pas de bêtises ! Plus vite tu seras en bas, plus vite on reviendra nous chercher...

— Bon ! J'y vais, dit-il enfin. Pourtant... (Il hésitait encore.) Il y a une chose à laquelle tu n'as peut-être pas pensé : si les guides refusaient de monter... ? »

Elle garda le silence et au bout d'un moment :

— « Descends quand même ! D'ailleurs, ils monteront, j'en suis certaine. Ils n'ont jamais refusé de s'exposer pour sauver un blessé. Dire le contraire serait injuste. Et si par hasard ils ne se décidaient pas tout seuls, va aux Praz, fais prévenir Camille. Avec lui, je suis tranquille, on s'en tirera...

— Aux Praz, ce qu'ils vont me dire, je le sais d'avance : ils diront que je t'ai abandonnée, que je n'aurais jamais dû te quitter !... Non ! ou je reste avec toi, ou tu descends avec moi... »

Mais il savait bien lui-même que ce n'étaient que des paroles en l'air : rester là tous les trois était impossible. Autant se suicider.

« Fais comme tu veux, dit Brigitte d'une voix blanche. (Puis, brusquement, elle lui fit face :) Peau-d'Âne ! tu ne peux pas comprendre, il faut que je reste. Je t'en supplie, descends ! »

Il sentit confusément que le destin de Brigitte se jouait tout entier en cette minute, et qu'elle s'engageait désormais dans une aventure dont elle était seule à connaître le secret.

Alors, détournant la tête, il enclencha son rappel dans son mousqueton, passa son piolet en bandoulière, saisit la corde.

« À demain ! Et surtout n'oublie pas de faire des signaux la nuit ! Moi, je t'en ferai dès ce soir... de Leschaux : trois éclats, la caravane monte ; dix éclats à la file, je suis seul, mais je te rejoins...

— C'est ça, trois éclats… Je suis sûre que ça sera trois éclats ! »

Elle le suivit des yeux jusqu'au sommet du grand dièdre, puis, arrivé là, il déploya et ajusta toutes ses cordes, lança un cri d'encouragement et disparut dans le vide…

5

Peau-d'Âne parti, la vire devenait un peu plus habitable. Brigitte disposait d'une place sûre pour son réchaud et elle pouvait se déplacer, dégourdir ses jambes envahies de fourmillements et de crampes. Elle s'organisa en vue d'un second bivouac. Il serait certainement très dur, car l'orage s'annonçait d'envergure et frapperait partout dans la montagne. Il fallait parer au plus pressé. D'abord, s'occuper du blessé ! Préparer suffisamment de thé pour ne pas être démuni quand le mauvais temps rendrait toute manœuvre impossible.

Elle se pencha sur Predigsthul ; il avait les yeux grands ouverts et suivait tous ses gestes avec une attention soutenue. Comme elle s'approchait, il lui saisit la main.

Elle sourit :

« *Morgen ! Karawane kommen ! Ja !* Caravane de secours, après, Josef, retour München ! (Il comprit, répondit par une nouvelle pression de main. Puis il réclama à boire.) *Ein Moment !* » dit-elle.

Pour obtenir de l'eau, il fallait gagner à l'extrémité de la vire l'endroit où Peau-d'Âne avait fixé son rappel, juste au-dessus de la cheminée de glace ; il n'y avait que deux ou trois mètres à franchir, mais le parcours était très délicat. Elle prit son piolet, traversa avec précaution la corniche luisante de verglas et atteignit la petite plaque de neige durcie. Elle en détacha un fragment qu'elle enveloppa dans le capuchon de son anorak, revint le déposer sur la vire, puis recommença encore une fois la manœuvre.

Prévoyante, elle fit ensuite l'inventaire de la provision d'alcool solidifié. Les Bavarois en avaient une bonne réserve, suffisante pour plusieurs bivouacs, mais elle n'eut pas le courage de s'attarder à cette perspective. Et pourtant il fallait vraisemblablement s'attendre à passer là encore une troisième, peut-être une quatrième nuit !

Elle fit fondre la neige dans un quart et versa l'eau au fur et à mesure dans les gourdes ; l'opération prit beaucoup de temps, mais elle s'arma de patience, tint bon jusqu'au bout : c'était la condition de leur survie jusqu'au lendemain. Puis elle donna à boire à Josef, et à son avidité elle comprit qu'il brûlait de fièvre : elle chercha son pouls, il était à peine perceptible, le blessé n'avait d'ailleurs presque plus de réflexes. Elle essaya de glisser sous sa cagoule la bouteille d'aluminium remplie de thé bouillant ; mais ce contact incommoda si vivement le blessé qu'il faillit projeter le précieux récipient dans le vide. Elle le reprit et le rangea au fond de son sac, solidement arrimé à un piton.

Josef s'affaiblissait, et elle se décida à sortir la boîte à pharmacie qu'elle avait amenée du refuge. Il y restait deux petites ampoules de caféine. Elle prépara sa seringue, enfonça maladroitement l'aiguille sous la peau : elle sentit rouler le muscle et eut peur de faire mal, mais l'autre ne réagit même pas.

Elle tâta son poignet, les pulsations s'avivèrent. Josef était provisoirement sauvé. Mais dorénavant elle n'aurait plus rien à lui donner que du thé, de l'eau, et de l'espoir.

Elle s'installa tout près de lui, examina le ciel. Les nuages s'amoncelaient et déjà, au-dessus de la vallée de Chamonix, la pluie tombait sur le Montenvers. Malgré la distance, elle distinguait nettement l'hôtel, la gare ! Peau-d'Âne arriverait-il à temps ?

Elle ne put attendre davantage et, inquiète, alla se poster à l'extrémité de la vire. Elle était maintenant accoutumée au vide, et se mouvait sans plus d'appréhension sur l'étroit balcon de pierre, avec la lenteur et la précision d'un bouquetin. Elle resta un long moment à observer les couloirs, les névés suspendus, à dénombrer les niches et les surplombs. Le plus impressionnant était peut-être le silence ; la neige avait enchâssé les pierres, et comme le dégel n'avait pas atteint le haut de la montagne, rien ne tombait.

Il lui fallut chercher longtemps à la jumelle pour retrouver la petite épaule de neige d'où ils avaient aperçu pour la première fois les Bavarois. Il y avait des traces : sans doute Peau-d'Âne était-il déjà passé !

Trompée par le raccourci de la perspective, elle trouvait d'heure en heure plus inexplicable que le porteur fût si lent à redescendre. Si lent ! Elle essaya de se raisonner, de se représenter les difficultés, la durée de chaque manœuvre. Il devait être à tel endroit, à tel autre. Mais elle abrégeait les étapes sans s'en rendre compte. Alors, exaspérée, elle recommençait ses calculs, reprenait sa jumelle...

Enfin, vers midi, Peau-d'Âne apparut sur le glacier.

Elle le vit distinctement ; il s'était arrêté et, tête levée, cherchait vainement à repérer le bivouac dans la grisaille de la paroi. Il agita un moment les bras, puis repartit, descendit en ramasse les névés inférieurs, rejoignit les traces qui sillonnaient la zone crevassée et s'effaça dans l'immensité du paysage. Bientôt il donnerait l'alerte à Chamonix ! Il ne restait plus qu'à attendre.

Si seulement le temps voulait bien se stabiliser vingt-quatre heures ! Mais ç'eût été compter sur un miracle...

Dans l'après-midi des nuées légères montèrent du glacier le long de la paroi, elles flottaient gracieusement et s'élevaient comme aspirées par les grands courants, puis se mêlaient et s'intégraient à la mer de nuages supérieure.

Le toit métallique de Leschaux brilla longtemps à travers les lambeaux de brume, puis s'éteignit, submergé par la marée qui, remontant la mer de Glace, recouvrait peu à peu les vallées. Enfin un rideau de vapeurs verticales voila les grands couloirs entre les deux éperons de la face nord et s'étendit entre les alpinistes et le paysage. Au même moment, la foudre éclata du côté des Périades et le tonnerre gronda, renvoyé par tous les échos.

L'orage se déchaînait.

Brigitte ne perdit pas son sang-froid, appliqua immédiatement les consignes qu'imposait leur sécurité. Placer à portée de main la nourriture et la boisson, resserrer les liens qui retenaient Josef et avaient pu se relâcher, vérifier la solidité des pitons. Elle dut en marteler plusieurs qui avaient pris du jeu. Après quoi elle glissa ses jambes dans un sac, serra la cordelette de fermeture, s'amarra solidement au rocher, ferma sa cagoule, enfila ses gants de laine et mit les moufles par-dessus. Il fallait se hâter, car après l'arrivée du froid il serait trop tard : elle ne parviendrait plus à se réchauffer.

La grêle se mit brusquement à crépiter sur les plaques rocheuses, et bientôt ce fut comme si toute la face nord des Jorasses se mettait en mouvement, se désagrégeait en un ruissellement de grêlons et de neige. La paroi formait surplomb au-dessus d'eux, heureusement, et le flot s'écoulait sans les atteindre.

Mais, la nuit venue, l'orage prit un autre cours : le vent le rabattait face à la paroi et après une série de violents coups de tonnerre, la pluie tomba à verse, et cette fois Brigitte et son compagnon la reçurent de plein fouet. De surcroît, il avait dû neiger vers 4 000 mètres et de lourdes avalanches passaient en grondant à quelques mètres de la plate-forme.

Bien que chaque geste lui coutât maintenant, car le froid commençait à l'engourdir sous sa cagoule trempée, Brigitte réussit à se déplacer et, se penchant sur son compagnon, elle lui prit le poignet. Le pouls était de nouveau très faible, mais le blessé avait toute sa connaissance et il regardait Brigitte avec des yeux étranges. Il faisait des efforts désespérés pour parler, ouvrait et fermait la bouche comme une carpe tirée de l'eau, mais aucun son ne parvenait à sortir. Il serra la main de Brigitte avec une nervosité dont elle s'étonna.

« Soif ? » interrogea-t-elle.

Il fit signe que oui.

Elle défit non sans peine les cordons du sac. Elle tremblait et ses doigts ne lui obéissaient plus que lentement. Sans les précautions minutieuses qu'elle avait prises, elle aurait été incapable de donner à boire au blessé. C'était tout juste déjà si elle arrivait à glisser le goulot de la gourde dans sa bouche. Il rejeta une partie du liquide, mais parut apaisé.

Elle l'observa avec inquiétude. Il fermait les yeux et sa respiration devenait sifflante. Allait-il succomber ? Allait-elle rester seule avec un mort sur cette vire perdue ?

« Pourvu qu'il tienne jusqu'au matin ! songeait-elle. Pourvu qu'il tienne ! »

Il lui semblait que s'il mourait elle ne pourrait elle-même survivre longtemps... Ils étaient si près l'un de l'autre que la mort touchant l'un frôlerait déjà l'autre. Elle eut un atroce réflexe : Manger ! il fallait manger, ne pas se laisser affaiblir ! Elle fouilla dans le sac, trouva du chocolat, des pruneaux, des biscuits, dévora le tout. Elle vérifia le contenu des gourdes, il restait environ deux quarts de thé encore tiède. Elle réfléchit. Aurait-elle le courage, dans la nuit, d'effectuer le périlleux déplacement jusqu'au petit névé suspendu ? Non. Alors mieux valait réserver la boisson pour le malade. Elle s'en passerait.

La pluie s'était arrêtée, remplacée par un brouillard opaque qui enveloppait la paroi et conférait à leur bivouac une sorte d'intimité. Quelquefois un courant d'air plus froid semblait percer ce rideau léger et venait les lécher, puis l'air redevenait calme.

Elle s'était assoupie.

Un gémissement la tira de sa somnolence.

Josef délirait, s'agitait !

Elle ne distinguait de lui que sa longue silhouette ficelée le long du rocher, comme un cadavre sur le dos d'un mulet.

« Tu veux boire ? »

Elle l'avait tutoyé, c'était venu tout seul !

Il ne répondit pas à la question, mais parla avec volubilité en allemand, et elle ne pouvait rien comprendre à ce qu'il disait. Elle passa la main sur son visage. Il était moite et brûlant malgré le froid.

Faire de la lumière ! Vite !

Il restait encore deux bougies dans un coin du sac. Elle les chercha longuement, finit par les trouver. Par chance elles étaient à peu près sèches, mais la lanterne et la boîte d'allumettes étaient mouillées. Elle ôta ses gants, frotta une, puis deux, puis dix allumettes, enfin la petite flamme jaillit. Quand elle eut allumé la lanterne, elle ne put résister à l'envie de l'entourer de ses mains, elle la serra sur sa poitrine, se réchauffa. Ensuite elle l'éleva à hauteur de sa figure pour la voir briller. Elle se souvint à cet instant de la recommandation de Peau-d'Âne : « N'oublie pas la nuit de faire des signaux ! » Mais à quoi bon ? Par ce brouillard, personne ne les apercevrait.

Elle éclaira le visage de Josef et fut effrayée du changement qui était survenu : le Bavarois agonisait.

Elle lui souleva légèrement la tête, et machinalement elle fit les gestes qu'il attendait, elle caressa son visage tourmenté, hâve et dont les joues creuses se hérissaient d'une barbe irrégulière ; lui la contemplait en silence, avec violence presque et elle était comme hypnotisée par ce regard.

« Veux-tu boire ? » répétait-elle, angoissée.

Elle lui montra le quart d'aluminium, l'encouragea du geste, et, soutenant sa tête, le fit boire à petites gorgées. Mais en dépit de cette précaution, il fut pris d'une violente quinte de toux qui le laissa très essouflé. Cet effort l'épuisa. Il se renversa, les yeux révulsés, et elle crut qu'il allait passer.

Il pesait de tout son poids sur ses genoux et, déséquilibrée, déportée, elle ne tenait que par la corde qui l'assurait, mais elle n'osa pas le repousser, l'allonger plus loin sur la dalle de granit. Cet homme avait besoin qu'on l'aide à mourir, elle ne le lâcherait pas. Pauvre Josef ! Brigitte éprouvait pour lui en cet instant une pitié incommensurable, et tandis qu'il râlait doucement elle épongeait la sueur qui perlait sur ses tempes.

La nuit s'achevait.

Elle crut apercevoir, à travers le brouillard compact, les prémices du jour. Encore quelques instants et tout changerait. La lumière dissiperait ses vaines appréhensions, sa terreur irraisonnée. Si Josef pouvait vivre ce quart d'heure, il serait sauvé. Il fallait l'aider, rester près de lui, ne pas le quitter. Elle voulut lui parler, le tranquilliser. Mais il s'agitait, crispait ses mains, faisait des efforts désordonnés pour lever la tête, comme s'il eût voulu découvrir au-delà des nuages le monde qu'il avait tenté de conquérir. Puis il retombait dans une sorte de prostration, court répit dont Brigitte profitait pour consolider à coups de marteau les pitons branlants et vérifier les attaches. L'action lui avait rendu toute sa vitalité, avait fait disparaître les tremblements qui, avec le froid, n'avaient cessé de l'envahir. Le danger qui la menaçait elle-même semblait écarté. Mais l'état de Josef empirait et son agitation croissante risquait d'avoir les pires conséquences. Si elle ne parvenait à y mettre fin, il finirait par arracher les pitons, les cordes et en fin de compte par les précipiter l'un et l'autre dans le vide.

Il fallait le calmer à tout prix.

Elle lui imposa ses mains sur le front, et ce geste de pitié produisit sur le mourant un effet extraordinaire.

Réveilla-t-il en lui l'enfant qu'il aurait dû être et qu'il avait si peu été ? Il s'apaisa, ouvrit les yeux, vit Brigitte penchée sur lui, bredouilla quelques mots inintelligibles.

Mais brusquement, alors qu'elle le croyait assoupi, il se redressa, tira si violemment sur ses liens qu'il arracha le piton retenant le sac et la lanterne. Projetés pardessus bord, ces objets indispensables disparurent dans le brouillard. Brigitte n'entendit même pas le bruit de leur chute.

Elle prit alors le mourant à bras-le-corps, mais il semblait affolé, se débattait, criait ! Puis, au bout d'un moment, il s'affaissa, se renversa en arrière et elle sentit une seconde la caresse de ses cheveux blonds frôlant son visage. Il resta sans mouvement. Puis se tut.

Brigitte attendit longtemps, n'osant remuer de peur de provoquer une nouvelle crise. Enfin, comme le jour venait de poindre à travers la brume, elle s'aperçut qu'il était mort.

Alors, s'agenouillant auprès du corps, elle pleura doucement, longtemps. Puis, apaisée par ses larmes, rendue indifférente par la fatigue, la faim, la douleur, elle se recroquevilla sur la vire et ne bougea plus.

Lentement, autour d'elle, la montagne se dégageait.

Brigitte ne bougeait plus. Rien ne bougeait plus sur l'étroite corniche où le cadavre ficelé de Josef Predigsthul se givrait peu à peu sous le froid du matin.

6

Peau-d'Âne arriva au Montenvers au début de l'après-midi, après une course épuisante qui constituait à elle seule un exploit. Il aurait pu se contenter d'avertir par téléphone le bureau des guides, mais l'affaire était trop grave.

Il aurait à discuter et à convaincre, il valait mieux descendre s'expliquer.

Il traversa Chamonix comme un fou, se rendit directement sur la place. Deux ou trois jeunes porteurs bavardaient devant le bureau avec quelques guides attendant leur tour. Mais aucun de ceux qui étaient là n'était capable d'escalader la moitié de l'éperon Walker et surtout d'en redescendre un blessé. Pour une expédition de cette envergure, il fallait rassembler les meilleurs.

Quand le guide-chef eut écouté bouche bée son histoire, il se gratta la tête. C'était sa réaction habituelle. Mais cette fois, il était épouvanté.

« Ça, c'est un comble ! dit-il enfin. Et tu crois qu'on va en trouver beaucoup qui accepteront de risquer leur peau pour récupérer un fou sur la Pointe Walker ? Justement sur la Walker ! Le reste, ça ne les intéressait pas, naturellement. Ils sont venus tout droit de Munich pour s'attaquer au plus dur. Sans rien examiner, sans se renseigner – on est tellement supérieurs aux autres ! Sans se préoccuper du temps ! Sans même prévenir ! C'est toujours la même rengaine : on se fout de tout, seulement, quand ça tourne mal, on appelle au secours, on vient chercher les guides !

— D'accord, admit Peau-d'Âne. Mais remarque, ceux-là n'ont rien demandé. On y est allé de nous-mêmes. On était tellement sidérés et puis on a eu pitié, on était les plus près…

— Ils ont eu de la chance de tomber sur un gars comme toi. Fallait que tu sois gonflé, Peau-d'Âne ! Presque autant que les autres !

— Oui, reconnut le porteur. Tout seul, tu peux me croire, jamais j'aurais osé. Mais Brigitte était avec moi à Leschaux, elle les avait accueillis au refuge et elle se sentait responsable… Tu comprends… elle était responsable !

— Je comprends, fit Mochet pensivement. (Il semblait bouleversé tout à coup.) Mais quelle idée, reprit-il, quelle idée aussi de la laisser là-haut ! Elle aurait dû redescendre avec toi.

— Je le lui ai dit, elle n'a pas voulu. (Le guide-chef ne répondit pas. Il cherchait une solution.) Faut prévenir Camille, décida-t-il, il est parent avec elle.

— Téléphone aussi aux Moussoux, suggéra Peau-d'Âne, demande Pierre Servettaz ! On a besoin des meilleurs. Si tu savais où il va falloir grimper, mon pauvre vieux ! Heureusement, j'ai laissé partout des cordes en place. On n'aura plus qu'à se tirer dessus. »

Pierre Servettaz fut là une heure plus tard. Il avait été précédé de peu par le président des guides, Benoît Ravenat, qu'on avait été chercher aux Pellerins.

Peau-d'Âne dut recommencer ses explications, relater comment Brigitte et lui étaient allés au pied de la paroi, avaient lancé des appels, comment ils avaient forcé à la suite des grimpeurs bavarois le fameux mur vertical de trente mètres qui avait arrêté toutes les tentatives précédentes, ce qu'ils avaient trouvé plus haut.

Pierre Servettaz était soufflé.

« Je savais que tu étais un sacré gaillard, Peau-d'Âne ! Tout de même, je ne m'attendais pas à ça ! Chapeau ! Et quand je pense que Brigitte t'a suivi dans un pareil passage…

— Si elle m'a suivi ?… (Dans son enthousiasme, il renchérissait encore sur les qualités alpines de Brigitte ; à l'entendre, c'est tout juste si elle n'avait pas monté en premier.) La plus forte ! disait-il. Elle est la plus forte ! »

Les autres écoutaient, impressionnés.

Un cercle s'était formé, qui débordait sur la place. Bientôt tout Chamonix connut la nouvelle. Brigitte Mappaz veillait un blessé au milieu de l'éperon Walker, elle n'avait pas voulu l'abandonner. Les plus blasés ne cachaient pas leur admiration, mais l'inquiétude grossissait aussi. Les gens s'assemblaient, cherchaient à savoir ce qu'allaient faire les guides.

« Tu aurais dû l'obliger à descendre, Peau-d'Âne ! fit doucement Servettaz. On serait montés quand même !

— Elle n'a pas voulu, je te dis ! Elle avait peur que l'autre se décorde, se jette dans le vide… Faut voir l'endroit où ils sont ! On a passé la nuit accrochés à des pitons au-dessus du grand couloir, comme des casseroles pendues à un mur !

— Vous entendez, vous autres ! » dit Servettaz en se tournant vers Ravanat et le guide-chef.

Benoît Ravanat, en tant que président, prit une décision :

« Je vais désigner un chef, ça sera toi, Pierre. Vous êtes d'accord ? (Tout le monde approuva. Et Servettaz, d'un bref mouvement de tête, fit signe qu'il acceptait.) Bon ! Alors forme ta caravane à ton gré, choisis tes hommes, des gaillards solides, pas besoin de le dire ! Tu sais où vous devez monter… Six guides bien entraînés, capables de passer partout. Demain, j'enverrai deux autres caravanes à la rimaye : une pour vous relayer, une autre pour descendre le premier macchabée. »

Les guides, alertés, arrivaient d'un peu partout. Camille Mappaz et Georges à Zian d'Argentière, Paul

Mouny et Boule des Faverands ; il manquait encore un volontaire, mais tous ceux qui étaient présents se récusaient.

« Ah ! si Fernand Lourtier était là ! songeait Peau-d'Âne. Sa présence dans la caravane serait comme un symbole, comme une promesse de pardon. »

Mais il ne venait pas.

On téléphona aux Bossons.

Enfin il franchit, tout essoufflé, le seuil du bureau des guides. Il rentrait de course, il était encore tout brûlé de soleil et son sac garni de cordes pendait à ses épaules.

« Te voilà ! fit Peau-d'Âne.

— Je rentre du Grépon, dit Fernand Lourtier, j'ai appris la nouvelle. Je repars avec vous. »

Ils étaient là, réunis, tous les camarades de Zian ! Peau-d'Âne faillit crier de joie.

Benoît Ravanat et le guide-chef échangèrent un clin d'œil : ils la tenaient leur caravane de secours ! Elle serait la plus forte qu'on pût envoyer.

Ils récapitulèrent.

« Donc, je dis, fit gravement Benoît, Pierre Servettaz est le chef, c'est lui qui décidera de la marche à suivre à tout moment, selon les difficultés et le temps… Avec Pierre Servettaz, Paul Mouny, Fernand Lourtier, Boule, Georges à Zian, Camille Mappaz, ça fait le compte. Toi, Peau-d'Âne, tu prendras la tête avec Pierre. Tu dis que tu as laissé des cordes ?

— Partout. Trente mètres à la fissure du bas, cent mètres au grand dièdre, et un bout dans le haut de la cheminée de glace pour sortir à la vire. On y ferait monter des manchots. »

Ça n'était pas le cas des hommes qui étaient là, mais ce n'était pas non plus la vérité.

Pierre Servettaz eut une idée.

« Si on demandait au Dr Coutaz de nous suivre ? Des fois, une piqûre faite à temps, ça peut sauver ! »

Ils furent tous d'accord. Seulement, pour que le médecin ne retarde pas les sauveteurs, on le confierait à Boule ; ils marcheraient en dernier, les premiers s'efforçant d'atteindre le blessé le plus vite possible.

La caravane ainsi formée prit le train de 15 h 50 pour le Montenvers.

Camille avait fait prévenir la Marie à la Faiblesse. Il ne fallait pas qu'elle s'inquiétât des bruits qu'on répandait. Brigitte veillait un blessé dans la montagne.

« Tu comprends ! dit-il à Peau-d'Âne, pour ma vieille tante, que ça se passe au milieu de la face nord des Jorasses ou au Jardin de Talèfre, c'est tout pareil. Elle n'y connaît rien. »

« Heureusement, songeait Peau-d'Âne, heureusement qu'elle ne se rendait pas compte ! »

Ses compagnons eux-mêmes ne pouvaient se faire une idée de l'aventure où ils s'engageaient ! Lui seul savait.

Il se revoyait escaladant la fissure, puis le dièdre interminable, il se représentait surtout la vire étroite, suintante de verglas, et puis il pensait – c'était le pire – au mauvais temps qui venait !

Il avait eu tant de soucis jusque-là qu'il n'y avait pas prêté attention. Mais à présent que tout était organisé il s'apercevait avec angoisse que tout, finalement, dépendrait des conditions qu'ils trouveraient là-haut ; si la neige était descendue ou venait à descendre, aucun d'eux ne pourrait poursuivre l'ascension, pas plus Camille Mappaz que lui-même.

Quand la caravane passa, avenue de la Gare, devant la porte de la Météo, Pierre Servettaz se détacha du groupe pour consulter le baromètre. Les autres s'étaient arrêtés, attendant le pronostic.

« Alors ?...

— C'est pas très encourageant, dit Pierre. Il a descendu d'un coup. Montons toujours jusqu'à Leschaux. »

Peau-d'Âne fut soulagé : il lui semblait qu'une fois tous réunis au pied de la grande paroi, ils ne pourraient pas faire autrement que de continuer.

La pluie se mit à tomber comme ils atteignaient le Montenvers et, au ras de la mer de Glace, des fumerolles dansaient sur l'ouverture des crevasses.

Les guides chargèrent leurs sacs sur leurs épaules et, un à un, lentement, prirent le sentier des Ponts. Boule rejoindrait plus tard avec le Dr Coutaz qui ne monterait qu'au dernier train, ses visites terminées. D'ailleurs, ils avaient tout le temps ; ils ne pourraient ce soir dépasser le refuge !

L'orage éclata peu après et les suivit jusqu'à la cabane, où ils arrivèrent trempés.

Tout y était en ordre, le bois rangé près du feu, le poêle chargé ; ils n'eurent qu'à frotter une allumette. La plupart des guides ne venaient que rarement à Leschaux ; ils avaient gardé le souvenir d'une cabane abandonnée, sordide, et voici qu'ils trouvaient un refuge accueillant.

« On voit qu'il y a une femme ici ! fit Paul Mouny.

— Elle est là-haut ! » dit Servettaz.

Mais il se repentit aussitôt de cette réplique ; elle lui avait échappé. Elle était injuste, ce soir où tous se repentaient de leur dureté envers Brigitte.

« Tu comprends, disait Fernand Lourtier, quand j'ai appris qu'elle était restée de son plein gré pour tenir compagnie au Boche, ça m'a tellement remué que je me suis dit : Si on ne va pas tous la tirer de ce mauvais pas, on est des salauds ! »

Ils ne parlaient plus du blessé, maintenant, mais d'elle. D'ailleurs, ils n'avaient pas beaucoup d'espoir de retrouver l'autre vivant. Le Dr Coutaz, qui venait d'arriver, était pessimiste :

« Pensez, pour lui c'est la quatrième nuit !... Et avec tout ce qu'il a enduré pendant la première, il reste peu de chance, par ce mauvais temps, qu'il puisse s'en tirer. »

Il n'osait pas trop montrer son inquiétude au sujet de Brigitte. Il les sentait tous anxieux.

Quand l'orage crépita sur les tôles de Leschaux, alternant les averses de pluie et de grêle, mais surtout de pluie, ils se raccrochèrent à un dernier espoir : que la neige ne descendît pas ! Qu'elle ne recouvrît pas la face nord, les cordes fixes, les marches taillées d'avance !...

7

Vers 2 heures du matin, le temps s'améliora. Le brouillard restait épais devant la cabane, mais la pluie avait cessé et il ne faisait presque plus froid.

« Partons jusqu'à la rimaye, décida Servettaz. Si ça se lève, on sera à pied d'œuvre. (Ils allumèrent quatre lanternes et sortirent.) Passe devant », dit Pierre à Peau-d'Âne.

Bien qu'il ne fût qu'un simple porteur de cabane, pas même inscrit à la Compagnie, les guides s'étaient mis d'accord pour le laisser diriger les opérations. C'était reconnaître la valeur de l'exploit qu'il avait accompli.

Lui ne demanda pas d'explications. Passer devant, il ne désirait que ça !

Il partit à une cadence accélérée. Cet homme qui avait passé deux jours et une nuit dans la paroi, qui était descendu à Chamonix, puis remonté à Leschaux, marchait vite cependant.

Ils éteignirent leurs lanternes juste sous la rimaye ; le jour naissait, rosissant d'inquiétantes écharpes de brumes qui flottaient éparses dans l'air, se posaient sur les sommets, puis s'évanouissaient. Tous guettaient les moindres signes qui permettaient de présager du temps à venir. Ils craignaient l'orage, l'orage toujours redoutable, et probablement fatal dans une pareille paroi !

Les brumes s'étaient dissipées, la face nord se dressait devant eux, noire et brillante dans le bas, plaquée de neige en altitude.

Les guides avaient marché si vite qu'ils n'avaient pas eu le temps d'examiner la montagne. Mais une fois au pied, tandis qu'ils s'encordaient, ils furent bien obligés de lever la tête et de regarder où ils s'engageaient. Aucun d'eux ne voulut trahir l'émotion qu'il ressentit à ce moment-là. Ce n'était pas de la peur – ces hommes-là n'avaient pas peur qui risquaient leur vie chaque jour –, c'était du respect, la crainte de ne pas être dignes d'une telle montagne ! Plus tard, ils se l'avouèrent entre eux, s'ils n'avaient pas eu Peau-d'Âne ils auraient renoncé. Mais Peau-d'Âne s'était avant eux mesuré avec elle, il y était monté et redescendu ; il n'y avait donc plus de mystère.

Ils chaussèrent les crampons et attaquèrent le couloir au-dessus de la rimaye ; ils formaient des cordées de deux, mobiles et rapides, et progressaient de concert, négligeant l'assurance, se faisant mutuellement confiance. Peau-d'Âne s'était encordé avec Pierre Servettaz, puis venaient Fernand Lourtier et Paul Mouny, Camille Mappaz avec Georges à Zian. Derrière, à bonne distance, car il n'avait pu suivre leur allure, le Dr Coutaz était conduit par Boule.

Ils avaient adopté une prudente tactique. Peau-d'Âne, passant en premier, retaillait légèrement les traces qui subsistaient, les autres les agrandissaient au passage. De la sorte, ils auraient un véritable escalier pour la descente.

Ils atteignirent ainsi la première brèche de l'arête. Peau-d'Âne, à qui les lieux étaient familiers, aperçut du premier coup d'œil au bas du versant opposé le corps disloqué de Martin Altmeyer ; il avait au terme de sa chute sauté la rimaye et il serait facile à atteindre. Mais en même temps son attention fut attirée par une masse noire qui gisait un peu en deçà, dans la neige ; ça n'était pas une pierre ! Il eut un choc au cœur.

« T'as tes jumelles, Pierre ? Tâche de voir ce que c'est ! »

Il imaginait déjà le pire.

« Un sac ! fit Servettaz, un sac avec un débris d'anneau de corde portant des pitons arrachés ! »

Que s'était-il passé ?

Ils l'avaient tous rejoint et s'interrogeaient avec anxiété.

« Fais voir », dit sourdement Peau-d'Âne.

Il reconnut tout de suite le sac qu'ils avaient accroché, Brigitte et lui, à la paroi de la vire, le sac qui contenait les provisions, la boisson, le Méta.

« Ils ont pu le fiche en l'air par mégarde, dit Pierre, ça arrive dans les bivouacs !

— Oui... Mais pour arracher un piton... ! »

Il n'osait aller au bout de sa pensée.

Heureusement, ce sac fut tout ce qu'ils purent découvrir sur la neige.

« Une chose est sûre, conclut Peau-d'Âne, ils n'ont plus rien à manger là-haut, ni à boire, et il est temps qu'on les secoure ! »

Il repartait déjà, taillant à grands coups de piolet, s'élevant en crampons avec une audace folle sur des pentes invraisemblables. Les autres suivaient, à la même cadence ; c'étaient tous de merveilleux grimpeurs, puissants et rapides. Ils n'avaient pas de clients à traîner ! D'ailleurs, les difficultés ne dépassaient pas jusqu'ici celles des passages les plus réputés des grandes faces nord classiques : Verte, Courtes, Chardonnet. Il y avait même des rochers qui pointaient par endroits et constituaient autant de relais.

Ils furent bientôt au pied des falaises verticales qui barraient la base de l'éperon.

Néanmoins, quand Peau-d'Âne s'arrêta sur la large vire au pied de la muraille et leur montra la fissure de trente mètres franchie par les Allemands, ils furent abasourdis.

« Ça fait rien, murmura Georges à Zian, ils sont gonflés les Boches ! »

Pour les guides il n'y avait plus ni Allemands, ni nazis, ni rivaux alpins. Une seule chose comptait : la valeur des hommes, et celle des grimpeurs bavarois imposait le respect.

« Dans une paroi comme celle-là, celui qui ose est le vainqueur ! dit Camille.

— D'accord ! fit Lourtier, plus réticent, mais ça ne les a pas empêchés de tomber un peu plus haut !

— Vois-tu, Fernand, dit Peau-d'Âne pour mettre les choses au point, si je n'avais pas été certain qu'ils soient passés par là, jamais je n'aurais osé attaquer cette fissure. Faut dire ce qui est : ils ont été les premiers. (Mais il était pressé d'agir et se tournait vers ses camarades, qui s'attardaient à examiner le passage, en connaisseurs.) On y va ! Je vais m'attacher à double ; passez-moi deux étriers, on n'en aurait pas besoin si ça n'était pas tout mouillé : ça pourra servir pour se reposer !

— Tu ne veux pas que je passe devant ? demanda Fernand. Tu dois être fatigué après tout ce que tu as enduré !

— Je connais la manœuvre, vaut mieux que ça soit moi. Et puis, il y a la corde fixe ! »

Mais dès qu'il eut empoigné celle-ci, il fit la grimace. Elle était gelée !

Il s'aperçurent alors que le verglas s'était installé partout ; sa pellicule invisible recouvrait la roche et polissait les rares prises. Peau-d'Âne décrocha son marteau, frappa de grands coups, le détacha par plaques, puis s'éleva lentement.

Les autres ne pouvaient pas grand-chose pour lui, sinon tendre les cordes dès qu'il eut atteint le premier piton planté par les Bavarois. Ils écoutaient ce bruit de cristal que produisaient les débris du verglas retombant autour d'eux sur les dalles.

Peau-d'Âne, de son côté, privé d'adhérence, ne pouvait ni se coincer dans la fissure ni faire de l'opposition sur la plaque de granit où ses pieds glissaient comme sur du verre ; il se fatigua rapidement, commença à souffler et sans les pitons qu'il avait laissés lors de la première ascension il n'aurait pu progresser. Il faillit même redescendre cette fois pour céder la place à Fernand Lourtier qui était plus en forme, mais il songea à Brigitte là-haut, à bout de ressources, au temps perdu, et il trouva de nouvelles forces.

« Fais une boucle avec ton attache autour de la corde fixe, passes-y un étrier, conseilla Servettaz. Une autre un peu plus haut, et tu recommences. »

C'était une bonne idée ; il put enfin se reposer. Il était à mi-hauteur, et il se balançait légèrement.

« Vous vous rendez compte ! le premier qui s'est lancé là-dessus !

— Du sixième degré, au moins ! déclara Georges à Zian, le plus ferré sur la nouvelle cotation des difficultés en usage depuis peu.

— Je continue ! lança Peau-d'Âne. (Il avait mis sa technique au point ; il se hissait de quelques mètres, faisait une boucle, passait un étrier, se reposait, puis repartait. La deuxième partie de l'obstacle fut gravie de la sorte sans plus de difficulté. Il fut en haut assez rapidement.) À vous autres ! » dit-il.

Pierre Servettaz, se tirant à la corde fixe, assuré et aidé par Peau-d'Âne, vint le rejoindre et fit monter les suivants. Mais le porteur avait du mal à récupérer son souffle !

Au-delà, c'était la fameuse traversée dans le névé suspendu jusqu'à l'arête enneigée qui conduisait au pied du grand dièdre.

Ils remirent les crampons à glace.

Il avait plu sur la neige, puis gelé, et cela formait une croûte lisse comme un miroir, qui brillait à la lumière et sur laquelle on ne pouvait même pas poser la main gantée pour garder l'équilibre tant elle était glissante.

Fernand Lourtier, qui avait pris la tête, leur tailla des encoches pour les mains et quelques marches supplémentaires pour les pieds, puis ils tendirent sur des pitons à glace une corde de cinquante mètres, formant une sorte de rampe à travers ce parcours vertigineux et ils continuèrent, soulagés d'avoir ainsi assuré leur retraite.

Plus ils montaient, plus ils rencontraient de verglas ! La vue de ces roches luisantes et hostiles était effrayante. De tous les ressauts, du moindre bourrelet de la face pendaient des stalactites et les guides se demandèrent un instant s'ils n'allaient pas renoncer ; mais les difficultés étaient plus impressionnantes que réelles. Il fallait oser et ça passerait. Ils décidèrent de poursuivre désormais en crampons, même dans les passages rocheux et, parce qu'ils avaient – comme la plupart des guides de Chamonix – une grande habitude de grimper ainsi dans les rochers enneigés, ils atteignirent sans trop de mal la spacieuse plate-forme au pied du grand dièdre.

De cet endroit, en levant la tête on distinguait le surplomb qui le coupe en son milieu ; sa saillie, noire et brillante, se détachait de la paroi d'autant plus nettement qu'elle était enrobée d'une chape de glace.

« On ne pourra jamais passer ! » fit Servettaz.

C'était aussi l'avis des autres.

« Te laisse pas impressionner ! dit Peau-d'Âne. C'est beaucoup moins dur que la fissure, il y a des relais ; seulement, c'est près de cent mètres à franchir. »

Peau-d'Âne reprit la tête.

Il disposa en bandoulière tous les étriers disponibles, prit une provision de pitons, deux marteaux pour le cas où l'un viendrait à lui échapper. Il s'excusa auprès des autres de son insistance.

« Vaut mieux que ça soit moi ! Je sais comment ça passe.

— Te fie pas trop à la corde fixe ! lui cria Paul Mouny. C'est une vraie barre à mine.

— Je sais, je sais. Assure seulement ! »

Il partit, tantôt se tirant après la corde, tantôt faisant de l'opposition sur les deux faces du dièdre, avec ses crampons qui griffaient le verglas avec un grincement désagréable ; l'expérience de la fissure avait servi, il plaçait de temps à autre un étrier pour se reposer, puis, une fois parvenu sous le surplomb, il fit venir Fernand Lourtier, qui l'aida à le franchir en lui prêtant le secours de ses épaules. En bref, il le déclara plus tard, ça lui avait paru presque plus facile que la première fois, malgré toute cette glace.

Les autres montaient régulièrement, s'échelonnant de relais en relais, effectuant tour à tour leur propre manœuvre. Le temps était maintenant au beau et ils avaient le cœur tranquille, la certitude qu'ils reviendraient de cette équipée.

Quand Fernand Lourtier eut rejoint Peau-d'Âne au sommet du grand dièdre, le porteur lui désigna, très haut encore et sous un ressaut, la vire à peine visible dans le gris uniforme de la paroi.

« Ils sont là ! »

De là-haut les autres auraient dû les voir. Mais ils ne manifestaient aucun signe de vie.

« Crions ensemble ! » décidèrent les sauveteurs.

Ils appelèrent à plusieurs reprises, sans résultat.

Peau-d'Âne fut pris de panique.

« C'est pas normal, Fernand ! c'est pas normal... Elle est peut-être morte ?

— T'affole pas ! Y a aucune raison, elle a certainement supporté la nuit. Rappelle-toi ! le temps n'a pas été trop froid en bas.

— En bas, peut-être. »

Lourtier ne dit rien. Comment nier l'évidence ? Il n'y avait qu'à regarder tout ce verglas, plaqué sur les rochers, pour savoir qu'il n'avait pas fait chaud la nuit précédente dans la face nord.

Ils laissèrent les autres se débrouiller avec les difficultés du grand dièdre.

Peau-d'Âne voulait passer devant, mais Fernand Lourtier s'y opposa :

« Laisse, tu ferais des bêtises ! »

Le guide tailla la pente de neige. Mais sa tâche était rendue très délicate par le gel : la surface était luisante de glace et, comme les mains ne pouvaient pas s'appuyer sur la pente sans glisser dangereusement, il fallait casser cette croûte, creuser des encoches pour les mains, découper dans le sol une véritable échelle !

Il parvint ainsi, après une progression très dangereuse, au pied de la cheminée et fit monter Peau-d'Âne près de lui avant de s'y engager ; l'autre l'assura solidement, la jambe engagée dans un étrier ; Fernand Lourtier planta deux pitons à glace, puis se hissa en ramonant jusqu'au faîte.

Il voyait maintenant Brigitte à une dizaine de mètres.

Était-elle en vie, était-elle morte ? Il ne savait que penser. Rien ne bougeait sur cette corniche vertigineuse. Il découvrit avec terreur le corps rigide de l'Allemand, le long fuseau gris, couvert de givre, qui s'allongeait immédiatement derrière Brigitte. Fernand Lourtier n'osait plus remuer, il regardait avec stupeur la vire exiguë où ils avaient lutté et souffert, cet invraisemblable nœud de cordes et de pitons enchevêtrés dans tous les sens. Et au-dessous le vide, ce « gaz » terrible !

Il se retourna. Peau-d'Âne arrivait, s'inquiétait.

« Alors ?... »

Fernand leva la main précipitamment, lui fit signe de se taire :

« Je crois qu'elle dort. Faut pas la réveiller en sursaut. Des fois qu'elle soit mal attachée ! (Il avait dit qu'elle dormait pour rassurer Peau-d'Âne, mais il n'en était pas certain. Il s'approcha, hésita. Pour la première fois, Fernand Lourtier avait peur ! Non pas du danger, certes, mais de ce qu'il allait découvrir. Il s'avança sous la corniche bombée et glissante et il était si ému qu'il répétait sans arrêt comme un débutant :) Assure-moi bien, Peau-d'Âne ! Assure-moi bien ! (Quand il fut tout près, il dut s'accrocher lui aussi au piton qui soutenait Brigitte. Il se pencha, glissa sa main sous la cagoule, perçut les battements du cœur. Alors, se courbant davantage, il la secoua, se mit à rire d'un rire nerveux.) Elle dormait, Peau-d'Âne ! elle dormait... »

Elle fut longtemps avant de reprendre ses esprits.

Elle était harassée de fatigue et surtout affamée. Mais elle vivait, et elle regardait curieusement Fernand Lourtier qui, penché vers elle, lui glissait un peu de thé entre les lèvres, lui souriait avec bienveillance.

« Fernand ! dit-elle, vous êtes venu !

— On est tous là, Brigitte ! Zian sera content. (Elle voulut l'embrasser et Lourtier souriait, heureux, délivré lui aussi.) Pleure seulement, ça soulage... Pleure seulement ! répétait-il maintenant. T'es sauvée, on sera vite en bas, on est tous là ! (Mais il se rendait compte aussi qu'il fallait aller vite. Déjà il se préparait, la débarrassait de ses liens.) Pourras-tu tenir debout ? On gagnera du temps.

— Je vais essayer ! »

Il l'attacha solidement, passa la corde à Peau-d'Âne immobilisé, au sommet de la cheminée où l'avait rejoint Camille Mappaz, et tous deux la firent venir avec précaution, craignant de la voir tituber au bord du vide. Ils ne furent pleinement rassurés que lorsqu'elle fut à leur portée.

« Pauvre Brigitte, fit Camille, ce que t'as dû t'en voir ! »

Elle s'était blottie d'instinct contre Peau-d'Âne. Elle le regardait, ne le quittait plus des yeux.

« Comment est-ce possible que tu sois là ? dit-elle. Comment as-tu pu descendre tout seul, et revenir... ? (Elle resta un instant appuyée contre lui, sans parler.) Tu crois que je pourrai tenir le coup jusqu'en bas ?

— Quand tu n'en pourras plus, Brigitte, il faudra le dire, on te portera ! »

Fernand Lourtier les rejoignit.

« Une sacrée vire que vous avez choisie là pour bivouaquer ! On s'habitue, bien sûr. Quand même, un vide pareil, c'est rare ! Maintenant, faut pas tarder ! (Il héla les autres, qui s'échelonnaient depuis le bas de la cheminée jusqu'au sommet du grand dièdre.) T'as tout préparé, Pierre ?

— On a placé des cordes, elle n'aura qu'à descendre à reculons, assurée depuis le haut.

— Je descends à ses côtés, dit Peau-d'Âne.

— Vas-y, Brigitte ! dit Fernand Lourtier. (Mais elle hésitait, se retournait, désignait du regard le corps de Josef Predigsthul encore ligoté à la muraille.) T'inquiète pas ! Je m'en occupe », assura le guide.

8

« Elle est en bas, tu peux y aller ! Elle ne verra rien », dit à mi-voix Camille Mappaz.

Il filait la corde de Brigitte qui descendait la cheminée de glace et il assurait en même temps Peau-d'Âne qui surveillait la jeune femme. Il fit à ce dernier un signe d'intelligence. Le porteur comprit.

« J'y vais ! » dit Fernand Lourtier.

Il s'engagea de nouveau sur la petite vire inclinée afin d'atteindre le corps de Josef Predisgthul. Les passages répétés qu'il avait effectués avaient émietté le verglas et les déplacements devenaient moins dangereux. Néanmoins, par mesure de précaution, il s'amarra solidement à la paroi par un bout de corde de deux à trois mètres, suffisant pour permettre les manœuvres indispensables.

« Te déroche pas, c'est si vite fait ! s'inquiéta Camille en le voyant évoluer avec désinvolture sur l'étroit balcon. Moi, je peux pas t'aider, faut que je surveille les deux.

— Ça fait mé pi pas pi ! » dit Fernand.

Il était philosophe. On avait retrouvé Brigitte, c'était le principal.

Il entreprit de défaire les nœuds des sangles qui retenaient le Bavarois ; il y en avait tant et ils avaient été tellement serrés et durcis par le gel que c'était impossible. Le guide dut se résigner à couper la superbe corde neuve en coton tendue à travers la vire. Ce fut pour lui un crève-cœur.

« Si c'est pas dommage ! disait-il. Une vraie corde de club !

— Tu vas pas te dérocher pour une corde ! » fit Camille d'un ton où perçait la colère.

Fernand Lourtier finit par où il aurait dû commencer. Il empoigna son couteau Opinel, trancha un à un les nœuds, puis, comme le corps restait sur place, scellé par le gel, il se tint fermement des mains à son anneau d'assurance et poussa avec effort des deux pieds à la fois.

« Allons, pauvre vieux ! bougonnait le guide, faut te décider ! Tu seras en bas avant nous, à moins qu'on te rejoigne… on sait jamais ! »

C'était dans les choses possibles, et si Fernand se permettait ce discours familier, c'est qu'il savait que le même sort pouvait l'attendre et qu'on agirait de même avec lui, tant la mort, en montagne, côtoie assidûment la vie.

Soudain, le corps glissa et Fernand, surpris dans son effort, faillit le suivre. Il se retint de justesse. Le cadavre semblait tout à coup animé, rebondissait plus bas sur la plaque verglacée, prenait une vitesse prodigieuse et disparaissait sous les surplombs.

« Attention ! » cria Fernand Lourtier.

C'était le signal convenu.

Les autres, figés malgré eux, perçurent l'écho sourd de la chute dans le couloir central, suivi du bruissement soyeux de l'avalanche qu'elle avait provoquée, mêlé aux éclats intermittents des pierres qui ricochaient.

« Bouge pas, Brigitte ! Bouge pas, c'est rien ! » cria Peau-d'Âne.

Il la plaqua brusquement sur la pente de neige, la couvrit de son corps pour lui masquer la vue, sans s'apercevoir qu'elle-même détournait la tête derrière lui, et pour la deuxième fois retenait le même frisson.

Des divers échelons de la grande paroi où ils se trouvaient, certains encore accrochés à leurs pitons comme des choucas sur des corniches invisibles, les guides suivaient le corps voltigeant par-dessus les surplombs et les barres rocheuses ; derrière lui une importante coulée de neige s'était formée qui alla s'amplifiant et cascadant et bientôt ils ne virent plus qu'un nuage de neige vaporisée qui s'étendit entre eux et le vide et tira comme un ultime rideau sur le drame des Jorasses.

Brigitte, cependant, son émotion calmée, repartait avec courage. Pierre Servettaz, imperturbable, organisait et surveillait les manœuvres de cordes.

Tout était maintenant bien au point : à peine arrivée sur un relais, Brigitte y trouvait un guide qui l'attendait, lui passait le rappel autour des épaules, l'aidait à se placer convenablement dans la corde tandis qu'à ses côtés Peau-d'Âne, infatigable, se tenait prêt à intervenir à la moindre défaillance.

Le grand dièdre avait été convenablement équipé, mais sa longueur, sa verticalité, la glace qui le recouvrait, les cordes gelées rendaient son franchissement encore très pénible. Ils auraient dû s'en douter, mais la jeune femme était si courageuse qu'ils la laissèrent s'engager dans ce feuillet de granit de cent mètres de hauteur et surplombant en son milieu. Elle alla bien au début, descendit sans encombre les quarante premiers mètres, mais elle poussa tout à coup un petit cri d'oiseau ridicule, ouvrit les mains et tournoya dans le vide, tête en bas au bout de la corde.

« Tenez bon, là-haut ! tenez bon ! » hurla Peau-d'Âne.

Paul Mouny et Camille n'avaient pas besoin de cet avertissement ; ils avaient senti filer la corde dans leurs mains et ils avaient pu faire frein dans un mousqueton.

Peau-d'Âne, qui était encore au-dessus du surplomb, se laissa couler jusqu'à Brigitte, la redressa. Elle se trouvait fort heureusement à hauteur d'un des étriers placés à la montée ; il put la faire reposer, sur le mince barreau d'aluminium. Elle était livide.

« Pardon, Peau-d'Âne ! Pardon ! mes mains ne tiennent plus, laisse-moi reprendre mes forces… ça ira, je veux descendre !

— Je vais te porter ! »

Elle n'eut pas le courage de protester.

En bas Pierre Servettaz et Georges à Zian attendaient.

« Faut remonter t'aider ? dit Pierre.

— On n'a pas la place, on se gênera. Je vais la prendre sur mon dos. Pourvu qu'ils assurent bien d'en haut… ça ira !

— Tu ne tiendras pas le coup… Laisse-moi monter, je suis plus reposé que toi ! »

Mais Peau-d'Âne ne voulut rien entendre.

« Vous y êtes ? »

Fernand Lourtier, Mouny et Camille répondirent.

« Pars en confiance ! ça tient ! »

Peau-d'Âne s'assit dans l'anneau de rappel, jambes écartées, les pieds en opposition sur les deux feuillets du dièdre, puis il se glissa sous Brigitte, la ceintura, la cala contre lui, reprit la corde devant elle et détacha d'une main le mousqueton qui retenait l'étrier. Il sentit alors peser sur lui tout le poids de la jeune femme ; elle se laissait aller et lui, à moitié étouffé par les cordes, parvenait difficilement à les faire coulisser.

« Tiens-moi fort, Brigitte ! Redresse-toi ! Encore quelques secondes et ça sera fini. »

Elle ne répondait même plus. Son corps privé de réflexes oscillait, détruisait l'équilibre du porteur qui se mettait à penduler.

Heureusement son rappel coulissait sur un mousqueton passé dans un anneau, et il réussit à embrayer tout le système de cordes mouillées ; parfois ceux du haut qui ne pouvaient plus le voir tiraient trop sur l'attache, et il criait :

« Du mou ! Lâchez du mou ! »

Et Pierre Servettaz, en dessous, hurlait à son tour :

« Lâchez doucement, là-haut ! Vous l'étranglez ! »

À deux reprises sa corde mouillée, qui avait fait des nœuds, se coinça dans le mousqueton. Il dut effectuer une manœuvre délicate, se confier entièrement aux cordes supérieures pour détacher la première et la réenclencher au-dessous des nœuds.

Quand il ne fut plus qu'à une quinzaine de mètres de la plate-forme, il sentit tout à coup que le poids de Brigitte l'entraînait. Il avait beau serrer les poings, ça filait... ça filait ! Il allait lâcher. Il hurla :

« Tendez ! »

Pierre Servettaz vit le danger, il saisit d'en bas l'extrémité du rappel, se pendit après brutalement et de tout son poids freina. Peau-d'Âne, soulagé, put faire jouer ses doigts qui s'engourdissaient et saignaient. Ils répétèrent la manœuvre plusieurs fois, puis Servettaz et Georges à Zian les attrapèrent au vol et les déposèrent tous les deux en vrac sur la terrasse, au milieu d'un amas de cordes mouillées, d'étriers, de sacs, de crampons.

Ils étendirent sur la terrasse Brigitte avec d'infinies précautions. Par chance, cette défaillance était arrivée au-dessus de l'unique plate-forme, du seul emplacement de repos vraiment confortable dans toute la paroi des Jorasses, dont ces quelques mètres étaient peut-être les seuls horizontaux dans la grande falaise.

La jeune femme était mal en point.

Comble de malchance ! le médecin surmené par son travail de saison, ayant perdu tout entraînement, avait dû renoncer après plusieurs essais infructueux, et malgré la solide assurance de Boule et les pitons laissés en place, à gravir la fissure du début. Ce sixième degré n'était pas pour lui ! Il les attendait donc sur la terrasse du bas de l'éperon. Ils n'en étaient plus très loin, mais un obstacle majeur les en séparait – la traversée du grand névé suspendu, incliné comme un toit d'Alsace et qu'il ne ferait pas bon passer, lesté d'une charge humaine.

Ils essayèrent de l'appeler, sans grand espoir, car il se trouvait sur l'autre versant de l'éperon... Surprise ! la réponse leur parvint du bas.

« Ça, alors !... » fit Camille Mappaz.

Mais il n'avait pas achevé que Fernand Lourtier s'exclamait :

« Les caravanes de secours ! Je les vois ! »

C'étaient elles qui du glacier avaient répondu à leurs appels.

Ils continuèrent à crier.

Ils agitèrent alors leurs mouchoirs, leurs chapeaux, et d'en bas les autres leur adressèrent les mêmes signaux.

Si ceux du glacier les entendaient, par contre le Dr Coutaz ne répondait toujours pas. Finalement, ce fut par l'intermédiaire des guides chargés de ramener les corps des Munichois qu'ils purent transmettre leur message au médecin. Ils expliquèrent avec difficulté et en s'y reprenant à plusieurs fois que Brigitte était trop épuisée pour gagner à pied Leschaux. Sur l'avis du médecin, transmis par le relais du glacier, Pierre Servettaz suggéra que l'un de ceux du bas courût jusqu'au refuge chercher le traîneau-brancard ; il avait largement le temps d'aller et de venir avant qu'ils fussent en bas.

Brigitte ayant repris quelques forces, put marcher seule dans les rochers faciles qui précédèrent la traversée de glace, mais une fois là elle faillit s'évanouir de nouveau et il fut décidé qu'on la porterait.

Fernand Lourtier réclama ce périlleux honneur, malgré les supplications de Peau-d'Âne qui voulait s'en charger.

« T'en as trop fait, Peau-d'Âne ! Laisse... C'est mon tour ! (Il se tournait vers Brigitte.) T'as confiance en moi, hein ?... »

Elle n'avait même pas la force de répondre, elle faisait signe que oui, elle aurait voulu dormir, dormir !...

Comme ils avaient suffisamment de place pour s'organiser, ils fabriquèrent une sorte de harnais avec des cordes, et Fernand put porter Brigitte comme il aurait fait d'un sac.

Grâce aux marches taillées le matin et à la corde fixe servant de rampe, il était possible d'effectuer sans trop de risques la dangereuse traversée.

Le guide se tenait des deux mains à la corde fixe, plaçait soigneusement ses pieds dans les marches ; il était précédé de Paul Mouny et suivi par Camille Mappaz, les autres assuraient comme ils pouvaient sur des pitons à glace. Leur fragile édifice de cordes et de pitons était plus ingénieux qu'efficace, aucun d'eux ne s'illusionnait : que Fernand vînt à basculer et tout serait arraché d'un coup. Alors, adieu ! ce serait la cabriole fatale par-dessus la barre rocheuse qui succédait au toit de neige sur lequel ils se mouvaient, puis la dégringolade dans le couloir secondaire qui aboutissait aux lèvres grandes ouvertes de la rimaye...

Ils étaient conscients du danger qu'ils couraient. Leur vie à tous était entre les mains de Fernand Lourtier, mais tous gardaient confiance. Le gars était solide !

Ils n'eurent qu'une émotion, mais de taille. Juste au milieu de la traversée, une marche céda sous le double poids de Fernand et de Brigitte. Mais d'un coup de reins le guide se rétablit sur une autre marche, et déjà ses compagnons l'avaient saisi par la taille et l'aidèrent à replacer convenablement ses pieds.

Personne n'avait crié, pas un seul mot n'était sorti de leurs lèvres et leur silence était plus éloquent qu'aucune exclamation. Brigitte, qui dodelinait de la tête sur le dos du guide comme si elle était ivre, ne s'était aperçue de rien. Mais à l'autre bout du névé suspendu, Camille et Peau-d'Âne avaient senti leur cœur s'arrêter de battre.

Ce fut avec soulagement qu'ils le virent atteindre le haut de la double fissure ; désormais tout était vertical, plus de traversées délicates, on pouvait assurer efficacement celui qui descendait – c'était une question de temps et de patience.

Ils se penchèrent sur la falaise, le soleil venait d'y arriver et de minces filets d'eau noircissaient le granit ; au-dessous, accroupis sur la terrasse où avaient bivouaqué les Allemands, le Dr Coutaz et Boule attendaient.

Ce fut Paul Mouny qui porta Brigitte pendant la descente en rappel le long de la fissure. Les trente mètres furent franchis sans incident. Brigitte avait cette fois perdu connaissance et Coutaz, très inquiet, lui fit aussitôt des piqûres d'huile camphrée. Puis il enroula la jeune femme dans des vestes en duvet, cala ses reins avec des gourdes d'eau chaude et, les doigts appuyés sur le poignet de Brigitte, guetta les premiers signes d'amélioration. Celle-ci fut longue à se manifester, d'autant que la jeune femme, impressionnée par la réaction qui s'était déclenchée, avait de violentes crises d'angoisse. Elle claquait des dents, se plaignait d'avoir froid. Et le médecin eut beaucoup de peine à la convaincre que ces crises n'étaient dues qu'à l'émotion et à l'épuisement. Enfin, elle se calma.

« Heureusement, songeait Coutaz, que Pierre Servettaz l'avait fait prévenir à temps. » Jamais Brigitte n'aurait pu s'en tirer si elle avait dû continuer la descente sans recevoir de soins.

Cependant, les guides s'impatientaient. Ils voyaient venir le soir et ils auraient voulu repartir, terminer ce sauvetage ; ils enrageaient d'être arrêtés à quelques centaines de mètres de la zone facile.

Le médecin se fâcha. C'était lui, maintenant, qui commandait. Il était responsable de la vie de Brigitte et les autres n'avaient qu'à obéir. Il le leur dit un peu vivement :

« Patience, bon sang ! À quoi servirait de l'avoir ramenée jusqu'ici si elle flanchait un peu plus bas ?

Vous ne vous rendez pas compte : elle a passé deux nuits dans cette face nord. Et elle s'est claquée à franchir cette garce de fissure, et puis... tout ce que j'imagine au-dessus ! Moi qui me croyais costaud, sans entraînement j'ai dû y renoncer ! »

Enfin il donna l'ordre de poursuivre la descente.

Durant cette longue halte, les guides avaient pu équiper le bas de la paroi, retailler les marches nécessaires, fixer des rampes ; de ce fait les manœuvres s'effectuèrent avec le maximum de sécurité et de célérité.

Brigitte se sentait mieux ; elle était encore exténuée, mais elle voulait marcher. Comme il ne s'agissait plus pour elle que de descendre directement le long d'une corde la pente de neige terminale jusqu'à la rimaye, ils acceptèrent ; on l'assurerait solidement d'en haut, puis deux guides descendraient à ses côtés pour lui placer les pieds dans les marches.

Quand ils arrivèrent sur le glacier, leurs camarades chargés du transport des corps étaient déjà repartis. On ne distinguait plus de leur nombreuse caravane qu'une sorte de serpent noir qui se glissait entre les crevasses, dans les combes glaciaires, et qui plus loin se confondait avec les pierrailles.

Ils avaient apporté et laissé sur place un traîneau-ski Pourchier. Boule et Paul Mouny assemblèrent rapidement la toile, les tubes de Duralumin et les skis, puis Camille et Peau-d'Âne étendirent doucement Brigitte sur le brancard. Avec un sac en guise d'oreiller, un duvet sur les jambes, elle serait comme dans un lit !

Après les heures dramatiques qu'elle venait de vivre sur l'étroite corniche auprès du mourant, sans pouvoir faire un mouvement qui ne fût calculé, sans pouvoir allonger une jambe ou un bras sans risque de chute, cette sécurité, ce confort lui paraissaient d'une surprenante douceur. Elle ne put se retenir de les remercier :

« Vous êtes bons !

— On n'a pas toujours été chic, dit Lourtier, gêné. Mais faut pas nous en vouloir. Tout est oublié. »

Elle s'était allongée sur la toile souple et sentait ses yeux se fermer. Mais eux, si pressés tout à l'heure, restaient maintenant plantés dans la neige autour du brancard et se regardaient les uns les autres comme pour bien vérifier qu'ils étaient tous là. Ils avaient des mines patibulaires, des figures rouges et barbues, des yeux menacés d'ophtalmie et des écorchures partout : aux mains, aux coudes, aux mollets, qui saillaient à travers les bas de laine déchirés. Leurs vêtements étaient en lambeaux, lacérés par l'escalade en crampons qu'ils avaient dû prolonger, et, brusquement, de se voir dans un pareil état ils se mirent tous à rire sans plus pouvoir parler. Brigitte regardait avec étonnement ces masques noirs qui se penchaient vers elle, barrés de dents éclatantes.

Ils riaient de bonheur.

Puis, tout à coup, ils se sentirent pris d'un étrange vertige. C'était comme si le glacier sous eux s'animait, ondulait. Ils éprouvèrent le besoin de s'asseoir dans la neige, ils n'auraient pas pu faire un seul pas ! Et c'était réellement le vertige qu'ils avaient ; après tant d'heures passées en pleine paroi ils percevaient encore en eux, lancinant, le rythme des gestes aériens ; ils étaient habitués aux immenses verticales de la face et il leur fallait maintenant se réadapter aux molles inclinaisons des vallées.

Les ombres montaient lentement le long de la haute paroi, le soleil pâlissait et bientôt il ne subsista plus là-haut, au-dessus de leurs têtes, qu'une lointaine crête de feu sur laquelle le vent échevelait une crinière de nuages roux. Puis tout disparut.

Les guides s'étaient rassemblés, silencieux, autour du traîneau. Seul Lourtier avait osé exprimer ce qu'ils pensaient tous confusément :

« Avec un beau temps, ça doit passer au-dessus ; ça ne peut pas être plus terrible que ce qu'on a fait !

— Qui sait ?... dit Peau-d'Âne.

— C'est sûr », dit Boule.

Déjà ils avaient oublié leurs souffrances et l'aventure atroce des Bavarois.

La montagne n'était pas vaincue, mais ils savaient maintenant qu'elle n'était pas invincible, qu'un jour quelqu'un des leurs forçant l'ultime inconnu déboucherait, hébété de fatigue et ivre de joie, au sommet de la Walker.

Ils furent surpris d'entendre tout à coup la voix calme de Pierre Servettaz.

« Allons, allons ! fit-il, faut se secouer si on veut arriver avant la nuit à Leschaux. »

9

Benoît Ravanat fut le premier, le lendemain, à les découvrir au bout de son télescope. Ils allaient arriver à l'Angle.

« Si nous allions au-devant d'eux, monsieur Bignol ? La Marie nous attendra ici. »

La terrasse du Montenvers était noire de monde, et le public se bousculait pour descendre sur le glacier. Tous ces touristes ignoraient le drame des Jorasses ou n'en mesuraient pas l'exceptionnelle ampleur. Ils n'accordèrent aucune attention au petit groupe formé par Ravanat, la Marie à la Faiblesse, le petit Jean-Baptiste et Léon Bignol.

C'était mieux ainsi.

« Et toi ? fit le vieux guide, faussement bourru, en s'adressant à l'enfant. Tu veux venir avec nous ? Tu n'as pas peur ? (Puis il ajouta pour la Marie :) Comme ça, il verra sa maman un peu plus tôt. (Le président des guides se fraya lentement un passage parmi la foule, mais dès qu'ils eurent pris le sentier des Ponts, ils furent seuls. Benoît Ravanat marchait devant de son pas égal, et parfois le petit qui le suivait butait dans ses jambes.) Attention, Jean-Baptiste ! Si tu trébuches ici, tu roules jusqu'en bas, sur le glacier ! Regarde… (Il prenait une pierre, la lançait. Mais le gosse voulait en faire autant.) Petit sacripant, s'écria-t-il alors, c'est pour te montrer ce qu'il ne faut pas faire ! (Ils franchirent les Échelets, et Zian refusa toute aide. Il se tenait correctement dans les égrats, écoutait les conseils, serrait bien la rampe de ses petites mains.) Il a le pied sûr comme une chèvre ! fit Benoît.

— Il a de qui tenir ! » répondit Bignol.

Ils étaient en avance et ils s'assirent au sommet de la grande dalle des Ponts. Un passage y a été aménagé à même le rocher, poli par le frottement des anciens glaciers ; des marches taillées au burin, une solide rampe scellée facilitent la descente et serpentent au flanc de la falaise sur près de cinquante mètres, dominant la mer de Glace avant d'atteindre, en contrebas, la crête des moraines.

La caravane de secours arrivait.

« Ça a l'air sérieux, fit gravement Bignol en voyant les guides déposer avec précaution le brancard au milieu des blocs. Pourvu qu'elle ne soit pas gravement atteinte ! »

Mais Ravanat le tranquillisa.

« Rien d'autre que de la fatigue et quelques gelures. Les guides rentrés hier soir sont formels et tiennent le renseignement du Dr Coutaz lui-même.

— Ce n'est pas ce qu'on écrivait hier à Paris dans les journaux ! Ils étaient si inquiets au Club alpin que j'ai pris le premier train.

— Laissez dire et écrire ! fit sagement le président des guides. Puisque je vous certifie qu'elle est sauvée ! Regardez ! »

Brigitte, en effet, s'était redressée sur son brancard, puis elle avait fait un effort, s'était levée et timidement faisait quelques pas comme pour éprouver ses forces.

Ils la virent peu après s'élever lentement par les degrés de pierre, marche après marche, s'arrêtant pour respirer, bien encadrée entre Camille Mappaz et Peau-d'Âne. Les autres guides suivaient, portant tout le matériel du sauvetage – les rouleaux de corde encore mouillés, les broches et les pitons, et, un peu en retard sur les autres, Boule démontait et repliait le brancard.

Jean-Baptiste qui avait reconnu sa maman, à présent toute proche, fut sur le point de crier.

« Bouge pas, petit ! lui fit Ravanat. Tu vas lui faire la surprise ! (Brigitte montait toujours, tête baissée, puis comme elle levait la main pour saisir la dernière prise elle les aperçut, alors ce fut terrible et délicieux, elle ne pouvait plus bouger ! Elle restait là, stupéfaite, contemplant sans pouvoir articuler un mot le président des guides debout sur le sentier et qui, dressé de toute sa stature, sa grosse main posée sur la tête de l'enfant, semblait le protéger.) Voilà, dit le vieux guide, on a laissé la Marie à la Faiblesse au Montenvers... Alors ! comme je vous ai aperçue au télescope, on est venus à votre rencontre, Jean-Baptiste et moi. »

Elle n'eut pas le temps de revenir de sa surprise. Déjà l'enfant, dégageant sa main, bondissait vers sa maman, l'embrassait, l'étouffait :

« Mon petit... mon petit ! »

Elle pleurait, de bonheur cette fois, sans pouvoir retenir ses larmes et le gosse étonné la regardait, n'y comprenant rien.

Elle n'avait pas aperçu Bignol qui s'était retiré un peu à l'écart pour ne pas troubler la rencontre. Elle ne voyait que son enfant, son petit Zian qui était venu l'accueillir, et le grand, le redoutable Benoît Ravanat qui lui souhaitait la bienvenue.

« Remettez-vous ! disait-il paternellement, remettez-vous ! (Puis, comme Léon Bignol s'approchait, il s'enquérait auprès des guides :) Ça c'est bien passé ? Je vous ai vus venir de loin !

— On n'a pas mis deux heures depuis Leschaux.

— Le plus mal en point maintenant, c'est le docteur ! fit Pierre Servettaz en plaisantant. De fait, Coutaz, exténué, avait eu peine à tenir l'allure.

— Des terribles, Benoît ! Pour les suivre, faut un sacré entraînement ! »

Léon Bignol s'était approché.

« Madame, madame, commença-t-il, je reviens de Paris et... (Elle eut un fol espoir. Il sourit.) Oui, dit-il, j'ai cette bonne nouvelle à vous annoncer : vos parents seront là demain matin. Je viens de leur téléphoner. Laissez-moi vous embrasser de leur part. »

Il fallut repartir.

Brigitte dut s'arrêter deux fois pour reprendre des forces pendant le court trajet jusqu'au Montenvers ; la dernière montée sous la gare était interminable, et puis elle était étourdie, bousculée par la foule qui la côtoyait et se pressait curieuse à son passage.

En attendant le départ de la première crémaillère, Benoît Ravanat les fit pénétrer dans un petit bureau attenant au hall des voyageurs dont il ferma les portes, car déjà les gens s'amassaient, voulaient fêter l'héroïne, et ils tenaient à rester entre eux.

La Marie à la Faiblesse y attendait, brisée par l'émotion, et quand elle vit entrer sa nièce, méconnaissable avec sa figure ravagée par le soleil, la fatigue et le froid, ses cheveux emmêlés, ses vêtements en loques, ses mains couvertes de pansements, elle éclata en sanglots :

« Voyons, tante, puisque je suis là... ! lui disait Brigitte en l'embrassant avec tendresse.

— ... Puisque nous sommes là, pleure pas, mémé ! » disait Jean-Baptiste avec conviction.

Lui, il était heureux. Il avait retrouvé sa maman, et aussi Peau-d'Âne, son grand ami, qui le prenait dans ses bras, le secouait comme autrefois quand il était tout petit et qu'il en devenait malade de rire.

« Alors, mon petit Zian, t'es venu à notre rencontre, comme un homme !

— Tu sais, Peau-d'Âne, on en fera un bon guide ! dit Benoît. Faut le voir poser le pied sur les marches ! On s'en occupera plus tard, quand il aura l'âge ! (Le président des guides cherchait ses mots.) J'ai encore une chose à vous annoncer. Le ministre vous décerne à tous deux la médaille d'or de Sauvetage, la médaille d'argent aux autres, la médaille de bronze aux équipes du glacier.

— À moi ?... fit ingénument Brigitte.

— Tu crois que ce n'est pas suffisant, ce que tu as fait ? » dit Pierre Servettaz.

Mais le président des guides suivait son idée.

« Maintenant, Peau-d'Âne, je vais te faire une proposition. Écoutez bien, vous autres ! (Les guides avaient resserré le cercle.) Il y a longtemps que Camille m'a dit que tu voulais "entrer guide". Tu sais qu'on ne prend pas d'étranger dans la Compagnie, mais après ce que tu as accompli, on a décidé de faire une exception. Si tu y tiens toujours, on te comptera tes deux années de portage comme stage de porteur et dans un an, au printemps, tu pourras passer l'examen. Ça te va ? »

Le porteur ne savait quoi répondre. Il bredouillait, jetait des regards éperdus à Camille Mappaz, qui riait tout haut et répétait :

« Elle est bien bonne, hein, Peau-d'Âne ! Elle est bien bonne, cette nouvelle ! »

Les autres poussèrent un cri d'approbation.

La Marie à la Faiblesse avait séché ses larmes et, toujours un peu ronchon, disait en haussant les épaules :

« Celui-là, tu peux le prendre les yeux fermés, Benoît. Jamais personne à Chamonix t'en fera reproche !

— Seulement..., fit Benoît Ravanat en se grattant la tête, faut que je t'inscrive en règle, et voilà... (Il cherchait à s'expliquer :) Peau-d'Âne, c'est quand même pas un nom ! Comment te nommes-tu ?

— Prince... Daniel Prince, fit gravement le porteur.

— Prince !... répéta le président avec étonnement. (Et son regard allait et venait des pieds à la tête du grimpeur qu'il examinait comme s'il le voyait pour la première fois :) J'aurais pas cru à ta mine que tu portais un nom comme ça ! »

Il est vrai que Peau-d'Âne était de tous le moins beau à voir, le plus hâve, le plus déguenillé. Il avait tant lutté, tant souffert !

« Tu es bien le prince des Jorasses, à coup sûr ! fit Camille.

— Oui, dirent les autres. Un fameux grimpeur ! »

Le président des guides sortit son carnet, son crayon. Il épela :

« Prince, tu dis, Daniel. Né le... ?

— Daniel Prince ! » répéta Brigitte.

Et, comme il la regardait :

« C'est un nom que j'aime ! » dit-elle.

Nice-Chamonix
décembre 1955-juin 1957

960

Composition
NORD COMPO

Achevé d'imprimer en Espagne
par CPI
le 4 novembre 2014.

Dépôt légal janvier 2012.
EAN 9782290039076

ÉDITIONS J'AI LU
87, quai Panhard-et-Levassor, 75013 Paris

Diffusion France et étranger : Flammarion